Allison Winn Scotch

Was im Leben zählt

Roman

Aus dem Englischen
von Sabine Maier-Längsfeld

Rowohlt Taschenbuch Verlag

Die Originalausgabe erschien 2010 unter dem
Titel «The One That I Want» bei Share Areheart
Books / Random House, Inc., New York.

Deutsche Erstausgabe
Veröffentlicht im Rowohlt Taschenbuch Verlag,
Reinbek bei Hamburg, September 2011
Copyright © 2011 by Rowohlt Verlag GmbH,
Reinbek bei Hamburg
«The One That I Want»
Copyright © 2010 by Allison Winn Scotch
Redaktion Kathrin Jurgenowski
Umschlaggestaltung Atelier Bea Klenk
(Foto: Stuart Brill / Trevillion Images)
Satz aus der DTL Documenta
bei hanseatenSatz-bremen, Bremen
Druck und Bindung CPI – Clausen & Bosse, Leck
Printed in Germany
ISBN 978 3 499 25592 2

Für meine Eltern, die mir alles beibrachten, was ich wissen musste, und mich den Rest allein rausfinden ließen

Sometimes I get nervous,
When I see an open door.
Close your eyes, clear your heart,
Cut the cord.

THE KILLERS, «HUMAN»

Eins

Stellen Sie sich – wenn Sie können – vor, Sie wären wieder sechzehn. Erste Küsse sind noch im Rahmen des Möglichen, all die schwindelerregenden Möglichkeiten, die das Leben bereithält, wohnen als tanzende Schmetterlinge in Ihrem Bauch, und das perfekte Satinkleid samt passendem Rosenarmband vermag Ihnen noch das Gefühl zu geben, schöner zu sein, als Sie es sich je hätten träumen lassen. Gönnen Sie sich einen Moment, lehnen Sie sich zurück und stellen Sie sich all diese Dinge vor. Versetzen Sie sich zurück in dieses berauschende Gefühl, schmecken Sie es, schwelgen Sie darin, und Sie werden verstehen, weshalb ich – zweiunddreißig Jahre alt, verheiratet und verzweifelt auf ein Kind hoffend – die Prom Night, Höhepunkt des Highschooljahres, noch immer so liebe. Ich verstehe, dass Sie das vielleicht nicht nachvollziehen können und womöglich glauben, ich wäre irgendwo in meiner Entwicklung steckengeblieben. Vielleicht halten Sie mich auch für eines jener Mädchen, die Sie auf der Schule mit Freuden gehasst hätten. Aber so ist es nicht: Ich liebe die Prom Night für all das, was sie repräsentiert – Hoffnung, Unschuld, unendliche Möglichkeiten. Ich möchte, dass Sie das verstehen, ehe Sie mich verurteilen, ehe ich Ihnen meine Geschichte erzähle. Sie müssen verstehen, dass ich mir durchaus klar darüber bin, dass ich mich seit meiner eigenen Prom Night schon lange hätte weiterentwickeln müssen. Aber ich kann einfach nicht anders. Ich liebe die berauschende Vorfreude, das Gewusel auf der Tanzfläche, den kollektiven Adrenalinstoß, ehe King und Queen gekrönt werden.

Und jetzt ist wieder einmal Juli, ein Schuljahr liegt hinter uns, das nächste ist bereits in Sicht, die Ebbe zieht den Abschlussjahrgang zum Tor hinaus, die Flut bringt die Neuen mit, und wie bereits in den vergangenen fünf Jahren sitze ich an der Planung für den Abschlussball. Und zwar mit Liebe und Leidenschaft, oh ja! Die Prom Night ist *mein* Baby! Willkommen in meinem Leben.

Ich sitze am Schreibtisch in meinem Büro und klopfe mit dem Radiergummi gegen den gelben Notizblock. *Dieser Abschlussball wird alles in den Schatten stellen!*, denke ich. *Stadt der Lichter: Westlake Goes Paris!* Letztes Jahr lautete unser Motto «Unten im Meer», was ein bisschen lahm war. Und das Jahr zuvor hätte die Entscheidung zwischen den Wilden Zwanzigern und den Siebzigern fast das Festkomitee gesprengt. Um Handgreiflichkeiten zwischen dem Schulleiter und der Verbindungslehrerin zu verhindern, einigte man sich schließlich auf die Fünfziger, was total danebenging. Die Hälfte der Kids ließ das Thema völlig kalt, und die anderen tauchten in Petticoats und viel zu engen Anzügen auf, die sie sich von ihren Eltern geliehen hatten, und fühlten sich den ganzen Abend lang extrem unwohl; von feierlicher Stimmung keine Spur.

Bei der Vorstellung, in unserer Turnhalle einen Miniatur-Eiffelturm aufzubauen, wird mir ganz schwindelig. Ich kann es kaum erwarten, Baskenmützen als Geschenke zu verteilen. Dass keiner von uns je in Paris gewesen ist, spielt keine Rolle. Im Gegenteil. Ich lehne mich in meinem Stuhl zurück, bis die Räder quietschen. Ja, diesen Dezember wird es perfekt sein. Stadt der Lichter. *Parfait!*

An der Westlake High School findet die Prom Night bereits im Dezember statt. Diese abweichende Tradition ist fast zwanzig Jahre alt und nahm in dem Jahr ihren Anfang, als die Lehrergewerkschaft damit drohte, das ganze Frühjahr durch zu streiken, und die Schüler den Direktor bestürmten, den Abschlussball zur Sicherheit auf den Winter vorzuverlegen, aus Furcht, des krönenden Abschlusses und Höhepunktes ihrer schulischen Laufbahn beraubt zu werden. Der Schulleiter fügte sich, die Schüler bekamen ihren Abschlussball, und im folgenden Jahr machte niemand sich die Mühe, den Termin zurückzuverlegen. Bis heute nicht.

Und obwohl erst Juli ist und die Prom Night noch in weiter Ferne liegt – eine Hitzewelle drückt aus Montana zu uns herüber; die Sonne strahlt bis neun Uhr abends, und mindestens ein Drittel der Schülerschaft musste sich zähneknirschend für das Ferienschulprogramm einschreiben –, hat meine To-do-Liste bereits beträchtliche Länge erreicht und wächst sekündlich weiter. Abgesehen davon liegen noch ein paar andere drängende Angelegenheiten auf meinem Schreibtisch: Genehmigung der Nachprüfung für Alex Wilkinson, der bereits am dritten Ferientag aus dem Algebrakurs geworfen wurde, weil er versucht hat, Martha Connolly zu befingern; ein Anruf bei den Eltern von Randy Rodgers, dessen letzter Zeugnisdurchschnitt schlicht verbietet, ihn in der Herbstsaison weiter Football spielen zu lassen. Doch für mich zählt im Augenblick nur die Prom Night.

Ich überfliege meine Notizen. *Windbeutel? Käsebuffet mit Baguette!* Mein Mann Tyler findet, ich soll endlich damit aufhören, so viel Zeit und Energie in diese Kids zu stecken, in das Leben an der Westlake High. Und wahrscheinlich hat er damit nicht ganz unrecht. Vielleicht bin ich wirklich ein bisschen zu nah dran, mit «meiner» Alma Mater ein bisschen zu eng verbunden. Und wennschon!

Wenn es hier etwas gibt, dem man sich wirklich mit Haut und Haaren verschreiben kann, dann ist es die Prom Night. Denn ich bin der Überzeugung, dass der Abschlussball wirklich zählt, dass er auf die Schüler eine nicht greifbare, aber wichtige Wirkung hat. Die Prom Night symbolisiert das Ende ihrer Kindheit, ehe wir sie hinaus in die Welt der Erwachsenen entlassen, wo viele von ihnen, und hier in Westlake ganz besonders – einer Stadt mit unsicherem Arbeitsmarkt und mehr als düsteren Zukunftsaussichten –, noch früh genug mit den Schwierigkeiten und Bürden in Berührung kommen, die das echte Leben nach der High School mit sich bringt. Wieso also nicht noch ein bisschen genießen?, sage ich zu Tyler, wenn er mich wieder mal damit aufzieht. Wieso nicht versuchen, es so perfekt wie möglich hinzukriegen?, sage ich zu meiner allerbesten Freundin Susanna, die meinen glänzenden Optimismus nicht teilen mag.

Kosten für Triumphbogen zur Miete recherchieren, kritzle ich auf meinen Notizblock und entdecke auf der Computertastatur eine winzige Spinne. Der einzige Ort, an dem es noch heißer ist als draußen, ist mein Büro. Die Klimaanlage ist kaputt, deswegen stehen bei mir inzwischen Tag und Nacht die Fenster offen. Jüngst hat sich genau unter dem Fensterbrett eine Spinnenfamilie niedergelassen. Dieses Exemplar hier – nicht größer als die Spitze meines kleinen Fingers – rutscht unsicher über die glatten Tasten und stürzt beim Y ab. Ich schiebe meine Liste unter die klitzekleinen Spinnenbeinchen, und das Tierchen gerät in Panik, macht kehrt und versucht, vom Blatt zu fliehen. Ich eile ans Fenster, ehe die Spinne sich selbstmörderisch vom Papierrand stürzen kann, lehne mich ins Freie und schüttle sie ab, zurück zu ihrer Familie, wo immer die auch sein mag.

«Das ist also wirklich unser Ernst, ja?», ertönt eine Stimme hinter mir, und ich richte mich wieder auf. Susanna sinkt erschöpft auf mein lilafarbenes Besuchersofa, die Wangen tiefrot, die Haut glänzend, das Top schweißnass auf der Haut. «Himmel! Hier hat es doch mindestens achtzig Grad! Ich vergehe vor Hitze.»

Ich schnappe mir die Polaroidkamera vom Tisch. «Sag Cheese!»

«Gott, Tilly! Bitte nicht!» Sie fasst die braunen Haare im Nacken zu einem Knoten zusammen und versucht, sauer zu klingen, aber selbst dazu ist es zu heiß.

Die Kamera spuckt ein weißglänzendes Quadrat aus, auf dem in knapp zwei Minuten der für die Ewigkeit festgehaltene Augenblick erscheinen wird. Eine meiner Regeln als Beratungslehrerin: Wer sich auf meiner Couch niederlässt, riskiert einen Schnappschuss. An der Wand hinter Susanna ist eine riesige Collage aus all den Gesichtern entstanden, die sich auf der Suche nach Antworten auf meinem durchgesessenen Besuchersofa getummelt haben.

«Im Ernst. Wollen wir das wirklich durchziehen?» fragt sie. «Dieses Musical? Du machst wirklich keine Witze, ja?»

Okay. Noch ein Geständnis: Ich habe ein winzig kleines Problem damit, nein zu sagen, Anfragen abzulehnen, und zwar auch dann, wenn ich allen Grund und alles Recht dazu hätte. Es ist allgemein bekannt, dass ich grundsätzlich ja sage, weswegen mich alle ständig um irgendetwas bitten, was wiederum dazu führt, dass ich ständig zu irgendetwas ja sage. Zwei Strikes gegen mich, wie Tyler sagen würde, denn er spricht am liebsten in Baseballanalogien. Aber er hat recht. Willenskraft gehört definitiv nicht zu meinen Stärken.

«Kannst mich ja verklagen», sage ich immer zu ihm.

«Nö», antwortet er. «Das wäre viel zu leicht.»

Als mich also Rektor Anderson neulich abends zu Hause anrief, um zu erzählen, wie leid es ihm tue, dass er sich aus Budgetgründen gezwungen sehe – O-Ton: «Wenn das bescheuerte Bildungsministerium sich tatsächlich für die Bildung dieser Kinder und nicht immer nur für den eigenen Haushalt interessieren würde!» –, Jancee Cartwright zu feuern, die Leiterin der Fachschaft Musik, und dass es nun niemanden mehr gebe, der das traditionelle Herbstmusical auf die Beine stelle, und ob ich nicht kurzfristig einspringen könne, lautete meine Antwort natürlich: «Ja, klar.» Noch im gleichen Atemzug hatte ich mich selbst angeboten, gemeinsam mit Susanna, die in der neunten und zehnten Jahrgangsstufe Englisch unterrichtet.

«Susie, du hast in unserem Abschlussjahr in *Grease* mitgespielt», sage ich und beobachte, wie das leicht an Fuchsia erinnernde Rot ihrer Wangen sich zu einem perfekten Kirschrot wandelt. Ich beschließe, die Veränderung der Hitze zuzuschreiben. «Du kannst das. Das wird superlustig. Wie in den alten Zeiten!»

«Die alten Zeiten sind fünfzehn Jahre her, Tilly.»

«Dreizehn», korrigiere ich sie. «Und außerdem, wen kümmert's?»

Sie seufzt, was bei ihr der weißen Flagge gleichkommt.

«I'm just a Girl who can't say no», trällere ich kichernd, aber Susie sieht mich nur verständnislos an. Sie schwitzt sogar auf den Augenlidern. «Aus *Oklahoma*! Kapiert?»

«Oh.» Sie schließt die Augen. «Ich glaube, ich habe einen Hitzschlag.»

«Oh, ja. Ich auch», antworte ich, greife nach dem Polaroid und wedle mir damit vor dem Gesicht herum, aber der dürftige Luftzug des provisorischen Fächers bringt keine Erleichterung.

Susies Gesicht hebt sich langsam vom dunklen Hintergrund ab, als ich spüre, wie etwas in mein Höschen läuft.

Mist! Langsam lege ich das Foto auf den Tisch, sehe zu, wie ihre Gesichtszüge immer schärfer werden, und rechne insgeheim nach, wann der letzte Eisprung war.

Jetzt kann man schon die Haare erkennen. Nein, meine Periode kann es nicht sein, denke ich. *Noch nicht. Jetzt sieht man sogar schon die Schultern; die Schlüsselbeine sind von dem ganzen Stress mit Austin ganz schön knochig geworden.* Es war zwar erst der dritte Versuch, aber es ist trotzdem schwer zu verdauen, dass ich immer noch nicht schwanger bin. Dabei wünsche ich es mir so sehr. Als müsste man sich etwas nur stark genug wünschen, damit es in Erfüllung geht. *Und jetzt ist Susie ganz da, inklusive der roten Clownsbäckchen, dem genervten Gesicht, verschwitzt und erledigt.*

Tyler und ich haben uns mit der Familienplanung acht ganze Jahre Zeit gelassen. Während sämtliche befreundeten Paare um uns herum sich mit einer Durchschnittsrate von einem Kind pro Jahr fortgepflanzt haben, sind wir zu zweit geblieben – ein glückliches, intaktes Duo, aber trotzdem nur ein Duo. Tyler wollte sichergehen, dass wir das alles alleine schultern können. Er wollte erst die finanzielle Nabelschnur zu meinem Vater kappen, ehe wir eine Familie gründen, und weil ich dieses Bedürfnis nachvollziehen konnte, wartete ich. Bis er vor drei Monaten – endlich – befördert wurde, abends nach Hause kam und sagte: «Okay. Wir tun's.» Ob er es eher wörtlich oder im übertragenen Sinne meinte, sei dahingestellt, jedenfalls haben wir es getan, wir taten es und haben es seitdem viele, viele Nächte lang getan, aber bis jetzt tragen unsere Anstrengungen keinerlei Früchte.

In meiner Unterhose breitet sich definitiv etwas Warmes aus. *Mist, Mist, Mist!*

«Hier.» Ich schleudere Susie das Polaroid wie eine

Frisbee-Scheibe entgegen, und das Foto landet auf ihrem Bauch. «Diesmal bleibst du verschont.»

Sie hält das Bild hoch, wirft einen kurzen Blick darauf und murmelt: «Du liebe Güte!» Dann lässt sie es in meine Handtasche fallen, die neben der Couch auf dem Boden steht.

«Wir treffen uns in fünf Minuten auf dem Klo», sage ich, schnappe mir einen Stapel Notenblätter und lasse sie auf Susies Brust segeln. «Und sieh dir die hier bitte kurz an. Anderson hat die Auswahl ziemlich eingeschränkt. *Oklahoma! Grease. The Music Man. The Sound of Music.* Den Rest überlässt er uns.» Susie stöhnt nur. Ich schwinge mir meine Tasche über die Schulter und verlasse unter den aufmerksamen Blicken meiner an die Wand gepinnten Schüler das Büro.

Unter dem Geruch nach billigem Putzmittel liegt dieser typische, leicht widerliche Gestank, der sämtlichen Schulklos der westlichen Hemisphäre zu eigen ist. Ich werfe einen Vierteldollar in den Tampon-Automaten, aber der Schacht ist leer, und mir bleibt nur die Wahl einer maxigroßen Damenbinde. Die rostige Türangel zur eigentlichen Toilette quietscht vernehmlich. Ich ziehe meinen Rock hinauf und die Unterhose herunter und entdecke … nichts. Kein hellroter Fleck, der den Beginn meiner Periode verkündet, und auch kein tiefrotes Malheur, das darauf hindeutet, dass ich mit der Binde eine satte Viertelstunde zu spät dran bin. Nichts. *Wahrscheinlich war es nur ein Riesensturzbach Schweiß!*, denke ich hoffnungsvoll.

Die Tür zur Mädchentoilette geht schwungvoll auf, Flip-Flops laufen über die Fliesen zur nächsten Kabine. Eine Schülerin erledigt schnell ihr Geschäft, und das Geräusch der Spülung überdeckt fast ihren sofortigen Abgang. Teenager haben grundsätzlich keine Zeit, sich die Hände zu waschen. An Bakterien verschwenden sie erst gar keinen Gedanken. Teenager sind unbesiegbar. Hell und strahlend. Unverwüstlich. Teenagern gehört die Welt. Das bekomme ich tagtäglich von denen zu hören, die sich auf meine Couch plumpsen lassen. Ihre Lässigkeit strömt mir entgegen, begleitet von unbeschreiblichen Erwartungen an die Zukunft, hoffnungsvoll und lächerlich zugleich.

Ich drücke die Binde in mein Höschen, nur zur Sicherheit, falls ich mich doch getäuscht habe, und ziehe es wieder hoch.

Wieder öffnet sich quietschend die Tür zum Waschraum.

«Tilly? Bist du fertig?»

«Komme gleich, Sekunde noch.» Ich betätige anstandshalber die Spülung und werfe Susie wenig später im Spiegel ein Lächeln zu. «Nichts. Drück mir die Daumen.»

«Bist du drüber?»

«Nein, noch nicht, aber man kann ja nie wissen.» Ich halte die Hände unter den Wasserhahn und kühle mir die Augen, eine flüchtige Erleichterung in dieser Hitze. Dann sehe ich mein Spiegelbild an: großäugig, erwartungsvoll, absolut bereit für das, was kommen mag. Der Abschlussball. Das Musical. Das Kind, das sich vielleicht in diesem Augenblick in mir einnistet.

«Gut. Daumen gedrückt», sagt Susanna, und ich merke, wie fertig sie aussieht, wie verändert. Noch vor einem Jahr wirkte sie wie die Schülerinnen hier: strahlend und fröhlich und voller Energie. Und jetzt? Müde, abgekämpft, wie abgestumpft. Die dunklen Augenringe, der verhärmte Zug um den Mund, der zerknitterte Rock.

«Gehen wir.» Ich nehme meine Tasche vom Waschtisch, bis oben hin voll mit Kontaktdaten für Studienbewerbungen und potentielle Jobangebote.

Wir durchqueren die leere Aula der Westlake High School. Inzwischen ist jeder, selbst der renitenteste Schüler, in den Nachmittag entlassen worden, ins lange Feiertagswochenende, das mit Grillfesten, Feuerwerk und kaltem Bier auf Nachbars Terrasse lockt. In diesem Augenblick aber tummelt sich die halbe Stadt auf dem Volksfest.

Wir kommen an der Vitrine der Sportfachschaft vorbei, die vollgestopft ist mit Mannschaftspokalen, und ich erhasche einen Blick auf das Mannschaftsfoto aus Tylers Abschlussjahr. Er war der Star der Baseballmannschaft: Shortstop, Kapitän und bester Spieler um die Meisterschaft. Betrachtet man das Zeitungsfoto neben dem Pokal genauer, entdeckt man mich als Siebzehnjährige, ein euphorisches Grinsen im Gesicht, voller Stolz auf Tys Sieg, der Körper in dem Cheerleader-Kostüm noch rank und schlank. Ich mache mir dieser Tage kaum noch die Mühe, einen Blick in die Vitrine zu werfen, doch es genügt zu wissen, dass dieses Foto da ist, um glücklich zu sein.

Susanna und ich treten durch die schweren Metalltüren ins Freie. Draußen ist es zu stickig zum Atmen. Die Sonne brennt erbarmungslos. Ich schließe die Augen und lächle ihr zu. *«Oh, what a beautiful morning!»*

«Bist du noch ganz bei dir?», fragt sie mich verständnislos. «Es ist vier Uhr nachmittags.»

Ich beginne zu summen.

«Ach, verstehe. *Oklahoma!*»

«Mit *Oh, what a beautiful afternoon* würde das ganze ja auch überhaupt nicht funktionieren, oder?» Ich warte darauf, dass sie ihren Minivan aufsperrt. «Auch wenn es stimmt.» Ich strahle sie an. «Es ist ein wunderschöner Nachmittag.»

Sie verdreht die Augen.

«Ach, komm schon», sage ich. «Das wird bestimmt lustig.»

«Klingt eher nach *Trouble with a capital T*», antwortet sie trocken, steigt ins Auto und startet die Zündung.

«Oh, ein Zitat aus *Music Man*! Hätte nicht gedacht, dass du das draufhast!»

Wir fangen beide an zu lachen, ein spontanes, befreiendes Gelächter, das uns seit Kindergartenzeiten unzertrennlich macht.

Eine Sekunde lang überlege ich, ob ich sie nach Austin fragen soll. Ich will wissen, ob Susanna ihn jetzt wieder zurücknehmen will oder nicht, ob sie glaubt, dass sich vielleicht doch noch ein Weg findet, ihre Ehe zu retten, den Schwur zu halten. Aber sie lächelt endlich mal wieder, genießt den Augenblick, und es fühlt sich viel einfacher an, nicht zu fragen. Später vielleicht. Aber nicht jetzt. Außerdem haben wir, noch ehe ich das Thema anschneiden könnte, den Schulparkplatz verlassen und die Fenster runtergekurbelt. Der Wind zerzaust unser Haar, das Radio läuft, und einen Augenblick lang fühlt es sich an, als wären wir wieder siebzehn.

Susanna biegt auf den Parkplatz direkt hinter dem handgemalten Schild: 4. JULI – REMMIDEMMI – WESTLAKE-RUMMEL!

Auf dem Festplatz ist es wuselig. Sämtliche Geschäfte der Stadt präsentieren in bunt blinkenden Buden ihre Waren. An einigen Ständen erklingt Country-Musik, an anderen plärrende Hupen, und wieder andere versuchen uns einfach durch Zurufe anzulocken. Wir schlendern durch die Gassen, kaufen uns beide einen batteriebetriebenen Miniventilator für zwei Dollar – ein jämmerlicher Versuch gegen diese Hitze – und winken immer wieder alten Bekannten zu. Ich wohne schon mein ganzes Leben lang in Westlake; wir haben uns alle gegenseitig großgezogen.

Der Festplatz verströmt den typischen, ureigenen Jahrmarktsmief: eine Mischung aus Tiergestank, gebrannten Mandeln, Frittierfett und menschlichen Ausdünstungen, und der Staub überzieht uns augenblicklich mit einer feinen Schicht. Wir kommen am Streichelgehege vorbei, und ich binde meine dunkelblonden Haare zu einem festen Pferdeschwanz.

«Bis gleich», sagt Susanna. «Austin schwirrt irgendwo mit den Kindern rum. Wir haben uns zur Übergabe verabredet.»

«Soll ich mitkommen?»

Sie schüttelt den Kopf. «Nicht nötig. Er war gestern sogar zum Abendessen da.»

«Läuft es wieder besser?»

Sie zuckt die Achseln. «Mal sehen», sagt sie ein bisschen zu barsch, mit weniger Bereitschaft zur Vergebung in der Stimme, als ich es mir für Tylers besten Freund gewünscht hätte. Austin ist eigentlich kein mieser Kerl, aber er hat einen Fehler gemacht, der ihn vielleicht seine Ehe kosten wird. Nach einer sehr fröhlichen Happy Hour hat er mit seiner Sekretärin in ihrem Wagen rumgeknutscht, und zwar dämlicherweise in seiner eigenen Auffahrt, just in dem Augenblick, als Susie zum Schlafzimmerfenster hinaussah. Nicht, dass ich ihre Verbitterung nicht verstehe; ich will nur einfach nicht, dass ihre Beziehung zerbricht. Nicht die Ehe der beiden. Nicht unser Kleeblatt, das seit der High School unzertrennlich ist.

Ich sehe ihr nach und mache mich auf die Suche nach Tyler, was bei dem Trubel hier völlig sinnlos ist. Also gehe ich stattdessen in Richtung Eisstand.

«Hallo, Mrs. F.»

Ich drehe mich um und entdecke Claudette Johnson, eine meiner Lieblingsschülerinnen, in viel zu kurzen Shorts und einem viel zu engen T-Shirt, auf dem eine zwinkernde Mickymaus prangt. Claudette ist schlank und braun und selbstsicher, und wer sie nicht näher kennt, würde nie darauf kommen, dass dieses Mädchen sich überhaupt nicht über sein gutes Aussehen definiert.

«Hallo, CJ! Na, wie läuft der Sommer?»

«Nicht schlecht. Der letzte echte Sommer, ehe ich hier raus bin.» Ihr Lächeln lässt das ganze Gesicht erstrahlen und verwandelt diese Kleinstadtschönheit in etwas Atemberaubendes. Genau dieses Lächeln bekomme ich immer zu sehen, wenn sie mich in meinem Büro besucht, um über ihr Leben auf einer größeren Bühne als Westlake zu sprechen.

Ich wünschte nur, sie hätte es nicht ganz so eilig. Das sage ich ihr jedes Mal. Ich versuche dann stets, ihr zu vermitteln, wie viel Positives daran ist, hier Wurzeln zu schlagen, in ihrer Heimatstadt. Ihrem Vater wird es mit Sicherheit das Herz brechen, wenn sein einziges Kind sich auf den Weg in die große weite Welt macht, wo es womöglich mit einem einzigen Bissen verschlungen wird; inmitten der Gemeinschaft, die sie und ihren Vater aufgefangen hat, als ihre Mutter sich vor sieben Jahren einfach vom Acker machte. Doch das kommt für CJ nicht in Frage; an Alternativen verschwendet sie keinen Gedanken.

«Und? Bist du bereit für die Planung der Prom Night? Wir fangen nächste Woche an.»

Sie nickt. «Ich habe Ihre Mail bekommen. Stimmt es, dass Sie jetzt auch das Musical organisieren?» Direkt hinter ihr stehen ein paar Jungs aus dem Football-Team, die eindeutig die Aussicht genießen.

«Erwischt!» Ich lächle sie an. «Keine Angst; du kriegst als Erste Bescheid, wenn das Vorsingen ansteht.»

Die Schlange vor dem Eisstand schiebt mich langsam meinem ersehnten Nusshörnchen näher.

«Und? Wie laufen Ihre Ferien?», fragt CJ. «Haben Sie was vor?»

«Nichts Besonderes», sage ich und muss daran denken, wie sehr Tyler es bedauert, dass wir meine Sommerferien schon wieder nicht nutzen, um endlich mal nach Europa zu fliegen oder wenigstens die Küste runter nach Kalifornien zu fahren.

«Ich wünschte, wir wären verreist», sagte er neulich abends, kurz nach dem Telefonat mit Rektor Anderson. «Ich wollte schon immer mal nach San Diego zum Surfen.»

Ich rührte lachend die Tomatensauce um. «Also das höre ich heute aber zum ersten Mal.»

Er zuckte die Achseln und schaltete auf der Suche nach einem Baseballspiel durch die Kanäle. «Ich fühle mich alt. Ich habe das Gefühl, ich muss endlich mal was Neues ausprobieren. Warum nicht Surfen?»

«Ja, warum nicht?», stimmte ich gutmütig zu, erleichtert, dass er nicht vorschlug, im August doch noch irgendwie eine Reise reinzuquetschen. Mir kamen sofort tausend Einwände in den Sinn: Wir hätten kaum noch Zeit fürs Kindermachen, müssten wen finden, der die Blumen gießt, sich um das Haus kümmert, und müssten außerdem überlegen, wie ich trotzdem noch die Prom Night und das Musical organisieren könnte. *Es ist viel bequemer, dass wir zu Hause geblieben sind*, dachte ich. *Surfen kann Tyler immer noch irgendwann.* Ich rührte also mit dem hölzernen Kochlöffel in der Sauce und schwieg. Fast hätte ich gerufen, dass wir Paris auf dem Abschlussball erleben würden, aber ich ließ es, weil er dann sicher nur den Fernseher lauter gestellt hätte. Nicht, dass Tyler etwas gegen die Prom Night hat: Jahr für Jahr führt er mich pflichtschuldig auf die Tanzfläche. Aber letztes Jahr hat er zum ersten Mal gesagt, dass er sich langsam etwas zu alt vorkomme, eher Anstandswauwau als Ehemaliger, und als ich ihm letzte Woche freudestrahlend «Stadt der Lichter» als Ballmotto präsentierte, stand ihm das Desinteresse deutlich ins Gesicht geschrieben. Auch wenn Susanna hinterher meinte: «Das kannst du ihm kaum verübeln. Er ist zweiunddreißig. Wer will denn in dem Alter noch zur Prom Night gehen?» Ich gab ihr widerstrebend recht, aber insgeheim dachte ich: *Ich schon!*

Ich bleche stolze drei Dollar für mein Eis und verabschiede mich mit einem Winken von CJ. Das Nusseis kann der Hitze keine Sekunde lang trotzen und läuft mir schon bald über den Handrücken.

Ich schlendere in Richtung Autoscooter, und je näher ich komme, desto mehr übertönt Kinderkreischen die Bluegrass-Band, die hinter mir auf einer Bühne spielt. Ich entdecke Susanna mit ihren sechsjährigen Zwillingen. Sie verhandeln offensichtlich gerade über den Kauf von Zuckerwatte, während Austin unschlüssig danebensteht. Langsam schlendere ich weiter.

Als ich mir die klebrigen Eisreste von den Händen wische, entdecke ich hinter dem Hotdog-Stand ein kleines Zelt. Es ist in unwiderstehlich sattem Violett gehalten, den Eingang verdeckt ein kunstvoll drapierter Stoffvorhang, mit goldenen Sternen verziert, die in der Sonne blinken. Ich gehe darauf zu und spüre auf einmal die Binde in meiner Unterhose. *Bitte nicht. Bitte nicht meine Periode.* Ein stummes Stoßgebet. *Bitte, bitte, bitte nicht meine Periode!*

Ich ziehe den Samtvorhang zur Seite und strecke neugierig den Kopf ins Dunkel. Im Inneren ist es kühl, viel kühler als draußen auf dem Platz, und zum ersten Mal seit Stunden entspannt sich mein Körper. In einer Ecke brennen

Räucherstäbchen, und ein überwältigend süßlicher Vanilleduft steigt mir in die Nase.

«Hallo?», rufe ich. Es dauert etwas, bis meine Augen sich an das Dämmerlicht gewöhnt haben.

«Augenblick noch», antwortet eine Stimme durch einen weiteren Vorhang, der direkt hinter einem windigen Klapptischchen hängt. Dann taucht eine Frau mit der Statur einer Ringerin auf, gedrungen, kompakt, zwar geschmeidig, aber viel zu bullig, um graziös zu wirken. Ihr Haar ist so schwarz, dass es fast lila wirkt, und die alabasterfarbene Haut sieht im Kontrast dazu fast durchscheinend aus. Sie muss etwa in meinem Alter sein, auch wenn der viel zu dick aufgetragene Kajal mich an manche Schülerinnen erinnert, die die Kunst des Schminkens noch erlernen müssen. Plötzlich kommt sie mir bekannt vor.

«Oh Gott! Ashley Simmons?» Ich kneife forschend die Augen zusammen.

Sie tritt näher. «Ach. Silly Tilly Everett.» Ein leises Lächeln umspielt ihre Lippen. «Das überrascht mich nicht.» *Silly Tilly*. Die dumme Tilly. Mein Spitzname aus Kindertagen.

«Äh … inzwischen Tilly Farmer», sage ich und registriere erst dann, was sie eben gesagt hat. «Was meinst du damit? Du bist nicht überrascht, mich zu sehen?»

«Nicht wirklich.» Sie zuckt die Achseln. «Du warst schon immer wie ein offenes Buch.»

«Ich dachte, du wärst weggezogen.» Ich lenke ab, weil ich keine Ahnung habe, wovon sie spricht. Bis zur siebten Klasse gehörte Ashley mit Susanna zu meinem Beste-Freundinnen-Trio. In der Pubertät löste sich unsere Dreiecksbeziehung auf. Mit einem Mal ging es nur noch um Hormone und explodierende Brüste und *Boys, Boys, Boys*. Ashley zog es zu den Typen, die vor der Mittelschule abhingen, wo sie mit gnadenlosem Spott den Strebern hinterherjohlten, und später in die Kifferclique, die sich auf dem Parkplatz traf, während Susie und ich uns an die Sportskanonen, Cheerleader, den Prom-Night-Adel hängten. Das Letzte, was ich von ihr gehört hatte, war, dass sie nach zwei Jahren Berufsvorbereitung und anschließendem Besuch der Kosmetikschule nach Süden in Richtung Idaho verschwunden war.

«Ich bin vor ein paar Wochen zurückgekommen», erklärt sie. «Hab nicht viel Wind darum gemacht.» Sie zögert. «Meiner Mutter geht es nicht gut. Herzkrank.»

«Das tut mir leid», sage ich und meine es auch so. «Bitte grüß sie von mir.» Ashleys Eltern waren immer nett zu mir, auch dann noch, als wir beide uns schon längst auseinandergelebt hatten. Als meine Familie während der High School zerbrach, standen sie vor unserer Tür, mit Thunfischauflauf und einer Einladung zum Abendessen im Gepäck. Ich bedankte mich, schlug die Einladung jedoch aus und behauptete, wir hätten alles im Griff und bräuchten keine Hilfe. Ich bin mir nicht mal sicher, ob ich ihnen je die Tupperdosen zurückgebracht habe.

«Und was hat es mit diesem Zelt auf sich?», frage ich und sehe mich neugierig um.

«Ich gebe Séancen», sagt sie, als könnte ich damit irgendetwas anfangen.

«Séancen?»

«Ja, du weißt schon, Handlesen, Kartenlesen, den Leuten die Zukunft voraussagen und so. Ihr Schicksal deuten.»

Ich mache ein ziemlich ratloses Gesicht, doch dann fällt mir wieder ein, dass Ashley damals in der Schule schon so was behauptet hatte – dass sie den Leuten zum Beispiel voraussagen könne, wann sie sterben würden. Unheimliche Behauptungen, mit denen sie sich schließlich selbst zur Außenseiterin machte. Manchmal streifte sie mich in der Aula und flüsterte im Vorbeigehen Sachen wie: «Tilly Everett, ich weiß was über dich, das du nicht weißt!» Mir wurde nie klar, ob dahinter der Neid auf meine Beliebtheit steckte oder ob es nur harmlose Neckereien waren, ein winziger Funken Übermut, das letzte Überbleibsel unserer ehemaligen Kinderfreundschaft.

«Lass mich dir die Zukunft lesen», sagt sie. «In der Schule hast du mich nie gelassen. Die Zeit ist reif. Das spüre ich.»

«Äh, klar, warum nicht», sage ich nach kurzem Zögern. «Mein Leben ist allerdings in bester Ordnung.»

Ashley zieht eine verächtliche Grimasse. «Der Meinung warst du schon immer. Du hast Probleme immer gern verdrängt.»

«Stimmt doch gar nicht!», erwidere ich, augenblicklich in der Defensive. «Ich liebe mein Leben. Ich habe übrigens Tyler geheiratet. Wir versuchen gerade, ein Kind zu bekommen.»

«Als wäre das die Antwort auf alle Fragen. Als wären Tyler und Kinder die Lösung für alles», sagt sie und tritt hinter den wackeligen Tisch.

«Also für mich schon», sage ich. «Außerdem suche ich überhaupt nicht nach Antworten.» Ich verstumme, sauer auf mich selbst. «Sag mal, Ashley, worauf willst du eigentlich hinaus?»

«Na, ein bisschen Klarheit könntest du schon gebrauchen, Silly Tilly. *Erkenntnis* lautet das Zauberwort. Und dabei möchte ich dir gerne helfen.»

Ich wünschte, sie würde aufhören, mich so zu nennen. Ich komme mir vor, als wäre ich wieder neun Jahre alt.

«Setz dich», befiehlt sie und deutet auf einen klapprigen Stuhl vor dem Tisch. Ich gehorche, ohne zu wissen, wieso. Sie holt eine mit Wasser gefüllte Glasschale, zwei kleine

Kerzen, ein Glasröhrchen mit grauem Pulver und eine Gemüsewurzel.

Sie lässt sich mir gegenüber auf einen Stuhl plumpsen. Die Falten in ihrem Gesicht ziehen nach unten, und auf ihrer Oberlippe bilden sich runde Schweißperlen. Sie verschränkt ihre Finger mit meinen und schließt die Augen. Ich frage mich, ob ich es ihr nachmachen soll, und kneife fest die Augen zu, öffne sie aber sofort wieder, weil Ashley ihre Hände zurückzieht, als hätte sie einen elektrischen Schlag erhalten.

«Oh!», sagt sie sichtlich alarmiert. «Oje!» Sie lächelt, um den Schrecken zu verbergen. In dem Moment erinnert sie mich irgendwie an die Grinsekatze aus *Alice im Wunderland*. «Ich wusste schon immer, dass du etwas ganz Besonderes bist, Tilly Everett.» Sie nimmt ein Päckchen Streichhölzer zur Hand und zündet die Kerzen an.

Farmer, möchte ich sie korrigieren, Tilly Farmer. Nicht Everett. Tyler und ich sind verheiratet, wir kriegen bald ein Kind. Mehr brauche ich nicht auf der Welt, um glücklich zu sein!

«Erzähl mir das Allerwichtigste über dich, etwas, das ich nicht weiß, etwas, das vielleicht niemand weiß», raunt sie heiser. Es klingt gespenstisch, ihre Stimme ist nur noch ein Hauch.

«Ich habe keine Geheimnisse», antworte ich, ohne zu zögern. «Das habe ich dir doch eben schon gesagt – ich liebe mein Leben. Ich habe nichts zu verbergen.»

«Jeder Mensch hat etwas zu verbergen», sagt sie und sieht mir direkt in die Augen.

«Also, ich nicht. Ich bin glücklich. Und das ist alles, was zählt.» Inzwischen wünschte ich fast, ich hätte mich nicht darauf eingelassen. *Ja, warum hast du dich überhaupt darauf eingelassen?*

Ashley brummt eine Antwort, die sich nicht deuten lässt. Sie streut mir das kohlenstaubartige Pulver auf die Handflächen und zerrt meine Arme so heftig zu sich herüber, dass sie mir um ein Haar die Schultern ausgekugelt hätte. Meinen Protest beachtet sie gar nicht. Sie drückt mir die Wurzel in die Hand und atmet tief ein und aus. Der Geruch des Räucherstäbchens vermischt sich mit ihrem schalen Atem und dem verkohlten Geruch des Pulvers. Ich schlucke verzweifelt, um mich nicht jeden Augenblick übergeben zu müssen. Da zieht sie plötzlich die Wurzel aus meinen Händen, taucht meine Fingerspitzen in die Schale mit dem kühlen Wasser, und das schwindelige Gefühl ist verschwunden.

«Oh!», sagt sie noch einmal, panisch und euphorisch zugleich, während sie mich anstarrt, fast verschlingt mit ihrem glühenden Blick.

«Was? Was *Oh!?*», herrsche ich sie an, genauso panisch wie sie, weil das Ganze für meinen Geschmack ein bisschen zu real ist und definitiv unheimlicher als erwartet. Auf meinen Unterarmen stellen sich sämtliche Härchen auf. «Hast du meine Zukunft gesehen?»

Mach dich doch nicht lächerlich, Tilly!, denke ich im gleichen Moment. *Niemand kann in die Zukunft sehen.*

«So funktioniert das nicht, Tilly.» Sie lächelt, aber es ist ein nacktes Grinsen, ohne Zuneigung.

«Was meinst du damit? Du hast gesagt, du kannst meine Zukunft lesen. Also? Was ist jetzt damit?» *Steh auf und verschwinde! Hau einfach ab! Ashley Simmons ist eine wandelnde Katastrophe, die jeden mitreißt, der ihr in die Quere kommt.*

«Manchmal kann ich Dinge sehen, und manchmal enthüllen sich mir Dinge anderer Art», sagt sie, als sei das die Antwort auf alle Fragen. «Das verstehst du vielleicht nicht.»

«Nein», sage ich. «Ehrlich, Ashley, ziehst du jetzt eine Art Karma-Rache ab, weil wir auf der High School keine Freundinnen mehr waren, oder was wird das hier?» Ich stehe auf.

«Setz dich!», befiehlt sie. «Ich bin noch nicht fertig. Außerdem dreht sich nicht immer alles nur um die High School, Tilly.» Ihr Tonfall nimmt mir den Wind aus den Segeln, und ich sinke mit zitternden Knien zurück auf den Stuhl. «Mach die Augen zu.»

Ich gehorche und höre, wie sie hinter mich tritt. Dann spüre ich, wie sie mit dieser grässlichen Wurzel über meine Schläfen reibt und dann über meine heftig pochende Kehle. Wie ein Spinnennetz legen sich ihre Finger über meinen Schädel, und sie presst die Nägel wie winzige Heftklammern in meine Stirn. In meinem Rückgrat höre ich einen Wirbel knacken, ich verliere das Gleichgewicht, und obwohl ich die Augen geschlossen habe, spüre ich, wie sich alles um mich dreht und die Schwerkraft mich auf den schmutzigen Lehmboden zieht.

Doch dann löst sie mit einem Ruck die Hände von mir, und das Schwindelgefühl ist verschwunden. Als ich die Augen wieder öffne, hat das Zelt sich verändert. Es wirkt heller, strahlender, auf eine Art und Weise, die ich nicht beschreiben kann.

«*Jetzt* sind wir fertig», sagt Ashley keuchend. Der Kragen ihrer Bluse ist voller Schweißflecken. «Ich berechne dir nichts dafür. Du darfst es als Geschenk betrachten.»

«Was für ein Geschenk denn?» Ich bin fassungslos. «Du hast mir doch überhaupt nichts gesagt.»

«Das Geschenk der Klarheit, Tilly. Das, was du meiner Meinung nach schon immer gebraucht hast.»

«Ich kapier kein Wort». Mit zittrigen Beinen erhebe ich mich zum Gehen.

«Das wirst du schon noch», sagt sie. «Du wirst es kapieren. Da bin ich mir sicher.» Dann verschwindet sie hinter dem Vorhang, ohne sich zu verabschieden. «Du wirst es bald verstehen», ruft sie mir noch hinterher. «Und wenn wir uns das nächste Mal sehen, wirst du mir für meine Großzügigkeit dankbar sein.»

Ich möchte noch etwas erwidern, doch sie ist verschwunden. Also schlage ich den Vorhang des Zelts zurück, kneife die Augen gegen das grelle Licht draußen zusammen und mache mich auf die Suche nach Tyler. Ich versuche, jeglichen Gedanken an Ashley Simmons zu verbannen, an ihre ominösen Prophezeiungen und an die Idee, sie hätte die Gabe, die Zukunft, *meine* Zukunft, zu erahnen.

So ein Quatsch!, schnaube ich insgeheim. *Sonst noch Wünsche?*, denke ich, während ich am Kettenkarussell vorbeigehe, und ignoriere dabei meine zitternden Hände. Kreuz und quer laufe ich über den Jahrmarkt und schließe mit dem Thema ab.

Nicht eine Sekunde lang kommt mir in den Sinn, Ashley Simmons könnte womöglich richtig liegen. Ausgerechnet sie könne diejenige sein, die mich aus der fest verankerten Gegenwart heraushebt und auf eine rutschige Zeitschleife setzt.

Zwei

Zwei Stunden später, kurz bevor die Sonne endlich hinter dem Horizont verschwindet und uns eine kurze Verschnaufpause von der stickigen, feuchten Hitze des Tages vergönnt, haben Ty und ich uns an der Kegelmaschine wiedervereint und uns die Bäuche mit Putenkeulen und Popcorn vollgeschlagen. Dann treten wir den Heimweg an.

Tyler fährt. Unser Heimweg windet sich durch die kleinen Straßen der Stadt, deren ausgeblichene Markisen und typischen Gerüche mir vertraut sind wie eine zweite Haut. Vorbei an der Grundschule, in der Susie und ich unsere ewige Freundschaft besiegelt haben, vorbei an dem Chevrolet-Händler, wo mein Vater mir mein erstes Auto gekauft hat, vorbei an dem italienischen Restaurant, das CJs Vater schon geführt hat, als sie noch ein kleines Baby war, vorbei an dem Elektrogeschäft, das mein Vater schon vor meiner Geburt eröffnete und zwischendurch fast verlor, weil er so viel trank, dass er den Unterschied zwischen Waschmaschine und Trockner nicht mehr kannte. Ty und ich schweigen, es ist das vertraute Schweigen zwischen zwei Menschen, die einander seit über zwanzig Jahren kennen, und ich berechne in Gedanken, wie lange wir noch brauchen, bis wir zu Hause sind und ich ins Bad rennen kann, um nachzusehen, ob die Binde in meinem Höschen noch immer fleckenlos ist.

Ich weiß, dass ich zu verbissen bin. Immer wenn ich verzweifle, weil wieder ein Monat ergebnislos verstrichen ist, versucht Ty, mich zu besänftigen. «Nichts passiert ohne Grund, Babe», sagt er dann, und obwohl ich weiß, dass er es nur nett meint, ärgere ich mich trotzdem jedes Mal. *Als wäre alles in meinem Leben aus irgendeinem Grund geschehen!* Was für eine idiotische Vorstellung. Als würde ich nicht einen Großteil davon ungeschehen machen, wenn ich nur könnte. Aber ich kann es nicht, und das weiß ich, und mit diesem Wissen lebe ich schon mein Leben lang, und immer, wenn Tyler solche Sachen von sich gibt, streiche ich ihm sanft über die Wange und bedanke mich bei ihm. Weil ich weiß, dass er im Grunde nur sein Bestes gibt.

Ty biegt in unsere Sackgasse ab. Die Ulmen blühen, um die Stämme stehen Wildblumen, und dazwischen ranken vereinzelt Rosenbüsche. Als wir im Leerlauf in die Einfahrt rollen, sehe ich auf den Haustürstufen meine jüngste Schwester sitzen, einen Strauß Iris in der Hand.

«Oh, Scheiße!», sage ich und schnalle mich ab, während ich gleichzeitig in einer einzigen, fließenden Bewegung die Autotür öffne. Mit dem Luxus herrlich gekühlter Luft ist es augenblicklich vorbei.

«Was macht die denn hier?» Ty stellt den Motor ab.

«Wir haben es vergessen.» Ich drehe mich zu ihm um und merke, dass er keine Ahnung hat, wovon ich spreche. «Den Geburtstag meiner Mutter. Den haben wir völlig vergessen.»

«Oh, Mist!» Es ist eher ein Seufzen als eine aufrichtige Klage. Er rückt sich seine Baseballkappe zurecht, eine minimale Verzögerungstaktik, ehe wir dem Feind entgegentreten. Gleichzeitig steigen wir auf die Trittbretter unseres Ford Explorer, gebraucht und mit Preisnachlass gekauft, und springen auf die Kiesauffahrt.

«Ich warte hier seit zwei Scheißstunden!», fährt Darcy mich zur Begrüßung an. «Hast du eine Ahnung, wie lange zwei Scheißstunden sein können, wenn man nur dumm rumsitzt und wartet?»

«Warum hast du mich nicht angerufen?», frage ich.

«Der Akku ist leer.» Sie zuckt mit den Achseln. *Natürlich ist der Akku leer*, denke ich. Darcy hat noch nie vernünftig vorbereitet das Haus verlassen oder das Richtige mitgenommen. «Ich kann nicht fassen, dass du es vergessen hast!», sagt sie.

«Ich hab es nicht vergessen», lüge ich. «Ich hatte einen furchtbar vollen Tag. Du weißt doch, dass der Jahrmarkt *die* Gelegenheit für die Schule ist, Spenden zu sammeln.» *Vom Triumphbogen ganz zu schweigen. Wie soll ich an Moms Geburtstag denken, wenn ich den Triumphbogen im Kopf habe?* «Außerdem bin ich dieses Jahr für das Schul-Musical verantwortlich», schiebe ich nach einer kurzen Pause hinterher, als ließe Darcy sich damit tatsächlich beeindrucken. Als könnte ich sie überhaupt mit irgendwas beeindrucken.

«Ist ja auch egal», sagt sie, gänzlich unbeeindruckt. «Moms Geburtstag ist schließlich nur einmal im Jahr.»

Ich zucke mit den Achseln, nicht gewillt, mich provozieren zu lassen. Tyler sperrt auf, verschwindet ins Haus und überlässt mich meinem Schicksal. Die Fliegentür knallt zu, und Darcy wartet nägelkauend darauf, dass ich Buße tue. Mich durchfährt ein Stich aus Mitleid für meine kleine Schwester.

«Hör zu, es ist immer noch hell. Ich gehe nur noch schnell aufs Klo, und dann fahren wir los, okay?»

«Okay.» Sie zieht eine Schnute, und ich muss daran denken, was für ein launisches Kind Darcy gewesen ist, in welch blitzartigem Tempo ihre Stimmung von sonnig auf bewölkt und dann auf Sturm umschlagen konnte.

«Ich warte im Auto.» Sie steht auf, ihr dunkelblonder Pferdeschwanz wippt hin und her, und mir fällt auf, wie dünn sie geworden ist, seit sie in L. A. lebt. Die kurze Hose sitzt mehr als locker auf den Hüftknochen; die Brüste sind inzwischen klein wie Mäusefäuste; die Beine so schlaksig wie bei einem Rehkitz.

Darcy knallt die Autotür hinter sich zu, was übersetzt eindeutig «Leck mich!» heißt, und ich trotte auf die Toilette neben der Eingangstür und zerre die Unterhose runter, um nach der XXL-Maxibinde zu sehen. Sie ist immer noch rein.

Ich strecke mich, mustere mein Spiegelbild. Irritiert sehe ich näher hin. Irgendetwas ist anders. Unter der Blässe liegt eindeutig ein Grauton, und die Schatten unter meinen Augen haben einen seltsam gelblichen Schimmer. *Hitzschlag*, denke ich und beuge mich über das Waschbecken, um mir die hohlen Wangen mit Wasser zu bespritzen. Ich wische die Tropfen weg, trockne mir mit einem Handtuch das Gesicht ab, und als ich wieder in den Spiegel schaue, erschrecke ich fast zu Tode: Ashley Simmons starrt mir entgegen, Ashley, wie sie leibt und lebt, mit ihren dunkelbraunen Augen und dem schwarzen Stufenschnitt.

Herr im Himmel! Mir springt um ein Haar das Herz aus der Brust. Kreischend mache ich einen Satz nach hinten und stoße mit den Kniekehlen gegen die Kloschüssel. Todesmutig mache ich einen Schritt auf den Spiegel zu, blinzle zweimal heftig, und – *peng!* – ist Ashley verschwunden, nur noch ein Hirngespinst, eine Erinnerung an diesen Nachmittag. Ich sehe noch einmal hin, nur um sicherzugehen, aber da bin nur ich; aschfahl, abgekämpft, mit einer angepissten Schwester im Auto und Grauen im Magen bei dem Gedanken an die nächste missglückte Empfängnis. Mit einer heftigen Kopfbewegung schüttle ich die Gedanken ab. *Halluzinationen durch Hitzschlag!* Ich darf nicht vergessen, das nachher zu googeln.

Draußen hupt es. Mit einem Ruck komme ich zu mir

und habe das Bild von Darcy vor Augen, die ungeduldig im Auto sitzt, nervös mit dem linken Bein wippt und vor Ärger kocht.

«Ty», rufe ich. Ich weiß genau, dass er in seinem Zimmer sitzt, völlig in das Mariners-Spiel vertieft, und frühestens in einer Stunde überhaupt merkt, dass ich weg bin. Jahr für Jahr verfallen wir von April bis September in dasselbe Muster, ab und zu sogar bis Oktober, je nachdem, wann die Playoffs angesetzt sind: Ty verzieht sich vor den Fernseher, um möglichst kein Spiel zu verpassen, und ich genieße die kostbare, ruhige Zeit für mich allein! Ich setze mich nach einem anstrengenden Arbeitstag voller Anforderungen, die nie vergolten werden, gemütlich vor den PC, surfe im Internet, besuche Online-Fotogalerien und tue so, als würde ich tatsächlich mit dem Gedanken spielen, selbst wieder zur Kamera zu greifen, obwohl der Traum von einer Karriere als Fotografin ebenso im Sand verlaufen ist wie Tys Baseballambitionen, wenn auch aus völlig anderen Gründen.

«Wir fahren!», rufe ich noch lauter, in der Hoffnung, den Fernsehlärm zu übertönen. Doch ich bekomme keine Antwort, also schnappe ich mir den Autoschlüssel vom Tischchen am Eingang, ziehe die Haustür hinter mir zu, steige zu Darcy ins Auto, und wir machen uns auf den Weg zu unserer Mutter.

Westlake, 81 000 Einwohner, ist schon immer ein Nest gewesen, eine Stadt, deren schicker Name die eher trostlose Wirklichkeit Lügen straft. Fragt man die Einheimischen, wird einem jeder bestätigen, dass nur ein einziger Glücksfall unsere Stadt vom Wohlstand trennt. Nur eine einzige besonders gute Apfelernte oder eine Fabrikeröffnung, und es würde Manna vom Himmel regnen. So ist es, seit ich denken kann. Die meisten von uns sind nie von hier weggekommen; wir sind zufrieden mit unserem Schicksal, das vielleicht nicht das beste sein mag, aber wir sind trotzdem dankbar dafür. Auf dem Schild am Ortsrand steht zur Begrüßung der Besucher WILLKOMMEN IN WESTLAKE! BLEIBEN SIE DOCH EINE WEILE HIER! Aber keiner tut es. Die meisten befinden sich auf der Durchreise, hetzen auf dem Weg westwärts nach Seattle oder ostwärts nach Boise durch die Stadt, ohne auch nur einen Blick nach links oder rechts zu verschwenden. Keiner von denen bleibt. Nur wir. Wir kleben fest.

Darcy ist eine Ausnahme, in mehrerlei Hinsicht. Zum einen weil sie tatsächlich weggezogen ist. Ich habe sie angefleht hierzubleiben, und ich habe die Mischung aus Bewunderung und Trauer auf dem Gesicht meines Vaters gesehen, als sie ihren Toyota vollgepackt hat und davongefahren ist, sprichwörtlich in den Sonnenuntergang hinein. Aber mit vernünftigen Argumenten war Darcy noch nie beizukommen. Also ließen wir sie ziehen, in der Hoffnung, dass sie findet, wonach sie sucht. Oder dass sie (und vielleicht war das insgeheim unsere größte Hoffnung) zu uns zurückkommen würde.

Zum anderen hatten Darcy, unsere mittlere Schwester Luanne und ich Glück gehabt, falls man unserer Geschichte etwas Positives abgewinnen konnte (was ich zu meinem Ansatz gemacht habe). Der Laden meines Vaters hatte weder unter harten Wintern zu leiden noch unter der Entlassungswelle des Boeing-Werks, die so einige unserer Nachbarn zum Stempeln zwang. Die Leute sehnten sich immer nach einem neuen Fernseher, mochte der vierzehntägliche Gehaltsscheck auch noch so mager sein, und die Anschaffung eines neuen Kühlschranks konnte man schlecht verschieben, wenn der alte mitten im Hochsommer plötzlich stotternd den Geist aufgab. Mein Vater war über viele Jahre – ganz zu Beginn und auch später wieder, als er die Phase der Selbstzerstörung endlich überwunden hatte – ein echter Lebemann. Mitglied im Elks Club, Sponsor einer Little-League-Mannschaft, ein beliebter, geselliger Bär mit zügellosem Lachen und moderat gefülltem Bankkonto, das Darcy ihren Toyota finanzierte und Tyler und mir das freistehende Vierzimmerhaus, das mein Vater uns zur Hochzeit schenkte.

Darcy und ich schlängeln uns durch die Straßen, fahren an Wohnhäusern mit abblätternden Fassaden vorbei, die zunehmend trostloser werden, je weiter wir uns aus meinem Viertel entfernen. Die Veranden sind gesprenkelt mit amerikanischen Flaggen und trocknender Wäsche. Ich versuche, eine Brücke zu meiner schmollenden Schwester zu bauen.

«Wie lange bleibst du?», frage ich und hoffe heimlich, dass die Antwort «Für immer» lautet, hoffe, dass sie ihren unentwegten Freiheitsdrang endlich aufgegeben hat, diese Sehnsucht nach etwas *«Größerem als das hier!»*. (Ihre Worte, nicht meine.)

«Nur eine Woche», sagt sie und starrt zum Fenster hinaus.

«Wohnst du bei Dante?», will ich wissen.

«M-hm», macht sie. «Er hat ein tolles Klavier. Ich kann die ganze Nacht spielen.» Dante Smiley, ursprünglich Daniel Smiley, hat seinen Namen während einer Gothic-Phase in der neunten Klasse geändert, und der Spitzname ist ihm geblieben, obwohl er inzwischen schon lange als biederer Anwaltsgehilfe in einer Kanzlei im Einkaufszentrum arbeitet. Er spielt ab und zu Schlagzeug für Murphy's Law, eine bestenfalls mittelmäßige Garagenband, die etwa einmal pro Monat in irgendwelchen Bars in der Stadt auftritt.

Darcy hat ihm in ihrem Abschlussjahr auf der High School mit der Ankündigung das Herz gebrochen, im September aufs Berklee College in Boston zu wechseln, ohne auch nur den Hauch der Absicht, ihre zweijährige Beziehung zu ihm weiterzuführen. Jetzt öffnet er ihr, sobald sie sich in der Stadt blicken lässt, Tür und Tor, mit einer bitteren Mischung aus Wehmut und Hoffnung auf eine neue Chance. Die Beratungslehrerin in mir hält ihn für sträflich naiv, während die unverwüstliche Optimistin ihn für seine unerschütterliche Romantik bewundert.

«Und? Wie läuft's in L. A.?», frage ich.

«Gut.»

«Ist der Plattenvertrag schon ein bisschen nähergerückt?», frage ich so sanft wie möglich, weil Darcys Temperament an diesem Punkt der Unterhaltung normalerweise hochgeht wie ein Flammenwerfer.

Seufzend wirft sie mir einen Seitenblick zu. «Bitte, Tilly. Ich bin müde. Können wir das Thema bitte verschieben, aus Respekt für Mum? Geht das?»

Ich nicke und lächle meiner Schwester zu, die mit ihren dreiundzwanzig Jahren noch immer so herzzerreißend kindlich ist, noch immer so viel ans Licht zu holen hat. Sie erwidert mein Lächeln, auch wenn ihre Augen vor Traurigkeit fast überlaufen, und ich muss mich zusammenreißen, um nicht das Lenkrad loszulassen und sie so fest in den Arm zu nehmen, dass ich sie sicher zerquetscht hätte.

«Hast du Lulu erreicht? Kommt sie auch?» Ich setze den Blinker, um rechts in die lange Allee abzubiegen, die uns zu unserer Mutter führt. Die Sonne schickt uns ein letztes, gleißendes Leuchten, ehe sie sich zur Ruhe begibt, und wir heben gleichzeitig den rechten Arm wie zwei Synchronschwimmerinnen, um die Sonnenblenden herunterzuklappen.

«Sie war vorhin schon da», sagt Darcy ohne Groll. «Sie hat Spätdienst.»

«Und hast du dich bei Dad gemeldet?» Ich halte die Luft an.

«Er weiß nicht, dass ich da bin.»

Ich biege in den Parkplatz ein und stelle den Motor ab.

«Darcy.» Ich sehe ihr fest in die grauen Augen und hoffe, dass ich nicht bevormundend klinge. «Du hättest ihn anrufen sollen.»

«Hätte, sollte, müsste, könnte», sagt sie, macht die Autotür auf und greift nach dem leicht welken Blumenstrauß. «Willkommen im Leben. Und jetzt los.»

Darcy geht voraus, kreuz und quer durch das Labyrinth aus Grabsteinen. Die Dunkelheit senkt sich herab, und der stets unsichtbare Friedhofswärter hat die etwas zu grellen Laternen eingeschaltet, die den Friedhof fast in künstliches Tageslicht tauchen. Der Schein der Lampen bricht sich an den Grabsteinen und traurigen Mahnungen der Tragödie, die uns allen unausweichlich bevorsteht. Schweigend gehen wir hintereinander über den verschlungenen Pfad, eine alte Gewohnheit aus Darcys Kindheit, als sie noch an Gespenster glaubte und Luanne und mich flüsternd zum Schweigen brachte, damit wir die Geister nicht störten. Manchmal riecht es hier nach frischgemähtem Gras oder Regen, aber heute liegt der Geruch nach Mulch, nach frischer Erde in der Luft, Zeichen dafür, dass kürzlich wieder eine Familie einen geliebten Menschen zur letzten Ruhe betten musste.

Ich nähere mich Moms Grabstein. Ein einzelner Strauß Rosen steht gegen den Stein gelehnt. Unbewusst werde ich langsamer, weil mich die altbekannte, so komplizierte Mischung aus Furcht und Respekt überkommt und das Gefühl, dass ich mich nach all den Jahren noch immer nicht an die Grabinschrift gewöhnt habe – MARGARET EVERETT, GELIEBTE MUTTER, EHEFRAU UND LEHRERIN. Stumme, in Granit gehauene Worte, die nicht in der Lage sind, mir auf all die Dinge Antwort zu geben, die ich ihnen in den fünfzehn Jahren anvertraut habe, seit meine Mutter gestorben ist.

«Oh, Mama!» Darcy lässt sich mit gekreuzten Beinen vor den Stein sinken, den Rücken gekrümmt wie ein Fragezeichen, während ich mich im Hintergrund halte und ihnen ihren Augenblick lasse. Aus diesem Blickwinkel betrachtet, erinnert sie mich so sehr an das Kind, das sie mal war, das kleine, achtjährige Mädchen, das Stunden hier saß und unsere Mutter anflehte zurückzukommen, die Augen voller Tränen, von denen ich nicht ahnte, dass sie immer noch kamen.

«Alles Gute zum Geburtstag», flüstert Darcy, den Kopf auf die Brust gesenkt, und ich mache noch einen Schritt zurück, peinlich berührt, weil ich die Geheimnisse gar nicht wissen will, die Darcy gleich dem einzigen Menschen anvertrauen wird, der sie je zu zähmen verstand.

Als sie fertig ist, trete ich vor und gönne auch mir einen Augenblick stiller Andacht mit meiner Mutter. Direkt nach ihrem Tod war ich ständig zu Besuch. Ich fragte sie, wie ich mit meinem Vater fertigwerden soll, der angefangen hatte, sich und seinen Schmerz mit Alkohol zu betäuben, alleingelassen mit einem Haus voll weiblicher Hormone – und einer Kommunikationsfähigkeit, die man bestenfalls als verkrüppelt bezeichnen konnte –, und ich erzählte ihr, dass ich alles tat, was in meiner Macht stand, um Darcy vor den Höllenqualen zu bewahren, die in unserem Leben Einzug gehalten hatten. Als Ty und ich anfingen, miteinander zu gehen, nur einen Monat nach ihrem Tod, saß ich stundenlang hier, zupfte Grashalme und schüttete ihr mein bis über beide Ohren verliebtes Teenager-Herz aus.

Doch irgendwann ging die Zeit weiter. Ich wechselte aufs College in der Nachbarstadt und verbrachte die Wochenenden bei Ty, der an der University of Boston ein Baseballstipendium bekommen hatte. Die Jahre vergingen, und ich besuchte meine Mutter zwar immer noch, doch dabei kam mir das Leben in die Quere, und ich hatte immer das Gefühl, Mom hätte sich genau das für mich gewünscht. Aus wöchentlichen Besuchen wurden monatliche, und aus monatlichen wurden bald Besuche zu besonderen Gelegenheiten. Natürlich vermisste ich meine Mutter so sehr, dass ich manchmal das Gefühl hatte, mir hätte jemand das Herz aus dem Leib gerissen, aber gleichzeitig fand ich einen Weg, darüber hinwegzukommen. Im sicheren Bau von Westlake, wo das Leben sich verlässlich wiederholt wie in *Täglich grüßt das Murmeltier* – keine hektischen Bewegungen, keine Veränderung, keine sinnbildlichen Erdbeben, die die Welt mit gefährlichen Rissen durchziehen –, habe ich es geschafft, mich beinahe heil zu fühlen.

Darcy hingegen hat nie vergessen. Sie hat der Zeit nie gestattet, ihre Wunden zu heilen. Sie hält Moms Jahrestage fest, als wären es ihre eigenen, hat Westlake an einem langen Gummiband verlassen und schnalzt scheinbar zufällig immer wieder nach Hause zurück. Doch es ist kein Zufall, weil es immer zu einem Jahrestag geschieht, sei es Moms Todestag, der Tag ihrer Diagnose, ihr Hochzeitstag oder, wie heute, ihr Geburtstag. Kurze Zeit darauf flieht sie wieder, spätestens dann, wenn die Stadt ihre Seele beschwert, was unweigerlich früher oder später geschieht.

Auf der Wiese haben es sich die Grillen gemütlich gemacht, offenbar immun gegen die Hitze. Ihr Abendkonzert dient uns als Hintergrundgeräusch. Sonst ist alles still. Der

Friedhof ist verlassen: entweder, die Leute sind noch immer auf dem Festplatz oder im Stadion in Tarryville beim Minor-League-Spiel, oder sie machen es sich gerade vor dem Fernseher gemütlich. Ich wünsche meiner Mutter alles erdenklich Gute zum Geburtstag, streiche liebevoll über den warmen Grabstein und wünschte, wie immer, wenn ich mir endlich mal die Zeit nehme, sie zu besuchen, die Dinge wären damals anders gelaufen, jemand hätte uns gewarnt, dass die Bauchkrämpfe, die Blähungen und ihr schlechter Allgemeinzustand keineswegs nur auf einen schwachen Magen zurückzuführen waren, wie sie damals dachte. Ich wünschte, jemand hätte damals ausreichend Weitsicht besessen, hätte eine Karte der Zukunft in Händen gehabt, um uns zu warnen. Dass in Wirklichkeit Eierstockkrebs die Ursache für all das war und dass uns zu dem Zeitpunkt, als die Diagnose endlich feststand, rein gar keine Zeit mehr blieb. Vier ganze Monate, von denen sie zwei fast nur schlafend verbrachte, immer am Rande der Bewusstlosigkeit. *Wieso gab es niemanden mit so einer Landkarte? Wieso hat es niemand kommen sehen?*

Während ich mit den Fingern die Inschrift nachfahre, MARGARET EVERETT, das M, das A, dann das R, denke ich flüchtig darüber nach, wie anders unser aller Leben verlaufen wäre, wenn jemand es vorhergesehen hätte, wenn jemand in die Zukunft hätte schauen können.

Doch dann komme ich wieder zu mir und erinnere mich daran, wie sehr ich mein jetziges Leben liebe, wie sehr ich meinen Mann liebe, wie sehr ich mich darauf freue, endlich selbst Mutter zu werden und wie dankbar ich dafür bin, dass wir es – größtenteils – gut überstanden haben, so gut jedenfalls, wie man hoffen durfte. Mein Vater ist trocken. Luanne gleitet durchs Leben, als wäre nie etwas geschehen. Darcy – na ja, Darcy vielleicht nicht.

«Dad ist heute eindeutig nicht hier gewesen», sagt Darcy, als wir zurück zum Parkplatz gehen. «Es waren nur Lulus Blumen da.»

«Er ist in Mexiko», sage ich, ohne nachzudenken.

«Was? Er ist an Moms Geburtstag nach Mexiko geflogen? Gott, was für ein Arschloch!»

«Darce, sei doch mal fair, es ist schon so lange her.» *Mist! Sei doch einfach still, Tilly!*

Sie bleibt abrupt stehen, kurz vor dem Parkplatz, dreht sich zu mir um, mit einem Blick – *Aua, schau mich nicht so an, Schwesterchen* – aufrechter Empörung und selbstgerechten Zorns, der aus ihr heraussprüht wie ein aufziehender Wirbelsturm.

«Du willst ja wohl *nicht* damit andeuten, dass dieser Tag nicht wichtig wäre!» Sie steht mit ausgestrecktem Zeigefinger vor mir, rot vor Zorn. Ihre Stimme gellt über den verlassenen Parkplatz. «Es geht um *Mom*! Um ihren *Geburtstag*, verdammt noch mal! Dad sollte hier sein. Scheiße, wir sollten *alle* hier sein! Zusammen. Als Familie. Und er sollte sich nicht in Mexiko am Strand suhlen wie ein sch… Walross!»

«Darcy, ich wollte damit nur sagen, dass Dad sich weiterentwickelt hat. Das heißt nicht, dass er sie vergessen hat oder nicht mehr liebt! Es heißt nur, dass wir alle unser Leben weiterleben.»

«Mom nicht!», schreit sie.

«Ach, komm schon!» Ich werde auf den Schlag stocksauer. «Als wüsste ich das nicht! Als wüsste ich nicht, dass sie tot ist! Verdammt noch mal, Darcy, wenn das irgendwem klar ist, dann ja wohl mir!»

«Ach, stimmt ja!» Ihre Stimme trieft vor Verachtung. «Das hatte ich fast vergessen. Du bist ja die Miss Märtyrerin persönlich!»

Sie stürmt an mir vorbei, quer über den Parkplatz, reißt ihr Handy aus der Tasche und klappt es auf, doch dann fällt ihr ein, dass der Akku leer ist. Aber weil Darcy nun mal Darcy ist und sie niemals klein beigeben würde, schon gar nicht in einem Moment der Schwäche, schiebt sie das Telefon zurück in die Tasche und stapft weiter, ohne sich auch nur umzudrehen.

«Jetzt komm schon, Darcy!», rufe ich ihr hinterher, sie ist im Dunkeln inzwischen kaum noch zu sehen. «Du läufst sicher nicht zu Fuß zu Dante zurück. Das sind mindestens fünf Kilometer!»

Sie antwortet nicht, biegt an der Ecke auf die Hauptstraße ab und zwingt mich, ins Auto zu springen und ihr nachzufahren. Ich fahre neben ihr rechts ran, kurble das Fenster runter und versuche, sie zu beschwichtigen.

«Darcy, steig ein. Ich habe es nicht so gemeint, wie du es verstanden hast.»

«Doch, hast du», antwortet sie. «Du findest, wir sollten alle einfach weitermachen und drüber wegkommen. Es tut mir leid, aber ich finde dich zum Kotzen!» Ihre Stimme klingt todtraurig.

«Darce, *bitte*! Bitte nicht ausgerechnet heute.»

«Zu spät», sagt sie, stur bis zum bitteren Ende. «Ehrlich, geh mir aus den Augen. Ich kann dich nicht mehr sehen. Du hast es mir gründlich verdorben.»

«Ich habe es dir verdorben? Gott! Geht's vielleicht noch ein bisschen melodramatischer?» Ich rolle im Schritttempo neben ihr her und schaue ab und zu in den Rückspiegel, ob ich auch keinen Verkehrsstau verursache. «Werde endlich erwachsen, Darcy. Werde *erwachsen*, verdammt noch eins! Wir müssen alle unser Leben leben, wir dürfen die Zukunft nicht aus dem Blick verlieren. Das schmälert die Erinnerung an Mom in keiner Weise!»

«Ja, gut, schön! Viel Spaß dabei.» Sie macht auf dem Absatz kehrt und rennt über die Straße auf den Parkplatz der Tankstelle.

«Darcy, komm sofort zurück! Wir sind noch nicht fertig!», rufe ich ihr nach, doch sie betritt eine Telefonzelle, fischt einen Vierteldollar aus der Hosentasche und hämmert eine Telefonnummer in die Tasten.

«Darcy!», versuche ich es zum letzten Mal, doch meine Stimme hallt einsam in meinem Auto wider. Selbst wenn sie mich hören könnte, würde sie nicht reagieren. Ich schüttle den Kopf, gebe Gas und rase davon. Darcy wird auch ohne mich nach Hause finden. Das war schon immer so.

Drei

Als ich die Tür zu seinem Zimmer öffne, schläft Tyler tief und fest. Das Spiel ist noch in vollem Gange. Das macht er zurzeit fast jeden Abend: auf der Couch einpennen, weil er zu faul ist, sich nach oben zu schleppen.

«Ty!» Ich versuche, ihn wachzurütteln. «Ty, wach mal eine Sekunde auf.»

Er knurrt leise, die Augenlider fangen an zu flattern, aber er ist viel zu weit weg, um aufzuwachen. Also hole ich eine Decke aus dem Schrank im Flur und decke ihn zu wie ein Neugeborenes. Ich schalte erst den Fernseher aus und dann das Licht, trotzdem ist es im Zimmer nicht völlig dunkel. Tylers Atem geht ruhig und gleichmäßig, und ich betrachte meinen Mann, den Jungen, den ich seit Ewigkeiten liebe, und frage mich verwundert, wie es sein kann, dass er mein ist. Die dichten, schwarzbraunen Haare; die gesunde Bräune auf den Wangen, die nicht mal in den kältesten Monaten verblasst; der breite, muskulöse Oberkörper, der noch genauso beweglich ist wie damals, als er der Shortstop-Star der Mannschaft war. Tyler wird ein wunderbarer Vater sein, das weiß ich genau; seine Bärenpranken werden dieses Kind voller Liebe umhüllen.

Ich möchte, dass er aufwacht, ich will mich über Darcy auskotzen – darüber, dass sich alles immer nur um sie dreht, dass sie uns anderen gegenüber immer so gnadenlos ist –, und außerdem will ich, dass er mit mir nach oben kommt und für das Gleichgewicht auf der Matratze in unserem Ehebett sorgt.

Ich beuge mich hinunter, um ihm einen Gutenachtkuss zu geben, ein flüchtiger Moment, alles, was von unserem gemeinsamen Abend übrig ist, als mich ein heftiger Krampf im Fuß überfällt. Der Schmerz durchfährt mich wie ein brennender Pfeil, ehe ich auch nur daran denken kann, mich irgendwo festzuhalten, er explodiert in meinen Schläfen und ist – peng – wieder verschwunden. Ich sehe Sternchen und schlucke würgend die drückend heiße Luft in meiner Kehle.

«Alles klar?»

Tyler sieht zu mir hoch, die Augen halb geöffnet.

Ich atme durch den Mund. «Mir geht's gut. Ich habe mich nur aufgeregt, weil ich mit Darcy gestritten habe.»

«Was war denn los?» Er seufzt, die Worte sind schleppend, schwer vom Schlaf.

Ich fange an zu erzählen, aber er ist schon wieder weg, zurück in seiner Traumwelt.

Ich werfe drei Aleve ein, ziehe mir das Kleid über den Kopf und falle ins Bett. Beim Surren der Klimaanlage versuche ich, meine Wut auf Darcy und ihre ständig präsente Unreife zu zügeln. Dieser Groll in mir – ach was, Groll! Ich bin regelrecht angepisst – ist neu. Er ist mir fremd, und ich wäre ihn gerne wieder los, aber der Groll klebt an mir fest, fließt als zähe Masse durch meine Adern, hängt wie statisch aufgeladen an meiner Haut. Ich überlege, ob ich Susie anrufen soll, aber sie hat ihr eigenes Päckchen zu tragen, und Luanne hat Nachtdienst. *Komm, Tilly, vergiss es einfach. Du weißt doch, dass sie sich nur deshalb so aufgeregt hat, weil heute Moms Geburtstag ist.* Im Geiste gehe ich die Liste meiner Hauptbeschwerden durch: Wie oft habe ich Darcy ihr schlechtes Benehmen schon verziehen? Bis jetzt ist mir nicht mal klar gewesen, dass ich so eine Liste überhaupt führe. Doch offensichtlich ist eine Grenze erreicht, und meine überreife Wut, folgere ich, sorgt dafür, dass die Liste erhebliche Länge besitzt.

In meinem Bein zuckt es unruhig, und ich werfe mir ein Kissen über den Kopf, aber der Schlaf verweigert sich hartnäckig. Ich denke über die Prom Night nach, erstelle im Geiste neue To-do-Listen, dann gehe ich meine Liste mit Lieblingskindernamen durch, aber schlafen kann ich immer noch nicht. Die verfluchte «Womit Darcy mich nervt»-Liste ist offensichtlich auf Endloswiederholung geschaltet, und irgendwann setze ich mich auf, schlüpfe in die ausgelatschten Hausschuhe und tappe im Dunkeln zu meiner Kommode hinüber. Ich bücke mich und ziehe mit Mühe die unterste Schublade auf. Sie wehrt sich knarzend. Die Stapel mit Fotos sind im Laufe der Jahre ineinandergerutscht, und was einst präzise chronologisch geordnet war – eingegrenzt von der High School, von der Zeit vor Moms Tod, von unserer Hochzeit –, hat sich zu einem einzigen Ganzen vermischt, der Beweis für das Leben, das ich gelebt habe.

Den Großteil dieser Bilder habe ich selbst gemacht. Nicht alle, aber die meisten. Mit zwölf habe ich die Fotografie für mich entdeckt, im Ferienlager. Wir mussten an allen Freizeitaktivitäten teilnehmen, ob sie uns interessierten oder nicht. Und die Fotografie war für mich definitiv ein *nicht* – nicht für Silly Tilly, das Mädchen, an das ich seit Jahren nicht mehr gedacht habe, das Mädchen, das nur scharf darauf war, im Speisesaal mit den Jungs zu flirten, oder an den Tagen, an denen es so heiß war, dass wir fast schmolzen, Arschbomben ins Schwimmbecken zu machen.

Der Betreuer unserer Gruppe gab jedem von uns eine eigene Kamera und schickte uns mit dem Auftrag ins Gelände, einfach drauflos zu knipsen, alles zu fotografieren, was uns vor die Linse kam. Wir trollten uns in den Wald, und ich knipste und knipste und knipste so vor mich hin, weil ich gleichzeitig darüber nachdachte, ob ich nach dem Abendessen Andy Mosley küssen sollte und wie ich dabei die schlimmen Dinge verhindern konnte, die man sich über verhakte Zahnspangen erzählte. Doch dann wies der Betreuer uns an, den Film zurückzuspulen, und in der fast schwarzen Dunkelkammer des Ferienlagers brachte er uns bei, wie wir die flüchtigen Augenblicke in etwas Bleibendes verwandeln konnten, in etwas, das einer zufälligen Sekunde für alle Zeit Bedeutung verlieh. Und ich war gefesselt – in hohem Bogen flogen Andy Mosley und seine Zahnspange aus meinem Gehirn. Und während meine Freundinnen an ihren Paddelkünsten feilten oder Freundschaftsbänder flochten, fand man mich bald fast nur noch im Halbdunkel, wo ich ein weißes Blatt Papier in ein Stück Geschichte verwandelte.

Ich wühle in dem Durcheinander aus Bildern und lasse die Fingerspitzen über die Chronologie meines Lebens gleiten, bis ich das Bild gefunden habe, das ich im Sinn hatte.

Es handelt sich um eine Schwarzweißaufnahme. Ich hatte den Selbstauslöser programmiert und war zu den anderen auf die Veranda gehastet, im letzten Moment neben Luanne gehechtet und hatte, ehe es klick machte, noch schnell ein panisches Grinsen aufgesetzt. Mein Vater hat meiner Mutter lässig den Arm über die Schulter gelegt, und wir drei Schwestern sitzen zu ihren Füßen auf den Stufen, auch wenn mein Körper irgendwie ein bisschen verdreht wirkt, weil ich mich so beeilt habe. Von der Holzveranda blättert leicht die Farbe ab, und im Hintergrund hängt in Erwartung der nächsten Brise schlapp die amerikanische Flagge. Und wir? Wir wirken so lebendig, die Augen strahlen, und wir fünf sind alle zusammen, eine richtige Familie.

In meinen Augen brennen Tränen, und dann spüre ich erst eine, dann zwei, dann drei die Wangen hinunterlaufen. Sie sammeln sich am Kinn und tropfen auf den Boden. Es war im Sommer vor der Diagnose meiner Mutter, ehe alles anders wurde, ehe ich anfing zu hoffen, jemand würde kommen und die Zeit anhalten und uns in eine andere Richtung drehen. Ehe Darcy erstarrte, ehe wir umeinander herumredeten, ehe ich je auf die Idee gekommen wäre, eine Liste der Situationen zu erstellen, aus denen ich sie mal wieder retten musste.

Ich stehe vorsichtig auf, um wieder ins Bett zu gehen, das Bild immer noch in der Hand. Ich streiche mit dem Zeigefinger sanft über das Gesicht meines Vaters, wundere mich darüber, wie sehr er gealtert ist, wie schlecht die Wunden geheilt sind, die die Zeit einem schlägt. Und dann spüre ich ihn schon wieder – diesmal gibt es kein Vertun: ein Krampf im Zeh, dann im Bein, dann immer weiter rauf, mitten durchs Herz und bis in den Kopf, und ich kann Ashley Simmons' Gesicht nicht abschütteln und ihren wissenden Blick und das Gefühl unserer verschränkten Finger. Und dann falle ich. Ich falle, falle, falle, unfähig, mich gegen den schwindelnden Sog der Schwerkraft zu wehren. Ich höre einen beunruhigenden, dumpfen Schlag, und um mich herum wird alles schwarz.

Mein Vater hat sich in Mickey Mantle's an den Tresen geschlichen, der Sportbar in dem kleinen Einkaufszentrum direkt hinter der Route 17, eingequetscht zwischen Applebee's und einem Nagelstudio. Ich beobachte ihn aus einer Ecke heraus. In der Luft hängen dichte Rauchschwaden von den Stammkunden, die mit gespitzten Mündern an ihren Zigaretten ziehen. Aus der Jukebox im Billardzimmer ertönt Rick Springfields Jessie's Girl, und wenn ich genau hinhöre, kann ich hören, wie die Billardkugeln aneinanderklacken.

Die mit schwarzem Leder bezogenen Barhocker rechts und links von meinem Vater sind leer. Nur am Ende des Tresens hocken ein paar Männer, die mit glasigem Blick ihr Bier trinken und auf den Fernseher starren, wo aus Los Angeles die Verlängerungs-Innings des Spiels der Chicago Cubs gegen die L.A. Angels übertragen werden.

Niemand nimmt Notiz von mir, obwohl ich die einzige Frau im Raum bin, abgesehen von Cindy Heller, die in der High School drei Klassen über mir war und inzwischen aussieht, als wäre sie mir zwei Jahrzehnte voraus. Sie ist direkt nach ihrem Senior Year schwanger geworden und hat inzwischen drei Kinder von zwei verschiedenen Vätern, von denen keiner lange genug geblieben ist, um sich auf Unterhalt festnageln zu lassen. Mit gerunzelter Stirn dreht sie ihre Runden durchs Lokal, mal mit randvollen Gläsern, mal mit einer Portion Nachos auf dem Tablett.

Mein Vater gibt dem Barkeeper ein Zeichen, und ich sehe direkt vor ihm zwei Schnapsgläser auftauchen. Er greift erst nach dem einen und dann nach dem anderen, und ich schreie aus Leibeskräften, als er sie runterkippt wie Wasser, wie Luft, als wäre er nicht seit fast zehn Jahren trocken und als hätte das Gift, das er gerade runtergekippt hat, ihn nicht fast umgebracht. Ich schreie und schreie, aber keiner dreht sich zu mir um. Es ist, als würde niemand mich hören. Ich versuche, mich auf ihn zuzubewegen, ihm die Schnapsgläser aus der Hand zu reißen, sie zu Boden zu werfen, wo sie zu tausend winzigen Scherben zersplittern, und ihn hier rauszuzerren. Doch als ich meinen Beinen den Befehl gebe, sich in Bewegung zu setzen, merke ich, dass ich an Ort und Stelle festgenagelt bin, dass ich gelähmt bin, und ich kann schreien und schreien und schreien und versuchen zu rennen, sosehr ich auch will, ich bin stumm und starr, unsichtbar und vollkommen hilflos.

Mein Vater kippt den allerletzten Schluck hinunter und steht auf. Er muss sich an der dunklen Holztheke festhalten, um nicht das Gleichgewicht zu verlieren, und während die Horde in der Ecke sich johlend über einen erzielten Run freut, schwankt mein Vater in Richtung Ausgang. Ehe er hinaus in die milde, sternenklare Nacht tritt, angelt er seinen Schlüsselbund aus der Jackentasche und schwenkt ihn triumphierend, als hätte er soeben einen besonders guten Fang gemacht. Ich versuche, über den Lärm und Krawall hinweg zu ihm durchzudringen, ich schreie «Um Himmels willen, Dad, stopp, Dad, stopp!», doch ich bin immer noch stumm, ohne Stimme, und ich kann nur zusehen, wie mein Vater aus der Bar ins Freie wankt, raus auf den Parkplatz, und für den Bruchteil einer Sekunde, ehe die Tür wieder zuschwingt, hoffe ich verzweifelt, dass es ihm gutgeht, dass alles in Ordnung ist, obwohl ich weiß, so sicher wie ich je etwas gewusst habe, dass rein gar nichts in Ordnung ist.

Vier

Tilly! Tilly? Geht's dir gut?» Jemand tätschelt vorsichtig meine Wange, und ich öffne mühsam die Augen. Tyler schwebt über mir. «Tilly! Himmel! Geht es dir gut?»

«Uff», mache ich. Mir tut alles weh, mein Körper ist verdreht, und die Muskeln wehren sich gegen die ungewohnte Position. Langsam drehe ich den Kopf, um zu sehen, wo ich bin. Ich liege auf dem Fußboden, direkt neben der Kommode, links von mir eine zerbrochene Nachttischlampe. Ich fahre mir vorsichtig mit den Fingern über das Gesicht und spüre die Teppichabdrücke von einer Nacht auf dem Fußboden.

Tyler lässt seine Hände unter meine Achseln gleiten und hebt mich mühelos aufs Bett. Ich möchte, dass es für immer so bleibt, aber schon lässt er mich los, und ich sinke aufs Kissen.

«Himmel! Was ist denn passiert? Ich wollte dir deinen Kaffee bringen.» Er reicht mir eine Tasse vom Nachttisch. «Und da habe ich dich so gefunden.»

«Ich ... ich weiß nicht», sage ich. «Ich hatte einen abartigen Traum. Von meinem Vater.»

Er fällt mir ins Wort. «Leg dich hin. Ich rufe Luanne an.»

«Lulu ist Hebamme. Was soll die denn da machen?», sage ich und nehme einen dringend benötigten Schluck Koffein zu mir. «Außerdem fühle ich mich gut. Keine Ahnung. Vielleicht bin ich einfach nur auf dem Teppich eingeschlafen.» Wir sehen uns an. Wir zweifeln beide an meinen Worten.

«Es sieht eher so aus, als wärst du umgekippt.»

«Nein. Nein, sicher nicht.» Ich versuche, meinen Traum zu verdrängen, den Traum, in dem mein Vater Hals über Kopf zurück in das schwarze Loch seiner Alkoholsucht gestürzt ist, in die selbstmörderische Spirale, in der er sich vor zehn Jahren schon einmal befunden hat und die schon damals einen sehr viel höheren Preis hätte fordern können. Nein. Mein Vater ist mit seiner Freundin auf Sommerreise in Puerto Vallarta, zum dritten Mal schon, er trinkt Virgin Margaritas und läuft mit einem albernen Touri-Sombrero und Hüfttäschchen am Strand entlang.

«Bist du sicher, dass es dir gutgeht?», fragt Ty.

«Ja.» Ich nicke. Eine Erinnerung durchfährt mich. Ashley Simmons, die *Ich gebe dir Klarheit* sagt. Ich schüttle das Bild ab.

«Willst du immer noch zu dem Grillfest gehen? Es wäre völlig in Ordnung hierzubleiben. Ich finde, wir sollten absagen.»

«Was? Natürlich will ich hin!» Ich drehe den Kopf zum Fenster, um nach dem Wetter zu sehen, und in meinem Rücken knackt vernehmlich ein beleidigter Wirbel. Mir fällt der Schweißfleck auf Tylers T-Shirt auf, die dunklen Stellen unter den Achseln. Während ich ohnmächtig auf dem Boden lag, war mein Mann eine Runde laufen.

Er wendet sich zum Spiegel, zieht sich mit einer einzigen, fließenden Bewegung das feuchte T-Shirt über den Kopf und seufzt dabei ein winzig leises Seufzen, das nur entziffern kann, wer seit zehn Jahren mit ihm verheiratet ist. Ich weiß, dass er lieber absagen würde. Ich weiß, dass er den Smalltalk mit Leuten leid ist, die er sowieso tagein, tagaus sieht. Dass er erst munter wird, wenn das Gespräch sich um Baseball dreht, wenn jeder ihm heute noch freundschaftlich auf den Rücken klopft, in anerkennender Erinnerung an seinen Meisterschaftsring. Doch er wird trotzdem sein Bier runterkippen und sich wünschen, an einem Ort zu sein, wo er sich nicht vor sich selbst rechtfertigen muss, weil er – wie ich ihm in letzter Zeit ständig sage – der Einzige ist, der nicht zufrieden ist mit dem, was aus ihm geworden ist. Alle anderen halten ihn für den König der Welt.

Ich liege auf dem Bett und sehe zu, wie er seine verschwitzten Sachen auszieht, sich ein Handtuch um die Hüften wickelt, als das Telefon klingelt – zu früh und zu schrill. Wir zucken beide zusammen. Der Kaffee ergießt sich über die weiße Decke. Es sieht aus wie der Blutfleck am Ort des Verbrechens. Ty ist mit einem Riesenschritt am Nachttisch und klemmt sich den Hörer zwischen Ohr und seine nackte Schulter.

Darcy! Ich denke an unseren Streit und daran, wie wir auseinandergegangen sind. *Vielleicht ruft sie an, um sich zu entschuldigen.* Dann wird mir klar, wie absurd diese Vorstellung ist. Darcy würde nie im Leben anrufen, um sich zu entschuldigen. Schon wieder kriecht Groll in mir hoch. *Wie oft habe ich mich eigentlich schon bei ihr entschuldigt? Blöde Kuh! Aber diesmal nicht! Nein. Diesmal ausnahmsweise nicht.*

«Hallo, Timmy», sagt Tyler und flüstert gleichzeitig mit besorgtem Gesicht tonlos «Timmy Hernandez» in meine Richtung.

«Was?», raune ich, doch er stoppt mich mit erhobenem Zeigefinger. Sämtliche Gedanken an meine starrköpfige Schwester verpuffen im Nichts.

«Nein, nein, verstehe», sagt er. «Klar, ja, sie ist hier, direkt neben mir. Moment bitte.» Er hält mit einer Hand die Sprechmuschel zu und reicht mir den Hörer. «Es geht um deinen Vater. Sie haben ihn heute Morgen verhaftet. Er ist an der Harbor Road gegen einen Baum gefahren.»

«*Was?*» Meine Stimme ist schrill. Der schreckliche Traum bohrt sich in mein Bewusstsein und verbunden damit eine riesige dunkle Schwade Angst. Angst, ich könnte ein Spiegelbild der Vergangenheit heraufbeschworen haben. «Aber er ist doch in Mexiko!»

«Till. Er war betrunken», sagt Tyler leise, aber ich höre ihn kaum. Mir dreht sich der Magen um, und meine Zunge verkrampft. Ich beuge mich würgend über die schmutzige Bettdecke, doch es kommt nichts hoch. Ich drücke den Hörer ans Ohr und höre zu, wie Sheriff Timmy Hernandez mir erzählt, was ich irgendwie schon wusste.

Drei Stunden später liegt mein Vater schnarchend in unserem Gästezimmer. Seit ich ihn von der Polizeistation abgeholt habe, hat er sich nicht bewegt. Sein rechtes Auge schillert dunkelviolett, doch ansonsten sieht er einigermaßen okay aus, auch wenn mir klar ist, dass dieser Eindruck gründlich täuscht.

Ich habe Tyler zum Supermarkt geschickt, um so viel Kuchen zu besorgen, wie er kriegen kann. Wir sind heute Nachmittag immer noch bei Luanne eingeladen, und inzwischen ist es wirklich zu spät, um abzusagen. Luanne und Darcy wüssten sofort, dass etwas nicht stimmt. Sie würden versuchen, es aus mir rauszukriegen. Und ich fühle mich weder imstande, sie anzulügen, noch, die Wahrheit zu sagen. Luanne würde ich es schon sagen, aber nicht heute, nicht ausgerechnet an ihrer Supersause zum Nationalfeiertag. Und Darcy – wir sprechen im Augenblick sowieso nicht miteinander, und mit der Neuigkeit würde ich nur Öl ins Feuer gießen. Die Explosion meiner kleinen Schwester ist das Letzte, was ich jetzt brauchen kann. Ich habe sowieso schon Kopfschmerzen. Die Sache mit meinem Vater bekomme ich schon noch ein paar Stunden lang hin beziehungsweise eher ein paar Tage lang, bis ich einen Plan habe, wie ich das wieder in Ordnung bringe.

«Genau das ist doch mein Job», habe ich vorhin zu Tyler gesagt, der mir äußerst skeptisch zuhörte. «Ich *kümmere* mich um andere Menschen. Ich krieg das schon hin. Fahr du jetzt bitte endlich einkaufen, ich kann mich nämlich leider nicht zweiteilen.» Er sah mich mit großen Augen an. Diesen tadelnden, beißenden Tonfall war er nicht gewohnt. Er war für uns beide neu, aber irgendwie war ich die ganze Nacht nicht davon losgekommen – von dieser rasiermesserscharfen Klinge, die mitten durch meine Seele schnitt. *Herr im Himmel, Tyler! Fahr einfach zu diesem gottverdammten Supermarkt und besorg mir endlich ein paar saublöde Päckchen Fertigkuchen! Das kann ja wohl nicht so schwer sein. Mach den Fernseher aus und schwing den Hintern von der Couch, während ich mich hier ums Wesentliche kümmere. Oder ist das zu viel verlangt?* Ich drückte ihm die Schlüssel in die Hand, und er machte sich ohne ein weiteres Wort vom Acker.

Jetzt sitze ich mit angezogenen Füßen in dem Samtsessel, der im Gästezimmer in der Ecke steht, eine Decke über den Beinen, und leiste meinem Vater Gesellschaft. Durchs offene Fenster weht eine frische, besänftigende Brise ins Zimmer, die nach der glühenden Hitze von gestern wie Balsam wirkt.

Während ich darauf warte, dass mein Vater endlich zu sich kommt und mir eine vernünftige Erklärung für all das gibt, versuche ich, mich auf die Arbeit zu konzentrieren. Ich nehme CJs Zeugnis zur Hand – sie will sich im Herbst am Wesleyan College bewerben: Zusammen mit der Bewerbung in die Ferne packt sie sämtliche Hoffnungen für die Zukunft mit in den Umschlag. Ich ziehe die Unterlagen aus meiner Tasche. Dabei fällt das Foto von Susanna zu

Boden, das ich gestern gemacht habe. *War das wirklich erst gestern?*, denke ich. Es kommt mir vor, als wäre das Ewigkeiten her. Vor dem unschönen Zwischenspiel mit Ashley Simmons. Vor der explosiven Szene mit Darcy auf dem Friedhof. Bevor mein Vater besoffen gegen einen Baum geknallt ist. Vor meiner schrecklichen Vorahnung, dass er genau das tun würde. Vor allem der letzte Punkt sitzt wie ein Stachel.

Ich lasse das Foto in die Tasche fallen und gleichzeitig damit alle Hoffnung auf Ablenkung. Zwanghaft kreisen meine Gedanken um den seltsamen Traum von letzter Nacht. Er war so greifbar, und ich bin tatsächlich in Ohnmacht gefallen, einfach so. Mein Vater holt keuchend Luft, und ich sehe ihn an, in Erwartung einer Erklärung, in Erwartung von etwas Greifbarerem als dem, was Timmy Hernandez mir in der grellen Neonbeleuchtung einer verschlafenen Polizeistation zu berichten hatte.

Timmy war so nett, keine Anzeige zu erstatten.

«Tyler und ich kennen uns schon eine Ewigkeit», sagte er zu mir, berührte mich am Ellbogen und beugte sich so nah herüber, dass ich seinen schalen Kaffeeatem riechen konnte. Hätte ich es nicht besser gewusst, ich hätte geschworen, dass er versuchte, einen Blick auf meine Brüste zu erhaschen. «Du weißt schon, noch von damals, aus der Mannschaft. Das tue ich ihm zuliebe.» Wer ihn heute sieht, würde auf den ersten Blick niemals den unschlagbaren Werfer der 1995er Wizards in ihm vermuten. Inzwischen hängt Timmys Wampe über den abgegriffenen Ledergürtel, und sein Haaransatz ähnelt langsam den Großen Seen, so breit wird der Scheitel über seiner Stirn.

«Vielen, vielen Dank», sagte ich und versuchte, über seine massige Schulter hinweg meinen Vater zu erspähen.

«Die Sache ist nur die, Tilly –» Timmy hielt inne und rieb

sich nachdenklich über den fetten Halsansatz. «So wie ich das verstanden habe, ist es nicht zum ersten Mal passiert.»

«Nein. Nein, du hast recht.» Ich wedelte mit der Hand durch die Luft und presste mit den Fingern gegen die Nasenwurzel. «Nach dem Tod meiner Mutter ...»

Mir versagte die Stimme.

«Nein, das habe ich nicht gemeint» – Timmy senkte die Stimme –, «ich meine, das war nicht das erste Mal in letzter Zeit. Wir waren drüben in Micky Mantle's und haben uns mit Cindy Heller unterhalten. So wie's aussieht, war er in den letzten Wochen fast jeden Abend da.»

Als er Cindy Heller erwähnte, spürte ich förmlich, wie mir alles Blut aus dem Gesicht wich. Wie eine Welle wogte mein Traum durch mich hindurch, als wäre ich unter einem Bann.

Die Haustür fällt ins Schloss, und mein Vater dreht sich stöhnend um. Tyler streckt den Kopf zur Tür herein und hebt wie zum Beweis zwei Einkaufstüten hoch. Ich lasse mich vom Sessel gleiten und gehe in die Küche.

«Wir sollten ihn nicht allein lassen», sagt Tyler und stellt die Tüten auf den Esstisch. «Was ist, wenn er wach wird?»

«Ich habe sämtlichen Alkohol aus dem Haus verbannt», sage ich, als wäre das alles, worüber ich mir Sorgen machen muss, wenn mein rückfälliger Säufervater in unserem Gästezimmer aus dem Delirium erwacht, während ich auf der Party bei meiner Schwester an Spareribs und Maiskolben nage. Ty starrt mich kurz böse an, doch dann ist die Vorstellung, wie sein geliebtes, eiskaltes Bier durch den Ausguss fließt, offensichtlich schon wieder vorüber. *Mein Gott, werd endlich erwachsen!*, denke ich. *Was ist nur los mit mir?* So war ich doch früher nicht. Ich atme hörbar aus, versuche, diesen Groll in mir loszulassen und eine optimistischere Perspektive einzuatmen.

«Ich bleibe bei ihm», bietet Ty sich an, die Selbstlosigkeit in Person.

«Ich will aber nicht ohne dich da hin!» Ich öffne die Plastikverpackungen, und Ty reicht mir eine Kuchenplatte.

«Ich finde, du solltest alleine gehen.» Wir holen gleichzeitig die Kuchen aus den Verpackungen und setzen sie auf die Platte. «Um ehrlich zu sein, mir reicht es noch vom Volksfest. Ich bin leergequatscht. Und ich meine wirklich, jemand sollte hier sein, wenn dein Dad aufwacht.»

Klar, und zwar ich, denke ich, genervt, weil er kneift und damit meinen positiven Ansatz torpediert.

«Na gut», sage ich seufzend, weil ich nicht mit ihm streiten möchte. Wir haben schon vor Jahren aufgehört, uns zu streiten, weil wir beide erkannt haben, dass es einfacher ist, den anderen so zu lassen, wie er ist. Außerdem traue ich mir im Augenblick selbst nicht über den Weg. Dieser ungewohnte Groll lauert auf meiner Zunge und droht ständig, sich Luft zu machen. «Luanne und Ben sind bestimmt enttäuscht. Und Charlie. Er wird sicher nach dir fragen.»

«Ich weiß.» Ty küsst mich auf die Wange und geht ins Gästezimmer, um nach meinem Vater zu sehen, und von dort aus geht er bestimmt in sein Zimmer, wo er sich wieder mal bereitwillig in diverse Baseballübertragungen versenkt; das Hintergrundgeräusch seines Lebens. «Sag ihnen, es tut mir leid. Sag ihnen, mir geht es nicht gut.»

Ich hole die Frischhaltefolie aus dem Schrank, um die Platte abzudecken, wickle sie sorgfältig ein, und als ich hinuntersehe, erhasche ich einen Blick auf mein Spiegelbild, krumm und verzerrt wie in einem Spiegelkabinett. Ich starre mich an und erkenne mich selbst nicht wieder.

Später, nach dem Grillfest, entriegle ich die Vordertür und schlurfe in den dunklen Hausflur. Aus der Küche fällt Lichtschein in den Flur, der Schirmständer wirft dunkle Schatten. Meine Beine sind wie Blei, die Flip-Flops schlurfen über den Dielenboden. Ich fühle mich immer noch nicht besser. Ob es an der Anstrengung lag, mit einem falschen Lächeln im Gesicht mit Luanne zu schwatzen, daran, Darcy aus dem Weg zu gehen, die jeglichen Blickkontakt mit mir mied und stur auf ihrer Seite des großen Grabens blieb, an dem anstrengenden Kindergeschrei von Charlie und seiner Windelmatzgang, die laut kreischend durch den Rasensprenger im Vorgarten rannten, oder an der Einsamkeit, die ich empfand, weil mein Ehemann nicht an meiner Seite war, jedenfalls fühle ich mich wie erschlagen, hundemüde. Die Erschöpfung ist in jeder einzelnen Körperzelle zu spüren.

«Tilly?» Die Stimme meines Vaters ist ein heiseres Krächzen. Er hat in der Küche auf mich gewartet.

«Himmel!», rufe ich erschrocken und gehe zu ihm. Ich habe nicht mit ihm gerechnet. Ich habe mit überhaupt niemandem gerechnet. «Du bist wach! Ich hätte fast einen Herzinfarkt bekommen!»

«Bitte entschuldige», sagt er mit gequältem Gesicht. «Ich wollte dir keine Angst machen.» Uns ist beiden klar, dass der Umfang dieser Entschuldigung auch viel weiter gefasst werden könnte.

«Was ist passiert?» Ich bereue die Frage noch im selben Augenblick, weil ich eigentlich nur noch ins Bett fallen, die Augen zumachen und die nächsten drei Tage nicht mehr aufwachen will. Mein Augenlid fängt an zu zucken, ein spontaner, unkontrollierbarer Ruf nach Ruhe.

«Ich frage wirklich ungern, aber hast du irgendwas zu essen?», fragt mein Vater, als sei er unfähig, in die Speisekammer zu gehen und selbst nachzusehen. Ich mache den Kühlschrank auf und hole einen Teller Hackbraten heraus, den ich vor zwei Tagen gemacht habe.

Ich setze ihm den Teller vor und ziehe einen Stuhl heran. *Hoffentlich macht er es uns beiden leicht*, denke ich, aber wenn ich näher darüber nachdenke, hat es noch nie zu den Stärken meines Vaters gehört, es irgendwem in seiner Umgebung leicht zu machen. Er stochert mit der Gabel in einer Scheibe Hackbraten herum, schiebt sie von einem Tellerrand zum anderen, führt ab und zu einen Bissen zum Mund und kaut nachdenklich darauf herum. Seine Kiefer mahlen und mahlen und mahlen. Es sieht aus, als wolle er nie wieder aufhören zu kauen, weil wir dann nicht reden müssen.

Schließlich, weil ich zu erschöpft bin, um noch länger zu warten, sage ich schlicht: «Bitte, Dad, erzähl mir, was passiert ist. Du warst so lange trocken.»

Er fährt sich mit den Fingern durch die buschigen grauen Haare. Ihm entfährt ein Stoßseufzer. Er zögert. Wahrscheinlich überlegt er, wie sich die Sache so hindrehen lässt, dass er in der Geschichte als Opfer dasteht; eine wilde Geschichte, wo der Barkeeper ihn festgehalten und ihm die Schnäpse gewaltsam eingeflößt hat, während er sich mit Händen und Füßen dagegen wehrte. Zumindest bildlich gesprochen. Denn mein Vater, früherer Football-Kapitän und zweifacher Geschäftsmann des Jahres, ist ein Mensch voller Widersprüche, der Inbegriff des Sprichwortes *Der Schein trügt*, denn was man sieht, ist oft nur ein Bluff, eine fadenscheinige Ausrede für das, was in Wirklichkeit in ihm vor sich geht. Aber heute Abend überrascht er mich.

«Adriana hat mich verlassen», sagt er, den Blick auf den Eichentisch gesenkt.

«Timmy Hernandez hat gesagt, du hättest ihm erzählt,

sie sei in Mexiko», sage ich verwirrt. Ich kann es nicht glauben.

«Ist sie auch. Momentan. Aber sie hat mich vor drei Wochen verlassen. Sie ist allein nach Mexiko geflogen.» Er seufzt. «Wir hatten schon sämtliche Tickets, und das Appartement war auch schon bezahlt.» Er sieht so furchtbar, furchtbar alt aus, als er das sagt; als hätte ihn sämtliche Lebensfreude verlassen, als wäre er bereit, ein für alle Mal Schluss zu machen. Die Falten neben seinem Mund graben sich tief in die Haut, und Schatten liegen wie schwarze Löcher um seine Augen. Ich muss an das Bild aus der untersten Schublade meiner Kommode denken, das Foto, auf dem unsere Familie unbesiegbar wirkt. Es ist schwer, den Schnappschuss vom Familienvater mit dem Mann in Einklang zu bringen, der hier vor mir sitzt. Mein Vater stupst lustlos das Stück Hackbraten auf seinem Teller an, und ich stehe auf, um ihm ein Glas Wasser zu holen.

«Was ist passiert?» Ich halte das Glas zu lange unter den Hahn, von meinen Gedanken abgelenkt. Das kalte Wasser fließt auf mein Handgelenk, und ich schüttle es ab wie ein nasser Hund den Regen.

«Sie hat Hautkrebs.»

«Was?» Ich bin fassungslos. «Warum hast du uns nichts davon gesagt?»

«Nein, nein. Es ist nicht so ernst, wie es klingt. Stadium eins. Ganz am Anfang. Sie haben alles erwischt. Da wird nichts bleiben.» Sein Gesicht wird aschfahl bei dem Gedanken daran, und der Wunsch nach einem Drink ist ihm deutlich anzusehen. Ich wische den Glasboden mit einem Küchentuch trocken und stelle ihm das Wasser hin. Er trinkt in langen, durstigen Schlucken, als wäre er ausgedörrter Boden, der dankbar ist für das Gewitter.

«Und wo ist dann das Problem?»

«Ich …» Er fängt an zu stottern, auf der Suche nach einem vernünftigen Grund, mit dem sich ein Rückfall erklären ließe. Seine Augen sind blutunterlaufen, seine Lider zittern heftig. «Ich konnte es einfach nicht akzeptieren. Dass es heilbar ist. Bei deiner Mutter … bei ihr ging es so schnell, und als Adie es mir gesagt hat … Ich konnte nicht akzeptieren, dass sie es überstehen würde.»

«Wieso hast du mich nicht angerufen?»

«Ich dachte, ich käme damit klar. Und Adie wollte es einfach nur hinter sich bringen und dann weitermachen, als wäre nichts Großartiges geschehen.» Er fuchtelte mit der Gabel in der Luft herum, wie um ein lästiges Insekt zu vertreiben. «Tja, wie dem auch sei … jedenfalls habe ich eines Abends ein Bier getrunken, um zu entspannen. Ich dachte wirklich, es würde bei dem einen bleiben. Und dann wurde es doch mehr als eins, und am nächsten Abend …» Er lässt den Kopf sinken. «Und so weiter.»

«Und Adie?»

«Du kennst doch ihre Null-Toleranz-Regel», sagt er, die Stimme schwer vor Schuld. Adies erster Ehemann war ein fürchterlicher Säufer gewesen, und sosehr sie meinen Vater auch liebte – und das tat sie wirklich –, sie hatte ihm von Anfang an unmissverständlich klargemacht, dass sie zu lange gebraucht hatte, ihr Leben wieder in den Griff zu bekommen, um es sich noch einmal von einem Mann kaputtmachen zu lassen. Ich kann es ihr nicht übelnehmen, dass sie nach Puerto Vallarta geflogen ist. Wäre ich ein anderer Mensch, hätte ich dasselbe getan.

«Und was jetzt?» Ich fasse nach seiner freien Hand, weil ich nicht anders kann, weil ich eben kein anderer Mensch bin, auch wenn ich für den Bruchteil einer Sekunde wünsche, es wäre so.

«Jetzt höre ich wieder auf», sagt er.

«Ach, komm, Dad! So einfach ist das nicht.»

«Du wirst mir helfen», sagt er und verschränkt seine Finger mit meinen.

«Dad …»

«Bitte, Tilly! Bitte! Du hilfst mir immer.» Seine Stimme bricht. «Niemand kann mir so helfen wie du.»

Ich möchte mich wehren, weil ich das Gleiche schon mal mitgemacht habe, weil die Beratungslehrerin in mir es besser weiß, weiß, dass ein Einzelkämpfer gegen diesen Feind nichts ausrichten kann. Doch dann sieht er mich an, mit seinen blutunterlaufenen Augen und seiner aschfahlen Haut, und ich sehe seine Scham, und mein Herz wird weit, geht auf für meinen Vater. Für meinen Vater, das Opfer, ganz egal, ob er einen Teil – wenn nicht sogar den Löwenanteil – der Schuld an seinem Leid selbst trägt.

Natürlich werde ich ihm helfen. Darin bin ich nun mal Spezialistin.

Fünf

Mein Vater, Ty und ich entwerfen einen Plan. Genauer gesagt, ich entwerfe einen Plan und erläutere ihn den anderen beiden Sonntagmorgen am Frühstückstisch, ehe Tyler zu seinem alljährlichen Angelausflug mit der alten Clique vom College aufbricht. Weil Sheriff Hernandez ihm für einen Monat den Führerschein entzogen hat und weil ich meinem Vater nicht genug über den Weg traue, bis er mir bewiesen hat, dass er auch auf sich allein gestellt nüchtern bleiben kann, wird er bei uns im Gästezimmer wohnen. Wenn die dreißig Tage Bewährung vorbei sind, werden wir die Lage neu bewerten und je nach der Stabilität seines Zustands entscheiden, was als Nächstes zu tun ist. Ich erwähne eine Entzugsklinik, vorsichtig, mit ganz zart ausgestreckten Fühlern, aber mein Vater gebietet mir augenblicklich Einhalt, die Ohren rot vor Pein.

«Da gehe ich nie wieder hin», fährt er mich an und meint damit die Reha-Klinik, in die ich ihn im Sommer zwischen meinem ersten und dem zweiten Studienjahr am College verfrachtet hatte. Als sich die Lage endgültig zugespitzt hatte und sich das Problem nicht länger verdrängen ließ; als Darcy mich völlig verängstigt und heiser flüsternd aus ihrem Versteck im Wandschrank angerufen hatte, während ein Junkie auf der Suche nach Dingen, die sich zu Geld machen ließen, durchs Haus rumorte und mein Vater stockbesoffen auf der Couch seinen Rausch ausschlief, völlig hinüber, und seine verängstigte Tochter ihrem Schicksal überließ.

Der Plan ist zwar nicht gerade der sicherste, wird mir

Montagabend klar, als ich zu Susanna fahre, um sie und die Zwillinge zum Feuerwerk anlässlich des 4. Juli abzuholen. Aber er ist zumindest ein Kompromiss, mit dem wir erstmal alle leben können. Ich habe immer noch nicht mit Darcy gesprochen. Mir ist klar, dass sie kaum die weiße Flagge schwenken wird und ich irgendwann doch die meine werde zücken müssen, aber das packe ich im Augenblick einfach nicht. *Morgen rufe ich sie an*, sage ich mir, genau wie gestern. *Ich rufe sie an, tue so, als wäre nichts passiert, wir machen einfach weiter wie vorher, und irgendwann finde ich auch einen Weg, ihr zu erzählen, was mit Dad passiert ist.* So ist es schließlich immer gewesen, auch wenn ich sauer auf mich bin wegen des Zugeständnisses. Oder bin ich nur sauer auf das Zugeständnis selbst? Ich weiß es nicht.

Ich hupe, und die Zwillinge kommen aus dem Haus geschossen. Susie schlurft schwerfällig hinter ihnen her. Sie sieht aus, als würde sie viel lieber einfach ins Bett gehen. Aber ich freue mich zu sehen, dass ihre Haare frisch gewaschen glänzen und sie sich sogar zu einem Hauch Lippenstift und Rouge durchgerungen hat.

«Wir müssen eine Entscheidung fällen!», sage ich zu ihr, sobald die Kinder sicher angeschnallt sind und wir über die Route 72 in Richtung See brausen.

«Pst!», macht sie und wirft einen schnellen Blick nach hinten. «Ich will nicht über Austin reden, wenn sie dabei sind.»

«Nein, doch keine Entscheidung über *ihn*! Eine Entscheidung über das Musical. Welches wir inszenieren. Anderson muss es bis Freitag wissen.»

«Oh!», antwortet sie, als würde sie über tausend Gründe nachdenken, doch noch einen Rückzieher zu machen. «Ach, eigentlich ist es mir egal.» Sie zögert. «Das, was deiner Meinung nach am meisten Spaß macht.»

Ich werfe ihr einen kurzen Seitenblick zu und hefte den Blick wieder auf die Straße. Meine beste Freundin. Nein, besonders viel Spaß hatte sie in letzter Zeit definitiv nicht. Die Jungs kabbeln sich auf dem Rücksitz, aber Susie seufzt nur, starrt zum Fenster hinaus und sieht aus, als würde sie am liebsten einfach immer tiefer in den Sitz sinken, bis sie plötzlich nicht mehr da ist.

Als sie Austin auf die Schliche kam, musste ich sie förmlich davon abbringen, ihn grün und blau zu schlagen. Aber inzwischen ist die triste Realität zu ihr durchgedrungen. Sie musste erkennen, dass sie womöglich nicht genug Großmut besitzt, um ihm zu verzeihen, und dadurch wurde ihr klar, dass diese Geschichte ihre Zukunft in tausend winzige Scherben zerschlagen könnte. Von ihrer Rage blieb nur Resignation. Keine Rachegelüste, keine Trauer. Nur Resignation.

«Dann stimme ich für *Grease*», sage ich in der Hoffnung, sie aufzumuntern. «Weißt du noch, wie viel Spaß wir in unserem Abschlussjahr damit hatten?»

Sie zuckt die Achseln.

«Jetzt komm schon», sage ich. «Höchste Zeit, eine neue Sandra Dee zu finden. Du darfst die Krone weiterreichen.» Ich biege auf die kleine Schotterstraße ab, die runter zum See führt. Ich bin diese Straße damals während der High School Millionen mal entlanggefahren. Wir verbrachten jeden Sommer mit Ferienjobs im Supermarkt, im Diner, auf irgendwelchen Baustellen und trafen uns abends am Lagerfeuer, tranken Bacardi Breezer aus der Flasche und hörten Pearl Jam.

«Ich glaube, ich reiche eher die Spandex-Leggins weiter», sagt sie lächelnd. «Da passe ich sowieso nie mehr rein. Gott, ja, okay. Das hat wirklich Spaß gemacht.» Susie verliert sich mit verklärtem Gesicht in Erinnerungen an *Grease* und alles, was danach kam. Wir biegen auf die Lichtung am See ein. «Okay. Warum nicht? Ein bisschen Abwechslung kann nicht schaden.»

«*There are worse things you could do.*» Albern grinsend stelle ich den Motor ab.

«Hör auf!» Aber lachen muss sie trotzdem über mein *Grease*-Zitat, während sie in der Abenddämmerung ums Auto geht und die Zwillinge aus den Kindersitzen holt.

Obwohl locker ein paar hundert Leute versammelt sind, entdecke ich Luanne fast augenblicklich. Hektisch winkt sie uns mit ihren dünnen Armen zu sich rüber. Charlie, ihr dreijähriger Sohn, sitzt auf ihrem Schoß und kaut auf einem Käsebrot, und ihr Mann Ben steht auf, um uns mit Küsschen zu begrüßen.

«Na!», sagt sie leise, und während Susie eine Decke ausbreitet und den Picknickkorb auspackt, zieht sie mich zur Seite. «Komm mit.» Sie nimmt mich am Handgelenk, und wir gehen ein paar Schritte.

Luanne und ich sehen uns unglaublich ähnlich. Graublaue Augen, die ungefähr zwei Millimeter zu weit auseinanderliegen, kleine Stupsnasen, die wir von unserer Mutter geerbt haben, blasse Haut, die ohne Sonnenschutz augenblicklich verbrennt, sich aber trotzdem, wie ich während der High School herausgefunden habe, mit viel Pflege und Lotion den idealen Sommerteint entlocken lässt. Trotz aller Ähnlichkeit ist Luanne einen Hauch hübscher als ich. Ihre Gesichtszüge sind fließender als meine; die Fältchen um ihre Augen sind noch nicht mal eine leise Ahnung. Auch wenn ich mir meine Falten über die Jahre redlich verdient habe. Luanne hatte nie so schwer zu tragen wie ich.

«Wie geht es Dad?», fragt sie.

Ich habe Luanne nach dem Grillfest angerufen, um es ihr zu erzählen, aber erst nachdem sie mir geschworen hatte,

Darcy nichts zu sagen und ausnahmsweise das geschwisterliche Ehrenwort zu missachten, all unsere Geheimnisse zu teilen. Als Mittlere hatte Luanne damals, als Mom starb und Dad sich im Alkoholnebel verlor, einen Puffer auf beiden Seiten. Sie ging weiter zum Fußballtraining und besuchte weiter ihre Biologiekurse, weil ich mich um die Rechnungen kümmerte, die mein Vater zu zahlen vergaß, oder zum Supermarkt lief, weil wieder mal kein Klopapier im Haus war, oder Darcy abends vorlas, wenn mein Vater «im Laden wieder mal länger brauchte», obwohl er – im Rückblick betrachtet – sicher in der Kneipe war.

Wie erwartet reagierte Luanne mit der Ausgeglichenheit des mittleren Kindes. «Sag mir, wie ich helfen kann», sagte sie, als hätte er plötzlich eine Allergie entwickelt. «Vielleicht kann ich rüberkommen und mal mit ihm reden», schlug sie vor, den professionellen Krankenschwester-Tonfall angeknipst. Im Hintergrund rief Charlie nach ihr, und ich hörte, wie Ben ihn beruhigte, bis Mama am Telefon fertig war. Ich war mir sicher, sobald das Gespräch beendet war, wäre bei ihr alles wieder gut. Nur ein weiteres Drama, dem sie als Zaungast beiwohnte, während ihre große Schwester mal wieder bis über beide Ohren im Chaos steckte und versuchte, den Karren aus dem Dreck zu ziehen.

«Er ist nüchtern», sage ich achselzuckend. Und das stimmt. Zu Hause und nüchtern, hat er es sich in der noch warmen Kuhle, die Tyler heute Morgen hinterlassen hat, auf dem Sofa vor dem Mariners-Spiel gemütlich gemacht. «Wir werden sehen.»

Meinen Traum, *meinen völlig durchgeknallten Vorsehungstraum*, habe ich inzwischen als puren Zufall abgeschrieben. So was gibt es, davon habe ich schon mal gehört: Wenn man einen Menschen sehr gut kennt, seine Energie, die Körpersprache, seine Muster, dann entwickelt man eine

Art sechsten Sinn, weiß intuitiv, was er denkt, was er als Nächstes sagen wird. Und das – habe ich mir gestern überlegt, während ich verzweifelt versucht habe einzuschlafen – muss bei mir und meinem Vater passiert sein. Und was ist mit diesem eigenartigen Stachel der Wut? Diesem brütenden Zorn auf die ganze Welt? *Na ja, also wirklich, komm schon, wer ist denn nicht ab und zu mal genervt,* denke ich, *ab und zu mal völlig angepisst von allem und jedem, auch wenn es völlig und grundsätzlich gegen seine gutmütige Art ist?*

«Wunderbar», sagt Luanne, als befände sich mein Vater bereits wieder auf dem sicheren Wege der Besserung. Ärger durchzuckt mich wie ein elektrischer Schlag. «Gut, hör zu. Ich muss dir was erzählen. Ich bin schwanger.»

«Oh, Lulu! Das ist ja wunderbar!» Ich ziehe sie an mich, nehme sie fest in den Arm und halte sie dann auf Armeslänge von mir. «Man sieht noch gar nichts.»

«Ich bin erst in der fünften Woche», flüstert sie. Im gleichen Augenblick ergreift Steven Sommerfield vom Lokalradio das Mikrofon und erklärt die Feierlichkeiten für eröffnet, und ich muss mich ganz nah zu ihr beugen, um sie zu verstehen. «Sag bitte noch keinem was davon. Ich habe das Ergebnis heute selbst erst bekommen.»

«Fünfte Woche! Wow!», rufe ich über den Lärm hinweg. «Ich bin vielleicht auch schwanger!» Ganz lässig, nebenbei, als wäre ich nicht in den letzten zwei Tagen alle fünf Minuten aufs Klo gerannt, um nachzusehen, ob mein Höschen noch sauber ist. Meine Periode ist jeden Tag fällig.

«Warte mal, *was?*» Sie quiekt. «Du bist auch schwanger?»

«Nein, nein. Ich meinte, ich könnte auch schwanger sein.»

«Mein Gott, das wäre ja toll», sagt sie, küsst mich auf die

Wange und drückt meine Hand. «Das hätte Mom bestimmt gefallen!»

Mein Lächeln kommt von Herzen. So ist sie nun mal, meine mittlere Schwester – vordergründig oberflächlich, aber mit oft unvermutetem Tiefgang. Ehe ich etwas erwidern kann, zerreißt eine ohrenbetäubende Explosion die Luft über unseren Köpfen. Bunte Lichter formen im Nachthimmel eine wunderbare Blüte und ergießen sich glitzernd in Richtung Boden, werden blass und immer blasser, bis sie sich in nichts aufgelöst haben.

Als ich, nachdem ich Susanna und die Kinder abgesetzt habe, in unsere Auffahrt einbiege, sitzt Darcy auf den Verandastufen.

«Was?», belle ich, immer noch sauer. Dieser tiefe Groll, diese allgegenwärtige Unzufriedenheit brummt beständig in mir, disharmonisch, lebendig und präsent. Ich beuge mich nach hinten, um die Einkaufstüte vom Rücksitz zu nehmen, die ich dort vergessen hatte. «Ist das ein Friedensangebot, oder was willst du?»

«Na gut», sagt sie gepresst, steht auf und streckt mir die geöffneten Hände entgegen. «Ja, es tut mir leid. Und jetzt vergiss es.» Sie zögert. «Außerdem muss ich hier pennen.»

«Hätte ich mir ja denken können», sage ich. «Ohne Hintergedanken geht's wohl nicht.» Ich schleppe mich die Stufen rauf. Die vollgepackte Tüte mit Dosenbohnen, -erbsen und -mais verursacht mir einen Krampf im Arm.

«Hör zu, es tut mir wirklich leid», sagt sie. «Himmel!» Wir wissen beide, dass es nicht zu mir passt, nachtragend zu sein, sie derart schwitzen zu lassen. Doch der Zorn sitzt wie ein Stachel in meinem Fleisch. Ich drücke mich brüsk an ihr vorbei. «Jetzt komm schon. Bitte! Ich musste bei Dante raus. Ich brauche doch nur für ein paar Tage ein Dach über dem Kopf. Mein Flug geht erst in einer Woche, sonst wäre ich schon längst verschwunden, das kannst du mir glauben.»

«Himmel noch mal, Darcy! Jetzt reiß dich gefälligst zusammen!» Ich stelle die Tüte – mit etwas zu viel Nachdruck – ab, und die Dosen klappern gegeneinander, die akustische Akzentuierung meiner Gedanken. «Ich meine, schau dich doch an! Was tust du nur mit deinem Leben?»

Ihr Blick flackert, und sie macht unwillkürlich einen Schritt zurück, als hätte die Wucht meines unerwarteten Zorns sie umgeblasen. Prompt stolpert sie – bum! – über den Koffer, den ich erst jetzt hinter ihr stehen sehe, und landet in der gleichen Sekunde auf ihrem Hintern.

«Scheiße!», ruft sie.

Ich beiße mir auf die Lippe und versuche, mit schierer Willenskraft den Puls, der wie ein Metronom in meiner Kehle pocht, zu beruhigen. *Was ist nur mit dir los, Tilly Farmer?*, denke ich, und im selben Augenblick wirft Darcy mir einen Welche-Laus-ist-dir-eigentlich-über-die-Leber-gelaufen?-Blick zu. Als ich mir schließlich sicher bin, dass ich nicht doch noch handgreiflich werde, atme ich hörbar aus und setzte mich neben sie.

«Was ist passiert?», frage ich seufzend.

Sie wischt sich die schmutzigen Hände an ihren Shorts sauber. «Ach, ich habe letzte Nacht mit ihm geschlafen.» Sie sieht mich mit riesengroßen, unschuldigen Kinderaugen an, als wüsste sie nicht genau, dass Dante seit dem Tag, als sie nach Berklee abgehauen ist, nur auf diese Gelegenheit gehofft hat. «Hätte ich wohl besser nicht tun sollen. Er sagt, er liebt mich immer noch.» Sie zuckt die Achseln.

«Oh, *Darcy*!», sage ich nur, viel zu erschöpft für eine Standpauke. Mein Zorn ist verraucht. «Na gut. Komm rein.»

Erst jetzt fällt mir mein Vater wieder ein. *Mist!*

Darcy war mit meinem Vater noch nie ganz im Reinen, vielleicht ist es auch andersrum, aber ich glaube nicht. Dafür erkor unsere Mutter, die das erkannte – ob bewusst oder unbewusst –, Darcy zu ihrem Lieblingskind, ein Umstand, den wir alle stillschweigend akzeptierten. Darcy ist diejenige von uns, die Moms musikalische Begabung geerbt hat, und sie verbrachten Stunden in trauter Zweisamkeit vor dem Klavier, in perfekter Harmonie zusammen oder allein spielend, alberten miteinander herum und teilten ihre Liebe zur Musik. Natürlich ist der Verlust der Mutter so früh im Leben dramatisch für jedes Kind, aber für Darcy war Moms Tod wie eine schwere Krankheit, von der sie sich bis heute nicht erholt hat. Dass mein Vater mit seiner Sauferei ihre Entfremdung noch vorantrieb, hat sie ihm nie verziehen.

Die Fliegentür schlägt klappernd zu, und wir gehen ins Haus. Die Räder von Darcys Koffer quietschen vernehmlich auf dem Fliesenboden. Ehe ich auch nur darüber nachdenken kann, was ich ihr sagen, wie ich ihr die Situation erklären soll und womit sich ihre Wut auf meinen Vater womöglich im Zaun halten ließe, kommt er uns auch schon entgegen. Er hat Tylers ausgeblichenen grünen Bademantel an und hält ein Glas in der Hand, von dem ich weiß, dass es nur Wasser enthalten kann. Die Befürchtung, es könnte trotzdem Wodka sein, lässt sich schon deshalb nicht abschütteln, weil solche Gedanken automatisch kommen, wenn der rückfällig gewordene Vater auf einmal wieder bei einem einzieht.

«Darcy!» Er streckt die Arme aus und zieht sie an sich. «Ich hatte dich gar nicht erwartet. Bist du gerade erst angekommen?», fragt er nonchalant. Er hat die Kunst perfektioniert, das Offensichtliche zu ignorieren. Nämlich dass er im Bademantel meines Mannes in der Diele meines Hauses steht, ungekämmt, unrasiert, in fleckigem Unterhemd, ein Veilchen im Gesicht. Entgegen aller Vernunft hofft er, dass die Menschen in seiner Umgebung die unzähligen Probleme, die sein Anblick verrät, schlicht ignorieren.

«Du brauchst eine Dusche», sagt sie und windet sich aus seiner Umarmung. Sie macht einen Schritt zurück und starrt ihn an. «Was tust du hier?»

«Was tust du hier?», fragt er zurück und zwinkert ihr zu. Er zwinkert ihr tatsächlich zu!

«Darcy», sage ich eilig. «Dad bleibt eine Weile hier bei uns. Tyler ist auf seinem Anglerausflug, und ich wollte nicht allein sein. Bring doch deine Sachen in Tylers Zimmer, okay?»

Darcy sieht Dad zweifelnd an. Ihr Blick wandert von ihm zu mir und wieder zu ihm zurück.

«Wieso sieht er so fertig aus?», fragt sie, ohne ihn aus den Augen zu lassen.

«Wieso denn fertig?», frage ich und wünschte verzweifelt, mein Vater hätte meinen Rat befolgt und wäre heute Morgen unter die Dusche gestiegen. Stattdessen hat er offensichtlich den ganzen Tag verschlafen.

«Verquollene Augen. Fettige Haut», sagt sie, die Stimme hart wie Stahl. «Wie nach einer Sauftour.» Tja, dumm ist sie nicht, meine kleine Schwester. Wir alle haben vor langer Zeit gelernt, die Zeichen zu deuten.

«Darcy.» Mein Vater will etwas sagen, doch dann verschluckt er sich überraschenderweise an seinen Worten. Er lässt hilflos die schlappen Hände sinken. Sie erinnern mich an sterbende Fische.

«Oh, leck mich doch!», sagt sie, als es bei ihr klick macht. «Das glaub ich einfach nicht.»

«Darce.» Ich berühre sie sanft am Ellbogen. «Bring deinen Koffer in das freie Schlafzimmer.»

Sie zögert, sieht meinen Vater giftig an, mit so viel Zorn, wie ich ihn nicht mehr an ihr gesehen habe, seit sie nach Berklee gegangen ist, fest entschlossen, nie mehr im Leben auch nur einen einzigen Blick zurückzuwerfen. Ihre Gedanken stehen ihr ins Gesicht geschrieben. Sie wägt ihre Möglichkeiten ab – zurück zu Dante gehen oder raus zum Flughafen fahren und sich ein neues Ticket kaufen, das sie sich nicht leisten kann –, ehe ihr die Ausweglosigkeit ihrer Situation klarwird. Sie packt den Griff ihres Koffers und dann – quietsch, quietsch, quietsch – zerrt sie den Inhalt ihres ganzen Lebens achtlos hinter sich her durch den Flur.

Sie steckt fest, denke ich.

Und dann ertönt – völlig überraschend – trotz Feuerwerk, trotz der möglichen Hoffnung in meinem Bauch, trotz allem eine fremde, winzige Stimme in meinem Kopf, dieselbe, die meine Seele jagt, seit ich im Schlafzimmer zu Boden gegangen bin, und fragt mich laut und vernehmlich: *Stecken wir nicht alle fest?*

Sechs

Im Haus meines Vaters modert es. Über dem Wohnzimmer schwebt eine nach Schimmel stinkende Muffelwolke, als hätte hier seit Wochen niemand mehr gewohnt – oder falls doch, als hätte derjenige sich nicht mal um ein absolutes Minimum an häuslicher Hygiene geschert. In der Diele liegt ein umgekippter Riesenstapel ungelesener Zeitungen über den Boden verstreut. Vor dem Briefschlitz türmt sich ein ganzer Berg ungeöffneter Post; aus dem übervollen Mülleimer in der Küche quillt Abfall aller Art. Vor allem aber wirkt das Haus unbewohnt, tot. *Wieso hat Adie mich nicht angerufen? Sie hätte mich wenigstens anrufen können!*

Der inzwischen schon vertraute Groll meldet sich: Ein winziger Kieselstein im Schuh, unbequem, lästig, unmöglich zu ignorieren. Langsam komme ich mir vor wie der unglaubliche Hulk – eben noch ganz normal und eine Sekunde später grün vor Ärger, sich das T-Shirt vom Leib reißend, auf der Suche nach einer Prügelei durch die Straßen stürmend. Oder wie Dr. Jekyll und Mr. Hyde. Oder beides.

Ich klaube diverse einzelne Socken vom Fußboden auf und überlege, wer wer ist – welcher war gleich wieder der Irre? Jekyll? Hyde? Ich weiß es nicht. Ich knülle die Socken zusammen und schleudere sie in Richtung Couch, wo sie mit traurig laschem Aufprall landen.

Dad lebt immer noch im Haus unserer Kindheit. Es ist mit seinen fünf Schlafzimmern und dem Pool, der inzwischen die meiste Zeit abgedeckt bleibt, viel zu groß für ihn. Adriana wollte es verkaufen, sie hat immer versucht, ihn zu überreden, mit ihr in eine Neubauwohnung in der Anlage neben dem Einkaufszentrum zu ziehen. Neubauten sind ungewohnt für Westlake, und die meisten Wohnungen stehen nach wie vor leer. Mein Vater hat Adie mit dem Argument hingehalten, er wolle warten, bis die Preise sinken, aber Luanne und mir war klar, dass sie ihn nie dazu kriegen würde, selbst wenn er eins der blöden Dinger in der Lotterie gewinnen würde.

Ich lasse die Finger über die Küchenwand gleiten. Meine Mutter hat sie selbst tapeziert, kurz bevor sie krank geworden ist. Wir haben uns alle ins Auto gequetscht und sind gemeinsam zum Raumausstatter gefahren. Es dauerte Stunden, bis wir uns auf eine Tapete einigen konnten. Darcy hielt auf einmal das Muster einer kremfarbenen Schmucktapete in Händen, mit winzigen grünen und rosa Blümchen, die fast auf dem Hintergrund zu tanzen schienen. Wir scharten uns um unsere kleine Schwester, um einen Blick über ihre Schulter zu werfen, und wurden auf einmal alle ganz still. «Das ist sie!», rief Darcy, und wir murmelten zustimmend. Und dann, kurz danach, kam die Diagnose, und obwohl sich unsere Küche durch die Horrornachricht im Grunde optisch nicht verändert hatte, war natürlich nichts mehr so wie vorher. Selbst die niedlichen tanzenden Blümchen schienen ihren Schwung verloren zu haben.

Ich stopfe den überquellenden Müll zurück in den Eimer, mache das Licht wieder aus und gehe in den Keller hinunter, um einen Koffer zu suchen, der so groß ist, dass ich meinem Vater Sachen für ungefähr einen Monat mitbringen kann. Die viel zu steilen Stufen knarren bei jedem Schritt. Ich taste mich vorsichtig an der kühlen Zementwand entlang nach unten. Die große Lampe ist schon vor Ewigkeiten ausgebrannt, und ich ziehe an der rostigen Metallkette, die am Fuß der Treppe von der Decke hängt, um die kleine Wandlampe anzumachen. Meine Augen brauchen einen Moment, um sich an das Dämmerlicht zu gewöhnen.

In den feuchtkalten Eingeweiden des Hauses ist das ganze Leben meines Vaters versammelt. Trotz all der Jahre, die vergangen sind, hat er es noch immer nicht über sich gebracht, sich vom Großteil der Dinge meiner Mutter zu trennen. An ihrem ersten Todestag haben Luanne und ich zumindest die Alltagsgegenstände in der Wohnung eingesammelt, den Inhalt ihres Kleiderschranks fein säuberlich in Kisten verpackt und hier runtergeschleppt. Darcy machte währenddessen auf dem Fahrrad die Nachbarschaft unsicher, und mein Vater beschwerte sich lediglich darüber, dass die Bar in der Nähe, die so gut zu Fuß zu erreichen gewesen war, dichtgemacht hatte.

Ich bin seit Jahren nicht mehr in diesem Keller gewesen. Die Kisten stehen alle noch genauso da wie vor Jahren, beschriftet mit meiner krakeligen Teenagerklaue: *«Pullover»*, *«Mäntel»*, *«Schuhe»*.

Im Dämmerlicht taste ich mich durch dieses Archiv. *«Blusen»*. *«Jeans»*. *«Hosen»*. Alles fein säuberlich in einer Zeitkapsel aufbewahrt. Als gäbe es Grund zur Hoffnung, dass Mom doch noch irgendwann wiederkommt, um ihre Sachen wieder in Besitz zu nehmen, solange er sie nur nicht weggibt. Hinter einer Schachtel mit der Aufschrift *«Div.»* entdecke ich noch eine, die ich nicht selbst beschriftet habe. Der Deckel trägt eindeutig die Handschrift meiner Mutter.

«Tillys Fotokram». Heiße Röte schießt mir in die Wangen bei der Erinnerung an diesen schwachen, zerbrechlichen Schatten ihrer selbst, als sie darauf bestand, mit mir einen neuen Fotoapparat kaufen zu fahren, und dann an den Nachmittag des gleichen Tages, als wir in meinem Zimmer auf dem Fußboden saßen und die alte Ausrüstung zusam-

men mit ein paar Bildern in eben diese Schachtel räumten. Wir hatten vor, Fotos und die Ausrüstung zu sortieren, nicht, sie für immer in den Keller zu verbannen. Aber dann, nur ein paar Wochen später, ist Mom gestorben, und es gab so viel Wichtigeres zu tun. Also ging ich eines Tages mit der Schachtel in den Keller und schob sie in den hintersten Winkel, wo sie bis heute geblieben ist, vergessen und unberührt. Der zweite Fotoapparat, den sie mir an einem Sommermorgen kurz vor ihrem Tod gekauft hat, ist mir eines Tages beim Aussteigen aus dem Auto hinuntergefallen. Ein Riss wie ein Bilderbuchblitz ging mitten durch die Linse, und ich habe mich nie getraut, meinen Vater um eine neue Kamera zu bitten. Das wäre mir angesichts des Scherbenhaufens, in den meine Welt sich verwandelt hatte, furchtbar kindisch vorgekommen.

Auf dem Deckel hat sich eine dicke Schmutzschicht angesammelt. Der Staub steigt mir in die Nase, und in dem Augenblick, als ich ein Niesen unterdrücke, klingelt mein Handy in der Handtasche.

Tyler. Na endlich! Ich habe nichts von ihm gehört, seit er vor zwei Tagen von der Bildfläche verschwunden und in der Hütte am See von Nolan Greens Eltern untergetaucht ist.

Ich klappe das Telefon auf und klemme es mir zwischen Ohr und Schulter. «Hey, alles klar?», sage ich, während ich den schmutzigen Deckel von der Schachtel hebe und einen Blick riskiere. Zerknüllte Zeitungsfetzen starren mir entgegen, vergilbt und modrig.

«Tut mir leid, dass ich nicht früher angerufen habe», sagt er. «Hier gibt es fast keinen Empfang. Außerdem sind wir fast den ganzen Tag draußen auf dem See. Du solltest mal sehen, was ich gestern an der Angel hatte! Liegt auf Eis. Ich bringe ihn mit. Fürs Wochenende.»

Ich schiebe die Hände unter die Papierknäuel und spüre etwas Weiches.

«Wie geht es deinem Vater?», fragt Ty.

«So lala.» Ich bin nur mit halbem Ohr dabei. Ehrlich gesagt hatte ich noch nie viel für die frischen Fische mit den trüben Augen und ihren winzigen, hinterlistigen Gräten übrig, die Tyler immer mit nach Hause schleppt.

Was ist das? Meine Finger schieben sich tiefer in die Kiste und kommen mit einem Stapel Schwarzweißabzügen wieder zum Vorschein.

«Wie geht es dir?», will Tyler wissen.

«Gut», sage ich. «Ein bisschen müde, aber gut.» Ich will ihm gerade von Luanne erzählen, aber dann fängt es in der Leitung an zu krachen, und seine Stimme ist nur noch abgehackt zu hören. *«Ha – lo, ha – lo, Til? Ha – lo?»*

«Ich bin hier!» Meine laute Stimme hallt von den feuchten Wänden wider.

«Ich höre dich», sagt er, wieder ganz deutlich. «Ja, also, was ich sagen wollte. Ich habe einen unglaublichen Burschen erwischt, und, mein Gott, du glaubst ja nicht, was Nolan für Geschichten über die Mannschaft auf Lager hat.» Nolan, der nie gut genug war, um für die Minors zu spielen und sich im College gerade mal für die Ersatzbank der Uni-Mannschaft qualifizieren konnte, arbeitet inzwischen in der Verwaltung der Mannschaft, rekrutiert neue Perspektiven, neue Hoffnungen, neues Blut.

Es gibt wirklich nur wenige Dinge auf der Welt, die mich noch weniger interessieren als Nolan Green – der während des College so fertig war, dass er sich irgendwann mal völlig betrunken und splitternackt zu mir in Tylers Bett gelegt und am nächsten Morgen noch nicht mal den Anstand besessen hatte, sich zu entschuldigen, als ich mich zu ihm drehte und mich geschlagene fünf Minuten lang an ihn kuschelte, ehe ich den Irrtum bemerkte. Abwesend blättere ich durch den Fotostapel und halte plötzlich einen Schnappschuss meiner Highschoolclique in der Hand. Die Aufnahme ist unten am See entstanden. Es muss im Juli gewesen sein, vielleicht auch Anfang August: Susanna und Austin und Elisabeth Childs, die inzwischen im Postamt arbeitet, und Darren Lewis, der zur Army gegangen und inzwischen aus dem Irak zurück ist, ein ausgemergelter Schatten seiner selbst, und Tyler natürlich, in Badeshorts, die Hände zu einer ausladenden Siegesgeste in die Luft gereckt. Der See im Hintergrund wirkt metallisch grau, und hier und da gleißen die Sonnenstrahlen auf der gekräuselten Wasseroberfläche. Ich starre den sechzehnjährigen Tyler an und muss an die schmerzliche Sehnsucht denken, die ich in jenem Sommer für ihn empfand. Daran, wie unsere Freundschaft sich für mich in mehr verwandelte, daran, wie wir uns alle nach unseren diversen Ferienjobs am Steg trafen, daran, wie ich ihn immer beobachtete, so unauffällig wie möglich, in der Hoffnung, dass er eines Tages endlich die gleichen Schmetterlinge im Bauch haben würde wie ich.

«Aber hier ist es wirklich toll», sagt er. «Echt phantastisch. Vollkommen einsam. Eine Supergelegenheit, mir endlich mal wieder richtig Gedanken zu machen.»

«Bestimmt.» Ich verdrehe die Augen. Als hätte Nolan Green je was mit Einsamkeit und Abgeschiedenheit am Hut gehabt.

Und dann, vollkommen aus dem Nichts, spüre ich es: den Krampf in meinem kleinen Zeh. *Oh, Scheiße!*, denke ich. Der Schmerz bahnt sich seinen Weg durch meine Glieder – schlängelt sich von der Wade hinauf in den Oberschenkel, weiter durch die Eingeweide, umfasst mit eisernem Griff mein Herz, bis er schließlich in mein Gehirn schießt. Ich habe das Gefühl, als würde mein Kopf in eine Million winzige Einzelteile zerplatzen.

«Ty!», sage ich, aber es ist nicht mehr als ein Flüstern, und ich bete, dass er mich trotzdem hört, bete, dass er mich da irgendwie rausreißen kann, mich zurück ins Hier und Jetzt holt und diesen zermarternden Schmerz verjagt. Ich habe das Gefühl, ich hätte Wasser in den Ohren, die feuchten Kellerwände drohen, mich zu zerquetschen, und dann spüre ich auch schon den kühlen Estrichboden an meiner Wange. Ich schließe die Augen und blende den Schmerz aus. Und dann spüre ich überhaupt nichts mehr.

Der Regen tropft ohne Unterlass auf das Autodach. Unser Wagen parkt in der Auffahrt. Direkt dahinter steht der Anhänger einer Umzugsfirma. Die Hecktüren des Anhängers stehen offen. Er ist zur Hälfte mit allen möglichen Schachteln und Kartons gefüllt. Außerdem ist ein grauer, ausgeblichener Seesack zu sehen, den ich noch aus Tylers College-Zeiten kenne. Ich wusste gar nicht, dass er den noch hat. Er hat ihn bestimmt beim Einzug in den Garderobenschrank gestopft, und ich habe ihn bis heute übersehen.

Ich stehe auf dem Gehsteig und starre von außen auf unser Haus und auf die Einfahrt. Ich fahre mir mit der Hand durch die Haare, und mir fällt auf, dass sie, obwohl es so regnet, völlig trocken sind, knochentrocken; ich bin eine Geistererscheinung in dieser Realität.

Die Vordertür schwingt auf, und Austin kommt mit der nächsten Kiste heraus. Er tappt mühsam zum Anhänger, setzt die Kiste stöhnend ab und lehnt sich dann gegen die Seitenwand, um Luft zu holen. Eine Sekunde später kommt Tyler aus dem Haus, mit leeren Händen, und mustert den Laderaum.

«Okay», sagt er zu Austin und schließt den Reißverschluss der Daunenjacke, die ich ihm letzten Winter geschenkt habe. «Geschafft. Danke, Kumpel.»

Sie klatschen ab und rücken synchron ihre Baseballkappen zurecht. *Jetzt sehe ich, dass Austin keinen Ehering trägt, ein ebenso winziger wie gravierender Hinweis darauf, wo ich mich befinde, darauf, wann ich mich hier befinde und was passiert ist, und plötzlich wird mir mit Schrecken klar, dass ich schon wieder in die Zukunft katapultiert worden bin, in eine Zeitschleife, die sich noch nicht entfaltet hat.*

Umzug?, *denke ich.* Verdammte Scheiße! Wir ziehen um! Warum um alles in der Welt ziehen wir um, und wohin um alles in der Welt? *Ich spüre das Blut in meinen Adern pochen und frage mich, wie Tyler es geschafft hat, mich zu überreden; was er mir versprochen hat, um mir ein so ungeheures Zugeständnis zu entlocken.* Vielleicht weil ich schwanger bin, *überlege ich.* Vielleicht bin ich schwanger, und wir brauchen ein größeres Haus. *Ich wage einen Blick auf meinen Bauch, um zu sehen, ob er sich vielleicht wölbt, aber ich bin immer noch mein altes Ich aus dem alten Hier und Jetzt, nicht mein zukünftiges Ich. Hier lassen sich keine Hinweise finden. Außerdem fällt mir sofort wieder ein, dass unser Haus für drei Menschen die ideale Größe hat. Und selbst wenn es nicht so wäre – wir könnten uns trotzdem nicht einfach was Größeres leisten.*

Ich starre auf die Haustür und hoffe, dass ich mich endlich selbst heraustappen sehe, mit einer heißen Tasse Tee vielleicht oder einem Teller Cookies, um die beiden für die harte Arbeit zu belohnen, hoffe auf irgendein Zeichen dafür, dass ich mich darauf freue, diesen Ort zu verlassen – dieses Haus? Diese Stadt? –, dass ich es Tyler nicht übelnehme, mein perfekt geplantes Leben einfach in eine neue Richtung zu lenken. Doch auf der Veranda bleibt alles still. Bis auf den Regen, der beständig vom Dach auf das Holzgeländer tropft.

Trotz des Regens lassen Tyler und Austin sich auf die Ladefläche sinken und geben tiefe, erschöpfte Seufzer von sich. Tyler ist nur einen knappen Meter von mir entfernt. Ich will nach ihm rufen, mich bemerkbar machen, ich will Antworten von ihm. Was soll's!, denke ich und wage einen Versuch. «Ty-ler!» Aber natürlich dreht er sich nicht nach mir um. Er kann mich nicht hören. Er kann mich nicht sehen. Dreimal rufe ich seinen Namen, dann gebe ich mich geschlagen. Und als ich es doch noch ein allerletztes Mal versuche, das ganze Gewicht in meinen Schrei lege, ihm seinen Namen förmlich um die Ohren haue, zuckt er zusammen. Ja, ich sehe genau, wie er zusammenzuckt. Vielleicht kann ich mich ja doch bemerkbar machen. Doch dann stehen sie auf und gehen ins Haus, und ich bin wieder allein. Allein mit dem offenen Umzugsanhänger und dem Regen, der rund um mich herum zu Boden prasselt.

Plötzlich fliegt die Tür auf, und Darcy kommt ins Freie gerannt. Sie trägt eine alte Jogginghose und Flip-Flops. Sie muss eisig kalte Füße haben, und obwohl man bei diesem Wetter eindeutig eine Jacke braucht, hat sie nur ein Sweatshirt an. Sie schlägt die Kapuze über die inzwischen dunkelviolett gefärbten Haare und wischt sich die verlaufene Wimperntusche aus dem Gesicht, was ihren Anblick nicht besser macht. Vorne auf dem Sweatshirt prangt ein feuchter Fleck, der mich an einen Rorschach-Test erinnert. Sie rennt an mir vorbei, so dicht, dass sie mich um ein Haar streift, und der unverwechselbare Geruch von Wodka steigt mir in die Nase.

Ich versuche, nach ihr zu greifen, sie am Arm zu packen und festzuhalten, aber das ist natürlich völlig sinnlos, und schnell ist sie über die Auffahrt auf die Straße gerannt und verschwunden.

Ich drehe mich wieder um und starre auf den Inhalt des Anhängers, auf mein Leben, so ordentlich, so leicht und mobil, und während der Regen weiter aus einer bleischweren Wolke niederprasselt, frage ich mich, ob es möglich ist, dass ich einfach ertrinke.

Sieben

«Tilly, Tilly! Wach auf!» Jemand reibt mir Pfeffer unter die Nase, und brennender Schmerz jagt meine Nasenlöcher hoch.

«Au! Nein! Nicht!» Ich wedle mir mit der Hand vor dem Gesicht herum und setze mich mühsam auf. In meinem Hinterkopf pocht es. Ich streiche mir über den Schädel und ertaste eine riesige Beule. Meine Augenlider sind bleischwer, aber ich zwinge sie trotzdem auf. Susanna und Darcy kauern neben mir.

«Was macht ihr hier?» Meine Stimme ist rau wie Sandpapier.

«Wir müssen dich ins Krankenhaus bringen», sagt Susie.

Ich sehe mich verwirrt um. *Was ist hier los? Was zur Hölle ist hier los?* Langsam kommt mein Gedächtnis wieder in Gang. *Warum packt Tylor unseren Hausrat zusammen?* Ich muss schlucken. Mein Mittagessen, ein Burger aus dem Drive-in, taucht wieder in meiner Kehle auf. *Oh nein. Das heißt nichts Gutes.* Die Erinnerung an das erste Mal durchfährt mich: die Vision von meinem Vater, in der ich irgendwie die Zukunft gesehen hatte. *Nein, nein. Das hat sicher nichts zu bedeuten. Überhaupt nichts. Vielleicht einfach nur ein Zufall. Zwei Ohnmachtsanfälle, zwei Visionen.* Wieder muss ich einen Würgereflex unterdrücken.

Darcy reibt mir über den Nacken, der dürftige Versuch, mich zu beruhigen. Dann kommt mir ein viel erschreckenderer Gedanke: die Vision an sich. Tyler. Die Kisten. Wieso sollte ich davon träumen, dass wir umziehen? *Wir ziehen um? Wir können nicht umziehen! Nein. Nein. NEIN. Das muss ein blöder Zufall sein, irgendeine ziemlich schräge Art von hormoneller Reaktion, vielleicht weil ich wirklich schwanger bin. Ja. Ja, das ist es! Ich bin schwanger, und deshalb dreht mein Hirn jetzt durch.*

«Ich glaube, ich bin vielleicht schwanger», sage ich. «Ich glaube, meine Hormone spielen völlig verrückt, und ich wette, es liegt daran, dass ich schwanger bin. Das ist mir neulich schon mal passiert.» *Ja, es muss daran liegen, dass ich schwanger bin. Was sollte es denn sonst sein? Dass ich auf einmal in die Zukunft sehen kann?* Dann fällt mir Ashley ein. Ashley und ihre bescheuerte, geschmacklose, selbstgerechte Prophezeiung. *Scheiße!* Ich atme aus. *Nein, nein. Ich bin schwanger. Daran liegt es. Daran! Liegt! Es!*

«Das hat Ty am Telefon auch gesagt; dass es schon mal passiert ist», sagt Darcy. Ihre Stimme zittert angesichts der Vorstellung irgendeiner medizinischen Katastrophe. Sie hat das schon einmal durchgemacht, und das war einmal zu viel. Dicke Tränen sammeln sich in ihren Augen. «Aber du glaubst, du bist einfach nur schwanger, oder? Du meinst, es liegt daran, oder?» Sie zwingt sich zu einem bleischweren Lächeln und sieht dem Kleinkind, das sie mal war, dabei herzzerreißend ähnlich. Riesige, graublaue Augen, noch größer als die von mir und Luanne, eine zitternde Unterlippe, überbordend vor Emotionen, die sie noch nie sehr gut verstecken konnte.

«Ty hat dir das erzählt?», frage ich. Ich habe das Gefühl, zu ertrinken, haltlos durch die Zeit zu schlittern, durch die Schwere meiner Ängste.

«Er hat angerufen, weil du auf einmal nichts mehr gesagt hast und es einen fürchterlichen Schlag gab», sagt Darcy. Sie und Susie fassen mich an den Ellbogen und ziehen mich nach oben. Mein Gehirn fährt Achterbahn, gibt

Vollgas, versucht verzweifelt mitzukommen, und ich muss mich sprichwörtlich auf ihre Lippen konzentrieren, um die Worte zu verstehen, die aus ihrem Mund kommen. Ich habe das Gefühl, mich in einer wirren Science-Fiction-Geschichte mit zwei einander widersprechenden Existenzen zu befinden: eine, in der ich völlig den Verstand verliere, in der die Welt aus ihrer Achse gesprungen ist, und eine andere, in der Susie und Darcy mit langsamen, entstellten Worten zu mir sprechen, als liefe das Leben plötzlich in Zeitlupe ab, als ginge das Leben einfach so weiter. «Du hattest das Auto, also habe ich Susie angerufen. Wir sind, so schnell wir konnten, gekommen.»

«Mir geht es gut», sage ich, obwohl sich mein Gesicht völlig blutleer und wie gelähmt anfühlt. «Es tut mir leid, dass ihr kommen musstet. Susie, hattest du … hattest du seltsame Träume, als du schwanger warst?»

«Oh ja.» Sie nickt. «Und was für welche. Mein Gott! Die allerschlimmsten, und zwar immer von Donnie Parker. Weißt du noch, der Typ, mit dem ich vor Austin zusammen war? Ununterbrochen. Ich glaube, ich habe jede Nacht von der Vergangenheit geträumt.»

Ich schlucke. Das Einzige, wovon ich definitiv nicht träume, ist die Vergangenheit.

«Aber abgesehen davon. Dir geht es definitiv nicht gut», sagt Susie und sieht mich forschend an. «Das sehe ich. Dir geht es nicht gut.»

«Doch», erwidere ich schrill, scharf, ein bisschen zu heftig, um auch nur im Ansatz glaubwürdig zu sein. Ich lasse mich auf die unterste Stufe der Kellertreppe sinken und kauere mich über meine Knie. «Bitte. Können wir nicht einfach nach Hause fahren? Ich bin erledigt. Morgen hole ich mir einen Schwangerschaftstest. Das ist alles. Da bin ich mir sicher.»

Bei dem Gedanken an zu Hause schaudert mich, bei dem Gedanken an Tyler, wie er unsere Sachen packt und uns einfach wegbringt. Ich spüre Tränen hinter meinen Lidern brennen, und dann rollen sie auch schon über meine fahlen Wangen, Zugeständnis an die Verzweiflung, die mich bei dem Gedanken befällt wegzuziehen, auch wenn, ja – *es war nur ein Traum, ein Hirngespinst, das sich mit dem Fötus bei mir eingenistet hat, irgendein umgedrehter Nestbautrieb, der die Angst davor versinnbildlicht, ausgerechnet jetzt entwurzelt zu werden, wo ich mich definitiv noch fester verwurzeln muss als sowieso schon.* Ich wische mir die Tränen ab, stecke den Kopf zwischen die Beine und hoffe, dass die Welt wieder im Lot ist, wenn ich ihn hebe.

«Okay. Vielleicht bedeutet es ja wirklich etwas Gutes», sagt Susie. «Vielleicht bist du wirklich schwanger! Viele Frauen fallen in Ohnmacht, wenn sie schwanger sind!»

«Ja», sage ich. «Wahrscheinlich liegt es daran.» Ich sehe Ashley Simmons vor mir, die mir mit spöttischer Miene widerspricht, mir sagt, dass ich natürlich nicht schwanger bin, dass Kinder und Ehemänner nicht immer für alles die Lösung sind. Ich ziehe meinen Kopf aus seinem schützenden Kokon und falte die Hände vor dem Gesicht. Eine Welle der Übelkeit wogt durch meine Eingeweide. «Können wir jetzt bitte einfach nach Hause fahren? Hier riecht es schrecklich, und ich muss dringend schlafen. Es tut mir leid.»

«Jetzt entschuldige dich nicht ständig, Himmel noch mal!» Susie streichelt mich mit kreisenden Bewegungen zwischen den Schulterblättern. Ich richte mich langsam auf und ziehe mich am Treppengeländer hoch. Meine Beine sind bleischwer, als hätte jemand sie in Betonklötze gegossen.

Susie nimmt meine Hand. «Na, dann lass uns gehen.» Müde zwinge ich meine Beine, mit meinem Hirn zusammenzuarbeiten, und kehre zurück ans Tageslicht.

Zu Hause bringt Darcy mir eine Tasse Pfefferminztee.

«Ich habe nach Dad gesehen und Tyler angerufen, um ihm zu sagen, dass es dir gutgeht», sagt sie und reicht mir die dampfende Tasse. Ich hebe sie an die Lippen, aber der Rand ist viel zu heiß. Natürlich hat Darcy die Tasse in die Mikrowelle gestellt, obwohl ich sie gebeten hatte, den Teekessel zu benutzen.

«Danke. Ich rufe ihn morgen an», sage ich. «Wie geht es Dad?»

«Er schläft.» Sie zuckt die Achseln. «Wahrscheinlich seine Methode, um nüchtern zu bleiben. Im Schlaf lässt sich's schlecht saufen.»

«Sei nicht so streng mit ihm, Darcy.» Ich puste in die Tasse. «Er gibt sich wirklich Mühe. Außerdem ist er hier, damit ich ihm beistehen kann.»

«Reicht es dir nicht irgendwann mal damit?» Sie lässt sich zu mir aufs Bett plumpsen, sodass die Matratze wippt.

«Es ist lange her», antworte ich. «Außerdem tun wir alle, was wir tun müssen.» Ich wappne mich für eine Wiederholung der alten, ewig gleichen Diskussion. «Bitte. Fang einfach nicht wieder damit an. Ich habe nicht die Kraft, mich zu streiten.»

Sie holt Luft, und ich weiß, dass sie noch etwas sagen will, aber in einem ungewohnten Anflug von Selbsterkenntnis rudert sie zurück.

«Also. Was ist wirklich mit dir los?», fragt sie schließlich. «Bist du tatsächlich schwanger? Werde ich echt Tante?»

«Du bist doch schon Tante», erinnere ich sie.

«Stimmt. Aber ich meinte bei dir.»

«Ich weiß es nicht – vielleicht. Ich hole mir morgen Vormittag einen Test.» Ich drücke ihre Hand, und wir grinsen uns an bei dem Gedanken an den winzigen Keim, der vielleicht in mir wächst. Der Groll der letzten Tage ist wie weggeblasen; schließlich sind wir Schwestern. Wir haben unser ganzes Leben damit verbracht, uns zu streiten und wieder zu vertragen.

«Du wirst eine tolle Mutter.» Sanft berührt Darcy mein Knie. «Wirklich. Das meine ich ernst.»

Ich sehe sie einen Moment lang an, dankbar, weil sie ausnahmsweise mal nett ist. Es gibt so viel Unausgesprochenes zwischen uns. Und dann betrachte ich ihr wunderschönes Porzellangesicht, präge es mir ein, mache ein Abbild, wie das Foto vielleicht, das ich vor vielen Jahren gemacht hätte. Jetzt wäre es vielleicht ein Polaroid, das ich an die Wand in meinem Büro kleben würde, ein bemerkenswertes Gesicht in einem Meer nicht ganz so bemerkenswerter Gesichter. *Wann ist sie so erwachsen geworden?*, denke ich. Hinter dem schwarzen Eyeliner und der allgegenwärtigen Schnute hat sie sich in eine erwachsene Frau verwandelt. Das ist mir bis jetzt überhaupt nicht aufgefallen. Ich sehe sie an. Ihr Gesicht ist zur Hälfte in den Schein meiner Nachttischlampe getaucht, die wilden, momentan blonden Haare fallen ihr über die Schultern, und ich hoffe, dass mir dieses Bild für immer im Gedächtnis bleibt. Sie hält meinem Blick länger stand, als ich es ihr zugetraut hätte, und ich spüre ihre Unterstützung, das Angebot, mich an sie zu lehnen.

Ein Klopfen an der Tür erschrickt uns beide, und Darcy quiekt. Dad betritt zögernd das Zimmer.

«Was?», sagt sie zu ihm.

«Hat irgendjemand Lust auf den Spätfilm im Fernsehen?», fragt er. Die Einsamkeit und Verzweiflung in seiner Stimme sind offensichtlich.

«Ich passe», sagt Darcy und steht auf. «Tilly, morgen machen wir den Test.» Sie beugt sich zu mir hinunter und gibt mir einen Kuss auf die Stirn. «Alles wird gut. Ganz sicher.»

Ich nicke, und mich durchströmt eine Welle der Dankbarkeit für ihre Loyalität.

Als sie an meinem Vater vorbeigeht, weichen beide unwillkürlich voneinander zurück, um jeglichen Körperkontakt zu vermeiden, dann sieht er mich an und zuckt die Achseln. *Ach ja, so ist es nun mal,* scheint er damit sagen zu wollen; seine Jüngste wird ihm seine Sünden der Vergangenheit wohl nie verzeihen. Ich erwidere die Geste, mein Eingeständnis, dass ich im Augenblick, so seltsam das auch scheinen mag, auch keine Antwort auf unsere Probleme habe.

Eilig verlässt er mein Zimmer. Die Hausschuhe schlurfen über den Holzboden, seine Schritte entfernen sich über den Flur zu seinem Zimmer hin, wo er schließlich mit dem einlullenden Geräusch des Fernsehers auf der Couch einschlafen wird, genau wie Tyler, der auch nie Probleme mit dem Einschlafen hat. Und ich? Nein, ich werde nicht schlafen. Nicht heute Nacht, da ich inzwischen Angst haben muss, dass meine Träume verflucht sind, und ich mir nicht mal mehr im Schlaf über den Weg traue.

Acht

Am nächsten Morgen folgt Darcy mir wie ein geprügeltes Hündchen auf Schritt und Tritt durch die verlassenen Flure der Westlake High. Sie ist seit dem Tag ihres Abschlusses nie wieder hier gewesen, und ich habe keine Ahnung, ob ihre Rückkehr sie eher nervös oder resigniert macht.

«Es riecht immer noch genauso», sagt sie, als ich sie zur Eile antreibe. Wir schlittern über den Linoleumboden. «Bäh, mir wird ganz schlecht. Wie halbroher Cheeseburger oder so was.»

«Pst! Die Sommerkurse laufen», sage ich. «Außerdem war das Teil der Abmachung. Und darf ich dich bitte noch mal daran erinnern, dich so unauffällig wie möglich zu benehmen.»

«Klar, jetzt bist du sauer auf mich, weil ich dir helfen will!», entrüstet sie sich.

«Bin ich nicht. Entschuldige. Wir sind einfach spät dran. Und du weißt, wie sehr ich es hasse, zu spät zu kommen.»

Darcy war heute Morgen zu einer Uhrzeit auf den Beinen, zu der ich sie noch nie wach gesehen habe, und bestand darauf, mich zu begleiten.

«Und ich dachte immer, du bist vielleicht doch ein Vampir», sagte ich beim Kaffee zu ihr.

«Tyler ist nicht da, und wenn er nicht dabei sein kann, will ich dir beistehen», antwortete sie. Erstaunlich erwachsene Worte für jemanden, der in meinen Augen in der Adoleszenz steckengeblieben ist. Ich gab ihr zu bedenken, dass sie den ganzen Tag an meiner Seite gefangen wäre, weil ich keine Zeit habe, sie zwischen den Terminen mit CJ und Anderson mal eben schnell nach Hause zu fahren. Darcy streckte mir lediglich die Zunge raus und sagte «Okay», ein weiterer Beweis für unseren frischgeschlossenen Frieden.

Wir haben auf dem Weg zur Schule kurz bei der Drogerie haltgemacht, um einen Schwangerschaftstest zu kaufen. Leider saß ausgerechnet Lewis Lewison (ja, er heißt wirklich so) an der Kasse. Er brauchte eine halbe Ewigkeit – nein, eine ganze –, um den Preis der Vorteilspackung Diät-Shake zu überprüfen, den das Rentnerpaar an der Kasse vor mir zu kaufen gedachte. Und deswegen kommen wir jetzt zu spät.

Als wir in mein Büro stürmen, wartet CJ bereits. Ihre vom Softball wohlgeformten Beine sind viel zu lang für das niedrige Zweiersofa, und ihre Knie ragen seltsam in die Luft. Es erinnert mich daran, wie Eltern auf Kindergartenstühlchen sitzen.

«Tut mir leid, CJ. Es ist meine Schuld.» Ich lasse meine Tasche zu Boden fallen und durchforste sie auf der Suche nach CJs Unterlagen. Ich versuche, nicht an die rosarote Schachtel mit dem Test in der Innentasche zu denken, und ignoriere mein Herzklopfen bei dem Gedanken an ein winziges Plus im Fensterchen. Ich muss schwanger sein; ich muss mich an den Gedanken klammern können, dass Tyler und ich tatsächlich eine Familie werden könnten, nein, werden, und nicht mehr nur zwei Menschen sind, die sich vor über zehn Jahren zufällig begegneten und jetzt eben irgendwie zusammengehören. Denn letzte Nacht, während mein todmüder Körper mich um den Schlaf anflehte, den mein Verstand mir verwehrte, lief wie in einer Endlosschleife immer wieder nur diese eine trostlose, regennasse Szene vor meinem inneren Auge ab – der Anhänger, die Kisten, der Regen.

«Kein Problem», sagt CJ und sieht Darcy an. «Hey, du bist doch Darcy Everett, stimmt's? Ich erinnere mich an dich.»

«Richtig», sagt Darcy mit einem kleinen Knicks, der zeigt, wie sehr sie sich freut, erkannt zu werden; als wäre CJ ein Mitglied ihres Fanclubs.

«Ich war in der Siebten, als du deinen Abschluss gemacht hast», sagt CJ. «Ich habe gehört, du bist jetzt in L. A., um ein Album aufzunehmen oder so was. Cool!»

«Ja, finde ich auch», antwortet Darcy und ignoriert geflissentlich das winzige Detail der sachlichen Ungenauigkeit des Gerüchts.

«Ach, das ist ja so genial. Wirklich, du bist mein absolutes Vorbild. Raus aus Westlake und berühmt werden!»

«Na ja», sagt Darcy, auf einmal sehr an einem unsichtbaren Fleck auf ihrem T-Shirt interessiert. «Es ist keine große Sache. Ich meine, es ist schon toll, aber so groß ist die Sache auch wieder nicht.»

«Meinst du, ich kann dich irgendwann mal anrufen? Mir von Mrs. F. deine Nummer besorgen? Ich würde gerne wissen, wie du es geschafft hast.»

«Klar. Gerne.» Darcy hat die Fassung wiedererlangt und lächelt.

«Hilfst du uns bei dem Musical?», will CJ wissen. «Die Proben fangen doch nächste Woche an, oder?»

Ich nicke, und Darcy zuckt unverbindlich mit den Achseln. «Vielleicht», sagt sie. «Ich weiß noch nicht genau, wie lange ich bleibe.»

Ich werfe ihr einen Blick zu – das ist wieder mal eine von Darcys typischen Nichtantworten. Wir wissen doch beide, dass sie schon lange wieder zurück in L. A. sein wird, wenn CJ und die anderen sich hoffnungsvoll vor dem Musiksaal anstellen, um beim Vorsingen eine Hauptrolle zu ergattern.

«Und jetzt entschuldige uns bitte, Darcy», sage ich und lasse mich seufzend auf meinen Stuhl fallen. «CJ und ich müssen noch ein paar Dinge besprechen.»

Darcy schießt zur Tür, macht eine «Ruf mich an»-Geste, die für CJ bestimmt ist, und ich nehme mir die Mappe mit CJs College-Bewerbung vor.

«Okay, gut. Ich habe mir am Wochenende noch mal alles angesehen, und ich glaube, wir sind so gut wie fertig.» Ich blättere die Seiten durch. «Der einzige Punkt, der dir noch fehlt, ist gemeinnützige Arbeit. Darauf legt das Wesleyan besonderen Wert.»

Sichtlich getroffen lässt sie die Schultern hängen.

«Das ist nicht so schlimm, CJ», sage ich. «Wir sind absolut weit voraus. Es ist erst Juli. Deswegen machen wir das ja so früh. Es gibt jede Menge Möglichkeiten, sich freiwillig zu engagieren, und wenn du damit sofort anfängst, kannst du es noch mit in deine Bewerbung aufnehmen.»

«Ich habe doch sowieso schon kaum Zeit, meinen Job im Restaurant noch reinzuquetschen. Wie soll ich das denn hinkriegen?» Sie schüttelt den Kopf. «Ich habe das Gefühl, alle Welt verschwört sich gegen mich, nur damit ich nicht von hier wegkomme.»

Und was ist hier so schlimm, bitte schön?, möchte ich rufen. *Wieso scheinen alle so darauf erpicht, von hier zu verschwinden? Darcy! CJ! Mein eigener bescheuerter Ehemann!*

«Das kriegen wir schon hin», sage ich mit gespielter Zuversicht. «Ich telefoniere ein bisschen. Du telefonierst ein bisschen. Das ist absolut machbar.»

Sie zögert. «Johnny hat Schluss gemacht.» Ihre Stimme klingt rau.

«Das tut mir leid, CJ.» Ich strecke den Arm aus und tätschle ihr Knie. Soweit ich weiß, war sie seit letztem Frühjahr mit dem Basketballspieler zusammen.

«Macht nichts.» Sie zuckt die Achseln. Ihr trauriges Gesicht straft sie Lügen, aber sie wehrt den drohenden Zusammenbruch ab. «Mrs.F., Sie müssen mich hier rausbringen. Ich darf auf keinen Fall hier steckenbleiben, gefangen mit Johnny Hutchinson und seinen dämlichen Freunden, steckenbleiben in einem Leben in diesem dämlichen Kaff.»

Wir stecken alle fest, denke ich wieder.

«Du bleibst nicht hier stecken», sage ich beruhigend, und irgendwie meine ich mich genauso damit wie sie. «Du gehst aufs College, CJ, auch wenn es aus irgendeinem Grund nicht das Wesleyan werden sollte.»

«Ich kann nicht», flüstert sie. «Ich kann nicht hier steckenbleiben.» Dann sieht sie mich erschrocken an. «Das war nicht gegen Sie gerichtet, Mrs.F. Ich finde Sie toll.»

«Hab ich auch nicht so aufgefasst», sage ich, ehe mir klarwird, dass ich tatsächlich haargenau das repräsentiere, wovor sie flieht.

«Egal» – sie seufzt –, «wir sehen uns ja nächste Woche beim Vorsingen und danach im Prom-Komitee.» Sie setzt ein leeres Lächeln auf. «Welches Dessert bestellt wird, welche Bowle wir wollen. Ganz toll.»

«Es *wird* ganz toll, CJ. Hast du die Mail gelesen, die ich letzte Woche rumgeschickt habe, über den Triumphbogen?» Ich lächle – diesmal ist es echt – von einem Ohr zum anderen, als ich an meine eigene Prom Night zurückdenke. Ich im hellblauen Kleid, Ty im Smoking seines Vaters, eng tanzend zu *I Will Always Love You*, während sich in der Turnhalle die Discokugel drehte und die heimlich gepanschte Bowle meine Sinne wärmte.

«Ja, hab ich». Ihr Lächeln verendet kurz vor den Augen. «Sie haben recht. Es wird wunderbar.»

Nachdem CJ gegangen ist, versuche ich, mich auf andere Dinge zu konzentrieren, auf Routinekram, aber ihr herzzerreißender, verzweifelter Anblick geht mir nicht aus dem Kopf. «Ich stecke nicht fest. Ich stecke *nicht* fest!» Ich wiederhole den Satz, wieder und wieder, eine Angewohnheit aus Kindertagen, als ich noch dachte, wenn man etwas nur oft genug wiederholt, wird es vielleicht wahr.

Ich starre zum Fenster hinaus aufs Spielfeld, das so lange leer, ruhig und unberührt bleibt, bis es am Nachmittag von der Softball-Mannschaft niedergetrampelt wird. Ich streiche mir über den Bauch. Ein Zeichen, eine Ahnung, eine Hoffnung. Eine Chance für Tyler und mich, unzertrennlich zu werden. Denn ungeachtet all dessen, was ich mir einzureden versuche – ja, doch, wenn ich wirklich ganz ehrlich bin –, muss ich mir die Existenz haarfeiner Risse eingestehen. Seine Unzufriedenheit. Dabei habe ich Tyler und mich immer für unzertrennlich gehalten. Von unserem allerersten Kuss an – wir waren in einer klaren Septembernacht nach ein paar Bier alle zusammen in den umzäunten Football-Platz eingestiegen, um etwas Dampf abzulassen – wusste ich, dass wir unzertrennlich waren. Ich hatte ihn den ganzen Sommer lang im Auge gehabt, und der Überschwang der Gefühle hatte mich völlig überrascht.

Wir waren seit der Grundschule befreundet. Meine Mutter war schwer krank. Er hatte gerade mit Claire Addleman Schluss gemacht, die in meiner Cheerleader-Gruppe war und der ich deswegen Freundschaft und Treue schuldete. Und trotzdem sprangen wir zusammen vom Steg in den See oder saßen abends eng beieinander am Lagerfeuer, und nichts anderes war wichtig, vor allem die Krankheit meiner Mutter nicht. Innerhalb der kleinen Schutzblase, die ich aufgepustet hatte, beschützte Tyler mich vor dem Schmerz und der Pein, die über mich hereinbrachen, sobald ich diesen Kokon verließ. Und als wir uns damals auf dem Football-Feld ins Gras legten, die hellen Sterne am schwarzen Nachthimmel betrachteten und er sich enger an mich schmiegte und dann seinen Kopf zu mir neigte und dann mit der Hand mein Kinn zu sich drehte und dann seine Lippen auf meine legte, da wusste ich, dass es für immer war. Die große Blase stieg um uns hinauf, umschloss uns und drängte alles andere hinaus ins Nichts.

Ich weiß, was für ein Glück es ist, dass wir uns so früh begegnet sind und dass uns die vielen Fehler erspart geblieben sind, mit denen einige unserer Freunde zu tun hatten: schwanger auf der High School; mit sechsundzwanzig geschieden; unglücklich – wie Austin –, bis du diesen einen verheerenden Fehler begehst und begreifst, dass du gar nicht wusstest, was Unglück bedeutet, bevor deine Frau dich emotional kastriert und mit einem Arschtritt vor die Tür befördert hat. Nicht, dass Tyler und ich es immer leicht gehabt hätten – die Fahrerei an den Wochenenden in der Collegezeit, die Saufgelage mit ihren Versuchungen, die Tatsache, dass wir gemeinsam erwachsen werden mussten, anstatt uns erst zu einem Zeitpunkt zu begegnen, da wir bereits allein erfahren hatten, wer wir sind. Aber wir haben es geschafft, wir haben es durchgestanden, trotz allem.

Der Gong reißt mich aus meinen Erinnerungen.

Wir stecken alle fest, denke ich wieder und greife zum Telefon, um es bei Ty zu versuchen. Ich will ihn erreichen, ich will sagen: *Ich bin vielleicht schwanger, und ich wünschte, du wärst hier bei mir und nicht so verdammt weit weg in der Hütte von Nolan Greens Eltern am See.* Doch die Mailbox springt an, eine nichtssagende Begrüßung, die mir nicht das Gefühl gibt, dass er irgendwo da draußen ist und mich vermisst.

Plötzlich erklimmt eine Spinne das Tischbein und krabbelt über meine Prom-Night-Unterlagen. Flüchtig überlege ich, sie zu retten, sie nach draußen zu ihrer missratenen Familie zu befördern, doch stattdessen beuge ich mich hinunter, ziehe meine Sandale aus und – *platsch!* – vorbei. Aus und vorbei.

Darcy war schon immer leicht abzulenken und hat ihre gutgemeinte schwesterliche Absicht schon fast wieder vergessen, als wir in der Mittagspause durch die Aula in Richtung Mädchenumkleideräume schlendern. Den Schwangerschaftstest halte ich fest in meiner Hand.

«Gott! Gruselig, wie wenig sich hier verändert hat.» Sie beäugt die Plaketten über dem Eingang zur Turnhalle, auf denen die Namen diverser Mannschaftskapitäne eingraviert stehen. Sie beißt von dem Erdnussbuttersandwich ab, das ich ihr heute Morgen eingepackt habe, und versucht, mit der Zunge das klebrige Brot von den Backenzähnen zu lösen.

«Du hast doch erst vor fünf Jahren deinen Abschluss gemacht. Was für eine Veränderung hättest du denn innerhalb von fünf Jahren erwartet?», frage ich, tausend andere Sachen im Kopf.

«Mach dich doch nicht lächerlich. Dieser Ort kommt mir vor, als wäre er in einer Zeitschleife erstarrt», sagt sie und pult sich inzwischen mit dem Finger an den Backenzähnen.

Ich halte ihr die Tür zur Mädchentoilette auf, und sie trottet hinein, den Kopf hierhin und dahin reckend, den winzigen Erinnerungsfetzen ausgeliefert, die sie endgültig hinter sich glaubte.

«Himmel!» Darcy holt tief Luft. «Hier hätte ich fast meine Unschuld verloren. Hast du das gewusst?»

«Nein», sage ich. «Und ich glaube, ich will es auch gar nicht wissen.» An der ersten Kabine gehe ich vorbei – die Toilette ist eindeutig verstopft –, betrete die zweite und sperre hinter mir zu. Mit zitternden Fingern öffne ich die Schachtel und packe den versiegelten Stab aus, der mir vielleicht die Nachricht bringt, auf die ich sämtliche Hoffnungen setze. Mein perfektes Baby. Mein perfekter Ehemann. Mein perfektes Leben.

Ich lese die Gebrauchsanweisung gleich zweimal durch und bekomme beide Male bestätigt, dass diese Kombination aus Wissenschaft und Technik in der Lage ist, mir zu sagen, ob ich schwanger bin, *noch ehe ich selbst es weiß*, selbst wenn ich kaum drüber bzw. eigentlich noch gar nicht drüber bin. Und während Darcy vor der Kabine immer noch vor sich hin murmelt, hocke ich mich hin, ziele und eröffne das Feuer.

«Alles okay da drin?», fragt sie plötzlich. Eben noch völlig mit ihren eigenen Ängsten beschäftigt, ist sie jetzt wieder ganz und gar in Sorge um ihre große Schwester.

«Ja, alles gut.» Ich starre auf den kleinen Plastikwahrsager in meiner Hand, lasse das Sichtfensterchen nicht aus den Augen, um nur ja den magischen Augenblick nicht zu verpassen, wenn sich das reinweiße Feld wie durch Zauberhand in etwas Rosarotes, die Welt Veränderndes verfärbt. «Ich warte nur.»

Ihre Schritte kommen näher, dann tauchen ihre abgestoßenen schwarzen Turnschuhkappen unter der Tür auf. Sie schlägt mit der flachen Hand gegen das Holz. «Was auch rauskommt, Til, es ist nicht das Ende der Welt.»

Meine Schwester, ganz die Zweckpessimistin.

«Natürlich nicht!» Ich konzentriere mich weiter auf die bescheuerte rosarote Linie. «Behalt lieber die Uhr im Auge. Und sag mir, wenn drei Minuten vorbei sind.»

«Wird gemacht.» Und dann verstummen wir beide. Zäh wie Kaugummi verrinnen die Sekunden, und jetzt komme ich mir vor, als wäre die Zeit erstarrt. Endlich, mit einem

Aufatmen, sagte Darcy sanft, fast zärtlich: «Die Zeit ist um», und obwohl ich die Augen nicht eine Sekunde lang von dem Schwangerschaftstest gelöst habe, zwinge ich mich trotzdem, noch mal genauer hinzusehen. Vielleicht ist mir in den letzten einhundertachtzig Sekunden ja doch etwas entgangen.

Aber nein. Das Fenster ist leer. So leer wie eh und je. Kein perfektes Baby in meinem Bauch, kein perfekter Ehemann, der anzurufen wäre, um ihm die freudige Botschaft zu überbringen. Ich bin erstaunt über das Ausmaß der Enttäuschung, über den pochenden Schmerz, dessen Widerhall noch in den tiefsten Eingeweiden zu spüren ist. Ich lege die Hand sanft gegen das Holz, stelle mir die von Darcy auf der anderen Seite vor, erspüre ihre Präsenz, dankbar für den Beistand, bis mein Verstand den Körper endlich aus seiner Erstarrung entlässt und ich die Willenskraft aufbringe vorwärtszugehen, vorwärts, nur raus hier, raus und weg, so schnell es geht.

«Na komm.» Vier Minuten später fasst Darcy mich beim Ellenbogen. Das Pathos von eben ist gezwungener Fröhlichkeit gewichen. «Deswegen ist nicht alles vorbei. Komm, du brauchst Aufmunterung.»

Schwungvoll biegt sie rechts ab, quer durch die Aula, und steuert auf den Musiksaal zu, ihr langjähriger Zufluchtsort auf der High School. Wenn sie hier war, vergaß sie oft völlig die Zeit, und ehe sie den Führerschein hatte, war ich dazu verdonnert, sie abzuholen. Auf dem Weg zum Musiksaal kam mir oft schon ihre Musik entgegengeweht. Mal fordernd, mal flüsternd, mal lockend, mal laut klang eine Melodie durch die Flure, und die vielen Ängste, die Darcy plagten, lösten sich unter den Klaviertasten in nichts auf. Meine Mutter sagte immer, Darcy sei hochbegabt, aber wenn ich ehrlich bin, maßen wir diesem Umstand nach Moms Tod alle nicht besonders viel Wert bei. Wir tolerierten die unzähligen Stunden, die Darcy am Klavier verbrachte, weil sie sich – völlig versunken über den Tasten – in einen anderen Menschen verwandelte: in einen Menschen ohne Angst, ohne Furcht. Sie wirkte rund, weich, sanft, verzückt, entrückt, unschuldig. Aber hochbegabt? Erst als man ihr ein Vollstipendium in Berklee anbot, wurde uns klar, wie groß ihr Talent tatsächlich war. «Ich hab's euch doch gesagt» waren ihre Worte, als sie triumphierend den Brief aus der Post zog. Und dann verschwand sie zur Haustür hinaus, wahrscheinlich zu Dante, und erst da kam mir der Verdacht, dass dieser Augenblick, der ein Triumph in Darcys Leben hätte sein können, wieder mal nur ein schaler Moment gewesen war. Ich weiß noch genau – selbst jetzt noch, fünf Jahre später –, wie sehr ich mir damals, als es zu spät war, gewünscht hätte, ihrem Talent von vornherein mehr Aufmerksamkeit gewidmet zu haben, es zu nähren, statt es mit Missachtung zu strafen, es mit offenen Armen willkommen zu heißen, anstatt darin lediglich eine weitere anstrengende und nicht besonders bemerkenswerte Eigenschaft meiner komplizierten kleinen Schwester zu sehen.

«Ihr wollt also wirklich *Grease* machen?» Darcy durchschreitet den verwahrlosten Musiksaal.

«Ja, glaub schon. Das wird sicher lustig. So wie damals, im Abschlussjahr von Susie und mir.»

«Nicht besonders originell», sagt sie.

«Wieso muss es denn unbedingt originell sein?», schieße ich zurück. «Es ist doch nur ein Musical. Es soll Spaß machen.»

Darcy zuckt die Achseln. «Es ist eben langweilig. Typisch Westlake.»

«He! Mir gefällt es hier.»

«Klar.» Sie zieht eine Klavierbank heraus und lässt sich daraufplumpsen. «Klar gefällt es dir hier.»

«Was meinst du damit?»

«Damit meine ich, dass nichts sich jemals ändert», sagt sie, und dann streicheln ihre Finger die Tasten, ihre Schultern verschmelzen mit dem Rücken, ihr ganzer Körper verändert sich, beinahe unmerklich, bekommt eine völlig andere Energie.

Ich würde am liebsten zurückschießen, aber ich unterdrücke den Drang, weil ich weiß, dass sie nichts dafür kann, dass sie einfach darauf gepolt ist, gegen alles Enge und Gerade zu rebellieren, gegen all das, worauf ich mein Leben gegründet habe. Außerdem ist sie sowieso längst in ihrer Musik verschwunden.

Sie spielt eine Melodie, die ich nicht kenne, wahrscheinlich eine Eigenkomposition. Sie summt leise mit, und ich lehne mich an die Wand und beobachte sie, diesen Widerspruch auf zwei Beinen. Ihre Musik umgarnt mich, dringt in mich ein und versetzt mich zurück in die Zeit, als Tyler und ich frisch verheiratet waren, berauscht von Lust und Selbstsicherheit und voller Hoffnung auf alles, was das Leben für uns bereithielt. Eine Zeit, als unser Kokon noch intakt war. Manchmal trafen wir uns unter der Woche abends bei meinem Vater. Luanne beeilte sich, von der Krankenpflegeschule heimzukommen. Tyler besorgte auf dem Weg von der Arbeit noch schnell ein Sixpack. Mein Vater grillte draußen auf dem Hof riesige T-Bone-Steaks für uns, der Duft von gebratenem Fleisch drang verlockend durch die Fenster herein, und nachdem Darcy eine Riesenportion Eis verputzt hatte, spielte sie für uns. Manchmal Jazz, manchmal Mozart, manchmal Improvisationen – ihre Stimmung nahm in den Melodien Gestalt an, und durch ihre Musik erlaubte sie uns einen Einblick in ihr Innenleben. Was auch immer in ihrem verwirrten Hirn gerade vor sich ging, trat ans Licht. Und wir machten es uns in Dads Wohnzimmer gemütlich, lehnten uns auf der bequemen Couch zurück und hörten einfach nur zu. In diesen ungetrübten Augenblicken fiel es leicht zu glauben, dass das Leben aus Sonnenschein bestand. Oder wieder sonnig werden konnte. Vielleicht war es genau das: Wenn man alles nur wieder eng genug zusammensteckte, sah man die Risse nicht mehr, die sich aufgetan hatten, als alles kaputtging.

Ich beobachte sie, zusammengesunken über den Tasten, und ich würde sie am liebsten wachrütteln. Ich möchte sie hochreißen und anschreien. «Kapierst du es eigentlich nicht? Wenn nichts sich je verändert, dann kann auch nichts verloren gehen!» Doch dann schlägt sie ein paar sehr tiefe Töne an, es klingt fast wie eine Ankündigung, und mir wird klar, dass es schon zu spät ist; die Dinge haben sich bereits aufgelöst, auch wenn ich nicht festmachen kann, wann oder wie oder warum es angefangen hat.

Neben mir schiebt sich leise die Tür auf, und ein schlaksiger Mann in tiefsitzender, ausgeblichener Leinenhose schiebt sich herein. Mich sieht er gar nicht, registriert nur Darcy, die natürlich keinerlei Notiz von ihm nimmt. Verwirrt schaut er auf den Zettel in seiner Hand, macht einen Halbkreis und weiß offensichtlich nicht, wohin. Er sieht aus wie ein kaputter Kompass.

«Kann ich Ihnen helfen?», frage ich flüsternd.

Er schiebt sich die Schildpattbrille zurecht und streicht sich mit der freien Hand durch die kurzen, glänzend blonden Haare.

«Entschuldigung», sagt er genauso leise wie ich, und dann lächelt er, ein breites, offenes, einnehmendes Strahlen. «Ich suche den Kunstsaal. Kelsey aus dem Sekretariat hat mir eine Wegbeschreibung gezeichnet.» Er streckt mir den zerknitterten Zettel entgegen. «Aber ich glaube, ich habe mich verlaufen.»

«Oh, ich zeige Ihnen den Weg», sage ich. «Kommen Sie mit.» Ich schlüpfe leise zur Tür hinaus und mache sie sanft hinter uns zu. Die Tür ist schallisoliert, und sofort sind Darcy und ihre Musik verschwunden.

«Sie ist unglaublich», sagt er und deutet auf die Tür.

«Ja», sage ich mit einem Grinsen, das sofort wieder erstirbt, weil mir mit einem Schlag die einsame rosarote Linie und all die Hoffnungen, die ich auf das leere Sichtfeld gesetzt habe, wieder in mein Gedächtnis drängen. «Äh, ich will ja nicht unhöflich sein, aber darf ich fragen, wer Sie sind?» Ich setzte mich in Richtung Kunstsaal in Bewegung.

«Oh, Entschuldigung!» Er streckt die Hand aus. «Ich bin Eli Matthews. Ich vertrete im Sommer und bis in den Herbst hinein Mr. Ransom.»

«Ach, du bist die Vertretung, das hatte ich ja ganz vergessen!», sage ich und schüttle seine Hand. Mr. Ransom, seit über fünfunddreißig Jahren Kunstlehrer in Westlake, hat eine Auszeit genommen, um sich um seine Frau zu kümmern, die an Alzheimer erkrankt ist. «Also dann. Willkommen an der Westlake High. Ich bin Tilly. Die Beratungslehrerin.»

«Ah. Die Beratungslehrerin. Diejenige, die immer genau weiß, was bei jedem so läuft. Mit dir muss ich mich gutstellen.» Er lächelt wieder, und ich fühle mich augenblicklich wohl. Die Schwermut ist wie weggeblasen.

Wir biegen um die Ecke und erreichen den abgelegensten Unterrichtsraum im rechten Schulflügel. Im gleichen Augenblick ertönt der Gong, die Türen im Korridor hinter uns springen auf, und Teenager schwärmen heraus wie Bienen aus dem Stock.

«Da sind wir.» Ich drehe den Türknauf, aber er klemmt. Ich beuge mich vor, um den winzigen Haken unterhalb des Knaufs zu finden, mit dem die Tür sich automatisch von außen öffnen lässt. «Sekunde. Als ich noch hier zur Schule ging, habe ich rausgefunden, wie man einbrechen kann.» Ich wende den Kopf und sehe zu ihm hoch. «Bis zum Abschlussjahr habe ich einen Haufen Zeit hier hinten verbracht.»

«Kunstfreak?», fragt er im Scherz.

«Verkappter Kunstfreak. Verhinderter Kunstfreak trifft es wahrscheinlich am besten. Eigentlich mehr Cheerleader», sage ich. Das Schloss gibt nicht nach.

«Schlüssel», sagt er, tippt mich an und zieht einen Schlüsselbund aus der Hosentasche. Er wackelt mit den Augenbrauen, als hätte er soeben das Heilmittel für meine Qualen entdeckt. Ach herrje. Als hätte ausgerechnet er auch nur im Ansatz ein Heilmittel für meine Qualen.

Es klingelt wieder, die Fünfminutenpause bis zum nächsten Unterricht ist vorbei, und plötzlich fällt mir Darcy wieder ein, die verloren in ihren Melodien im Musiksaal sitzt.

«Ich muss weiter», sage ich. «Schön, dass du's gefunden hast.»

«Schön, dass du mir geholfen hast», sagt er, als das Schloss aufgeht.

«Jederzeit gerne», antworte ich, bemüht, seinen fröhlichen Tonfall zu erwidern, und mache mich auf den Weg. *Natürlich habe ich geholfen*, denke ich. *Ich helfe nun mal. Das ist meine Art.*

Neun

Ich träume, dass ich schwanger bin. Mein Bauch ist rund wie ein Medizinball, meine Brüste sind zwei geschwollene Honigmelonen, meine Wangen sind rosig, und zwischen Tyler und mir ist alles perfekt. Ich wache auf, als das Handy auf meinem Bauch vibriert. Ich bin gestern Abend eingeschlafen, während ich auf Tylers Anruf gewartet habe, mit den Händen auf dem Magen, das Telefon dazwischen.

«Hey», krächze ich.

«Es ist halb zehn. Wie geht es dir?»

Ich drehe mich in Richtung Nachttisch zum Wecker. «Nicht so gut. Ich glaube, ich habe verschlafen. Ich muss heute nicht zur Schule.»

«Entschuldige», sagt er. «Alles okay?»

Der Schwangerschaftstest fällt mir ein. *Nein.*

«Ja», sage ich. «Alles gut. Wie ist's beim Angeln?»

«Schön, super! So gut, dass wir überlegt haben, bis Sonntag zu verlängern, wenn es dir nichts ausmacht. Ich muss erst nächste Woche wieder in den Laden.»

«Oh. Ich dachte, wir könnten das Wochenende zusammen verbringen.» Ich schließe die Augen, weil ich das Gefühl habe, es geht mir besser, wenn sie zu sind.

«Ich weiß …» Er zögert, wartet darauf, dass ich es ihm leichtmache. «Aber weißt du, es ist gerade Hochsaison. Die Forellen springen uns praktisch aus dem See in die Arme.»

«Okay.» Ich seufze. «Klar, sind ja nur ein paar Tage.» Ich beschatte mit der freien Hand mein Gesicht. Am liebsten würde ich das Licht ganz aussperren.

«Toll! Ich liebe dich.» Er zögert. Seine Stimme klingt befangen. «Äh, hör mal, es gibt noch was.» Er hustet zweimal, aber es klingt nicht wie echtes Husten, eher als wollte er Zeit schinden. «Hm, also, ja. Puh. Jamie Rosato hat angerufen.»

Ich fahre in die Höhe. Viel zu schnell. Um mich herum dreht sich alles. *Jamie Rosato!* Er hat zusammen mit Tyler in der College-Mannschaft gespielt, damals, ehe Tyler sich das linke Kreuzband riss, eine Verletzung, von der er sich nie ganz erholte. Seine sicher geglaubte Aussicht auf die Majors oder wenigstens einen Platz bei den Minors hatte sich in einer einzigen qualvollen Fehlgrätsche für immer in Luft aufgelöst.

«Also, du weißt ja, dass wir einmal im Jahr telefonieren, und diesmal hat er mich gebeten, zu kommen und mich mal umzusehen. Der Trainerassistent der UW ist gerade an die Oregon State gewechselt.» Er verstummt, wartet auf meine Antwort, die ich natürlich nicht habe, weil ich zu viel damit zu tun habe, die Information zu verdauen. Weil ich versuche, mir klar zu werden, warum ich ein derartig heftiges Déjà-vu-Gefühl habe, obwohl ich weiß, *ganz genau weiß*, dass wir dieses Gespräch so noch nie geführt haben. Abgesehen davon, dass Jamie Rosatos jährlicher Anruf regelmäßig zu Diskussionen führt, weil er Tyler immer dazu überreden will, nach Seattle zu kommen und die Mannschaft der University of Washington zu trainieren.

«Äh, also, es ist so», stammelt Tyler, «ich glaube, dieses Jahr denke ich ernsthaft darüber nach. Hinzufahren. Also, weißt du, nach Seattle an die UW zu fahren und mir mal anzuhören, was sie zu sagen haben.»

«Wir können nicht nach Seattle ziehen!», quieke ich, weil ich endlich meine Sprache wiedergefunden habe.

«Kein Mensch spricht davon, nach Seattle zu ziehen»,

sagt er etwas zu lässig. Ich habe plötzlich das Gefühl, als hätte er das Gespräch vorhergesehen und sich seine Antworten zurechtgelegt, seine Pfeile aus dem Köcher gezogen und den Bogen gespannt. «Ich will nur mal hören, was sie zu bieten haben.»

Mein Mund ist trocken, zu trocken, und mein schaler Morgenatem klebt mir auf der Zunge. Ich kann nicht antworten, bringe keinen Ton heraus.

«Tilly? Tilly? Bist du noch da?»

«Ich bin da», sage ich. Mir ist schlecht. Ich glaube, ich muss gleich kotzen, quer über die perfekte weiße Bettdecke in meinem perfekten Schlafzimmer in meinem perfekten Haus minus meinem perfekt bescheuerten, dämlichen Ehemann. Ich will ihn gerade attackieren, mein neues Temperament kann es gar nicht erwarten, endlich ausprobiert zu werden, aber er kommt mir zuvor, schneidet mir das Wort ab, ehe ich die neue Richtung einschlagen kann.

«Es ist überhaupt keine große Sache. Ich habe mich auf überhaupt nichts eingelassen», wiederholt er. «Hör zu, wir sind gerade auf dem Weg in die Stadt, um was zu besorgen. Ich habe gleich keinen Empfang mehr. Wir reden Sonntag darüber. Versprochen.» Seine Stimme ist kaum noch zu verstehen. «Versprochen» klingt eher wie Ve-ro-en, aber ich weiß, was er meint, auch wenn ich ihm nicht glaube. Ich glaube kein einziges Wort aus seinem stinkigen Maul.

Die Verbindung reißt ab, und ich schleudere das Telefon auf die andere Bettseite. Es landet auf Tylers Kopfkissen und macht von dort einen Satz auf den Fußboden.

Langsam, dann schnell und immer schneller klären sich in meinem Kopf all die Ereignisse, die seltsamen Visionen, die ständige Übelkeit, die mich so fertigmacht, die Anflüge schlechter Laune und ungewohnter Aufrichtigkeit. *Nein, nein, nein, natürlich bin ich nicht schwanger! Das wäre viel zu einfach gewesen. Wie konnte ich nur so blöd sein? Wie konnte ich mir selbst die ganze Zeit nur so in die Tasche lügen, mich selbst betrügen, als wäre eine Schwangerschaft die Antwort auf alles!*

Vor meinem inneren Auge lasse ich den Traum von meinem Vater noch einmal Revue passieren, und dann denke ich über Tyler und diesen Umzugsanhänger und die Kisten nach, in denen unser ganzes gemeinsames Leben steckt, und plötzlich ist mir klar, was passiert ist. Ashley Simmons – ihr heuchlerisches, hinterhältiges, blasses, teigiges Gesicht – taucht vor mir auf, und ich bin absolut überzeugt, *so überzeugt, wie ich überhaupt jemals von etwas gewesen bin,* dass sie etwas in mir manipuliert hat. Mit ihrem selbstgefälligen Tonfall und dem ganzen Hokuspokus hat sie mir im Grunde ja wortwörtlich *versprochen,* mich zu verwandeln, mein Schicksal zu verwandeln! *Ist das ihr Werk? Ja, ja, ja, ja, ja, ja!* Ich will kotzen, ich will etwas kaputt machen, ich will ausflippen, ich will brüllen, mich prügeln, jemandem das Gesicht zerkratzen. Stattdessen nehme ich ein Kopfkissen und schleudere es durchs Zimmer. Es landet mit einem erbärmlichen Plopp auf dem Fußboden und repräsentiert nicht im entferntesten meine Angst, meine Verwirrung, meinen Zorn über das, was sie getan hat. *Ashley Simmons mit ihrem bescheuerten Urteil über mein Leben ist schuld! Sie und ihr widerlich herablassendes Grinsen! «Ich gebe dir Klarheit!», hat sie gesagt! Scheiße, Scheiße, Scheiße, Scheiße, Scheiße!*

Das ist keine Klarheit, denke ich. *Das ist ein Fluch.*

Erst viel später, lange nachdem ich meinen zittrigen Gliedern einen Klamottenmischmasch übergeworfen habe, lange nachdem ich den Van irgendwie aus der Ausfahrt manövriert habe, lange nachdem ich im Geiste Tylers Worte und meine Vision und dann noch mal seine Worte abgespult habe, frage ich mich, was eigentlich der größere Fluch an der ganzen Geschichte ist: dass ich auf einmal in die Zukunft sehen kann, oder die Zukunft selbst, die ich auf einmal sehen kann.

Bumm! Bumm! Bumm!

Meine Knöchel treten weiß hervor, so heftig poche ich an Ashley Simmons' Tür. Einer der Vorteile an einer Stadt wie Westlake ist, dass sich über die örtlichen, allgemein bekannten Klatsch- und Tratschkanäle selbst um halb zehn Uhr vormittags jeder x-beliebige Mensch in kürzester Zeit ausfindig machen lässt. Ein Anruf bei Susanna, von dort aus ein Anruf bei Eleanor Franklin, die ihrerseits einen Anruf bei Alyson Martin tätigte, und bis ich meinen Kaffee getrunken hatte, war ich im Besitz von Ashleys Adresse – eine runtergekommene Apartmentanlage, drei Blocks von der High School entfernt. Sie wohnt im zweiten Stock. Vom rostigen Geländer der Außentreppe blättert die Farbe ab, und der Blick geht hinunter auf den Müllcontainer. Vor ihrer Wohnungstür hängt eine kleine, zeichentrickhafte Pilzwolke aus Marihuanaschwaden.

Bumm! Bumm! Bumm!

Innen fängt es an zu rumoren, und gedämpft, wie von fern, murmelt jemand: «Moment! Herrgott noch mal!» Dann werden zwei Schlösser geöffnet, und die Tür schwingt auf.

«Wie spät ist es denn, verdammt?» Ashleys Haare türmen sich in einem wirren Knoten mitten auf dem Kopf, wie bei Pebbles von der Familie Feuerstein, ihr Gesicht ist verschmiert mit dem Make-up vom Vortag. Aber als sie den Blick hebt und sieht, wen sie vor sich hat, geht ein Ausdruck hellen Entzückens über ihr genervtes, verschlafenes Gesicht, als könnte sie sich an diesem frühen Sommermorgen keinen schöneren Anblick vorstellen. «Silly Tilly Everett! Ich hab mir schon gedacht, dass du irgendwann auftauchst!»

Selbst aus einem Meter Entfernung schlägt mir ihr fauliger Morgenatem ins Gesicht.

«Erstens: Hör auf, mich so zu nennen. Und zweitens: Was immer du mit mir angestellt hast, mach es *weg*!», zische ich. *Da ist er wieder! Dieser Giftkäfer, der in mir brütet, dieser Stachel, den sie mit ihrem Fluch in mich hineingepflanzt hat. Dämliche, stinkige Ashley Simmons!*

«Beeindruckend», sagt sie, als könne sie Gedanken lesen. «Ich wusste gar nicht, dass so was in dir steckt. Süße, sanfte Tilly Everett. Wütend habe ich dich noch nie erlebt.» Sie lächelt gerissen, wissend. «Niemals. Nicht im Cheerleader-Training, nicht im Schülerrat, nicht ein einziges Mal... nie!» Sie kichert und treibt damit mein Missbehagen auf eine gefährliche, explosive Schwelle zu.

«Ich meine es ernst, Ashley! Du hast an meinem Hirn rumgepfuscht, in meinem *Leben*, und du musst es wieder in Ordnung bringen!» Der Drang, sie zu würgen, ist übermächtig.

«Ich habe nichts *getan*, Tilly.» Sie zieht eine Schnute. «Ich habe lediglich ein paar Kanäle geöffnet. Was auch passiert, es liegt alles an dir.» Nach einer kurzen Pause sagt sie mit gesenkter Stimme: «Und? Was passiert genau?»

«Ich kann in die Zukunft sehen! Ich sehe in die beschissene Zukunft!»

In meinen Achselhöhlen sammelt sich Schweiß. Das T-Shirt klebt mir am Leib.

«Und was siehst du?», fragt sie ruhig, im krassen Kontrast zu meiner Aufgelöstheit. «Was genau hat dich so aus der Fassung gebracht, dass du um diese unchristliche Zeit stocksauer vor meiner Haustür auftauchst?»

«Okay! Erstens, es ist zehn Uhr», zische ich so erbost, dass ich sie fast anspucke. «Und zweitens, sehe ich ... Sachen ... keine guten Sachen ... Sachen, die *ich verflucht noch mal nicht sehen will!*»

«Und was kann ich dafür?» Sie zuckt die Achseln, und ich will sie prügeln, ihr mit der geballten Faust das Maul stopfen.

«Ich würde dir am liebsten mit der geballten Faust das Maul stopfen», belle ich, und sie fängt schallend an zu lachen. «Was ist so komisch daran?», schreie ich. «Ich finde das Ganze überhaupt nicht komisch!»

In der Nachbarwohnung öffnen sich hörbar die zwei Türschlösser, und ein fetter Kerl im schmutzigen Feinrippunterhemd steckt den Kopf zur Tür raus. Das Sonnenlicht spiegelt sich so auf seiner Glatze, dass ich die Augen zusammenkneifen muss.

«Alles okay?», fragt er Ashley. Sie nickt, er nickt, *bumm, klick, klack*, Tür und Schlösser gehen zu, und er hat seiner psychopathischen Nachbarin – oder der psychopathischen Besucherin – wieder den Rücken gekehrt.

«Ich –», sagt sie und lacht inzwischen nicht mehr, obwohl das Zucken in ihren Mundwinkeln mich immer noch verhöhnt, «ich wusste ehrlich nicht, dass du so wütend sein kannst, Tilly. Hast du das gewusst?»

Ich halte tatsächlich inne, um nachzudenken. *Nein, nein, so wütend bin ich normalerweise nicht. Ich bin kein Mensch, der anderen das Maul stopfen will. Das passt eher zu den Kids, die bei mir auf der Couch landen. Den Kids, denen ich weiterhelfe, die in mir ein Vorbild sehen, Himmel noch mal!*

«Also, Ashley, du hilfst mir jetzt. Wenn du es versaust, komme ich wieder, und du wirst es bereuen», sage ich und zerre bedrohlich am Saum meines inzwischen völlig nassgeschwitzten T-Shirts. Feuchter Schweiß klebt mir am ganzen Körper: an den Schläfen, am Haaransatz, am Bauchnabel, an den Handgelenken.

Ashley fängt schon wieder an zu lachen, ein hohes, hysterisches Jaulen. Als wäre das, was ich gesagt habe, auch nur im entferntesten amüsant! «Tilly, kapier doch, dass du lediglich siehst, was sein wird. Das hat nichts mit mir zu tun oder damit, was ich getan habe. Komm schon, nimm's locker. Ich habe nichts verändert. Ich habe überhaupt nichts verwandelt, nicht eine einzige Sache. Ich habe nur für Klarheit gesorgt, sonst nichts.»

Sie lächelt und entblößt dabei vollkommen ebenmäßige, strahlend weiße Zähne, ein Hinweis auf ihre bürgerliche Herkunft, auf eine Kindheit mit regelmäßigen Zahnarztbesuchen und Eltern, die Wert darauf legten, von Anfang an etwas gegen ihren Überbiss zu unternehmen.

«Wir sind noch nicht fertig miteinander!» Ich drehe mich um und gehe in Richtung Treppe davon.

«Wir sehen uns!», ruft sie und winkt mir mit ihren lila lackierten Fingernägeln hinterher. Lässig gegen den Türrahmen gelehnt, sieht sie mir nach. «Genieß es doch einfach! Wie wäre es denn damit, deine Gabe zu nutzen, ein paar Einsichten zu gewinnen, anstatt mich deswegen derart anzupflaumen?»

Ich quetsche mich hinter das Lenkrad, knalle, statt zu antworten, die Tür ins Schloss und werfe ihr einen allerletzten Blick zu. Sie steht immer noch da, dieses blöde Clownsgrinsen ins Gesicht geheftet, eine Drohung – wie eine Schlinge um meinen Hals –, die mich noch lange verfolgt, nachdem ich vom Parkplatz abgebogen und davongefahren bin.

Zehn

*N*achmittags machen Susanna und ich uns auf den Weg zu Rektor Anderson, um die *Grease*-Entscheidung endgültig festzuklopfen; gestern hat er uns wegen eines kurzfristig anberaumten Budget-Treffens mit dem Bezirksverwalter versetzt, und vor vierundzwanzig Stunden wäre mir der ganze Zauber noch richtig wichtig gewesen. Von wegen *Greased Lightning!* und so weiter, aber heute habe ich das Gefühl, mein ganzes Leben sei vom Blitz getroffen, und das Musical ist auf meiner Prioritätenliste im freien Fall bis ganz nach unten durchgerutscht. Doch nachdem ich Susanna bereits letztes Wochenende am Telefon klipp und klar gesagt habe: *«Ich halte es keine Sekunde mehr aus, dir dabei zuzusehen, wie du in Selbstmitleid ertrinkst»*, bleibt mir nichts anderes übrig, als Ashleys unsichtbaren, widerlichen Voodoo-Zauber abzuduschen und mich ins Auto zu setzen, um zur Westland High zu fahren und über die dämliche Wiederholung eines Musicals zu diskutieren.

Darcy springt auf den Rücksitz und kommt mit. Sie hat nichts Besseres vor, weil sie angenervt von der ganzen Welt zu Hause hockt beziehungsweise selbst alle Welt so genervt hat, dass alle anderen sich verpisst haben.

«Tyler hat angerufen», sage ich zu Susie, die teilnahmslos raus ins Nichts starrt. «Er sagt, Jamie Rosato hat sich gemeldet. Er will, dass Tyler sich vorstellt.»

«Ach, Süße! Das habe ich ja ganz vergessen. Ich hab davon gehört.» Sie berührt sanft meine Schulter. «Alles okay?»

«Wie? Du hast davon gehört? Wie denn?» Ich traue meinen Ohren nicht, und weil ich Susie ungläubig anstarre, anstatt mich auf die Straße zu konzentrieren, fahre ich vor Schreck einen Schlenker.

«Ich, äh …» Sie knibbelt verlegen an ihrer Nagelhaut herum. «Austin hat's mir erzählt?» Es klingt eher nach einer Frage als nach einer Feststellung.

«Austin hat dir erzählt, dass Jamie Rosato sich bei Tyler gemeldet hat? Wann? Wann hat er dir das erzählt?»

«Äh, gestern? Gestern, glaube ich.» Sie zögert. «Es tut mir leid, ich hätte dich anrufen sollen. Ich weiß, ich bin momentan echt durch den Wind.»

«Was? Das hat er dir gestern schon erzählt? Tyler hat mich doch erst heute Morgen angerufen!» Ich würge das Radio ab, um sicherzugehen, dass ich mich nicht verhört habe. «Wie kann es sein, dass Austin es vor mir gewusst hat?»

«Oh-oh!», ertönt es von hinten. Darcy ist plötzlich ganz Ohr. Susie konzentriert sich noch mehr auf ihre Nagelhaut, schon seit Kindertagen ein untrügliches Zeichen dafür, dass sie sich ertappt fühlt.

«Susanna Nichols! Ich bin deine beste Freundin!» Ich setze den Blinker und versuche, die Spur zu wechseln, ohne dabei die arme Jessica Hughes zu rammen, die mit ihrem verbeulten Honda Civic plötzlich auf der Nebenspur aufgetaucht ist, wahrscheinlich auf dem Weg zur Arbeit im Drugstore. «Und du sagst mir jetzt augenblicklich und sofort, was hier los ist, zum Teufel noch mal!»

«Vorsicht! Die meint das ernst», meldet Darcy sich von den billigen Plätzen zu Wort. «Hör mal, wie die redet. Neulich hat sie mich auf der Veranda fast verprügelt. Die ist zurzeit drauf wie Rambo persönlich.»

«Und ob ich das ernst meine!», blaffe ich. «Ich bin verdammt angepisst!»

Susanna starrt mich ungläubig an, und im Rückspiegel erhasche ich einen Blick auf Darcys verwirrtes Gesicht. «Was! Was ist? Habe ich etwa nicht das Recht dazu, angepisst zu sein, oder was?»

«Doch», sagt Susie. «Wir sind es nur einfach nicht gewohnt von dir.» Sie seufzt resigniert. «Also gut. Austin hat mir zwar strikt verboten, es dir zu sagen. Aber ich glaube, Ty ist hier in Westlake langsam ein bisschen kribbelig geworden, und deshalb hat er Jamie vor ein paar Tagen angerufen und nach einem Job gefragt.»

«Jamie hat ihn angerufen», verbessere ich sie.

«Äh.» Sie zögert. «Okay.»

Mein Magen stürzt im freien Fall wie ein kaputter Aufzug, und dann rastet etwas nicht Greifbares ein. *«Und deshalb hat er Jamie vor ein paar Tagen angerufen und nach einem Job gefragt.»* Er hat Jamie wegen des Jobs angerufen. Die Worte fahren in meinem Kopf Karussell, kreisen und kreisen, rundherum, versuchen, sich selbst einen Sinn zu geben, aber sie schaffen es nicht. *Er hat Jamie wegen des Jobs angerufen.*

«Warum sollte er das tun? Warum sollte er das tun und mich anlügen?» Ich biege von der Route 43 in Richtung Schule ab wie auf Autopilot, völlig automatisch, ohne zu registrieren, wohin ich fahre, ohne nachzudenken, denn würde ich jetzt nachdenken, würde ich die Flucht ergreifen, weit, weit weg fliehen, Hauptsache, weg von hier, wo die Wahrheit sich mir auf einmal enthüllt und alles Lügen straft, was ich bis jetzt für wahr gehalten habe. «Wieso hat Ty nicht mit mir gesprochen? Wieso erfahre ich das hintenrum, über Austin und dich?»

«Ich weiß es nicht ...» Ich spüre ihren Blick auf mir. «Austin hat es wirklich ganz nebenbei erwähnt und mich gebeten, es für mich zu behalten. Ich habe auch gar nicht weiter nachgefragt. Es tut mir leid. Ich hätte nachfragen müssen. Ich hatte einfach anderes im Kopf.»

«Er ist ein Arschloch», meldet Darcy sich zu Wort.

«Halt's Maul, Darcy», sage ich. Sie funkelt mich wütend an, aber sie sagt nichts mehr.

«Ihr sprecht also wieder miteinander, du und Austin», sage ich zu Susie, in dem verzweifelten Versuch, vom Thema abzulenken, von der Bedeutung des Augenblicks, dessen Gewicht ich schlicht nicht ertragen kann. «Das ist gut», sage ich, weil ich nicht weiß, was ich sonst sagen soll.

«Tja, wahrscheinlich.» Susanna zuckt die Achseln. Der Sicherheitsgurt bewegt sich auf ihrer Schulter. «Ich habe den Fehler gemacht, ihm gestern Abend, als er die Kinder gebracht hat, ein Glas Wein einzuschenken. Das hat er irgendwie als Einladung verstanden. Er hat versucht, mit mir rumzumachen.» Sie bricht in schallendes Gelächter aus, als wäre an der Vorstellung irgendetwas zum Lachen, dass ihr Ehemann, der sie betrog, obwohl sie ihm ihr ganzes Erwachsenenleben gewidmet hat, sie in ihrer eigenen Küche anbaggert. Aber weil ich mich so verzweifelt nach einem Fünkchen Freude sehne, und sei sie auch noch so schräg, falle ich in ihr Gelächter mit ein, die Augen starr auf die Straße geheftet, das Gesicht zu einer Maske von schmerzlichem, unerbittlichem, krankem Sarkasmus verzerrt. Susanna kann sich nicht mehr halten vor Lachen. Tränen laufen ihr übers Gesicht, und ich stelle mir Austin vor, wie er mit seinen Riesenpranken dreist und prahlerisch versucht, Susanna bei einem Glas Chardonnay zu betatschen, in der irrigen Annahme, er hätte jemals wieder eine Chance bei ihr. Sogar Darcy stimmt mit ein, denn obwohl an alldem im Grunde wirklich gar nichts komisch ist, wirkt unser Gelächter ansteckend, hochinfektiös wie eine Epidemie.

«Mein Gott, kannst du dir vorstellen, dass es für uns auf der ganzen Welt nichts Wichtigeres gab, als bei diesen Typen zu landen?» Ich muss schlucken. Ich erinnere mich daran, wie ich mit Tyler runter zum See gefahren bin und mich in seinem alten Auto an ihn gepresst habe, wie ich mit ihm bei uns auf der Veranda saß, die allerletzte Minute bis zum Schluss auskostend, seine salzigen Lippen auf meinen, ehe ich endgültig ins Haus musste. Und jetzt? Jetzt sitze ich plötzlich hier in meinem alten Geländewagen, mit meiner todtraurigen besten Freundin und meiner verlorenen, verletzten kleinen Schwester, und auf einmal ist an der ganzen Sache überhaupt nichts mehr komisch. Wie aufs Kommando erstirbt unser Gelächter, als hätte jemand mit einem Saugnapf sämtliche Fröhlichkeit aus unseren Kehlen entfernt. «Trotzdem, Susie. Versuch, dich an damals zu erinnern. Vielleicht kannst du ihm ja doch irgendwann verzeihen.» *Wenn die beiden es schaffen, dann schaffen wir es vielleicht auch, wir alle, wir vier,* denke ich, doch dann ertönt Ashley Simmons' Stimme in meinem Ohr, lästig wie eine Mücke: *«Silly Tilly Everett! Als wären Ehemänner und Kinder die Lösung für alles!»*

«Hör mal, ihr zwei kriegt das schon irgendwie hin. Aber wir? Keine Ahnung.» Susie schaltet das Radio wieder an, und ich biege auf den Schulparkplatz ein. «So weit weg ist Seattle schließlich auch wieder nicht. Ihr könnt euch an den Wochenenden sehen, und die Zeit außerhalb der Saison kann er auch hier verbringen.»

Ich antworte nicht. Denn wenn ich auch nicht weiß, was genau sich hier im Augenblick entfaltet, eines weiß ich ganz sicher: Ich bin nicht an einer Ehe interessiert, die sich auf die Spielpausen beschränkt. Die Frage, die sich hier stellt, grüble ich, während wir uns zu Rektor Andersons Büro auf den Weg machen und Darcy in Richtung Musiksaal verschwindet: Weshalb weiß mein Ehemann das nicht? Oder falls doch – und dessen bin ich mir eigentlich sicher –, warum geht er diesen Schritt trotzdem?

Anderson stimmt *Grease* zu – er verdreht die Augen, und es ist offensichtlich, dass er lieber sonst wo wäre, als sich mit den Vorschlägen für ein Highschool-Musical zu beschäftigen, und als Darcy und ich wieder nach Hause kommen, hat Dad es sich auf der Verandaschaukel bequem gemacht. *Welche Ironie*, denke ich. Auf dieser Schaukel habe ich zum ersten Mal das Ausmaß seiner Trinkerei begriffen, damals, mit siebzehn, als er völlig taub für seine Umwelt war, ein leise hin- und herschwankender, gestrandeter Wal, an dem ich meine kleine achtjährige Schwester – die wegen einer Magen-Darm-Grippe ausnahmsweise früher aus der Schule kam – eilig vorbeibugsierte, in der Hoffnung, dass sie nichts mitbekam.

Als Dad Tyler und mir dieses Haus schenkte, vermachte er uns auch die Schaukel aus meinem Elternhaus, ein Andenken an seine Liebe zu meiner Mutter, an die gemeinsamen Erinnerungen, die sie sich während ihrer Ehe geschaffen hatten, an die vielen in vertrautem Schweigen verbrachten Abende. Natürlich ist die Schaukel auch Andenken an sehr viel mehr als das – zumindest für mich –, aber es ist mir gelungen, diese Erinnerungen zu begraben. Und trotzdem tauchen sie heute auf einmal völlig ungebeten wieder auf, ein knallender Korken in einem stillen Zimmer. Dad winkt uns zu, und Darcy, noch angeschnallt, grunzt zur Antwort.

«Was willst du seinetwegen unternehmen?», fragt sie.

«Erst mal bleibt er hier. Bis Ty wieder da ist und wir uns was überlegen können.» Ich stelle den Motor ab und genieße die Stille, die sich auftut. «Ich glaube, es geht ihm schon ein bisschen besser», sagte ich.

«Es ist doch gerade mal eine halbe Woche her.» In ihrer Stimme schwingt Verachtung mit.

«Und er hat keinen Tropfen angerührt. Das ist doch schon mal was.»

«Ach, das ist also der Plan, ja? Die Tage zählen, die er nicht getrunken hat, und hoffen, dass es so bleibt?» Sie öffnet zwar die Autotür, macht aber keinerlei Anstalten auszusteigen, bis irgendwann der Alarm losgeht, ein schrilles Ding-Dong, das sich direkt in meine Schläfen bohrt und bei dem ich an Tyler denken muss – *Ty-ler! Ty-ler! Ty-ler!* Ich denke verzweifelt darüber nach, wie ich ihm diesen lächerlichen Blödsinn ausreden kann, wie ich die Zukunft ändern, die Uhr zurückdrehen kann. Nein, nicht nur zurückdrehen, sondern sie vorstellen oder seitlich oder sonst wie verstellen! Was kann ich tun, damit ich nicht irgendwann gezwungen bin, mit anzusehen, was ich bereits gesehen habe; dann nämlich, *wenn es tatsächlich geschieht!*

«Wollen wir?», frage ich Darcy, als mir der Alarm endgültig zu viel wird. Wir schöpfen beide – jede aus ihrem ganz eigenen Grund – mit einem tiefen, reinigenden Atemzug Kraft, lösen synchron die Sicherheitsgurte und steigen schwerfällig aus. Darcy geht vor, ihre Füße schlurfen über die roten Ziegelsteine, sie hat eindeutig keine Eile, unserem Vater Hallo zu sagen. Dann schwingt plötzlich die Haustür auf, und Dante kommt zum Vorschein.

«Scheiße!», höre ich sie flüstern, eindeutig laut genug, dass Dante es auch mitbekommen hat.

«He!», sagt er und lächelt sie unsicher an. «Dein Dad hat gesagt, du wärst bald zurück, und da dachte ich mir, ich warte auf dich.»

«Woher wusstest du, wo ich bin?» Darcy bleibt so abrupt vor der untersten Verandastufe stehen, dass ich fast mit ihr zusammenstoße.

«War irgendwie naheliegend.» Er zuckt die Achseln und starrt nach unten auf seine ausgelatschten blauen Turnschuhe. Darcy kommt ihm keinen Millimeter entgegen, lindert mit keinem Wort sein Unbehagen.

«Hallo, Dante», sage ich schließlich über Darcys Schulter hinweg und drücke mich an ihr vorbei, um seine blasse Wange zu küssen. «Ist ziemlich lange her. Schön, dich zu sehen. Möchtest du zum Essen bleiben?» Darcys Mörderblick bohrt sich förmlich in meinen Rücken.

«Oh, nein, Tilly. Trotzdem, danke. Ich muss noch zur Bandprobe.» Er stupst mit den Zehen gegen das Geländer; er sucht meinen Blick, weicht mir dann aber sofort wieder aus.

«Was macht die Band?», mischt mein Vater sich ins Gespräch. Ich hatte völlig vergessen, dass er auch da ist, und daran, wie Darcy zusammenzuckt, merke ich, dass es ihr genauso geht.

«Gut, gut, danke, Mr. Everett. Deswegen bin ich auch hier.» Er sieht Darcy an, und ich merke, wie leicht es ihm bei ihr fällt, den Blick zu halten. Als wäre sie Balsam für ihn. «Ich habe dir viermal auf die Mailbox gesprochen.»

«Der Akku ist leer.» Sie zuckt die Achseln. Auf einmal ist sie die Verlegene, deren Hände sich tief in die Taschen bohren, weil sie nicht weiß, wohin damit, und die mit dem vertrauten Tick, sich auf die Unterlippe zu beißen, ihre Nervosität verrät.

«Ist ja auch egal. Wir haben nächsten Mittwoch einen Gig.»

«Ich kann nicht», sagt sie wie aus der Pistole geschossen.

«Ja, dachte ich mir schon. Ich wollte dich eigentlich fragen, ob du vielleicht Lust hättest, mit *aufzutreten*. Uns ist jemand ausgefallen», sagt er atemlos. «Es ist ein ziemlich guter Gig – wir spielen im Oliver's –, und wenn du dabei bist, wird die Bude sicher voll. Wir könnten uns die Gage teilen.» Er zögert. «Ich weiß, dass du die Kohle ganz gut brauchen kannst.»

Sie dreht den rechten Fuß nach innen und denkt nach.

«Du solltest singen, Darce. Ich trommle meine Kumpel zusammen, und wir machen richtig einen drauf», sagt mein Dad.

«Du setzt keinen Fuß in eine Bar!», keift sie, ein bisschen zu giftig, ein bisschen zu verletzlich.

«Sie hat recht, Dad», rufe ich ihm nach, als er ins Haus verschwindet.

«Hör mal, Darcy, ich weiß, warum du mich nicht zurückgerufen hast», sagt Dante.

Statt zu antworten, sieht sie ihn nur böse an, stapft dann die Holzstufen hoch und drückt sich an uns beiden vorbei.

«Das hat nichts mit dir und mir zu tun», sagt er seufzend. «Wir müssen den Laden vollkriegen, wenn wir wollen, dass die uns noch mal holen. Außerdem hast du Auftritte immer gemocht.»

«Na schön», sagt sie und dreht sich zu ihm um. «Ich bin dabei. Aber glaube ja nicht, dass ich hinterher noch mal mit dir ins Bett gehe.» Die Fliegentür schlägt gegen den Türrahmen, und Dante läuft hochrot an.

«Mach dir nichts draus», sage ich. «Ich bekomme in der Schule viel Schlimmeres zu hören.»

Er seufzt. «Das hat wirklich nichts mit ihr und mir zu tun», sagt er, als würde mit jeder Wiederholung die Wahrscheinlichkeit wachsen, dass ich ihm glaube. Oder er sich selbst. Den Trick kenne ich, oh ja, den Trick kenne ich. Als könnte er den Gig nicht absagen oder einfach jemand anderen finden, der einspringt. Als hätte ich nicht gesehen, wie schmerzlich er sich nach ihr sehnt, ihr immer wieder ihre Untaten verzeiht, ihr aufbrausendes Benehmen, ihre abschätzige Haltung, und das schon, seit sie beide erwachsen sind oder fast erwachsen waren. Wir sind gar nicht so verschieden, Dante und ich.

«Es tut mir leid.» Ich streichle seine Schulter und gehe an ihm vorbei nach oben.

«Es ist nicht deine Schuld.» Er schüttelt den Kopf und lächelt kläglich. *Ist es nicht, stimmt,* denke ich. *Und trotzdem bin ich, wie immer, diejenige, die sich entschuldigt.*

«Wir sehen uns Mittwoch», rufe ich ihm von der Tür aus zu. «Das lassen wir uns nicht entgehen.»

«Ist Tyler dann schon wieder da?», fragt er völlig arglos. «Ich habe gehört, dass die UW ihm ein Angebot gemacht hat.»

«Das hast du gehört?» Meine Überraschung verrät mich. *Ich habe gar nicht gemerkt, dass ich «wir» gesagt habe. «Ich». «Ich» wollte ich natürlich sagen. Das lasse ich mir nicht entgehen. Auch wenn Tyler sich das ebenfalls nicht entgehen lässt. Wir. Ich. Wir beide. Zwei. Einer. Spielt das tatsächlich eine Rolle?*

«Das weiß hier doch jeder.» Dante zuckt die Achseln. «Hammergeil. Coach bei der UW.»

«Das macht ja schnell die Runde», sage ich. Die Vision zuckt mir durch den Kopf: der Umzugswagen, die Kisten, das dumpfe Prasseln des Regens. *Was kann ich tun, um diese Aufnahme zu überspringen, zu löschen, zu ändern?*

«Du kennst doch dieses Nest.» Er zuckt die Achseln. Ich nicke, weil er recht hat. Hier gibt es keine Geheimnisse. «Trotzdem ziemlich cool. Dabei mache ich mir aus so was eigentlich nichts. Ich hoffe, ihr beide kriegt das auf die Reihe.» Er dreht sich um und geht runter zur Straße. «Danke jedenfalls. Bis Mittwoch.»

Seine schmale Gestalt entfernt sich, wird kleiner und

dann noch kleiner. Ich sehe ihm nach, bis er in Puppengrö-
ße den Ausgang in eine Seitenstraße nimmt. Natürlich ist
es überhaupt kein Ausgang. Zumindest nicht von hier. *Wir
stecken alle fest.* Vielleicht hat Darcy ja doch recht.

Elf

Samstag wache ich auf, weil mein Höschen klebt – feucht und unangenehm –, und ich schlurfe trübsinnig ins Bad. Das kann nur eines heißen. Ich ziehe es herunter, und da ist er, ein münzgroßer Fleck, dunkelrot und fast kreisrund. Ich muss unwillkürlich an Cranberrysauce denken. Wahrscheinlich, überlege ich, während ich mir kühles Wasser ins Gesicht spritze und einen Augenblick zu lange mein Spiegelbild anstarre – die geschwollenen, müden Augen, die hohlen Wangen –, weil eine Zutat zum Thanksgiving-Festmahl leichter zu verdauen ist, sinnbildlich gesprochen.

Im Haus ist es still. Nur aus Tylers Zimmer dringt leise die Stimme eines Nachrichtensprechers. Mein Vater ist zum Frühaufsteher geworden, und an den Tagen, an denen er nicht im Geschäft sein muss, wohnt er mehr oder weniger in Tylers Zimmer, nur den Fernseher zur Gesellschaft. Ich weiß, dass er versucht, Adriana zurückzugewinnen – ich habe ihn vorgestern zufällig belauscht, als ich mich mit einer nächtlichen Heißhungerattacke um ein Uhr auf der Suche nach einer Packung Kekse in die Küche schlich –, und ich weiß auch, dass sie ihm einen Korb gegeben hat. Deshalb sitzt er die meiste Zeit einfach nur hier rum, still, ohne große Ansprüche, hütet seine Nüchternheit wie etwas, das konstante Wachsamkeit erfordert – wie ein Experiment oder ein Käsesoufflé.

Draußen ist es schon ungefähr tausend Grad heiß, obwohl es noch nicht mal halb acht ist, und ich verbrenne mir die Schulterblätter an den Ledersitzen. Vorgebeugt lehne ich mich beim Fahren aufs Lenkrad. Die Stadt liegt noch im Schlaf, und wenn nicht, versteckt sie sich hinter runtergelassenen Sonnenblenden; in den verwaisten Vorgärten warten nur einsame Baseballschläger, durstige Petunien und ab und zu die Scherben zerschlagener Bierflaschen.

Das Haus meines Vaters sieht mehr oder weniger so aus wie vor ein paar Tagen. Der Müllgestank ist inzwischen so penetrant, dass er sich fast mit Händen greifen lässt. Ich atme tief ein, halte die Luft an und durchquere eilig die Diele. Ich bin eigentlich hergekommen, um sauber zu machen, aber bei Licht betrachtet spielt das auf einmal keine Rolle mehr. Angesichts der Tatsache, dass ich plötzlich in die Zukunft blicken kann, ohne auch nur den geringsten Gefallen an dem zu finden, was ich sehe, finde ich auf einmal, dass der Haufen stinkender Socken und die schimmelnde Pizza im Kühlschrank durchaus warten können.

Der Keller ist wie eine Zuflucht. Kein Gestank, nur der durchdringende, typisch schale Kellergeruch. Keine Hitze – ausgesperrt von der schweren Kellertür. Ich weiß nicht genau, warum ich wieder hier stehe, wonach ich suche. Ich weiß nur, dass ich heute morgen mit einem Cranberryfleck in der Unterhose und der Furcht *(Furcht!)* vor der Rückkehr meines Mannes aufgewacht und auf die Idee gekommen bin, dass ich hier unten vielleicht eine Antwort finden kann. Vielleicht kann ich hier enträtseln, was Ashley Simmons mir angetan hat. Vielleicht finde ich hier die Lösung, wie ich es doch noch rückgängig machen kann. Oder wie – und dieser Wunsch ist wahrscheinlich noch größer – ich das, was ich sehe, verändern kann.

Die Schachtel, die meine Mutter gepackt hat, ehe wir beide ahnen konnten, dass sie uns so schnell verlassen würde, steht da, wo ich sie hingestellt hatte, ehe ich in Ohnmacht gefallen bin. Tylers Foto, das von uns allen im letzten

Hauch des Sommers unten am See, ist zu Boden geflattert und lehnt wie arrangiert an einer alten Farbdose.

Ich greife danach und nehme es auf der Suche nach Hinweisen unter die Lupe. Doch das Bild hat sich nicht verändert: das Porträt rosawangiger Teenager, die den Sonnenschein eines unbeschwerten Sommertages einatmen, ohne Gedanken an die Zukunft. Ich zerre die vergilbte Zeitung aus der Schachtel und grabe auf der verzweifelten Suche nach Antworten tiefer. Ich fördere meine alte Kamera zutage, meine alte 35 mm, untersuche sie, probiere sie behutsam aus. Ich komme mir vor wie eine Archäologin, die in der Vergangenheit wühlt, um die Gegenwart zu verstehen.

Ich grüble über die Vision von meinem Vater nach, aus der Nacht, bevor er gegen den Baum fuhr. *Wo bin ich gewesen?* Im Bett. Nein, nein. Im Schlafzimmer. Ich habe mir alte Fotos angesehen. *Alte Fotos angesehen!* Ich grabe mit beiden Händen in der Kiste, wie von Sinnen, auf der Suche nach einem weiteren Foto, das mir meinen Verdacht bestätigt. Mit hektischen Fingern bekomme ich irgendwas zu fassen, und ich zerre ein altes Schwarzweißfoto von Luanne heraus. Die Nahaufnahme zeigt fast nur Nasenlöcher und Wimpern. Meine Schwester ist im Grunde nicht zu erkennen. Aber ich erinnere mich daran, ich erinnere mich an diesen Schnappschuss. Ich kann mich daran erinnern, wie ich Darcy an einem Nachmittag Anfang Juni den Fotoapparat in die Hand drückte, als wir drei uns im Garten hinter dem Haus die Zeit vertrieben und aus lauter Langeweile nur Blödsinn machten. Lange vor allem anderen, damals, als ich noch Silly Tilly war. Ein ganzes Leben weit weg. Luanne hatte sich in die Sonne gelegt und war eingeschlafen, und Darcy war zu ihr geschlichen und hatte ihr – *klick* – direkt ins Gesicht fotografiert, unmittelbar ehe ich kam und sie mit einem Schwall eiskaltem Leitungswasser aufweckte. Wir lachten und lachten, und Luanne tat so, als wäre sie schrecklich wütend, aber weil sie nie lange sauer sein konnte, steckte unser Gelächter sie bald an, und dann gingen wir ins Haus, um Cola zu trinken.

Ich starre das Bild an, will mit aller Macht erzwingen, dass etwas Besitz von mir ergreift, etwas anderes als die Erinnerung an ein unbeschwertes, freies Leben, doch es kommt nichts. *Darcy hat dieses Foto gemacht*, denke ich. *Darcy hat dieses Foto gemacht, nicht ich.*

Und dann fällt mir das Polaroidfoto wieder ein, das Bild von Susanna. Es steckt immer noch in meiner Umhängetasche. Ich stürze zur Treppe und renne, zwei Stufen auf einmal nehmend, nach oben. Ein Blick auf die Uhr sagt mir, dass mir exakt siebenundachtzig Minuten bleiben, bis ich mich mit Luanne zum Frühstücken treffe. Sie hat mich gestern Abend angerufen, auf der Suche nach Bestätigung, nach Hoffnung und Rückversicherung. Mir war klar, dass sie ihrem Körper nicht zutraut, diese Schwangerschaft durchzustehen, weil sie vor drei Monaten erst eine Fehlgeburt hatte, und deshalb haben wir uns für heute Vormittag auf einen Teller Pfannkuchen verabredet, sobald Charlie sein Vormittagsschläfchen hält. *Als wären Pfannkuchen und Kinder die Lösung für alles.*

Siebenundachtzig Minuten. Ich habe keine Ahnung, wie lange ich die ersten beiden Male weg war, aber so lange doch sicher nicht nicht. Oder vielleicht länger? Aber ich muss es versuchen. Meine Tasche liegt unter dem Telefontisch in der Diele. Ich reiße sie auf, wühle mit der Hand bis zum Boden und ziehe triumphierend das Polaroidfoto heraus.

Ich renne zum Sofa, setze mich hin und starre das Bild meiner besten Freundin an, die vollkommen erschöpft auf meiner lila Couch sitzt. Ich warte darauf, dass es kommt. Und dann spüre ich es. Den Krampf. Den Schmerz. Das plötzliche Fieber, das sich in mir ausbreitet, mir durch sämtliche Glieder fährt, durch meine Eingeweide, meinen innersten Kern. Ich lehne mich zurück und lasse es geschehen, in der verzweifelten Hoffnung, dass das, was ich sehe, mich nicht zerstören wird; in der verzweifelten Hoffnung, dass ich nicht schon zu tief drinstecke.

Der Zuschauerraum ist dunkel. Vereinzelt schwebt Geflüster durch die Menge, Programmhefte rascheln, kleine Geschwister rutschen unruhig auf ihren Stühlen herum. Darcy (Darcy!) wirft einen Blick in Richtung Bühne und spielt mit einem kurzen Nicken das Intro zu Grease; *diese Melodie würde ich jederzeit erkennen. Die fadenscheinigen Samtvorhänge öffnen sich, bleiben auf halbem Weg hängen, werden dann mit einem Ruck ganz aufgezogen und enthüllen die kunterbunte Westlake-High-Theatertruppe. Wally Lambert, der Theaterfreak des Abschlussjahrgangs, steckt in der billigen Lederjacke, die sich schon seit Jahrzehnten im Theaterfundus der Schule befindet, und in viel zu engen Jeans mit aufgerolltem Hosensaum, was seiner Sanduhrfigur nicht eben schmeichelt. Die Haare trägt er mit viel zu viel Haarspray zurückgekämmt, und seine Füße stecken in blendend weißen Turnschuhen, die ihm seine Mutter vermutlich fürs neue Schuljahr gekauft hat und die er jetzt wahrscheinlich trägt, weil der Kostümfundus vergessen hat, seine Schuhe mit ins Budget einzuplanen. Direkt hinter ihm, in der Mitte der Bühne, steht CJ, in einem die Taille umschmeichelnden Tellerrock und rosarotem Strickjäckchen. Sie tritt verlegen von einem Bein aufs andere und wirft ihm verliebte Blicke zu – sie Sandy, er Danny.*

Ich stehe hinter der Bühne, direkt neben Susanna,

und weil ich noch nicht verstanden habe, zu was ich in diesen Zeitschleifen fähig bin und zu was nicht, strecke ich den Arm aus und berühre sie sanft an der Schulter. Ich tippe sie an, dann tätschle ich sie, und dann schubse ich sie beinahe, doch Susanna reagiert nicht. Es ist, als wäre ich gar nicht hier. *Wie auch? Ich stecke in einem unbegreiflichen Raum zwischen Verstand und Materie, zwischen Erinnerung und Vorahnung, zwischen Jetzt und Dann.*

Wally schnippt mit den Fingern, wiegt sich in den Hüften – so gut er eben kann, denn er ist zwar mit einem umwerfenden Tenor gesegnet, besitzt aber nicht wirklich Rhythmusgefühl und liegt immer leicht daneben –, springt in die Luft, bleibt breitbeinig stehen, streckt den Zeigefinger aus und dreht sich dann wild um die eigene Achse, bis der große Augenblick gekommen ist. «Go, Greased Lightning, you're burning up the quarter mile!» *Es folgt der Einsatz von CJ und dem Rest der Pink Ladies:* «Greased lightning, go greased lightning!»

Das Publikum fängt an mitzuklatschen, und Wally mit seiner Lust am großen Auftritt lässt sich davon anstacheln. Seine Finger entwickeln zappelnd ihr Eigenleben, und die Pink Ladies, die sichtlich Mühe haben, ernst zu bleiben, trällern im Hintergrund.

Das Publikum kommt langsam in Fahrt, und Wallys Mutter entfährt ein lautes «Whoop!» *Ich riskiere einen Blick durch den Vorhang. Darcy hämmert in die Tasten, als hinge ihr Ruf als Künstlerin von dieser Produktion ab, während drei Mitglieder der Band – Schüler der unteren Klassen, die ich nur vom Sehen kenne – sichtlich Mühe haben mitzuhalten. Im letzten* Greased Lightning! *entwischt dem Saxofonspieler eine besonders schräge Note, aber Wally schmettert so laut, dass ich wahrscheinlich die Einzige bin – na ja, außer Darcy, natürlich, mit ihrem perfekten Gehör –, die es merkt.*

Ehe das Licht zur nächsten Szene wieder gedimmt wird, mustere ich das Publikum und entdecke ziemlich weit hinten meinen Vater – schlanker, weniger mitgenommen, zufrieden –, und im Mittelgang kauert Eli Matthews und fotografiert in Richtung Bühne. Ich suche Tyler, doch er ist entweder nicht hier oder einfach von meinem Blickwinkel aus nicht zu sehen. Dann entdecke ich Luanne. Ein bisschen rundlich, nicht allzu pummelig, nur ein winziges Bäuchlein, ein erster sichtbarer Hinweis auf ihre Schwangerschaft. Und ich spüre, wie ich entspanne, weil ich weiß, dass ihre Sorge unbegründet ist; dass der winzige Embryo, der sich gerade in ihr eingenistet hat, nicht vorhat zu weichen.

Ich gleite davon; ich spüre, wie die Zeit mir entrinnt und ich in die Wirklichkeit zurückfalle. Ich drehe mich noch einmal zu Susanna um, brauche einen Augenblick, ehe ich sie in der Dunkelheit entdecke. Dort steht sie, dicht an die Kulisse gedrückt. Ihr rosiges Gesicht reflektiert die Bühnenbeleuchtung. Sie sieht glücklich aus. Sie hat die Arme um die Taille eines Mannes geschlungen; er steht mit dem Rücken zu mir, aber weil ich Austin schon so lange kenne, weiß ich, dass dieser Mann nicht Austin ist. Er ist drahtiger, seine Haltung aufrechter, die Haare auf seinem Kopf sind dichter und ungebändigter.

Ich will sie anschreien, möchte Was zum Teufel treibst du da? *rufen, doch es ist zu spät, abgesehen davon, dass ich inzwischen weiß, dass es sowieso kei-*

nen Sinn hätte. Der Sand der Stundenuhr ist zu einem Häuflein Nichts zerronnen, und im Fallen nehmen die letzten Körnchen mich mit, tragen mich davon durch dieses Zeitloch, und als wäre nie etwas gewesen, bin ich verschwunden.

Ich dränge Luanne, die Pfannkuchen zum Mitnehmen zu bestellen. Sie ist alles andere als begeistert, sogar regelrecht verstimmt, aber weil ich nicht gewillt bin nachzugeben, nervös mit dem Knie gegen den Tresen tippe und sogar ungeduldig die alte Marian Heckly anblaffe – die im Diner schon an der Kasse stand, als wir noch Teenies waren, und deren Haarfarbe sich inzwischen von dunkelbraun über blassbraun, mitternachtsblau schließlich in stahlwolleblau verwandelt hat –, fügt Luanne sich in ihr Schicksal.

«Keine Sorge, es wird alles gutgehen», sage ich ihr, als das Auto mit zwei Rädern auf dem Gehsteig vor Susannas Haus holpernd zum Stehen kommt. «Vertrau mir, alles wird gut.»

Sie hetzt hinter mir her, mein Ersatzhausschlüssel von Susie zielt bereits auf das Türschloss.

«Warum bist du da so sicher?», fragt sie – aus gutem Grund wahrscheinlich, trotzdem regt es mich auf. Seit wann zweifelt Luanne an, was ich sage, und seit wann ist sie diejenige, die sich Sorgen macht?

«Weil ich dich gesehen habe», schnauze ich sie an, ohne nachzudenken.

«Weil du was?» Sie hat sichtlich Mühe, mit mir Schritt zu halten.

«Was?» Mir ist sofort klar, dass ich einen Fehler gemacht habe. «Nein, was? Natürlich habe ich dich nicht gesehen! Ich sehe dich jetzt, wollte ich sagen, ich sehe dir doch an, dass es dir gutgeht! Ha! Ja, Ich meine, schau dich doch an, du siehst toll aus!», stammle ich, und Luanne sieht mich mit hochgezogener Augenbraue an. Doch dann geht auch schon die Haustür auf, und ich stolpere fast über Kylie, splitterfasernackt bis auf ein Superman-Cape. Christopher kommt aus dem Wandschrank gestürmt, mit nichts als einer Unterhose an. Sein Lichtschwert schwenkend, schreit er uns an: «Zurück, ihr Feinde, aus dem Weg, oder ihr seid tot!»

Wir kreischen beide erschrocken auf, und Susanna kommt in den Flur gelaufen, die Hände voller Mehl, die Schürze mit etwas bekleckert, das nach rohem Teig aussieht, und ich glaube – oder hoffe –, dass Luanne schon wieder vergessen hat, was ich gerade gesagt habe.

«Was macht ihr denn schon hier?», fragt Susanna, und zu den Jungen: «Raus mit euch.»

«Sie sind nackt!», sage ich.

«Merkst du nicht, wie heiß es ist?», antwortet sie. «Außerdem gibt es so weniger Dreckwäsche.»

Luanne nickt verständnisvoll, also nicke ich auch, als wäre es eine nachvollziehbar sinnvolle Maßnahme, kleine Jungs an einem heißen Tag nackt in den Garten zum Spielen zu schicken, doch da ich weder ein Kind noch den Schimmer einer Ahnung habe, an welchem Punkt kindliche Nacktheit unanständig wird, halte ich den Mund und folge Susie in die Küche.

«Was ist los?», fragt sie mit dem Rücken zu uns. Luanne zieht sich mit schrillem Kratzgeräusch einen Küchenstuhl heraus und kippt sich eine unanständig große Portion Ahornsirup in den Styroporbehälter mit ihren lauwarmen Pfannkuchen.

Ehe ich mich zurückhalten kann, zische ich wütend: «Hast du eine Affäre?»

«Was? Wovon redest du?» Susie fährt herum, einen

Teigschaber in der Hand. Winzige Teigflöckchen verteilen sich auf Schränke und Wände. Luanne starrt uns mit offenem Mund an.

«Ich muss es wissen ... hast du eine Affäre?»

«Spinnst du? Haben sie dir ins Hirn g-e-s-c-h-i-s-s-e-n?» Sie buchstabiert das unanständige Wort wie eine Mutter für ihr Kind und wendet sich wieder dem Mixer zu. «Sehe ich vielleicht aus, als hätte ich genug Zeit oder Energie für eine Affäre?»

Ich werfe Luanne einen Blick zu. Sie legt zustimmend die Stirn in Falten, wie um *Da ist was dran* zu sagen, und schiebt sich die nächste Gabel in den Mund. «Ich bin am Verhungern. Die Hormone. Tut mir leid.»

In rufe die Vision noch einmal wach, lasse ablaufen, was ich gesehen habe. Ich bin sicher, dass es wahr ist – beziehungsweise im Oktober wahr sein wird.

«Also, was ist?», frage ich leise. «Lässt du dich scheiden?»

Susie hört auf, den Teig zu rühren. Sie lässt die Schultern sinken und atmet hörbar aus.

«Ja», sagt sie, legt den Teigschaber beiseite, tritt an den Tisch und lässt sich neben Luanne auf einen Stuhl sinken. Aus ihrer Schürze steigen Mehlwölkchen auf.

«Du kannst dich von Austin nicht scheiden lassen», sage ich.

«Natürlich kann ich mich scheiden lassen», erwidert sie. «Und außerdem: Lässt er mir denn eine andere Wahl?»

«Das passiert doch ständig irgendwo. Es kommt wieder ins Lot», sage ich weinend, als wäre es meine Ehe, und irgendwie fühlt es sich auch so an.

«Hör zu, Tilly, ich will nicht. Ich will keine Ehe, in der solche Dinge wieder ins Lot gekommen sind. Er hat mich betrogen. Das schaffe ich nicht.»

Ich lasse mich auf den nächsten Stuhl sinken. «Nein. Du

hast recht», seufze ich. «Aber du hättest mir was sagen können.»

«Ich habe es eben erst entschieden. Heute Morgen.» Sie
sieht mich verwirrt an. «Woher hast du das gewusst?»

«Ich bin deine beste Freundin», schluchze ich. Nach der
Nummer mit Luanne bin ich vorsichtiger. «Ich glaube, ich
habe einfach ein Gespür für diese Dinge.»

«Ganz schön schräg.» Sie zuckt die Achseln.

«Ich weiß.» Ich wünschte, ich könnte ihr mehr erzählen, mich offenbaren, ihr alles sagen. Aber ich kann nicht.
Nicht ehe ich weiß, wohin das alles führt, was die Zukunft
für mich bereithält und, noch wichtiger, wie um alles in der
Welt ich die Bremse finde, um die ganze Kiste zu stoppen.

Zwölf

Nolan Green hat ihn kaum sicher zu Hause abgeliefert, da verschwindet Tyler auch schon im Ankleidezimmer. Darcy ist mit Dante unterwegs, um für ihr großes Debüt zu proben – eine E-Mail wurde verschickt, ein paarmal weitergeleitet, und schon sieht es so aus, als wäre Mittwochabend die halbe Stadt mit dabei –, und Dad hat tatsächlich das Haus verlassen. Abe Collins, sein Geschäftsführer, ist überraschend vorbeigekommen, um ihn zur All-You-Can-Eat-Nacht ins Steakhaus mitzunehmen.

«Lass die Wäsche einfach im Bad liegen», sage ich. Ty steht vor dem Schrank und streckt sich mit seinen muskulösen Armen nach dem obersten Regal. «Ich wasche morgen.» Ich versuche, nicht an die Vision von dem Umzugslaster und deren Bedeutung zu denken, aber sie ist da, hartnäckig, höhnisch. *Leck mich, du blöder Laster! Ich gebe bestimmt nicht kampflos klein bei!*

Ty zerrt seinen Seesack vom Regal. «Ist schon in der Maschine. Trotzdem danke.» Er drückt sich an mir vorbei, wirft den Sack aufs Bett und holt, was an sauberen T-Shirts übrig ist, aus der Kommode.

«Was machst du da?» Ich stehe regungslos im Türrahmen.

«Packen.» Er sieht mich nicht an. «Ich habe dir doch gesagt, Jamie hat angerufen. Sie haben mir für morgen einen Flug zum Vorstellungsgespräch gebucht.»

«Aber du bist doch gerade erst wiedergekommen!» Bei dem Wort *Packen* pocht mein Puls ein wenig zu heftig, bei der Vorstellung an all das, was damit gemeint sein kann. Die Sache mit Susanna ist die Bestätigung dafür, dass das, was ich voraussehe, die Wirklichkeit ist, aber trotzdem. Was, wenn ich ungeschehen machen kann, was noch nicht geschrieben steht? *Er hat dich nicht angerufen! Du hast ihn angerufen, du mieser kleiner Lügner! Du hast ihn angerufen!* Dieser Gedanke taucht parallel in meinem Kopf auf.

Er sieht mich an und zuckt die Achseln. «Den Termin haben die gemacht. Ich nehme an, weil sie mich jetzt brauchen. Wahrscheinlich ist unter den Erstsemestern ein Star-Shortstop, der Einzeltraining braucht. Du weißt ja, wie das ist. Ich bin doch nur eine Woche weg.»

«Du weißt verdammt gut, dass du mehr als eine Woche weg bist!», schreie ich ihn an. Er ist überrascht von meiner Lautstärke und ich davon, dass ich ihm nicht in sein Lügnergesicht gesprungen bin.

Tyler sinkt seufzend aufs Bett. Er erinnert mich an eine zu weich gekochte Nudel.

«Ich will doch nur … ich will es doch nur ausprobieren, herausfinden, was sie mir bieten können. Sonst nichts.»

«Sonst nichts? Das ist nicht nichts! Das ist eine ganze Menge!» Ich höre mich schreien und wünschte, ich würde weniger hysterisch klingen. Die Prä-Ashley-Simmons-Tilly wäre nie so hysterisch geworden! Aber diese Raserei steckt in mir und denkt nicht daran, sich aufzulösen. «Das ist ein Scheißriesenbatzen! Und wir ziehen auch nicht um, verdammt noch mal! Wir hatten eine Abmachung. Wir hatten einen Pakt.»

«Aber, ich meine, können die Dinge sich niemals ändern?», sagt er nur. Als wäre, von seiner Frau zu verlangen, den einzigen Ort zu verlassen, an dem sie jemals zu Hause war, so belanglos, wie sich ein neues Paar Schuhe zu kaufen. «Ich meine, ich weiß, dass wir eine Abmachung hatten …»

«Ich weiß, dass du das weißt!»

«Kannst du damit aufhören? Bitte?», sagte er – müde, abgekämpft, resigniert. «Ich weiß, dass wir nie darüber gesprochen haben, aber er hat angerufen, und es erschien mir passend.»

Er hat nicht angerufen, du kleiner hinterhältiger Scheißer! Meine Fingerspitzen zittern. Mein Kiefer verkrampft. Ich starre ihn an, und trotzdem weigert er sich, sich mir zu öffnen, er weigert sich, mit der Wahrheit rauszurücken. Weigert sich – und das ist am schlimmsten – zuzugeben, dass er die Abmachung bricht. Die Abmachung zwischen uns, die besagt, dass wir hier und sonst nirgendwo unser gemeinsames Leben aufbauen, hier, in Westlake, weil dies das Leben ist, das ich brauche. Das Leben, das mich gerettet hat. Mich immer noch rettet. Wieso sieht er das nicht ein? Wieso versteht er nicht, was er mir damit antut? Ich balle die Hände zu wütenden Fäusten.

«Was ist so passend daran, mich nach Seattle zu verfrachten?» Ich denke an Austin und an die Kisten im Regen, und ich bin mir ganz sicher, dass ich ihn davon abhalten werde, und wenn es mich umbringt und wenn ich auf die Knie fallen muss, wenn Blut fließen muss. Sein Blut, mein Blut, wessen Blut auch immer. Weiß der Teufel! «Unser Leben ist hier! Alles, was wir lieben, ist hier! Himmel noch mal! Wir sind dabei, eine Familie zu gründen.» Ich habe ihm noch nicht erzählt, dass es wieder nicht geklappt hat.

«*Dein* Leben ist hier», sagt er leise.

«Mein Leben *ist* dein Leben», heule ich. Er wird ganz blass, als ich das sage. Die Farbe weicht aus seinen Wangen, die Enge in seiner Brust ist förmlich sichtbar. Er reibt sich seufzend das Gesicht, stiehlt sich in Richtung Bad an mir vorbei und schließt mit Nachdruck die Tür hinter sich. Das Schloss dreht sich, mit lautem Klack findet der Riegel die Falle.

Wie gesagt, Tyler und ich streiten uns nicht mehr. Früher schon, klar, damals in unseren Anfängen, aber inzwischen ist es viel einfacher, sich nicht zu streiten. Mit Schweigen strafen, das war damals Tylers Technik, während ich unsere Problemchen einfach links liegenließ und so tat, als wäre nichts geschehen – *wenn ich vorgebe, es nicht zu sehen, ist es vielleicht gar nicht da.* Oder so ähnlich. Ich dachte, mit der Taktik sei alles gewonnen. Jetzt kommt es mir plötzlich so vor, als hätte ich die unausgesprochenen Regeln unserer Abmachung gebrochen, unserer Entspannungspolitik. Und jetzt stehe ich hier, mitten in unserem Schlafzimmer, allein, und weiß nicht, was ich machen soll, weil ich nicht mehr die Möglichkeit habe, einfach die Jalousien runterzulassen, die uns ironischerweise immer dabei geholfen haben, unseren Weg zu finden.

Schließlich geht die Tür wieder auf. Ty kommt raus, geht stumm auf mich zu und zieht mich zu sich aufs Bett.

«Till, es ist so», sagt er und sieht mich entschlossen an. «Ich bin zweiunddreißig.»

«Ich weiß», sage ich. «Ich weiß doch, dass du zweiunddreißig bist!»

«Ich bin zweiunddreißig Jahre alt und fast mein ganzes Leben lang hier gewesen ... und ich ertrage es nicht, auch nur einen weiteren Morgen aufzuwachen und zu wissen, dass es für mich nichts anderes mehr gibt.»

«Wovon redest du? Wir versuchen, ein Kind zu kriegen! Das gibt es für dich.» Mein Zorn entweicht wie Luft aus einem kaputten Ballon.

«Darum geht es nicht. Hör mir zu.» Er schüttelt den Kopf. «Ich wollte etwas aus mir machen, etwas Großes. Ich wollte die Welt in Brand setzen. Und ... und ... und jetzt verkaufe ich Mountainbikes an Menschen, die sich die Dinger nicht mal leisten können und sie sowieso nie benutzen.

Ich verkaufe Müttern Badeanzüge für die Wassergymnastik. Glaubst du tatsächlich, das war mein Plan? Verstehst du nicht, dass ich genau das niemals wollte? Kannst du mir das nicht zugestehen?»

«Aber wir haben doch ein tolles Leben», sage ich flehend. «Ich liebe unser Leben.»

«Ich weiß.» Er nickt. «Das weiß ich.»

«Und reicht das nicht?» Das ergibt doch alles überhaupt keinen Sinn. Mit seinen Worten schlägt er hier alles in Scherben. *Wieso reicht ihm das nicht? Mir ist es mehr als genug! Wieso kann ich das nicht aufhalten?* Mein Zorn ist nackter Panik gewichen. Das Zimmer fühlt sich zu klein an, die Wände sind klaustrophobisch eng, die Luft im Raum schnürt mir die Kehle zu.

«Die Sache ist die, Till» – er holt tief Luft. «Die Sache ist, dass ich nicht weiß, wer ich ohne dich bin. Ohne diese Stadt.»

Na und?, denke ich, aber stattdessen sage ich: «Mach dich doch nicht lächerlich! Du bist immer noch derselbe Typ, in den ich mich mit sechzehn verliebt habe. Derselbe Typ, den alle hier lieben.»

«Genau darum geht es ja», antwortet er, und zwei Tränen laufen ihm über das Gesicht. «Dieser Typ will ich nicht mehr sein.» Er denkt nach. «Geht es dir wirklich nie so? Hast du nie auch nur das leiseste Gefühl, eingesperrt zu sein?»

Ich starre ihn an. *Wer bist du?*

«Nein», sage ich bestimmt. «Habe ich nicht. Weswegen sollte ich mich eingesperrt fühlen? Wozu muss ich wissen, wer ich ohne dich bin? Ich weiß, wer ich *mit* dir bin, und das genügt mir.»

«Ich glaube, dass andere Dinge auch wichtig sind. Ich glaube, es ist wichtig, dass wir auch eine Identität außerhalb unserer Ehe haben.» Er zuckt die Achseln. «Ich ... ich kann einfach nicht mehr.»

«Was kannst du nicht mehr? Was meinst du damit? Unsere Ehe?» Die Angst bricht aus mir heraus, eine wirbelnde Spirale, die mich mitzureißen droht. *Was ist hier los? Was passiert hier? Was zum Teufel läuft hier eigentlich? Ich wache eines Morgens auf, mein Vater trinkt wieder, mein Ehemann will, dass wir umziehen, meine beste Freundin macht mit einem Typen rum, mit dem sie nicht verheiratet ist, und ich kann das alles plötzlich sehen, ohne es tatsächlich vor Augen zu haben!* Ashley Simmons' Stimme erklingt in meinem Kopf, ein endloses Echo: «*Das Geschenk der Klarheit, Tilly. Das, was du meiner Meinung nach schon immer gebraucht hast.*» *Leck mich, Ashley Simmons. Leck mich, du mit deinen lächerlichen Prophezeiungen!*

«Nein, nein. *Nein!*», sagt er. Unsere Blicke treffen sich einen Moment, dann senkt er den Blick. «Ach, keine Ahnung. Einfach nur das hier, das alles!» Seine Arme beschreiben einen großen Kreis. «Dieses Leben, diese Stadt, derselbe alte Scheiß, jeden Tag. Wir haben das alles doch schon mal durchgemacht. Dein Vater, der besoffen aufkreuzt, deine Schwester, die auf unserer Couch übernachtet.» Er hält inne, weil er den Faden nicht verlieren möchte. «Ich kriege keine Luft mehr, verstehst du?» Er sieht mir fest in die Augen. «Es ist nur eine Woche. Es ist nur eine Schnuppertour. Wir finden eine Lösung. Eine, mit der wir beide glücklich sind. Eine, die uns beide zufrieden macht.»

Am liebsten würde ich sagen: *Wieso zum Teufel wusste ich nicht, dass du so unzufrieden bist? Woher kommt das auf einmal? Was ist los mit dir, verdammt?* Aber meine Worte stecken irgendwo tief in mir fest, wie in der Kehle eingefroren, außerstande, sich zu befreien, um zu fragen, was gefragt werden muss. Die alte Tilly ist wieder da, die Tilly, die dachte, wenn sie den Dingen aus dem Weg geht, dann müsste sie vielleicht nie kämpfen.

Unbehagliches Schweigen breitet sich zwischen uns aus. Unten in der Diele tickt laut und vernehmlich die alte Standuhr, und schließlich sagt er: «Tilly, ich liebe dich. Aber hältst du jemals inne und fragst dich, ob du glücklich bist? Nicht nur oberflächlich, sondern auch tief in deinem Inneren – bist du da wirklich richtig glücklich? Fragst du dich je, ob dies wirklich das Leben ist, das du willst?»

«Ja.» Die Antwort kommt schnell, wie aus der Pistole geschossen, und ich stehe schnell auf, damit er meine Erschütterung nicht sieht. «Natürlich will ich dieses Leben!»

Ich laufe hinunter auf die Gästetoilette und kauere erschüttert auf dem Deckel nieder; weil seine Frage mich in einer Weise ins Mark trifft, die ich niemals vermutet hätte, weil ich nie vermutet hätte, dass eine Frage mich überhaupt so treffen kann. Weil Glück kein Ziel ist, nichts ist, wonach ich strebe. Glück ist einfach. Mein Leben ist Glück; ich habe beschlossen, dass mein Leben Glück ist, was auch immer das bedeutet, wie auch immer man das definiert. Wenn mich jemand fragen würde, ob ich glücklich bin, würde ich, ohne zu zögern, mit Ja antworten. Jeder winzige Augenblick des Zögerns ist ein Augenblick zu lange, ein gefrorener Herzschlag, den zu erwägen nicht lohnt: Wozu auch? *Das ist mein Leben. Das ist Glück.* Es ist das Gleiche. Seit meinem sechzehnten Lebensjahr, als meine Mutter starb, bin ich so. So funktioniere ich, so habe ich alles um mich herum konstruiert; mein Glück war mir immer so selbstverständlich wie mein Atmen. Dies ist das Leben, das ich will, genau das, was ich will. Wie kann es sein, dass mein Mann das nicht weiß?

Das Vorsingen am Mittwoch zieht an mir vorüber, ohne dass ich wirklich anwesend bin. *Ja*, nicke ich Susanna zu, *Wally Lambert singt umwerfend, auch wenn er ein bisschen zickig gewesen ist, was Darcys Klavierbegleitung betrifft* («*Wegen dieses Dreivierteltakts bin ich beim zweiten Refrain ganz rausgekommen*»), und *Ja, es versteht sich von selbst, dass für Sandra Dee nur CJ in Frage kommt.* Wenigstens Susie scheint einigermaßen Spaß zu haben, und darüber bin ich froh. Ich bitte sie noch einmal, darüber nachzudenken, ob sie Austin nicht doch verzeihen kann, aber sie schüttelt nur den Kopf und ruft: «Weiter geht's!», was genauso auf den nächsten Kandidaten wie auf ihr ganzes Leben gemünzt ist. *Okay*, nicke ich, *hab's kapiert.* Ich bin viel zu erschüttert, um zu streiten.

Draußen türmen sich hohe Wolkenberge auf, regenschwanger, kurz davor, sich in einer Sintflut über uns zu ergießen. Heißersehnter Regen für die dürren Felder rund um die Stadt, für unsere von der unglaublichen Hitze erschöpften Leiber.

Sobald Susanna und ich uns über die Besetzung einig sind, schicke ich sie nach Hause, und Darcy ist ebenfalls entlassen. «Gott sei's gelobt und getrommelt und gepfiffen!» Darcy rollt dramatisch mit den Augen. «Na endlich! Darf ich etwa schon gehen? Ich muss mich nämlich für eine richtige Show vorbereiten.»

Ich winke ihnen nach und lasse mich erschöpft auf den Stuhl in meinem Büro sinken. Der tiefhängende Schatten des drohenden Unwetters ist jetzt direkt vor dem Fenster und spiegelt meine Stimmung wider.

Seit ich ihn zum Flughafen gefahren habe, haben Tyler und ich so gut wie kein Wort gewechselt. Ich habe versucht, ihn anzurufen, aber wenn er nicht gerade draußen auf dem Spielfeld ist oder sich um den neuen Superstar kümmern muss, ist er auf ein Bier und einen Happen mit dem Trainerstab unterwegs (*«Ich kann dich so schlecht verstehen!»*, hat er gestern Abend ins Telefon geschrien. *«Was hast du gesagt? Welche Frage?»*, dabei hatte ich ihm lediglich endlich gestanden, dass ich meine Tage bekommen habe). Und wenn er dann endlich mal eine ruhige Minute zum Telefonieren hat, bin ich gerade nach langem Kampf gegen die Schlaflosigkeit eingeschlafen. Ich war zu erledigt von der ungeheuren Belastung – mein Vater, meine Visionen, meine Ehe –, um wirklich tief und fest zu schlummern, aber trotzdem sauer, als er anrief und mich aus dem ersehnten Halbschlaf riss.

Aber Sonntag kommt er zurück, und ich bin fest entschlossen, ihn zum Bleiben zu bewegen, eine Antwort auf sein Gefühl der Stagnation und einen zwingenden Grund zu finden, der ihn daran hindert, uns hier rauszureißen und nach Seattle zu verfrachten.

Die Schachtel aus dem Keller meines Vaters steht inzwischen unter meinem Schreibtisch. Nach der Vision von Susanna habe ich das staubige Ding die Kellertreppe hinaufgetragen, auf die Rückbank geworfen und mitgenommen. Seit ich endlich eine vage Vorstellung davon habe, wie die Sache funktioniert, brauche ich dringend mehr Antworten. Ich muss unbedingt tiefer in das Wie, das Was, das Warum eintauchen. Für mich, die ich mein Leben lang immer nur die Fragen anderer Leute beantwortet habe, anstatt meine eigenen zu stellen, fühlt sich diese frisch entdeckte Neugierde unstillbar an, fast übermächtig, ein keimender, sich stetig ausbreitender Same in meinem Inneren, hungrig und lebendig.

Ich hole die Schachtel unter dem Schreibtisch hervor und lasse sie aufs Sofa fallen. Eine kleine Wolke aus Staub und Schmutz von vielen schmuddeligen Teenagern wirbelt auf. Winzige Krümel taumeln zu Boden, und ich schiebe sie mit der Kante meines Turnschuhs unters Sofa. Soll sich die Putzfrau darum kümmern.

Ein lauter Donnerhall zerreißt die Luft. Dann prasseln wie aus dem Nichts dicke Regentropfen gegen das gekippte Fenster. Vereinzelte Tropfen prallen vom Rahmen ab, fliegen herein und laufen an der Wand entlang auf den Heizkörper zu. Ich lege einen Stapel Fotos auf ein Kissen – es sind wieder die Bilder aus jenem Sommer, das Foto von Tyler in Siegerpose zum Beispiel –, packe behutsam die Einzelteile der Kamera aus und lege sie vorsichtig auf den Schreibtisch, eins nach dem anderen. Hier ein Objektiv. Und da noch eins. Und da der Blitz, den ich manchmal bei Tag benutzt habe, um das Bild überzubelichten und den Objekten einen ganz besonderen Reiz zu verleihen, sodass sie überirdisch wirkten, fast engelhaft. Ich nehme das Objektiv zur Hand und drehe am Rädchen für die Brennweite – *klick, klick, klick* – immer schneller, bis das Geräusch meditativ wird, transzendent, und ich erinnere mich an die Ruhe, die dieses Ritual früher auf mich ausstrahlte.

Klick-klick-klick. Dann schneller. *Klick-klick-klick-klick-klick.*

Ich drehe die Rädchen, immer wieder, denke darüber nach, wie sauer ich war, als ich Tyler gestern Abend in der Bar endlich ans Telefon bekam, im Hintergrund Musik von Quiet Riot und das Grölen angetrunkener Männer, die irgendein Baseballspiel im Fernsehen kommentierten. Ich hatte zwar meine Periode erwähnt, aber mit keinem Wort von dem deprimierenden, demoralisierenden, negativen Schwangerschaftstest und meinem Gefühl erzählt, dass Tyler auf einmal so weit weg von unserem Leben war – *Bier saufen und Quiet Riot hören!* –, kein Wort davon, dass ich bangend auf der Mädchentoilette hockte, während meine kleine Schwester vor der Tür auf mich wartete, und dass ich dankbar für ihren Beistand war, weil mein eigener Mann nicht bei mir war, der Mann, der an meiner Seite hätte sein sollen.

Klick-klick-klick. Das Objektiv dreht sich wie von selbst in meinen Händen. Wie ist es möglich, dass ich mein halbes Leben mit einem Mann verbracht habe, der auf einmal so scharf vom Kurs all meiner – *unserer* – Pläne abweicht? Wie kann es sein, dass ich zwar plötzlich in die Zukunft sehen kann, aber nicht in der Lage war, all das schon lange kommen zu sehen? *Klick-klick-klick.*

Hinter mir räuspert sich jemand.

«Entschuldigung. Störe ich?»

Ich fahre herum. Eli Matthews steht in der Tür, die Hände in den Hosentaschen, die Schultern nach vorne gebeugt, was ihm bei einem Meter achtzig etwa fünf Zentimeter nimmt.

«W-was? Oh, nein. Hallo», stammle ich. «Entschuldigung, ich war nur gerade etwas in Gedanken.»

«Alles okay?», fragt er und macht einen winzigen Schritt nach vorn. Seine Brauen sind sorgenvoll gefurcht, und ich muss eine wahre Sturzflut von Tränen zurückdrängen, weil er mich durchschaut hat, völlig mühelos. *Nein, nichts ist okay! Gar nichts!*

«Alles gut», sage ich, lege das Objektiv zurück auf den Tisch und stoße mir die linke Hand. «Nur … nur in Gedanken.»

«Wow! Eine alte Kamera!», sagt er. «So eine ist mir ja ziemlich lange nicht mehr untergekommen.»

«Fotografierst du?», frage ich, ehe mir meine Vision von der Musicalaufführung wieder einfällt. Natürlich fotografiert er.

«Ich habe sogar einen Abschluss in Fotografie», antwortet er und tritt näher, um sich das Objektiv anzusehen. «Ich unterrichte als Springer, zwischen meinen Fotojobs, wann immer ich welche ergattern kann.»

«Ach, so bist du bei uns gelandet. Hier in Westlake bekommen wir nämlich nicht oft frisches Blut.»

«Ja!» Er lächelt. «Das dachte ich mir schon. Als ich sagte, dass ich den Job annehme – ich war gerade unten in Portland, um ein paar Sachen für die dortige Zeitung aufzunehmen, als die Vermittlungsagentur anrief –, habe ich schon gemerkt, dass sie ein bisschen erstaunt waren.» Er zuckt die Achseln. «Aber mir gefällt es hier. Die Leute sind nett.»

«Ja, das sind wir», sage ich und frage mich, wie um alles in der Welt man als freier Fotograf an Jobs kommt, und vor allem, wie man davon leben will. Nicht, dass das ein Leben für mich wäre; dazu klingt es viel zu sehr nach Nomadentum.

«Aber diese Kamera ... damit fotografiert heute kein Mensch mehr. Inzwischen ist alles digital. Ich habe die Dunkelkammer geliebt, aber das ist aus und vorbei.»

«Was? Es gibt keine Dunkelkammern mehr?»

«Nein, soweit ich weiß», sagt er. «Nur noch Computer. Traurig, oder?»

«Ich glaube, es ist Zeit für ein neues Modell», antworte ich und trete wieder hinter meinen Schreibtisch.

«Ich habe eine Digitalkamera, die ich dir sehr gerne leihen kann», sagt er. «Probier erst mal eine aus, ehe du dich festlegst.»

«Sehr gerne», sage ich höflich, aber es hört sich mühsam an, etwas, das mal so selbstverständlich war, noch mal von vorne lernen zu müssen, und ich weiß jetzt schon, dass ich mir die Mühe wohl eher nicht machen werde.

«Ich bringe sie morgen mit», sagt er. Sein Lächeln ist offen und befreiend, und auch in mir öffnet sich irgendetwas.

«Oder heute Abend», höre ich mich überraschend sagen. «Meine Schwester spielt im Oliver's. Die Bar an der Downing Alley. Wieso kommst du nicht einfach mit?»

Er zuckt fröhlich mit den Achseln. «Ich habe nichts vor. Bin dabei.»

«Schön!» Ich werde tatsächlich rot.

«Oh, fast hätte ich's vergessen», sagt er und dreht sich im Gehen noch einmal um. «Der Grund, weshalb ich eigentlich gekommen bin.» Er angelt einen Schlüssel aus der Hosentasche. «Ich habe einen Zweitschlüssel zum Kunstsaal machen lassen. Damit du nie wieder ausgesperrt bist.»

Er legt mir den Schlüssel auf den Schreibtisch und verabschiedet sich mit einem kurzen Winken. Sobald er gegangen ist, schnappe ich mir den Schlüssel und schließe meine Hand so fest darum, dass sich die Zacken des Barts in die Handfläche bohren. Schließlich öffne ich die Hand und senke den Blick. Mitten auf meiner Lebenslinie sitzen winzige Narben, scharfe kleine Bisse. Meine Handfläche ist völlig verändert, die glatte Oberfläche ist in etwas verwandelt, das rauer ist, wilder, etwas, das zwar womöglich der Heilung bedarf, dessen Erforschung aber trotzdem lohnend sein könnte.

Am Abend sind die Wolken wie weggeblasen. Nur die überschwemmten Straßen zeugen von dem gewittrigen Tag. Eine kurze Ruhepause von den Unwettern, die der Wettermann in den Achtzehn-Uhr-Nachrichten für die ganze Woche vorausgesagt hat, ehe dann von Osten die nächste Hitzewelle auf uns zurollt.

Als Susanna, Luanne und ich in der Bar eintreffen, sieht der Laden aus wie Darcys lebendig gewordenes Highschooljahrbuch. Die Nischen sind so gut wie alle besetzt, und wir ergattern gerade noch einen Tisch links von der

Bühne mit lausiger Sicht, direkt vor einem riesigen Lautsprecher, der uns mit Sicherheit die Trommelfelle zerfetzen wird. Rauchschwaden hängen in der Luft wie Sägemehlstaub in der Manege. Ein Großteil des Publikums ist noch zu jung, um mit dem Rauchen aufzuhören. Die knarrenden Holzdielen kleben vor Bier und erinnern mich entfernt an den Keller von Tys Wohnheim, aus dem grundsätzlich der Gestank nach schalem Bier nach oben wehte.

Ich muss an Ty denken und an seine Rückkehr. Ich werde ihn Samstagabend mit Spaghetti Carbonara, seinem Leibgericht, erwarten und so tun, als wüsste ich nicht, dass er sein Versprechen brechen wird, dass es nicht bei *nur eine Woche* bleiben wird, dass er mich bitten wird, Westlake zu verlassen und nach Seattle zu ziehen, weil unsere Ehe über alles triumphieren sollte. *Vielleicht sollte sie das wirklich*, denke ich. *Vielleicht aber auch nicht*, echot genauso laut eine völlig unerwartete Überlegung. Ich werde versuchen, so zu tun, als erinnerte ich mich nicht mehr an Tylers Versprechen, dass wir für immer in Westlake bleiben; an Tylers Schwur von damals, als sich Darcys zerbrechliche Seele mit meiner Hilfe endlich wieder so weit wie möglich stabilisiert hatte, als sie endlich nachts durchschlief und ihre Albträume abebbten; an seinen Schwur, dass wir meine Familie niemals verlassen, sie niemals aus meiner Obhut, meiner Wacht, meiner Fürsorge entlassen müssten. Weil ich in jener Nacht mit Tyler unterwegs gewesen war, in der Nacht, als Darcy, gerade zehn Jahre alt, sich in Todesangst im Schrank versteckte und die Luft anhielt, während ein Junkie ihr Zimmer durchwühlte, ihr Eigentum, ihr Leben, auf der Suche nach irgendwas, das sich zu Geld machen ließ, und sie rasend vor Angst hoffte, dass er sie nicht entdeckte, ihr Wimmern nicht hörte und ihr nicht noch viel Schlimmeres antat.

Ich hätte bei ihr sein müssen. Ich hätte da sein müssen, aber ich war in Tylers Auto auf dem Rücksitz, bei beschlagenen Scheiben, und vögelte ihm das Hirn raus, weil wir endlich wieder zusammen waren und zwischen den Semestern nur diese paar Sommerwochen hatten. Und als Darcy mich dann endlich bei Tyler zu Hause erreichte – nachdem sie es nicht geschafft hatte, Dad zu wecken, der im Vollrausch auf dem Sofa lag –, so hysterisch, dass ich sie kaum verstehen konnte, und als ich sie endlich abgeholt hatte, wir beide am ganzen Leib zitternd, sie vollkommen gebrochen, nahm ich Tyler besagtes Versprechen ab. Und er, völlig aus der Fassung und kreidebleich, versprach, ohne auch nur eine Sekunde zu zögern, alles, was ich wollte. Versprach, dass wir für immer in Westlake bleiben würden. Dass ich immer hier sein könnte, um auf meine Familie aufzupassen, auf sie alle, damit niemand, vor allem meine kleine Schwester nicht, sich jemals wieder so bedroht und so unendlich verlassen fühlen musste. Dass Darcy irgendwann ging, änderte daran gar nichts, zumindest nicht für mich. Tyler *weiß*, dass Westlake Balsam für mich ist, der Kleister, der mich zusammenhält. Und er will trotzdem gehen.

Tina Sacrow, die an der State drei Jahre unter mir war, will unsere Bestellung aufnehmen und reißt mich aus meinen Gedanken.

«Gratuliere!», sagt sie, nachdem sie mein Bier und Susannas Margarita notiert hat.

«Ich bin ganz schön stolz auf sie», sage ich. «Sie hat noch nie in Westlake gespielt.»

«Ach so, ich meinte Tyler und seinen neuen Job», sagt sie über die Schulter, schon wieder auf dem Weg zum nächsten Tisch.

Ich starre die Schale mit Erdnüssen an, die auf dem Tisch steht. In meinen Schläfen pocht es.

«Warte, bis er zurück ist, ehe du mit ihm redest.» Lulu hat meine Gedanken erraten. Sie hat mir bereits gesagt, sie würde keine Sekunde lang zögern, nach Seattle zu ziehen. *War ja klar, dass sie das sagen würde*, dachte ich gestern, als ich ihr erzählte, wie krank mich die ganze Geschichte macht, dass ich kotzen könnte vor Ärger. Doch dann wechselte sie das Thema, redete über ihre Morgenübelkeit, über ihre empfindlichen Brüste und dass ihr die Hosen schon jetzt zu eng werden. Was mich nur wieder daran erinnerte, dass wir auf gegenüberliegenden Seiten des Abgrunds stehen, dass mein Innerstes sich in einen Tampon ergießt, während in ihr die Hormone toben. *Du bist nicht ich! Du bist nicht diejenige, die versprochen hat, sich um alles zu kümmern!*, dachte ich und legte auf.

«Ja, lass gut sein!» Heute Abend stößt Susie ins gleiche Horn. «Nichts ist in Stein gemeißelt.»

Ist es doch. Meine Vision hat mir gezeigt, was aus uns werden wird. Wie sich erweist, ist so vieles in Stein gemeißelt – nur die Versprechen nicht, die mein Ehemann mir gegeben hat.

«Ist ja auch egal.» Ich wedle mit der Hand. «Wie hat Austin es aufgenommen?»

«Nicht gut.» Susie schüttelt den Kopf. «Er hat geweint und geweint, und ich glaube, ich auch ein bisschen.» Sie zögert kurz. «Er hat mich angefleht, ihm zu verzeihen. Rumgeheult, wie sehr er mich liebt.» Sie trinkt einen großen Schluck Margarita. «Wie kommt er darauf, dass ich ihm einfach verzeihen kann?» Sie gibt Tina ein Zeichen, die nächste Runde zu bringen.

«Weil er dich immer noch liebt?» Mein letzter, kläglicher Versuch, sie umzustimmen.

«Das hat damit überhaupt nichts zu tun.» Susanna starrt mich an. «Was hat denn Liebe damit zu tun?»

«Irgendwas schon.» Ich zucke die Achseln. «Es muss irgendwas damit zu tun haben.» Ich denke an Tyler und daran, wie sehr ich ihn liebe, seit ich sechzehn bin, daran, dass ich ihn mehr liebe als irgendetwas sonst auf der Welt. Und dann grüble ich über das riesige Bedürfnis in mir nach, daran zu glauben, dass die Liebe in der Lage ist, wenigstens einen Teil dessen zu retten, was er zu zerschmettern im Begriff ist. «Ich meine, vielleicht liebe ich Tyler genug, um umzuziehen, obwohl es das Letzte auf der Welt ist, was ich tun möchte.»

Ja, vielleicht. Vielleicht muss die Liebe ein kleines Bisschen größer sein als meine Panik bei dem Gedanken daran, die Stadt zu verlassen, die mein Ein und Alles ist, das feste Muster in meinem Leben, das mir so viel Trost gibt. Vielleicht werden wir schließlich deshalb gehen: nicht weil er mich zwingt, sondern weil ich mich freiwillig zu diesem Opfer durchringe.

«Die Liebe bringt einen Ehemann nicht dazu, mit seiner Assistentin rumzumachen. Sicher nicht. Tut mir leid.»

Ich will ihn verteidigen, doch mir wird klar, dass ich nicht wüsste, wie. Sosehr ein Teil von mir – jener Teil, der sogar bei Tageslicht mit Blitz fotografiert, um dem Tag überirdischen Glanz zu verleihen – eben dieses Blitzlicht auch auf Susies Ehe richten möchte; hier ist vielleicht überhaupt kein Glanz zu finden. Vielleicht verdunkeln sich manche Dinge einfach, egal, welche Tricks wir anwenden.

«Du redest es mir nicht mehr aus? Bittest mich nicht mehr, meine Meinung zu ändern und ihn zurückzunehmen? Seit Monaten tust du nichts anderes!» Überrascht sieht sie erst mich an und dann Lulu.

«Vielleicht hast du recht», sage ich. «Was weiß ich denn schon?»

«Normalerweise alles.» Ihre Überraschung verwandelt sich in Traurigkeit.

Ehe ich etwas darauf erwidern kann, höre ich, wie neben mir ein Stuhl vom Tisch gezogen wird, und als ich aufsehe, steht Eli Matthews vor uns, eine Runde Bier in den Händen.

«Hallo, ich hoffe, ihr habt nichts dagegen.» Er stellt die vier Flaschen auf den Tisch und beugt sich vor, um mich auf die Wange zu küssen. Ich bin so überrascht, dass ich keine Chance habe, die Begrüßung zu erwidern. «Ich habe euch sitzen sehen und dachte mir, Bier wäre das Mindeste, um mich für die Einladung zu bedanken.»

«Ich weiß zwar nicht, wer du bist, aber du bist mir jetzt schon sympathisch», sagt Susie, streckt die Hand aus und stellt sich vor.

«Ach, ehe ich es vergesse», sagt er zu mir und nimmt seine Umhängetasche ab. «Die habe ich dir mitgebracht. Zum Ausprobieren.» Er zieht eine teure, glänzende Nikon aus der Tasche und legt sie mir in die Hand.

«Das kann ich nicht annehmen.» Mit halbherziger Geste schiebe ich die Kamera zu ihm zurück.

«Nur geliehen. Um wieder in den Sattel zu kommen», sagt er. «Die digitale Fotografie ist eine völlig andere Welt.»

Lulu stupst mich unter dem Tisch an, und ich spüre Susies Blick auf mir. Sie fragen sich, was hier los ist, ob zwischen Eli und mir vielleicht sogar ein Flirt läuft, und weil ich genauso verunsichert bin wie sie, bin ich froh, als das Licht ausgeht. Ein einzelner Scheinwerfer wirft sein Licht auf die Bühne, und Dante tippt dreimal gegen das Mikrofon und fährt sich nervös über die Augenbraue.

«Äh, hallo, Leute. Danke, dass ihr heute Abend alle gekommen seid, um Murphy's Law zu hören.» Tosender Applaus brandet auf. «Aber ich mache mir natürlich nichts vor. Ich weiß, dass ihr alle hier seid, um die unvergleichliche Darcy Everett zu hören, die für diesen Gastauftritt aus Los Angeles zu uns gekommen ist!»

Das Publikum, viele alte Freunde, die Darcy hier zurückgelassen hat, klatscht wie wild, und Susie lässt ein lautes «Whoop!» vom Stapel. Eli und Lulu folgen ihrem Beispiel, und dann zieht Dante sich an den linken Bühnenrand zurück, der Scheinwerfer erlischt, die Bühne liegt wieder im Dunkeln, und wir vier johlen wie verrückt, mit albernen, breit grinsenden Gesichtern, ein Augenblick ungezwungener Leichtigkeit, der vergessen lässt, dass das Leben außerhalb dieses Moments manchmal nur schwer zu ertragen ist.

Schließlich öffnet sich der Vorhang, und da ist sie; meine geliebte kleine Schwester, hinter einem Keyboard, mitten auf der Bühne, vor über hundert Leuten, die an diesem Mittwochabend hergekommen sind, um sie zu sehen. Murphy's Law hat hinter ihr Position bezogen, Dante beinahe verschmolzen mit dem Schatten hinter Darcys Schulter.

Sie atmet aus, eine winzige Bewegung, die außer mir wahrscheinlich niemand bemerkt hat, und plötzlich bin ich furchtbar nervös. Ich habe sie nicht mehr spielen sehen, seit wir alle zu ihrer Berklee-Abschlussfeier nach Boston geflogen sind. Ich habe sie nicht ein einziges Mal in Los Angeles besucht, von einem Konzertbesuch in einem ihrer Clubs ganz zu schweigen. *Himmel!* Meine Lethargie macht mich fassungslos.

Ich schlucke ein ganzes Knäuel Nervosität runter, und im gleichen Augenblick spielt Darcy eine leise, trällernde Melodie ein. Ihre Finger spazieren voraus, bald gefolgt von ihrer eindringlichen Stimme. Das gesamte Publikum sitzt schweigend da, verzaubert von diesem emotionalen Moment, von der Leidenschaft, die jeder einzelne Ton verströmt, den Darcy erzeugt.

Aus dem Augenwinkel sehe ich, wie Eli die Schutzkappe von der Linse nimmt und die Kamera zu mir rüberschiebt.

«Hier.» Er beugt sich vor und flüstert mir ins Ohr. «Fang an. Sie ist perfekt.» Er riecht nach Vanilleshampoo.

Ich lächle ihn dankbar an, dankbar für die kleine Freude, die er mir damit macht, dankbar dafür, dass er überhaupt an mich gedacht hat, obwohl ich momentan nicht das Gefühl habe, auf irgendjemandes Prioritätenliste auch nur auf der ersten Seite aufzutauchen. Ich hebe die Kamera an mein rechtes Auge und rutsche um Lulu und Susie herum, um einen besseren Winkel zu erwischen. Ich bin mir sicher, dass Eli mir zusieht, und deshalb drehe ich mich zu ihm um und sage lautlos *danke*.

Ich umfasse das Objektiv, betrachte die Welt durch das kleine Fenster des Suchers und dann, *klick-klick-klick*, fange ich den Abend ein, wohl wissend, dass diese Bilder mir nicht nur als Erinnerung dienen werden, sondern ebenso als Fahrkarte in die Zukunft.

Dreizehn

Ich wache früh auf. Darcy liegt neben mir im Bett. Das äußerst unvernünftige vierte Bier, das ich bei der letzten Zugabe noch schnell hinuntergestürzt habe, pocht gegen meine Schläfen. Der Brummschädel übertönt den eigentlichen Grund, warum ich zu viel getrunken habe. Denn beim dritten Bier verschwamm plötzlich alles um mich herum, wurde weich und fließend. Sämtliche Ängste wegen Tyler verschwanden an den Rand des Bewusstseins, und Susie und Lulu und Eli erschienen mir auf einmal unglaublich amüsant, so witzig und spritzig. Als Eli sich erbot, noch eine Runde springen zu lassen, kam mir das vierte Bier wie eine Superidee vor. Gar nicht mehr so schwer zu verstehen, denke ich, während ich Darcys sanften Atem beobachte, warum mein Vater zum Säufer wurde. Warum er sich erst aus der Verzweiflung heraus- und dann wieder hineintrank.

Dante muss Darcy irgendwann nachts bei uns abgesetzt haben, denn ich habe mich mit einem Kuss von ihr verabschiedet, und Luanne, die natürlich nichts getrunken hat, hat mich am Ellbogen aus der Bar geführt. Überall winkten Darcys Fans ihr zu; sie verschlangen sie beinahe, darauf erpicht, dem Superstar persönlich zu gratulieren, der es aus Westlake rausgeschafft und mehr erreicht hatte als wir alle. Auch wenn das in Los Angeles natürlich weniger als nichts galt.

Und während ich ohnmächtig im Bett lag, eingehüllt in einen dichten Nebel aus Alkohol, muss sie mitsamt ihren schwarzen, rauchverpesteten Klamotten zu mir gekrabbelt sein, um in meiner Armbeuge die Augen zu schließen, genau dort, wo Tyler früher lag, ehe er es sich angewöhnt hat, auf der Couch vor dem Fernseher einzuschlafen.

Es ist noch früh. Ich schleiche auf Zehenspitzen ins Bad, nehme eine heiße Dusche und mache mich für den Tag bereit. Ich muss an Tyler denken, daran, dass er *nicht weiß, wer er ohne mich ist, ohne diese Stadt*, als wäre das Grund genug, unser Leben in zwei entgegengesetzte Richtungen zu sprengen. «*Ist dies wirklich das Leben, das du willst?*»

Und während ich mir die Spülung aus den Haaren wasche, mir das heiße Wasser über Stirn und Schultern rinnen lasse, wird mir plötzlich klar, dass ich wahrscheinlich nicht in der Lage sein werde, Tylers Meinung und die Zukunft zu verändern. Das haben unsere nichtssagenden Telefonate bereits bewiesen – er klammert sich weiter an diese neue Möglichkeit, ohne noch zu behaupten, eine Woche sei nur eine Woche. Nein, eine Woche könnte zu einem ganzen Leben werden. Das, was ich gesehen habe, als ich bei meinem Vater ohnmächtig auf dem Kellerboden lag, wird eintreten, *ob es mir gefällt oder nicht*, und ich sollte zusehen, dass ich Gefallen daran finde, weil der Umzug nach Seattle sonst lediglich das erste einer ganzen Kette von Ereignissen sein wird, an deren Ende unsere Trennung steht.

Getrocknet und geföhnt schnappe ich mir einen Apfel aus der Obstschale auf dem Küchentresen, werfe zwei Tylenol ein, um den pochenden Blutstrom hinter meinen Ohren zu betäuben, schlüpfe leise zur Haustür hinaus und fahre in die Schule. Elis Kamera steckt in meiner Handtasche, prall gefüllt mit Erinnerungen – zur Abwechslung mal schönen. Ich lasse die Hand in die Innentasche gleiten und taste nach dem Ersatzschlüssel, den er mir gemacht hat. Ja, *da ist er.*

Der Parkplatz liegt verlassen. Nur vor der Turnhalle parken drei zerbeulte Autos; mit Sicherheit Sportler, die sich zu einer frühen Runde Gewichtestemmen aus dem Bett gequält haben. Ich gehe durch die einsamen Flure, lasse die Hand über die Metallspinde gleiten, lausche dem Echo der klappernden Vorhängeschlösser. Der Schlüssel passt. Die Tür zum Kunstsaal gibt widerstandslos nach. Ich bahne mir einen Pfad durch bekleckste Staffeleien und halbfertige Skulpturen, bis ich finde, wonach ich suche. Ganz hinten in der Ecke, wo früher meine geliebte Dunkelkammer war, führt eine halbgeöffnete Tür in eine vollgestopfte Kammer, in der jetzt zwei Computer vor sich hin summen und geduldig darauf warten, dass ich endlich den ersten Schritt in Richtung moderne Technologie unternehme.

Ich schließe die Kamera mit dem bereitliegenden Kabel an den Computer an, und der Bildschirm erwacht wie aus dem Koma. Die Bilder der Nikon wirken kristallin, gestochen scharf, lebendig in einer Weise, wie es mit meiner alten Linse niemals möglich gewesen wäre, überbordend von Details, die eine Wegwerfkamera – wie ich sie, wenn überhaupt, inzwischen benutze – niemals hätte einfangen können.

Ich sehe mir jedes einzelne Foto an. Die Motive werden zusehends freier, ungezwungener, was zweifelsohne dem flüssigen Gold zu verdanken ist, das durch meine Adern floss. Da gibt es eine Aufnahme von Susie in einem nachdenklichen, stillen Moment, den Blick in ihre Margarita gesenkt, als alle Tapferkeit von ihr abgefallen ist. Ein Bild von Eli, eine Grimasse schneidend, die herausgestreckte Zunge direkt in die Kamera gerichtet, das Lächeln trotzdem vollkommen. Eine Aufnahme von der begeisterten Menge – ich habe mich vor die Bühne gekauert und die Kamera auf das Publikum gerichtet –, verzaubert von Darcy und ihrem Talent; man sieht es in den Gesichtern, in den riesigen Augen.

Auf den meisten Bildern ist natürlich Darcy zu sehen. Darcy, den Mund weiter geöffnet, als ich es je für möglich gehalten hätte, eine besonders hohe Note schmetternd, das besungene Leid so sehr auskostend, dass es für jemanden, der sie nicht kennt, schon fast melodramatisch wirken könnte, für jemanden, der nicht weiß, dass das Leid zu ihr gehört wie der Sauerstoff zum Atmen. Darcy, über die Tasten gebeugt, die Finger wie elektrisiert, obwohl sie auf dem Bild natürlich eingefroren sind. Jeder einzelne Ton durchfährt ihren Körper wie eine Infusion für ihre empfindliche Seele. Darcy lächelnd, endlich lächelnd, als sie ihre Zugabe Luanne und mir widmet; ich habe sie in dem Augenblick im Profil erwischt, als sie den Kopf zu unserem Tisch umdreht, die Grübchen zeigend, die sich viel zu selten auf die fast immer ernsten Wangen wagen.

Ich bin so tief in den Anblick der Bilder versunken, dass ich nicht merke, wie sich hinter mir die Tür öffnet und wieder schließt.

«Hey, ich bin wohl nicht der einzige Frühaufsteher.» Ich drehe mich um und sehe Eli hinter mir, einen Alubecher Kaffee in der Hand, die Umhängetasche über der Schulter.

«Ich konnte nicht schlafen», sage ich.

«Ich schlafe nie», antwortet er, zieht sich einen Stuhl heran und wirft einen Blick auf die Bilder. «Aber es war toll gestern Abend. Vielen Dank noch mal. So viel Spaß hatte ich noch nicht, seit ich hergekommen bin.»

«So, wie du das sagst, klingt es, als wäre die Konkurrenz nicht sehr groß.» Ich lächle ihn an.

«Es wird langsam.» Er zuckt die Achseln, nicht unfreundlich. «Also. Brauchst du Hilfe? Es gibt unglaubliche Möglichkeiten bei der Bearbeitung von Digitalaufnahmen.»

«Ich vermisse die Dunkelkammer.» Ich wende mich wieder dem Bildschirm zu, nicht ohne seine zwei Tage alten Bartstoppeln zu bemerken. Seine grünen Augen wirken dadurch noch grüner. Ich komme mir fast untreu vor, bis mir Tylers eigener Treuebruch wieder einfällt, und ich schiebe die Schuldgefühle rigoros beiseite. *Wie du mir, so ich dir, Tyler Farmer! Es gehören immer zwei dazu und wie die Sprüche alle heißen!*

«These times they are a-changin'», trällert er leise, steht auf und berührt meine Schulter. «Ich muss runter ins Lager, um die Bestände aufzufüllen, aber wenn du mich brauchst, weißt du, wo du mich finden kannst. Ich zeig dir gern ein oder zwei Sachen, die du damit anstellen kannst.»

Die Tür fällt zu, und seine Schritte verhallen. Ich starre eine neue Aufnahme von Darcy an, in dem Augenblick gemacht, als sie aufsteht, um sich zu verbeugen, den wohlverdienten Applaus zu ernten, auch wenn sie immer noch nicht im erträumten Rampenlicht von Los Angeles steht. Sie hat gemerkt, dass ich sie fotografiere, und die Augen just so weit aufgerissen, dass die Kamera den Glanz darin einfangen kann, ein gewitztes Lächeln in den Mundwinkeln. Und weil ich sie so gut kenne, weiß ich, was sie denkt. *Welcome back, Tilly,* denkt sie, und sie ist genauso stolz auf mich, weil ich die Liebe für etwas Abhandenes wiederentdecke, wie ich heute Abend stolz auf sie bin. Ich starre das Foto an. Die Wiederentdeckung meiner Leidenschaft für die Fotografie ist im Grunde keine große Sache, aber sie ist trotzdem mehr als nichts. Es ist nicht weniger als die Kehrtwende zurück zu jenem Ich, das mit dem Tod meiner Mutter verschwunden ist.

Ich fahre mit der Maus über die Unterlage, stöbere in der Unmenge an Bildern und bleibe bei dem Foto von Eli und seiner lächerlich herausgestreckten Zunge hängen. Er sieht doof aus, albern, aber ich kann es nicht ändern, *ich will es gar nicht ändern*, ich muss trotzdem lächeln. Und dann denke ich: *Tja, was soll's, warum nicht einfach mal nachsehen, was ich sehen kann? Was soll daran schon so schlimm sein?* Also konzentriere ich mich, starre fest auf das Bild, zwinge mich zurück beziehungsweise vorwärts oder in welche Richtung auch immer, zwinge mich in seine Existenz hinein, und dann, dann ist er da, der leise rumorende Vorbote, der winzige Funke, der gleich durch mich hindurchschießen wird. Der Krampf schlängelt sich die Wade hinauf, an meinem Knie vorbei, fährt mir direkt durchs Herz, und weil ich weiß, was kommt, weil ich *mich diesmal nicht unvorbereitet bezwingen lasse*, halte ich mich an den Armlehnen fest, atme aus und mache mich bereit für den Trip. *Wenn es mich schon überkommt*, denke ich, ehe es um mich dunkel wird, *kann ich mich genauso gut zurücklehnen, mich festhalten und gehen, wohin auch immer es mich trägt.*

Der Triumphbogen ist haargenau so bezaubernd wie in meinen kühnsten Träumen. Majestätisch, hoch aufragend, solide und nur ein winziges bisschen plastikmäßig mit den künstlichen Steinblöcken und den aufgemalten Details. Trotzdem ist er der Hit, wie er da steht, am Kopfende der Turnhalle, zwischen dem Getränkestand und dem Buffet, das sich unter belegtem Baguette und Eclairs nur so biegt. Das ist das beste Prom-Night-Thema seit Jahren, *denke ich von meinem Platz auf der Tribüne aus. Trotz der Tatsache, dass ich mal wieder aus dem Raum-Zeit-Kontinuum herausgerissen wurde, muss ich grinsen.*

Die Discolichter zucken in schwindelerregendem Tempo, und die Schülerschaft hat die Tanzfläche in einen Hexenkessel verwandelt. Alle sind sie da: Die Neuen und der Abschlussjahrgang, von dem die meisten Schüler ihren Abschluss herbeigesehnt haben, ob-

wohl sie genau wissen, dass ein Diplom an ihrem Leben nicht viel ändern wird – sie werden weiterhin mit aufgemotzten Pick-ups durch Westlake kreuzen, auf dem Bau arbeiten oder es bestenfalls irgendwo bis ins mittlere Management schaffen.

Sie springen im Gleichtakt auf und ab, zu einer Hip-Hop-Nummer, die ich nicht kenne. Für diese Musik bin ich endgültig zu alt.

CJ drückt sich in der Ecke herum, die typische, übellaunige Mischung aus Traurigkeit und Langeweile im Gesicht, die mindestens die Hälfte der Pubertät bestimmt, und unterhält sich mit Lindsay Connors, ihrer besten Freundin. Aus dem Ausschnitt ihres cremefarbenen Kleids sprießt ein Bouquet aus gelben Blüten, und sie erinnert mich in dem etwas zu engen Ballkleid mit den Riemchenträgern an ein Wickelkind, eine Mumie, einen gefüllten Pfannkuchen.

Ich sehe mich suchend nach Susanna um, aber entweder ist sie von der brodelnden Horde Teenager verdeckt, oder sie hat beschlossen, nicht zu kommen. Vielleicht sitzt sie zu Hause bei einem Glas Wein, vielleicht hat sie aber auch – und ich wundere mich, wie sehr ich mich für sie freue – einfach eine Verabredung.

Dann entdecke ich Eli, drüben am DJ-Pult. Die Lichter flackern über sein Gesicht, beleuchten erst die Wangenknochen, dann die Nase, dann das Kinn, dann verschwinden die Züge wieder im Dunkeln. Er streichelt den Arm einer Frau. Sie steht mit dem Rücken zu mir. Sie ist schlank, schlanker als ich, und sie trägt die Haare kurz, ein stumpfgeschnittener Bob, der den Nacken frei lässt. Ich sitze auf meinem Aussichtspunkt auf der Tribüne und spüre ein ungewohntes Gefühl: Eifersucht. Kann das sein? *Eifersucht?*

Tyler hat mir nie Grund zur Eifersucht gegeben: Er hat immer schon mir gehört, solange ich denken kann. Erst jetzt, während ich Eli dabei beobachte, wie er seiner Flamme, fast verstohlen, über den Unterarm streicht, wird mir klar, dass Sehnsucht durchaus etwas für sich hat. Es hat mit Entbehrung zu tun, den anderen nicht als dermaßen selbstverständlich zu erachten, dass abgesehen von Zufriedenheit kaum ein emotionaler Funke Platz hat. Damit möchte ich nicht sagen, dass ich das Vertrauen zwischen Tyler und mir nicht zu schätzen wüsste. Ich finde es wunderbar. Doch auf einmal hängt wie ein drohendes Damoklesschwert Seattle über uns, und es besteht durchaus die Gefahr, dass dieses solide Vertrauen, die Basis unserer Partnerschaft, verschwunden ist. Und während mir auf der harten Metallsitzfläche der Tribüne langsam der Hintern einschläft, frage ich mich, ob in Bezug auf das eigene Leben ein Zusammenhang besteht zwischen zu großer Zufriedenheit und einer gewissen Abstumpfung. Als wäre die sichere Seite nicht unbedingt die ungefährlichere.

Der Hip-Hop verklingt, und der DJ blendet über zu einem langsamen Stück. Sofort leert sich die Tanzfläche. Schlaksige Teenager sehen betreten zu Boden und verziehen sich an den Rand der Halle, um aus sicherem Abstand die paar Mutigen zu beäugen, die geblieben sind. Allmählich bringen ein paar Jungs den Mumm auf, ihre Begleitung aufzufordern, und die Paare wiegen sich unsicher im Takt. Einige stehen zu eng, andere halten einander unbehaglich auf Abstand. Ich muss lachen, weil manche Dinge sich tatsächlich niemals ändern.

Ich schaue wieder zu Eli hinüber. Er flüstert der Frau etwas ins Ohr, und sie fangen an zu kichern, eine inti-

me Geste, mit einander zugeneigten Köpfen. Er nimmt ihre Hand und führt sie auf die Tanzfläche. Er zieht sie an sich, sie lehnt den Kopf an seine Schulter, und dann fangen sie an, sich zu bewegen, langsam, vor und zurück, wie das leise Wogen einer Welle. Als das Lied schließlich verklingt, hebt sie den Kopf, küsst ihn auf die Wange, und sie verlassen die Tanzfläche.

Ich sehe ihnen nach. Er streichelt ihren Rücken, verschränkt dann seine Finger mit ihren, und irgendwo hinten beim Tisch mit den Erfrischungen werden sie von der Menge aus geliehenen Smokings und eng anliegenden Corsagen verschluckt. Ich kneife die Augen zusammen, um einen letzten verzweifelten Blick auf ihn – und auf sie – zu erhaschen, völlig überrascht von der heftigen Eifersucht, die in mir tobt – einsam unter meinem Triumphbogen –, aber sie bleiben verschwunden, und bald darauf bin ich es auch.

Diesmal komme ich sofort wieder zu mir, nach Luft schnappend, mit heftig pochender Halsschlagader. Mit feuchten Händen und weißen Knöcheln halte ich noch immer den Stuhl umklammert. Langsam komme ich wieder zu Atem – ein, aus, ein, aus –, ich stabilisiere den Blick, und allmählich weicht der Schwindel von mir, bis der Boden nicht mehr schwankt und die Wände sich nicht mehr krümmen wie im Spiegelkabinett. Ich muss mich zwar konzentrieren, um aufzustehen, aber schließlich stehe ich aufrecht da, obwohl meine Beine sich immer noch zittrig, fast zerbrechlich anfühlen. Als ich mich umdrehe, um zu gehen, höre ich es nebenan rascheln.

«Geht's dir gut?», fragt Eli, der plötzlich vor mir steht, die Arme beladen mit Zeichenpapier, Stifte und Pinsel in beiden Händen.

Ich laufe puterrot an. Ich bin mir sicher, dass ich rot bin wie eine Tomate.

«Gut, *gut*!», sage ich leicht hysterisch.

Eli zieht eine Augenbraue hoch.

«Sieht aber nicht danach aus.»

«Nur verkatert», antworte ich, wedle hektisch mit der Hand vor meinem Gesicht herum und hoffe, dass er mir mein Unbehagen nicht ansieht. *Mit wem bist du zusammen?*, möchte ich schreien. *Warum interessiert mich das?*, möchte ich noch lauter rufen.

«Die Kamera. Vergiss sie nicht.» Er lädt das Material auf einem Tisch ab und stöpselt die Nikon vom Computer ab. «Soweit ich das gestern Abend sehen konnte, hast du es noch nicht verlernt.»

Ich nicke. Meine Kehle ist staubtrocken, ich bringe keinen Ton heraus.

«Also, komm bald wieder», sagt er, nimmt meine Hand und legt die Kamera hinein. «Mach noch ein paar Bilder und komm dann wieder.»

«Mache ich», sage ich schließlich und wende mich zum Gehen. Plötzlich bin ich zu schüchtern, um ihm in die Augen zu sehen. *Darauf kannst du deinen Hintern verwetten!*, schreit meine innere Stimme, auch wenn der klügere Teil in mir natürlich weiß, dass Ty am Sonntag wiederkommt, dass er mich dann mitnehmen wird und ich vielleicht nie wieder einen Weg zurück finden werde.

Vierzehn

Wegen eines örtlichen Gewitters hat Tylers Flug zwanzig Minuten Verspätung. Die Wettervorhersage war nur teilweise richtig – es ist zwar abgekühlt, aber die heftigen Regenfälle weigern sich hartnäckig, in Richtung Westen abzuziehen. Ich bin nicht auf die Idee gekommen, mich vorher zu erkundigen, und so sitze ich bei einem schalen Becher Kaffee und fürchterlicher Kaufhausmusik an dem winzigen Pendlerflughafen von Westlake fest. Die blaue Kunstlederbank ist zwar hart, aber trotzdem bequem. Ich lege die Beine hoch und beobachte das Kommen und Gehen auf der Start- und Landebahn, wie die Flugzeuge abheben, in den Himmel schießen, sich über den Dunst erheben und immer kleiner werden, bis sie schließlich verschwunden sind.

Ich weiß genau, was ich sagen werde. Ich habe geübt. Ich werde ihm sagen, dass ich zu einem Kompromiss bereit bin. Dass ich hierbleiben muss, bis mein Vater wieder gesund ist und bis ich schwanger bin, aber wenn wir diese beiden Hürden überwunden haben, dann, ja dann werde ich die Kraft aufbringen und das einzige Zuhause aufgeben, das ich je kannte. Ich werde ihn ansehen, und ich werde irgendwoher den Mut nehmen, ihm diese Dinge zu sagen, auch wenn jede einzelne Körperzelle in mir, sämtliche Instinkte in mir dagegen aufbegehren werden. Aber ich weiß nicht, was ich sonst machen soll. *Die Zukunft kann ich nicht ändern; ich kann nur meine Einstellung dazu ändern.*

Das Gleiche habe ich gestern auch zu Susanna gesagt, während unserer ersten Probe mit CJ, die übrigens kaum besser hätte laufen können, trotz Midge Miller am Klavier. Midge ist inzwischen etwa hundert Jahre alt, gibt seit sicher siebzig Jahren Klavierunterricht und lässt es ein wenig an Schwung vermissen. Sie ist für Darcy eingesprungen, die am Ende doch zu dem Schluss gekommen ist, dass sie sich für diesen «Highschool-Musical-Scheiß» nicht hergeben möchte.

«Hast du überhaupt eine andere Wahl?», fragte Susanna leise, während sich CJ oder Midge oder beide, das ließ sich schwer sagen, durch *Hopelessly Devoted To You* quälten. «Gut und schön, ja, ich kann dir gar nicht sagen, wie froh ich bin, weil ich wegen Austin eine Entscheidung gefällt habe, aber trotzdem ... du und Tyler? Ich meine, wirklich, es gibt keine andere Möglichkeit. Ihr könnt euch nicht trennen. Du musst mit ihm gehen.»

Ich sah sie an, würgte an meinem Thunfisch-Sandwich, und mir wurde klar, dass mir nie die Idee gekommen war, Susanna könnte mit Austin, mit ihrem Los vielleicht gar nicht glücklich sein. Ich wusste, dass sie sarkastisch und bissig sein konnte und manchmal tatsächlich ein bisschen am Ende mit den Nerven, aber erleichtert, dass ihre Ehe vorbei war? Nein, das hätte ich nie gedacht. Und dann wurde mir noch etwas klar, und zwar mit großer Gewissheit: dass ich nicht wie sie bin. Sie hat recht. Ich habe schlicht nicht den Mut, noch mal von vorne anzufangen, weil Tyler alles ist, was ich jemals hatte, und das ist etwas, wofür zu kämpfen sich lohnt. Ja, die glutheiße Eifersucht wegen Eli und seiner Freundin nagt an meinen Eingeweiden wie ein Parasit, wie eine Krankheit, die sich nicht ausmerzen lässt, aber *das ist nur vorübergehend, das geht vorbei*, sage ich mir; das sind nur die irregeleiteten Emotionen einer einsamen Ehefrau, der momentan der Boden unter den Füßen weggezogen wird. Und außerdem: Klar, stimmt schon, vielleicht weiß ich nicht, wer ich ohne Tyler bin, aber vielleicht will ich es auch gar nicht wissen.

Ob dies das Leben ist, das ich will, hat er mich gefragt. «*Ja. Natürlich ist dies das Leben, das ich will*», hab ich ihm geantwortet, und daran hat sich nichts geändert. Deshalb werde ich Tyler heute sagen, so wie gestern bereits Susanna, dass wir einen Kompromiss finden werden, auch wenn man natürlich im Grunde genommen nicht von einem Kompromiss sprechen kann, wenn man selbst der Einzige ist, der etwas aufgibt.

Also sitze ich hier, übe, was ich sagen will, beobachte, wie eine Propellermaschine zur Landung ansetzt, und dann erwacht der Lautsprecher über mir pfeifend und knisternd zum Leben. Der Flug ist gelandet, verkündet die unsichtbare Frau über meinem Kopf. Ankunft Flug 284 aus Seattle. Tyler ist zurück.

Meine Rede hallt in meinem Kopf wider. Ich befördere den schalen Kaffee in den Mülleimer, streiche mir die Falten aus der Bluse und warte darauf, dass Tyler durch den Flugsteig tritt. Ich werde ihn ansehen, den einzigen Mann, den ich jemals geliebt habe, ich werde mich selbst überwinden und ihm sagen, dass wir das hinbekommen, dass wir seinen Trainertraum gemeinsam verwirklichen werden.

Mein Magen schlägt Purzelbäume, mein Herz rast, und dann öffnet sich die Schiebetür, und die Passagiere betreten das Gebäude. Das Flugzeug ist klein, ein Shuttle-Service, und so sind nur etwa ein Dutzend einsame Reisende aus der Maschine gestiegen – wer will schon nach Westlake?

Ich sehe eine gestresste Mutter mit knatschigem Kleinkind und dann einen hängebäuchigen Mann, dessen Fettwanst unter seinem Poloshirt heraushängt. Dahinter kommt eine Schar bekannter Gesichter: Ich winke Teddy Carver zu, der jede Woche nach Seattle fliegt, um seine kranke Mutter im Pflegeheim zu besuchen, und ich nicke einer Frau zu, die ich nur vom Sehen kenne.

Langsam versiegt der bescheidene Passagierstrom, und die einzige Flugbegleiterin verlässt mit ihrem Rollkoffer die Maschine, wahrscheinlich auf dem Weg ins Motel bis zum nächsten Einsatz, der sie so schnell wie möglich wieder von hier wegbringt.

«Entschuldigen Sie», sage ich und mache einen Schritt auf sie zu. «Mein Mann wollte auch mit dieser Maschine kommen. Ist noch jemand an Bord?»

«Nein, Liebchen», sagt sie, obwohl sie ungefähr so alt aussieht wie ich, nur mit viel zu viel Make-up und Rouge im Gesicht. «Das war's. Aber wir hatten in letzter Minute eine Annullierung.» Sie zuckt die Achseln. «Vielleicht rufen Sie ihn an?»

Sie winkt mit ihren pink lackierten Fingernägeln und weht davon. Die Räder ihres Koffers quietschen über den Linoleumbelag. Der Puls pocht heftig gegen meine Stirn. Ich drehe mich um und starre zum Aussichtsfenster hinaus, in den weiten, stahlgrauen Himmel, der gleichzeitig leer und mit einer dichten Wolkendecke verhangen ist, und obwohl ich mein Handy herausholen und Tyler anrufen sollte, stehe ich erstarrt da, genauso trostlos wie der Himmel, getroffen von plötzlicher, unerbittlicher Klarheit. *Klarheit!*

Verfluchte Ashley Simmons!

Tyler ist gegangen, und er kommt nicht wieder zurück. Er baut sein Leben – ein neues Leben – ohne mich auf, ohne diese Stadt und ohne die Vergangenheit, von der ich so felsenfest geglaubt hatte, sie würde uns auf ihren Schultern in den rosaroten Sonnenuntergang tragen. Nicht wir. Er. Er zieht um.

Fünfzehn

Ashley Simmons hat zugesagt, sich Montagmorgen mit mir zum Frühstücken zu treffen. Ich habe Susanna und Darcy – die sich nach einer offensichtlich sensationell schlechten Bandprobe mit Murphy's Law dazu herabgelassen hat, doch noch mal das Highschoolklavier zu spielen – davon überzeugt, dass sie die Choreographie von *Summer Lovin'* auch ohne mich hinkriegen, und das Prom-Night-Komitee per E-Mail informiert, dass ich mir eine Woche freinehme. Der Eiffelturm und der saudumme Triumphbogen können warten.

Ich habe den Großteil des Wochenendes in unserem Bett verbracht beziehungsweise in *meinem* Bett, der Plural trifft inzwischen nicht mehr zu, und habe die Überreste meiner Ehe betrauert. Susanna leistete mir mit einer Flasche Rum und einer ganzen Reihe Grabgesänge Gesellschaft, die alle davon handelten, dass Männer Arschlöcher sind und Frauen auch sehr gut ohne sie überleben könnten, wenn da nur die Sache mit dem Sperma nicht wäre. Doch die Schimpftiraden, so treffend sie gerade in meiner Situation auch sein mochten, konnten mich nicht aus meinem tiefen Loch der Verzweiflung holen. Darcy gesellte sich zu uns, und zu dritt sahen wir uns gegen das Kopfteil gelehnt die erste Staffel von *Alias* an. Susie hatte sie extra ausgeliehen, um mir eine Schockdosis an Adrenalin zu verabreichen. Unnötig zu sagen, dass es nicht funktionierte.

Die E-Mail, die Tyler mir am späten Freitagabend schickte, setzte dem Debakel die Krone auf.

Von: Farmer, Tyler
An: Farmer, Tilly
Betr.: Es tut mir leid

Liebe Tilly,
ich weiß, dass das, was ich dir antue, nicht wiedergutzumachen ist. Ich weiß, dass ich dich anrufen und dir alles erklären muss und dass eine E-Mail wirklich ein absoluter Scheißweg ist, um zu sagen, was ich sagen muss. Aber ich möchte es aufschreiben, um nichts falsch zu machen, also entschuldige ich mich für eine ganze Menge Dinge bei dir, inklusive der Tatsache, dass ich dir maile.
Ich bin ein Feigling, und das weiß ich. Ich weiß, dass ich dir mehr schuldig bin, aber ich weiß auch, dass ich keine andere Möglichkeit sehe. Ich möchte dich nicht aus Westlake rausreißen, und ich weiß auch nicht, ob du wirklich mit mir kommen solltest. Ich muss einfach herausfinden, wer ich ohne dich bin. Ich hoffe, du hasst mich nicht dafür. Und ich hoffe, du weißt, dass ich nie wollte, dass die Dinge sich so entwickeln, aber im Augenblick erscheint es mir richtig.
Es tut mir leid. Ich melde mich.
Ty

«Eine E-Mail!», schnaubte Susie. Wir saßen zusammen vor meinem PC. «Eine beschissene, mickrige E-Mail!», schrie sie fast. Ihr Zorn reichte für uns beide.

Ich stand zu sehr unter Schock, um wütend zu sein, ich war viel zu betäubt, um die Energie für Zorn aufzubringen. Und so sprangen Susie und Darcy für mich in die Bresche, schmiedeten Rum nippend Rachepläne, sprachen ihm sämtliche Rechte ab, zerrissen ihn in der Luft und drohten ihm alles Mögliche an.

«Wir schneiden ihm die Eier ab», höhnte Darcy.

«Wir brechen ihm den Wurfarm», schlug Susie vor.

Tyler hatte Wort gehalten und am Sonntag dreimal angerufen, und hätte Darcy mir nicht das Handy aus der Hand geschlagen und es quer durchs Zimmer gepfeffert, wäre ich beim dritten Mal fast rangegangen.

«Ich lasse nicht zu, dass du ihn auf Knien anbettelst zurückzukommen oder ihm sagst, dass du schon auf gepackten Koffern hockst!», sagte sie und schenkte uns beiden nach. Ich nickte, weil sie offenbar wusste, dass ich genau das tun würde: das letzte Fünkchen meiner Würde mit Stiefeln in den Schmutz treten – *einen Mann anflehen, der den Entschluss, mich zu verlassen und damit höchstwahrscheinlich unsere Ehe zu beenden, in einer E-Mail verkündet hatte –*, und deshalb durfte Darcy mein Rückgrat aufrecht halten, als ich selbst es nicht konnte.

Doch bis ich Montagmorgen aufwachte, hatte die Wut genug Zeit gehabt; ich war außer mir. Der giftige Same aus Gehässigkeit, der sich an jenem Tag auf dem Jahrmarkt in mir eingenistet hatte, wuchs und gedieh. Am Vorabend hatte ich Tyler eine sehr lange, ausführliche, vor Kraftausdrücken strotzende Nachricht auf der Mailbox hinterlassen, voller Wörter, von denen ich selbst nicht wusste, dass sie zu meinem Repertoire gehörten – «*Du bist so ein gewaltiges Riesenarschloch, du blöder Schwanzlutscher, du mieses Schwein!*» –, ein Ausbruch an Rage, die langsam vor sich hingeköchelt hatte. Und es fühlte sich, ehrlich gesagt, seltsam gut an, dieses glühende Wutknäuel mit aller Kraft raus in die Welt zu schleudern. Aber mich aufzuführen, dass mir die Ohren brannten, reichte noch nicht. Ich brauchte mehr: mehr Antworten, mehr Kontrolle, mehr Verständnis für das, was zur Hölle mit mir passierte. Mir wurde schnell klar, dass ich Ashley Simmons' Hilfe brauchte, ob es mir gefiel oder nicht.

Sie kommt in das Diner an der Back Street geschlurft, als wäre sie gerade aus dem Bett gefallen, und damit sieht sie mir mit meinen verquollenen Augen und den seit Samstag nicht mehr gewaschenen Haaren ziemlich ähnlich. Darcy hat mich beschworen, wenigstens zu duschen, aber dieser winzige Akt der Rebellion – *nein, meine Körperhygiene geht mir momentan am A... vorbei, und übrigens, l... mich, Tyler!* – verschafft mir eine nicht greifbare Form von Befriedigung, und während ich den Kaffee in meiner Tasse schwenke, frage ich mich, wie lange ich es wohl schaffen würde, mich nicht zu baden. *Welchen Rekord könnte ich aufstellen, um Tyler klarzumachen, dass er mich öffentlich an den Pranger gestellt hat, ihm das Ausmaß an Zerstörung klarzumachen, das er angerichtet hat?*

In der Luft hängt der Geruch nach aufgewärmtem Fett, ein Nebeneffekt der triefenden Omeletts, die hier gebraten werden, und in Verbindung mit dem schwarzen Kaffee dreht sich mir bei dem Geruch der Magen um. Als würde mein Verdauungstrakt versuchen, mich von meiner Angst zu reinigen.

«Nimm's mir nicht übel», sagt Ashley, nachdem sie sich eine Portion Pfannkuchen und ein paar Spiegeleier bestellt hat, «aber du siehst beschissen aus.»

«Tyler hat mich verlassen», sage ich nüchtern. «Aber das ist bestimmt nichts Neues für dich.»

«Das habe ich nicht gewusst.» Das Erstaunen in ihrem Gesicht ist echt. «Woher auch?»

«Wegen dem, was du machen kannst!», zische ich. *«Wegen dem, was du mit mir gemacht hast.»*

Ashley fängt an zu kichern, eine nervige Angewohnheit, an die ich mich plötzlich aus unseren Kindertagen wieder erinnern kann. Ihre Art, die Stille zu füllen, während sie ihre Gedanken sammelt.

«Tilly, ich hab es dir neulich schon gesagt. Ich habe im Grunde nicht viel gemacht. *Du* bist diejenige, die alles macht.»

«Spar dir den Scheiß, Ashley!», fahre ich sie an und trinke einen Schluck Kaffee, um mich zu beruhigen. Schließlich ist sie nicht diejenige, die mich verlassen hat. Sie hat mir nur gezeigt, dass er gehen würde. «Hör zu. Was auch immer du mit mir gemacht hast ... Ich kann Dinge sehen, die passieren werden ...» Ich verstumme, weil ich selbst nicht genau weiß, worum ich eigentlich bitte.

«Darf ich dich was fragen?» Es klingt nicht nach einer Frage.

«Nur zu», schnappe ich und wappne mich innerlich für eine ihrer typischen, langatmigen, raffinierten Sondierungsfragen, weshalb ich jemals hatte glauben können, dass die Ehe, dass Tyler meine Rettung sein könnte. Die Klingel am Tresen klingelt heftig, weil eine Bestellung fertig ist, und der schrille Ton bohrt sich direkt hinter meinen Augen in die Stirnhöhle, ein erstes Anzeichen für eine drohende Migräne.

«Warum waren wir damals in der Middle School eigentlich auf einmal keine Freundinnen mehr?»

«Was? Keine Ahnung», antworte ich und fange an nachzudenken. «Haben wir uns nicht einfach auseinandergelebt? Du hast die eine Richtung eingeschlagen, und ich die andere. Warum denn? Was spielt denn das jetzt noch für eine Rolle?»

«Wahrscheinlich gar keine.» Sie zuckt die Achseln. «Aber damals hat es eine Rolle für mich gespielt. Ich dachte immer, wir wären wie Schwestern, und dann ... dann wurden die Dinge für mich ziemlich heftig, und als ich mich umgeschaut habe, warst du auf einmal verschwunden.»

«Ich war nicht verschwunden! Du wolltest mich doch

auf einmal nicht mehr in deiner Nähe haben. Du hast dich immer über uns lustig gemacht, uns für oberflächlich gehalten. Cheerleader. Du hast uns gehasst.»

«So war das nicht.» Sie schüttelt den Kopf. «Ich war einfach der Meinung, dass du viel mehr auf dem Kasten hast. Ich habe dich immer für sehr viel klüger gehalten, als du dir selbst eingestehen wolltest.» Sie zögert. «Andererseits warst du noch nie besonders gut darin, das zu sehen, was direkt vor deiner Nase war.»

«Was soll das denn heißen?»

«Gar nichts», sagt sie, aber ich spüre, dass es sehr viel mehr als gar nichts heißt. Sie wedelt mit der freien Hand in der Luft herum. «Außerdem ist das ewig her. Vielleicht hat es nichts damit zu tun, wer wir heute sind.»

Einen Augenblick lang sitzen wir da und schweigen, ein zerbrechlicher Waffenstillstand, während aus dem Lautsprecher *Hootie and the Blowfish* dröhnt. Eine Erinnerung an Tyler und mich in seinem Auto – *Hold my hand! Want you to hold my hand!* –, während der Wind durch die geöffneten Fenster weht und die Sonne unsere Gesichter wärmt. Gott, wir waren vollkommen!

Nein! Nein! Ich werde mich nicht so an ihn erinnern!, denke ich. Ich bin viel zu wütend, *weiß glühend vor Zorn* auf meinen Ehemann, der mir Gott weiß was versprochen hat, um mir das hier anzutun, um ihn je wieder durch eine rosarote Brille zu betrachten. Und genau in diesem Moment, als stünde ich nicht sowieso schon haarscharf vor einem Nervenzusammenbruch, kommen ausgerechnet Darcy und mein Vater durch die Eingangstür spaziert. Meine Fassungslosigkeit steht mir offenbar ins Gesicht geschrieben, weil Ashley sich fast den Hals verrenkt, um einen Blick zum Tresen zu werfen.

«Ist das nicht deine kleine Schwester?», fragt sie und

wendet sich wieder ihren Spiegeleiern zu. «Die habe ich ja seit Jahren nicht mehr gesehen. Ich dachte, die hätte sich längst aus dem Staub gemacht.»

«Hat sie auch», sage ich, ohne den Blick von dem Paar zu werfen, das ich für erbitterte Feinde hielt. «Sie ist eigentlich nur kurz zu Besuch gekommen, aber jetzt bleibt sie hier, bis ich weiß, wie's weitergeht.»

Arme Darcy, denke ich und werde von einer Woge Mitleid überspült. Ich habe sie am Wochenende förmlich angefleht, sich ihr Rückflugticket zu schnappen und sich auf den Weg in sonnigere Gefilde zu machen, weg von dem Wahnsinn, der mein Leben verschlingt, inklusive meines auf die schiefe Bahn geratenen Vaters und meines Versagers von Ehemann. Aber sie hat nur wie ein bockiges Kleinkind den Kopf geschüttelt und sich geweigert, mich im Stich zu lassen. Nachdem ich sie all die Jahre bekniet hatte, nicht zu gehen, stellt sich plötzlich raus, dass die inständige Bitte zu gehen der einzige Weg ist, sie zu halten.

Mein Vater angelt etwas Geld aus der Tasche, um die Bestellung zu bezahlen, und Darcy sieht sich gleichgültig um, bis sie mich entdeckt. Sie winkt verlegen und kommt an unseren Tisch.

«Was tust du denn hier?», fragt sie mich mit einem Blick auf Ashley, der mir verrät, dass sie ihr Gesicht zwar kennt, sie aber nicht einordnen kann.

«Ich habe dir doch gesagt, dass ich frühstücken gehe.»

«Du hast dich ja richtig zurechtgemacht», sagt sie sarkastisch.

Ich schenke ihr nur einen kühlen Blick und sage dann: «Erinnerst du dich noch an Ashley Simmons? Aus der Middle School?»

«Hallo», sagen sie wie aus einem Munde und nicken einander zu.

«Und was tust du hier?», will ich wissen.

«Dad war seit vier Tagen nicht mehr aus dem Haus. Er hat mir leidgetan, und da habe ich ihm vorgeschlagen, kurz Frühstück holen zu fahren.» Sie lässt entschuldigend die Hände sinken, ein überaus mitfühlendes Zugeständnis für meine knochenharte Schwester. «Ich finde, er hat sich dieses Wochenende ganz gut gemacht, keine Ahnung. Ich meine, er hat sich doch Mühe gegeben, oder?»

Ich nicke, weil ich weiß, wie schwer ihr dieses Zugeständnis fällt; sobald mein Vater erfahren hatte, was passiert war, tauchte er in meinem Schlafzimmer auf, blieb im Türrahmen stehen, bis Susanna ihn davon überzeugt hatte, dass ich schlief. Dann legte er sich direkt draußen im Flur vor die Tür, für den Fall, dass ich aufwachte und ihn brauchte, obwohl er ganz genau wusste, dass dem nie so sein würde. Es war einfach seine Art zu sagen: «Ich bin zwar ein Riesenarschloch, aber ich bin trotzdem dein Vater»; und wir waren alle wohlwollend genug, das anzuerkennen.

Plötzlich steht mein Vater vor uns, beugt sich zu mir und gibt mir einen Kuss auf die Wange.

«Hätte nicht gedacht, dich hier zu treffen», sagt er.

«Dito», sage ich knapp, nicht weil ich unhöflich bin, sondern weil die letzten zweieinhalb Tage mich so erschöpft haben, dass ich mit meiner Energie haushalten muss.

«Hallo, Mr. Everett.» Ashley streckt ihm die rechte Hand entgegen. «Ashley Simmons. Ist ziemlich lange her.» Mit zu Schlitzen verengten Augen wartet sie darauf, dass er sie erkennt. Sein Kopf ruckt zurück, ein kaum merkliches Anzeichen für seine Überraschung, sie zu sehen, und darüber, wie sehr sie sich seit ihrem zwölften Lebensjahr verändert hat.

«Wow!» Er reibt sich das Kinn. «Ashley. Schön, dich zu

sehen. Das ist wirklich eine Weile her. Wie geht es deinen Eltern?»

Ashleys Hyänenkichern verrät ihr Unbehagen.

«Meine Mutter ist krank, leider», sagt sie und mustert meinen Vater. «Und mein Vater ist vor ein paar Jahren gestorben.»

«Das tut mir leid», sagt er. «Er war ein feiner Kerl. Wir haben uns aus den Augen verloren, aber ich weiß noch gut, was für ein feiner Kerl er war.»

Was mein Vater nicht erwähnt, ist, dass sie sich damals aus den Augen verloren, weil mein Vater mit seiner Trinkerei so gut wie jeden verprellte, den er kannte, und weil manche Leute sich ihm nie wieder zuwandten, auch dann nicht, als er für seine Sünden gebüßt hatte.

«Ja, das war er.» Ashley nickt.

«Darcy, Süße, eure Bestellung ist fertig», ruft die Frau an der Theke, und die beiden verabschieden sich von uns. Ashley sieht ihnen nach, bis sie auf den Parkplatz verschwunden sind, dann dreht sie sich zu mir um und seufzt.

«Dein Vater hat sich offensichtlich wieder im Griff.»

«So einigermaßen», sage ich, aber der Gedanke an die Nachtwache vor meiner Schlafzimmertür stimmt mich etwas milder. «Er hatte einen kleinen Rückfall, aber das kriegen wir schon wieder hin.»

Sie lacht. «Typisch Tilly. Das Glas ist immer halb voll, bis zur bitteren Neige.» Sie schiebt den Teller von sich, und ich esse ein Stückchen von ihrem Buttertoast. Es ist der erste Bissen seit gestern Nachmittag.

«Lassen wir das. Ich weiß, was du von mir hältst», sage ich.

«Tust du nicht.» Sie zuckt die Achseln.

«Hör mal, Ashley. Ich will lediglich ein paar Antworten.

Ich habe dich um ein Treffen gebeten, weil du dafür sorgen musst, dass es aufhört.»

«Willst du das wirklich?», fragt sie.

«Ja!», zische ich nach kurzem Zögern. Ich hatte gedacht – letzte Woche irgendwann, nur eine winzig kurze Sekunde lang –, sie könnte doch toll sein, irgendwie skurril, diese wilde Achterbahnfahrt durch Zeit und Raum. Aber Tyler und sein Abgang haben mir bewiesen, dass dem nicht so ist, dass es niemals toll sein kann, dass es nur noch mehr Chaos und Zerstörung bringt, weil ich nichts weiter bin als eine hilflose Beobachterin, Zeugin einer Zukunft, *an der ich nicht teilhaben will!* Die Visionen werden mir Tyler nicht zurückbringen, sie werden mich nicht schwanger machen, glücklich machen, mich nie zu irgendetwas anderem machen als zu einer leeren, gequälten Hülle. *Ja, verdammt noch mal! Und ob ich will, dass es aufhört!*

«Ich würde dir ja wirklich gerne helfen, aber wie ich dir bereits erklärt habe», sagt sie und knallt den Becher so heftig auf den Tisch, dass der Kaffee auf die Resopalplatte schwappt, «kann ich nichts machen. Du hast es selbst unter Kontrolle.»

«Habe ich nicht! Habe ich nicht!», sage ich. «Ich kann nicht sprechen. Ich kann mich nicht bewegen, ich kann nichts verändern! Ich habe versucht, das, was mit mir und Tyler passiert ist, abzuwenden, aber ich konnte es nicht. Ich kann es nicht!»

Ich schlage mit den Händen auf den Tisch und wische mit dem Ellbogen über den nächsten Kaffeefleck, diesmal aus meiner eigenen Tasse.

«Du siehst das völlig falsch», sagt sie und schiebt mir die Rechnung rüber. «Es ist tatsächlich eine Gabe. Hab noch ein bisschen Geduld mit dir. Irgendwann findest du einen Weg, es genauso zu sehen. Darauf wette ich.»

Eine Woche später, die glühend heiße Augustluft ist schwüler, als es irgendein Lebewesen jemals für möglich gehalten hätte, habe ich allen Widrigkeiten zum Trotz tatsächlich genug Selbstachtung aufgebracht, um unter die Dusche zu steigen, in eine fast faltenfreie Caprihose zu schlüpfen und zur Arbeit zu fahren. Darcy hat mir angeboten, mich zu begleiten, aber ich wimmle sie ab. Das Oliver's hat sie und Murphy's Law für einen weiteren Abend gebucht, und ich sage, sie soll den Tag lieber mit Dante verbringen und an ihrem Auftritt feilen. In Wahrheit möchte ich von der Tatsache ablenken, dass mir dieser plötzliche Rollenwechsel ein bisschen peinlich ist und dass ich mich mit der abrupten Kehrtwendung in meinem Lebensplan in ein absolutes Nervenbündel verwandelt habe. *Ich war doch diejenige, die sich um anderer Leute Scherbenhaufen kümmert! Ich war doch immer diejenige, die stets eine praktikable Lösung zur Hand hatte.*

Nein, habe ich Darcy heute Morgen versichert, ich komme auch ohne sie erhobenen Hauptes durch den Tag.

Was natürlich nicht stimmt. Es stimmt kein bisschen. Ich kriege meinen Kopf kaum vom Fußboden hoch, auf dem ich am liebsten meine Eingeweide verteilen würde, damit mein Arschloch von Ehemann eine noch miesere Meinung von sich selbst hat als ich. Aber leider Gottes habe ich eine Komiteebesprechung, die ich unmöglich verpassen darf, und bei Gott, wenn sogar die Kids es auf die Reihe kriegen, sich zwischen ihrem Erst- und ihrem Zweitferienjob ein paar Minuten freizuschaufeln, kann ich ja wohl die Gedanken an dieses Schwein beiseite schieben und mich zusammenreißen – wenn auch nur für zwanzig Minuten.

Ich schließe die Tür zu meinem Büro hinter mir, lehne mich dagegen und atme tief aus.

«Hallo!», ertönt es von meiner Couch. Ich mache vor

Schreck einen Luftsprung und hätte mir ums Haar den Kleiderhaken in den Kopf gerammt.

«Oh Gott, CJ! Was tust du denn hier?»

«Sie hatten mich doch gebeten, ein paar Minuten vor dem Prom-Treffen vorbeizuschauen», sagt sie. «Sie haben mir letzte Woche eine Mail geschickt.» *Letzte Woche*, denke ich. *Das ist ein ganzes Leben her. Woher soll ich wissen, was ich letzte Woche gesagt oder gedacht oder getan habe?*

«Ich hatte dich gebeten vorbeizuschauen. Okay», sage ich, stelle meine Handtasche neben den Schreibtisch und setze mich zu ihr aufs Sofa. «Was wollten wir noch mal besprechen?»

«Woher soll ich das denn wissen?», sagt sie. «Sie sind schließlich die mit den Listen.»

«Tja, heute nicht!», sage ich ungehalten. *Wieso kann sich zur Abwechslung nicht mal wer anders um die dämlichen Listen kümmern?* «Also, sag du mir bitte, was wir besprechen müssen!» Mein Kinn zittert, und wir wissen beide, dass ich nicht in der Lage dazu bin, dass ich weder die Führung noch eine Beratung übernehmen kann, ganz zu schweigen davon, beides zusammenzubringen. Doch CJ macht nur große Augen, während meine sich mit riesigen Tränen füllen. Sie rollen mir über das Gesicht, ehe ich sie aufhalten kann.

«Tut mir leid», sagte ich und schlage die Hände vors Gesicht. «Es tut mir leid. Ich bin heute Vormittag ein bisschen durch den Wind.»

«Ich habe es schon gehört», sagt sie und zuckt leicht zusammen.

«Wer hat das nicht?» Ich stütze das Kinn auf die Hände.

«Wahrscheinlich niemand.» CJ lächelt schief. «Passt irgendwie zu meiner Meinung.»

«Über was?», knurre ich.

«Über diese Stadt.» Sie zuckt die Achseln. «Darüber, dass sie einem irgendwie alles wegnimmt: die Privatsphäre, die Identität … verdammt, mich macht doch allein schon die Tatsache, dass ich es hier zum Kotzen finde, zur Außenseiterin.»

«CJ, du bist keine Außenseiterin», sage ich. «Du bist Schülersprecherin und Vorsitzende vom Sozialausschuss. Und Star des Musicals. Und noch etwa eine Million andere Dinge.» *Genau wie ich früher.* Als würde irgendein dämliches Amt in der Schule im Entwurf des Lebens tatsächlich eine Rolle spielen. Als wäre die Salbung zu jemand Besonderem *damals in der High School* tatsächlich der Vorbote für eine grandiose Zukunft. Damals dachte ich natürlich, es wäre so. Jetzt habe ich plötzlich das Gefühl, CJ könnte eine viel klügere Version meines alten Ichs sein.

«Egal», sagt sie, ein sehr vernünftiges Argument in meinen Ohren. *Ja, genau, egal, Tyler, du Arschloch!* «Hier hat doch keiner irgendwelche Ambitionen, außer hier zu leben, hier zu sterben und ewigen Ruhm für die Westlake Wizards.» Sie lässt sich gegen die Rückenlehne sinken.

Plötzlich wird mir klar, dass ich nicht hierbleiben kann, in diesem Büro, zusammen mit diesem Kind, das weiser ist als ich. *Das packe ich einfach nicht!*

«Der Triumphbogen», sage ich.

«Was?»

«Der Triumphbogen. Das stand auf unserer Liste – bitte sprich es nachher in unserem Meeting an. Du hast heute die Federführung. Ich habe im Internet einen gefunden, und ich möchte, dass ihr ihn bestellt und sichergeht, dass er auch rechtzeitig geliefert wird.» Ein Bild von Eli bei der Prom Night blitzt in meinem Kopf auf, Eli und das gertenschlanke Mädchen an seiner Seite, und mir wird schon wieder schlecht. «Ich muss gehen.» Ich stehe abrupt auf.

«Äh, okay, tut mir echt leid, aber was ist mit dem Sozialdienst?», fragt CJ.

«Sozialdienst?» Ich frage mich, ob sie mir durch die Blume sagen will, ich bräuchte vielleicht psychologische Unterstützung. Das ist wahrscheinlich gar nicht so abwegig.

«Ja, für das Wesleyan», sagt sie. «Sie meinten, ich muss was Soziales machen. Ich habe mich im Krankenhaus beworben, glauben Sie, das ist okay? Ist zwar hauptsächlich Bestände auffüllen und Papierkram, aber die waren die Einzigen, die mir zwischen der Schule und meiner Schicht im Restaurant noch was geben konnten.»

«Oh, ja, deshalb hatte ich dich hergebeten. Ja, genau, schön, das ist sicher okay. Ganz bestimmt. Um ehrlich zu sein, das ist im Grunde nur Füllwerk. Für deinen Lebenslauf. Wen kümmert das schon?»

CJ sieht mich schief an. So viel Offenheit ist sie nicht von mir gewohnt. Ich stürze zur Tür hinaus, den Flur hinunter, vorbei an dem Urteil und dem Geflüster und der zerstörten Geborgenheit eines Ortes, der mich einst umfing wie eine Rettungsweste. Doch die Außenwelt hat sich einen Weg in meinen Kokon gebrannt, und nichts wird jemals wieder so sein, wie es war, und die Frage lautet, ob ich ohne diese Schwimmweste untergehe oder schwimme. Im Augenblick ist das Spiel, wie Tyler es ausdrücken würde, völlig offen.

Sechzehn

Ich zwinge die verklebten Augen auf. Auf dem Nachttisch steht eine halbleere Flasche Tequila. Ich tippe mir mit dem Handrücken gegen die Wimpern, aber die Kruste ist hartnäckig. Mein Mund fühlt sich an wie ein Fliegenfänger, klebrig vor getrockneter Spucke, und meine Zunge schmeckt nach fauligem Thunfisch. Über mir steht eine Gestalt, die ich nur mit Mühe fokussieren kann. Ich muss blinzeln, um zu erkennen, wer es ist.

«Steh auf», sagt mein Vater. «Los, Tilly, steh auf. Das geht jetzt seit Mittwoch so. Es reicht.»

Mit Schwung zieht er mir die Bettdecke weg, aber ich zerre mir nur ein Kopfkissen über das Gesicht, um die drohenden Kopfschmerzen abzuwehren.

«Geh weg», sage ich, die Stimme vom Kissen erstickt. Es ist sowieso nur ein Krächzen, als hätten meine Stimmbänder sich mit der Tatsache eingerichtet, eine Weile nicht gebraucht zu werden.

«Nein. Steh auf. Du musst duschen, du musst raus aus diesem Haus, du musst etwas unternehmen.»

Ich ziehe mir das Kissen vom Gesicht.

«Sagst ausgerechnet du.» Unsere Blicke treffen sich. «Komm schon, leiste mir Gesellschaft. Gönn dir einen Schluck. Es ist noch genug da.»

Falls meine Reaktion, meine Herzlosigkeit, ihn überrascht hat, lässt er sich nichts anmerken. Vielleicht glaubt er, er hat es nicht anders verdient. Oder, und das liegt näher, er ist einfach daran gewöhnt, dass der Alkohol die nicht

ganz so vorteilhaften Charakterzüge unserer Familienmitglieder zum Vorschein bringt. Bei ihm war es Gedankenlo-
sigkeit, Abwesenheit, als wir ihn gebraucht hätten. Bei mir
scheint es unverhüllte, brutale Ehrlichkeit zu sein.

Er quetscht seine Hände unter meine Achseln und zerrt
mich zum Sitzen, faltet und klappt mich wie eine gelenk-
lose Lumpenpuppe. Die Matratze wippt unter mir, und ich
bin überrascht über seine Kraft, mit welcher Leichtigkeit er
mich hochhebt. Mein Vater kniet sich hin. Die alten Gelen-
ke knacksen laut.

«Hör mir zu», sagt er. «Das kannst du nicht tun. Dich zu
betrinken und dein Leben wegzuschlafen ist keine Lösung.
Nicht für dich.»

«Für dich war es doch auch okay.»

«Du bist aber nicht ich», sagt er und nimmt meine Hände.

«Tyler muss wiederkommen», sage ich. «Ich kann nicht
mehr, wenn Tyler nicht wiederkommt.»

«Er kommt aber nicht wieder», sagt mein Vater. «Zumindest momentan nicht.»

Ich erinnere mich dumpf daran, dass ich Tyler am Mittwoch angerufen habe. Auf dem Weg von der Schule zum
Schnapsgeschäft. Und dass er beim zweiten Klingeln rangegangen ist.

«Also stimmt es?», fing ich an. «Du tust mir das also
wirklich an, ja?»

Er seufzte. «Hallo, Til.» Ich konnte hören, wie er die Luft
einsog. «Es tut mir leid.»

«Das hast du mir bereits in deiner E-Mail gesagt. In deiner *E-Mail*!»

«Ich kann nicht nach Hause kommen.» Er sagte es so leise, dass ich jedes einzelne Wort im Kopf noch einmal wie-
derholen musste, um sicherzugehen, dass ich mich nicht
verhört hatte.

«Du kannst ganz bestimmt nach Hause kommen! Du willst nicht nach Hause kommen! Aber *ich* bin hier! Ich! Deine Ehefrau! Deine Ehe! Dein Leben!»

«Ich muss es tun, Tilly. Ich habe versucht, es dir zu erklären.» Er verstummte. «Und es tut mir furchtbar leid, dass ich dir so wehtue. Ich wünschte, du könntest verstehen, wie ich mich fühle. Wie ich mich gefühlt habe.»

«Hier geht es um unsere Ehe, Tyler!» Ich bog mit quietschenden Reifen auf den Parkplatz vom Einkaufszentrum ab, flog förmlich in eine freie Parklücke und bremste viel zu spät. Der Frontspoiler krachte gegen den betonierten Bürgersteig.

«Glaubst du etwa, das weiß ich nicht?», schrie er zurück. «Glaubst du etwa, es wäre mir leichtgefallen? Glaubst du, ich würde nicht lieber zurückkommen und mein Leben ändern?»

«Dein Leben ändern?» Mir blieb die Luft weg, mein Herz wurde so groß und schwer, dass es drohte den Brustkasten zu sprengen.

«Das habe ich nicht so gemeint», sagte er etwas sanfter.

Ich antwortete nicht darauf, weil ich wusste, dass es kein gutes Ende nehmen würde. Denn je mehr er sich und mir eingestehen würde, desto mehr würde ich das Ausmaß seiner Unzufriedenheit begreifen, und ich hatte schon jetzt mehr gehört, als meine Seele ertragen konnte.

«So habe ich das nicht gemeint», wiederholte er. «Ich wollte nur sagen ... ich wünschte, ich hätte früher etwas unternommen. Ich hätte mit dir reden müssen, aber jetzt habe ich das Gefühl, dafür ist es zu spät. Hier geht es mir besser, ich fühle mich klarer.»

«Sei still!», hatte ich geschrien. «Sei einfach still! Halt einfach endlich dein verdammtes Maul!»

Was er tat und ich auch, und dann stopfte ich das Telefon ins Handschuhfach, stürmte in den Schnapsladen und entschied mich für die extragroße Vorteilsflasche Tequila.

Und jetzt kniet mein Vater vor mir auf dem Schlafzimmerboden und versucht mich davon zu überzeugen, ein Leben wieder zu ordnen, das ich nicht mehr wiedererkenne, ein Leben, das mich nicht mehr interessiert.

«Tilly! Die Sache ist so», sagt mein Vater und hebt mein Kinn, sodass ich ihm in die Augen sehen muss. «So zu werden wie ich ist ganz einfach. Nicht so zu werden ist viel schwieriger. Und das hier? Das bist du nicht. So willst du nicht sein. Und das weißt du auch.»

Ich nicke erschöpft und fange an zu weinen.

«Na komm!» Er steht auf und streckt mir die Hand entgegen. «Wir stellen dich jetzt unter die Dusche, dann machen wir dir was zu essen, und dann machen wir beide einen Plan.»

Jede einzelne Zelle in mir will nur eines: zurück unter die Bettdecke, sich weiter mit Tequila betäuben. *Bitte! Mehr Tequila!* Ich kann sie förmlich von innen gegen mein Ohr trommeln hören. Doch die Hand meines Vaters bleibt ausgestreckt, also ergreife ich sie, stehe mühsam auf und schlurfe ins Bad.

«Ich weiß nicht, wer ich ohne dich bin», hat Tyler zu mir gesagt. Tja, wahrscheinlich bleibt einem manchmal keine andere Wahl, als es herauszufinden.

Ein Monat vergeht, wie in einem endlosen Nebel. Ich wache auf, schleppe mich irgendwie durch den Tag, schaffe es irgendwie, nicht unter dem Gewicht meiner Erschöpfung zusammenzubrechen, unter der unglaublichen Traurigkeit, die sich wie ein schwarzer Schatten an meine Fersen geheftet hat, fahre nach Hause und falle ins Bett. *Grease* entwickelt sich besser, als ich es je zu hoffen gewagt hätte, die Vorbereitungen für die Prom Night laufen reibungslos, und trotzdem bringe ich nicht mal einen Funken Interesse dafür auf. Ich kann mich nicht davon überzeugen, dass irgendetwas hiervon wirklich zählt – was ziemlich witzig wäre, wenn es nicht so vollkommen unwitzig wäre, weil vorher nichts anderes gezählt hat. Vorher.

Tyler und ich haben genau zweimal miteinander gesprochen. Einmal als er mich bat, ihm ein paar Sachen zu schicken, und dann hat er noch einmal angerufen, um sich für das Carepaket zu bedanken und mir zu sagen, dass er Ende Oktober zurückkäme, um seine restlichen Sachen zu holen.

Es ist also endgültig. Er hat so beiläufig geklungen, als würde es sich nicht um den tiefsten Abgrund handeln, der sich jemals in sein Leben gefressen hat. Und ich habe ihm zugehört und mich gefragt, wie ein und dieselbe Handlung zwei Menschen so derart unterschiedlich berühren kann.

Trotzdem tat ich, worum er mich gebeten hatte. Ich machte seine Schranktüren sperrangelweit auf, während Darcy murrend auf meinem Bett lümmelte und den Vorschlag machte, mit seinen Klamotten im Garten ein Riesenlagerfeuer zu veranstalten, anstatt brav seiner Bitte nachzukommen. Behutsam holte ich seine Polohemden und Shorts aus dem Schrank, legte liebevoll ein paar Sweatshirts zusammen, rollte vorsichtig seine Hemden ein, damit sie nicht knitterten. Ich war immer noch wütend, das stand außer Frage, aber ich war so erschöpft, so furchtbar erschöpft, dass jeglicher Kampfeswille einfach verdunstet war.

Am Labor Day fängt das neue Schuljahr an, und was normalerweise meine absolute Lieblingszeit im ganzen Jahr ist – jene ersten Tage, ehe die Delinquenten mal wieder unter Beweis stellen, dass sie einfach nicht ihre große Klappen halten können, ehe die Chaoten über ihre eigenen Füße stolpern, um in letzter Sekunde doch noch ihre College-Bewerbungen oder Pläne zum Besuch eines Community College auf die Reihe zu bringen, wenn alles noch frisch und neu, hoffnungsvoll und voller Möglichkeiten scheint –, hält für mich nichts als Schwermut bereit.

«Ich weiß, dass so was normalerweise nicht aus meinem Mund kommt», sagt Susanna, während wir am dritten Schultag nachmittags die Kostüme durchgehen. «Aber du brauchst dringend bessere Laune.»

«Sagst ausgerechnet du!», sage ich und nestle an Wallys Für-Danny-Zuko-etwas-zu-elvismäßig-aber-wir-müssen-nehmen-was-wir-kriegen-können-Lederjacke rum. Ich frage mich, ob sich nicht doch etwas nicht ganz so Cabaretmäßiges auftreiben lässt, bis mir klarwird, dass er *in meiner Vision* genau diese Jacke trägt, ob es mir gefällt oder nicht. Ich lasse die Arme sinken und hocke mich auf den nächstbesten Klappstuhl.

«He, ich versuche es wenigstens!», antwortet sie, und ich nicke, weil es stimmt. Austin und sie treffen sich regelmäßig mit einem Mediator, um die Dinge so freundschaftlich wie möglich zu regeln, was nicht ganz einfach ist, wenn einer der Beteiligten noch immer völlig neben sich steht, weil der andere ihn zutiefst enttäuscht hat, aber sie hat recht; sie versucht es. «Tja, um ehrlich zu sein», fährt Susie fort, während sie Nadel und Faden nimmt, um den Saum von CJs unmöglich enger Kunstlederhose umzunähen, «manchmal frage ich mich schon, ob ich für immer allein bleibe.»

Ich muss an das dunkle Eckchen hinter der Bühne denken, am Premierenabend, an ihre Hand, die um die Hüfte eines Mannes geschlungen ist, und ich lächle sie mit aller Liebe an, die ich aufbringen kann, und versichere ihr, dass dem nicht so sein wird.

«Ich dagegen ...» Ich verstumme.

«He, noch hat niemand was von Scheidung gesagt!»

Stimmt. Aber ich vermute, es ist nur eine Frage der Zeit, bis Tyler das Thema anspricht, und dann werde ich einfach weniger werden, wie Kreidefelsen, der ins Meer gespült wird. «Weißt du was?», sagt Susanna. «Du solltest dir diese schicke Kamera schnappen, die der schnuckelige Kunsttyp dir gegeben hat.»

«Sicher nicht!»

«Doch, solltest du», sagt sie und beißt den Faden durch. «Zur Dokumentation, verstehst du?»

«Was? Um zu dokumentieren, wie zwei traurige Häuflein Elend versuchen, ein Musical auf die Beine zu stellen?»

«Nein. Um das Comeback von zwei traurigen Häuflein Elend zu dokumentieren, die für die Arschlöcher, mit denen sie zusammen waren, eigentlich von Anfang an viel zu gut gewesen sind.»

«Deine positive Einstellung ist bewundernswert», sage ich, ehe ich die Treppe bei der linken Bühne hinunterschleiche. *(«Bühne links!», hat Wally mich gestern erst korrigiert. «Es heißt Bühne links, nicht linke Bühne, Ms. Farmer, das sollten Sie inzwischen eigentlich wissen.»)* «Aber ich bleibe doch eher bei meiner Hausmarke Selbstmitleid.»

«Das ist aber nicht die Tilly Farmer, die ich kenne», ruft sie mir nach. *Stimmt,* denke ich, und verlasse den Zuschauersaal, *aber vielleicht eine, die schon die ganze Zeit in mir gelauert hat wie Krebs und nur den richtigen Zeitpunkt abgewartet hat.*

Susanna hat natürlich recht. Wahrscheinlich würde mir eine Fotodokumentation tatsächlich Auftrieb geben, aber ich habe die Kamera wieder beiseitegelegt. Ich gehe Eli aus dem Weg, so gut ich kann, auch wenn er mir im Flur immer mit dieser Ungezwungenheit zuwinkt, die ihn so sympathisch macht, obwohl er ab und zu bei mir anklopft und den Kopf ins Zimmer streckt, nur um Hallo zu sagen, und ich immer so tue, als sei ich schwer beschäftigt. Die Vision mit ihm war meine letzte Zukunftsschau, zumindest die letzte absichtliche. Nach dem Treffen mit Ashley und nachdem endgültig klargeworden ist, dass Tyler nicht zurückkommen wird, habe ich schließlich begriffen, dass alles, was ich sehe, mit unauslöschlicher Tinte geschrieben ist. Die Last zu wissen, was die Zukunft bringt, ohne daran irgendwas ändern zu können, ist einfach zu groß. Vor zwei Wochen, während Eli zur Mittagspause aus dem Haus war, habe ich die Kamera zurückgebracht.

Am nächsten Tag, dem vierten im neuen Schuljahr, werde ich vom Radiowecker wach. Ich höre dem Geplänkel der Moderatoren zu, dann den Verkehrsmeldungen, dann den Nachrichten, und dann höre ich das Datum. Heute ist der 7. September: Heute vor zwei Monaten hat Tyler mich verlassen. Auch wenn er mich nicht direkt verlassen hat, kann man den Tag, an dem er Jamie Rosato erwähnt hat, ruhig trotzdem als den Tag der Trennung bezeichnen. Der 7. Juli. An diesem Tag ist alles ins Wanken geraten. Ganze zwei Monate sind seitdem vergangen, zwei Monate, in denen ich unter Wasser trieb, beinahe blind und fast taub. Mich gegen die Welt zu betäuben war für mich der leichteste Weg.

Der viel zu fröhliche Moderator geht mir auf die Nerven, und ich schalte das Radio aus. Ich versuche, mich auf meine Liste für heute zu konzentrieren: Prom? CJs Bewerbung? Aber da ist rein gar nichts. Nur der trübe Schwindel, der einen befällt, wenn man Kopf voraus ins tiefe Beckenende springt und zum Boden taucht.

Aber da war doch noch mehr – dieser Tag hatte doch

noch eine andere Bedeutung, oder? *Ach ja!* Es ist der Todestag meiner Mutter. Darcy wird mich anflehen, mit ihr auf den Friedhof zu fahren, und ich werde sie – natürlich – begleiten. Und ich werde mich daran erinnern, dass ich zumindest noch am Leben bin, dass ich mich, Tyler hin oder her, weiter im Kreis drehen kann, bis ich an meinem eigenen Unglück ersticke, dass ich aber auch, so unwahrscheinlich es auch sein mag, die Leinen, die mich gefangen halten, kappen und endlich ans Ufer schwimmen kann.

Im Haus ist es ganz still, als ich in die Küche tappe. Wann ist mein Vater eigentlich wieder nach Hause gezogen? Gestern? Vorgestern? Letzte Woche? Ich schüttle den Kopf. Alles ist so durcheinander. Er ist inzwischen seit über sechzig Tagen trocken, ein Meilenstein, wenn auch ein kleiner, und obwohl er drei Wochen länger hiergeblieben ist als unbedingt nötig, hat Darcy ihn schließlich zurück in sein Haus gefahren. Ich hatte mich völlig erschöpft ausgeklinkt, weil ich mich den ganzen Tag mit den Problemen anderer Leute rumschlagen musste und nicht mal mehr in der Lage war, den Versuch meines Vaters zu würdigen, seine Probleme selbst in den Griff zu kriegen. Darcy fuhr ihn, ohne zu murren, während ich ihnen vom Schlafzimmerfenster aus nachsah. Als ich nicht mehr als Puffer zwischen ihnen zur Verfügung stand, ist ihnen irgendwie ein Waffenstillstand gelungen. Wenn ich mich Müdigkeit vortäuschend nach dem Abendessen zurückzog, blieb sie widerwillig bei ihm sitzen, und wenn ich später am Abend noch mal aufs Klo ging, klang aus Tylers Zimmer tatsächlich ab und zu schallendes Gelächter, weil sie sich zusammen irgendeine hirnrissige Realityshow ansahen.

Ich setze Kaffee auf. Zwei Monate ist es her. *Zwei Monate!* Und ich drehe mich immer noch im Kreis und ertrinke in meiner Trauer.

Zwei Monate sind gar nichts, ein Wimpernschlag in der Zeit, ein vorbeiziehendes Wölkchen, und mit Sicherheit nicht genug Zeit, um die Überbleibsel eines ganzen Lebens zu betrauern – das würde ich zumindest Susanna sagen, wenn sie an meiner Stelle wäre. Ist sie aber nicht, da bin nur ich. Was immer Ashley Simmons auch in mir befreit hat, und das hat sie definitiv getan – ob Groll, Unverfrorenheit oder Ehrlichkeit –, ich bin immer noch Tilly Farmer, verdammt noch mal! Ich sehe der dunkelbraunen Flüssigkeit dabei zu, wie sie in die Kanne tröpfelt, und es ist fast greifbar, wie diese Dinge – die Wut, die Ehrlichkeit – wieder zum Leben erwachen und in mir zu brodeln beginnen. *Reiß dich endlich am Riemen, Tilly Farmer! Komm in die Pötte! Hör endlich mit dem Selbstmitleid auf, ganz egal, was Tyler Scheiß-Farmer in dir kaputtgemacht hat! Damit hast du wirklich genug Zeit verschwendet.* Ich könnte schwören, dass ich, wenn ich genau hinhöre, Ashleys Stimme erkenne.

Ich strecke mich nach einem Kaffeebecher, schenke ein, führe die dampfende Flüssigkeit an meine Lippen und nehme einen großen Schluck. Der Kaffee weckt meine Lebensgeister. Es ist höchste Zeit für Veränderung, für einen neuen Weg, eine neue Denkweise. Ja, vielleicht ist die Zeit jetzt endlich reif.

Siebzehn

Wie sich herausstellt, ist der 7. September noch mehr. *Au weia, stimmt!*, denke ich, als ich auf den Schulparkplatz einbiege und den großen Anhänger mit dem Logo des Westlake Hospital entdecke. Die Blutspendeaktion. Ich hatte das Datum damals mit Absicht gewählt, zur Erinnerung an meine Mutter.

Ursprünglich war die ganze Sache Luannes Idee, letztes Jahr im Mai: Gibt es etwas Besseres zum Start ins neue Schuljahr, dachte sie, als die Kids für ihre Gesundheit zu sensibilisieren und ein Gefühl der Verantwortung für die Gemeinschaft, in der sie leben, in ihnen zu wecken, als sie zu bitten, gegen einen Riesenschokocookie einen halben Liter Blut zu spenden? Auch Tyler hatte die Idee unterstützt – damals. Als ich ihm davon erzählte, küsste er lächelnd meine Handfläche, ehe er sich wieder dem Sportkanal zuwandte.

«Du machst die Welt zu einem besseren Ort», hatte er gesagt. «Die Schule kann sich wirklich glücklich schätzen, dich zu haben.»

Damals dachte ich noch, ich könnte dasselbe über uns sagen, während ich ihn beobachtete, wie er vor dem Fernseher seine Cornflakes in sich hineinschaufelte; wie glücklich ich mich schätzte, ihn zu haben.

Ich stelle den Motor ab, gehe auf den Blutspendebus zu und kann mich der Frage nicht erwehren, ob Tyler damals schon seinen Ausstieg plante, als er zwar mit Komplimenten um sich warf, es aber vermied, mir dabei in die Augen zu sehen. Vielleicht hätte ich es merken müssen, überlege ich, denn wenn man Tyler auch vieles nachsagen kann, ein guter Lügner war er eigentlich nie.

Eine leichte Brise kommt auf, eine der letzten warmen Umarmungen des Spätsommers, und die milde Luft wärmt meine Schultern, mein Schlüsselbein, mein Innerstes. Nach zwei Monaten in diesem Nebel aus Einsamkeit dämmert mir tatsächlich, dass ich es vielleicht hätte erkennen müssen. Nicht als Vision, sondern direkt, an Tylers Distanziertheit, an der Art, wie er sich schleichend von mir entfernte wie die Ameise, die auf einmal einen Weg raus aus dem Bau entdeckt, als von oben ein Sonnenstrahl hineinfällt.

Die Tür des Anhängers steht offen, und ich gehe hinein. Sämtliche Stühle sind besetzt, was mich nicht wundert. Die Spendenaktion findet während des Unterrichts statt. Auf dem letzten Stuhl, direkt neben dem Tisch mit den Cookies, entdecke ich CJ. Neben ihr liegt Johnny Hutchinson, und sie unterhalten sich kichernd. Die rot pulsierenden Schläuche in ihren Armbeugen können ihren Teenager-Hormonen nichts anhaben. Als sie mich sieht, strahlt sie über das ganze Gesicht, ihre Augen ein einziges Leuchten, und ich vermute, ich habe während der letzten beiden Monate neben sehr vielen anderen Dingen nicht mitbekommen, dass die beiden wieder zusammen sind, trotz CJs Klagen, er wäre zu engstirnig, zu provinziell, zu sehr wie der Rest von Westlake.

Eine Krankenschwester bedeutet mir, dass gleich ein Platz frei wird. Die Türangeln quietschen, und zwei Zehntklässler mit Kameras um den Hals betreten den Anhänger, direkt gefolgt von Eli. Ausgerechnet! Er scheucht die Schüler bis ganz nach vorne in die Nase des Anhängers durch, wo sie sich mühsam aneinanderquetschen.

Ich drehe mich eilig zu der Krankenschwester um, beäuge sie panisch, in der Hoffnung, dass sie mich nach hinten führt, *damit ich nicht mit ihm reden muss, keine Fragen nach den Gerüchten beantworten muss, die sich hartnäckig wie Grippeviren in den Schulfluren halten, damit ich nicht darüber nachdenken muss, dass ich sogar jetzt noch, fast zwei Monate später, bei dem Gedanken an seine Freundin sauer werde, obwohl ich weiß, dass es mir egal sein kann, egal sein sollte, weil ich immer noch verheiratet bin, Himmel noch mal!* Doch die Schwester ist damit beschäftigt, in Reggie Valdez' linkem Arm nach der Vene zu stochern, und beachtet mich gar nicht.

«Hallo, Tilly!», ruft Eli mir über die Schultern seiner Schüler zu. «Spendest du Blut?» Ich nicke und zwinge meine Mundwinkel nach oben, viel zu müde für ein echtes Lächeln. Er nickt zurück. «Wir machen Bilder für das Jahrbuch.»

«Ihr wollt der Blutspendeaktion eine Seite im Jahrbuch widmen?»

«Auf der Seite zum Thema Soziales. Wir sehen, was wir kriegen können, und dann entscheiden wir. Besser, wir machen gleich ein paar Bilder, dann müssen wir uns später nicht ärgern, wenn die Zeit drängt und wir nichts haben.»

Ich nicke und muss, wie momentan ständig, an Tyler denken. Als wir zwei Jahre verheiratet waren, fragte ich ihn, ob wir nicht langsam versuchen sollten, Kinder zu kriegen. Susies Zwillinge krabbelten auf ihren ersten Geburtstag zu, und in mir regte sich diese ganz besondere Lust, diese Sehnsucht nach Mutterschaft, auch wenn ich zu dem Zeitpunkt noch die Abendschule besuchte, um meinen Master zu machen, und wir beide kaum über die Runden kamen mit Tylers Verkaufsprovisionen und meiner Stelle als Assistentin des Direktors. Ich brachte das Thema an einem gemütlichen Sonntagmorgen auf den Tisch. Der ganze Tag lag verheißungsvoll vor uns, ohne Termine, ohne Verabredungen. Wir lagen gemütlich im Bett, Tyler las die Zeitung, ich lehnte an seiner Schulter, als mir plötzlich wie von selbst die Worte aus dem Mund flogen, ich sei bereit, Mutter zu werden.

«Wenn nicht jetzt, wann dann?» Ich erinnere mich noch ganz genau an meine Worte und daran, wie Tyler die Zeitung sinken ließ und mich ansah, die Antwort offen ins Gesicht geschrieben.

«Wir sind doch noch so jung», sagte er, und er hatte recht, wir waren jung. Aber ich wollte nicht werden wie seine Mutter, alt und klapprig, wenn unsere Kinder endlich auf der High School waren, und ich gestand ihm, dass ich schon immer eine Tochter namens Margret haben wollte, benannt nach meiner Mutter.

Er lächelte mich an. Ich erinnere mich noch ganz genau an dieses Lächeln – zärtlich, offen, freundlich, zufrieden. Er sei noch nicht bereit, sagte er, aber bald. Er beugte sich zu mir und küsste mich auf den Scheitel, und ich wusste, dass er es ernst meinte – dachte ich damals jedenfalls.

Ich beobachte die dunkelrote Flüssigkeit, die aus Reggie Valdez' Armbeuge kommt, und verstehe auf einmal, was Eli hier tut. Er sichert die Basis, genau wie ich es hätte machen sollen, anstatt die Zeit mit der Annahme zu verschwenden, jemand anders – mein Ehemann – würde irgendwann den Schritt tun.

«Hast du in letzter Zeit wieder jemanden aufgenommen?», fragt Eli, während er um seine Jahrbuchreporter herumhuscht. Der Anhänger ist viel zu klein für uns alle, und Eli steht entschieden zu dicht in meiner Nähe. Ich komme mir vor wie die Spinne in meinem Büro, die keine

Ritzen mehr findet, um sich vor meinem drohenden Schuh zu verstecken.

Ich weiß nicht, was er mit der Frage bezweckt, und wünschte, ich könnte ein paar Zentimeter weiter zurückweichen. *Habe ich in letzter Zeit wieder jemanden aufgenommen? Meinen Ehemann jedenfalls nicht, der soll es bloß wagen, seinen Hintern noch mal in diese Stadt zu schwingen.*

«Fotos», sagt er lachend und deutet mit dem Zeigefinger auf seine Nikon. «Hast du in letzter Zeit Fotos gemacht?»

«Oh, nein!» *Mein Leben ist eine Klippe runtergestürzt, und das Letzte, wonach mir jetzt der Sinn steht, ist, Fotos zu machen. Und schon gar nicht steht mir der Sinn nach den Geschichten, die diese Fotos mir, und zwar nur mir, offenbaren.*

«Hier.» Er zieht sich den Tragegurt über den Kopf, packt meine Hand und legt die Kamera hinein. «Du bist dran.»

«Nein danke.» Ich gebe ihm das Gerät zurück.

«Nö!» Er schüttelt den Kopf. «Die gehört heute dir. Ich brauche sie nicht. Du schon.»

Ich schiebe das Kinn vor, um zu protestieren: *Ich will niemanden, der sich um mich kümmert, Eli Matthews!*, aber ehe ich ihm das klarmachen kann, geht er einen Schritt zurück, an seinen Schülern vorbei, und steigt die Stufen hinunter.

«Dein Auftrag lautet folgendermaßen», ruft er zu mir hoch. «Ich möchte eine Dokumentation über die Blutspendeaktion, dazu Schnappschüsse vom Schulgelände. Nächsten Freitag liegen die Bilder bitte auf meinem Schreibtisch.»

Die Tür schwingt zu. Seine beiden Reporter stehen da wie begossene Pudel, beäugen mich unsicher und fragen sich, was zum Teufel das gerade sollte. Die Blicke, die sie wechseln, sprechen Bände. Sie machen sich ihren ganz eigenen Reim auf das, was da eben zwischen dem Aushilfslehrer für Kunst und der Beratungslehrerin lief, die aussieht, als hätte sie drei Wochen lang nicht geschlafen (hat sie nicht), seit einem Monat kein Gemüse mehr gegessen (dito) und stünde kurz vor einem Nervenzusammenbruch (mehr als wahrscheinlich).

Ich bin zu müde, um hinter ihm herzurennen und ihm den Kopf zurechtzurücken, obwohl ich das eigentlich tun müsste, vor allem, weil heute der Todestag meiner Mutter ist, die nie wollte, dass ich klein beigebe oder so leicht zurückstecke, wie ich es eben getan habe. Viel zu leicht. Auch wenn ich heute Morgen beschlossen habe, mich zusammenzureißen. Morgen vielleicht. Ja, vielleicht morgen. Aber heute lasse ich mich nur auf den endlich freigewordenen Stuhl sinken und warte, bis ich dran bin. Dann kommt die Schwester zu mir rüber, sagt mir, ich soll mich zurücklehnen und entspannen. Nur ein winziger Piks, mehr sei nicht zu spüren, versichert sie mir, also mache ich die Augen zu und lasse mich noch leerer saugen, als ich es sowieso schon bin.

Drei Tage später wird Susanna dreiunddreißig, und wir versammeln uns bei ihr zu Hause zu einem Mitbringessen, sobald die Zwillinge im Bett sind. Darcy ist ebenfalls mit von der Partie, und ich habe Ashley angerufen, um zu fragen, ob sie ebenfalls kommen möchte, weil ich keine Lust mehr auf all das unangebrachte, überhebliche Mitgefühl habe, auf das Getuschel beim Einkaufen, diese *Ach-die-arme-Tilly-Farmer*-Seitenblicke, als würde meine ganze Existenz einzig und allein von meinem Ehemann abhängen. Obwohl es, seien wir ehrlich, den Großteil meiner Existenz lang genau so gewesen ist.

Ich habe Ashley zu Susannas Geburtstag eingeladen, weil ich von ihr mit Sicherheit kein Mitleid zu erwarten habe. Und weil sie die Einzige ist, die mein Geheimnis kennt: dass ich Dinge sehe, wenn ich es inzwischen auch nicht mehr drauf anlege. Gut, sie ist diejenige, die mir das angetan hat, aber es ist nun mal passiert, und ein Teil von mir ist ihr dankbar, für ihr Ohr und ihre Zuversicht.

Ashley kommt mit einer Schachtel Dunkin' Donuts, mehr sei nicht drin gewesen, sagt sie, ihre Mutter hatte einen schlimmen Anfall. Mit Ashleys Mom geht es zu Ende. Sie hat es mir vor zwei Wochen erzählt, als sie überraschend bei mir vorbeischaute, um sich zu vergewissern, dass ich mir nicht in der Badewanne die Pulsadern aufschneide. An dem Tag hatte ich mich früher aus der Schule nach Hause geschleppt, den leeren Anrufbeantworter angestarrt, mich schweren Herzens gegen den Griff zur Flasche entschieden und mich stattdessen auf den Küchenboden gelegt und die Decke angeschaut. Und so fand Ashley mich vierzig Minuten später.

«Meine Mutter stirbt», hat sie mir an dem Abend erzählt, ein Versuch, mich per Schock aus meiner Starre zu reißen, mich sprichwörtlich an den Schultern zu packen und zu sagen: *Dein Ehemann ist nicht alles, dumme Kuh!* Doch sie erreichte damit nur, dass ich an den Tod meiner eigenen Mutter dachte, daran, wie kurz das Leben ist und dass man sich mit den Menschen umgeben sollte, die einen lieben. Was mich direkt zu Tyler zurückführte. Den ich angerufen hätte, wenn ich ihn nicht so hassen würde.

Susanna macht die erste Flasche Wein auf und schenkt uns allen die Gläser randvoll. Wir stürzen den Wein fast in einem Zug hinunter, viel zu schnell, und Darcy, mit Rollkragenpulli und burgunderrotem Kordhängerchen, wie damals, als sie klein war, macht die Runde um Susies Frühstückstheke, um nachzuschenken.

Susie erhebt das Glas.

«Auf die Dreiunddreißig», sagt sie. «Ich bete zu Gott, dass das nächste Jahr besser wird als die Zweiunddreißig.»

«Darauf trinke ich!» Vier Gläser stoßen klirrend aneinander, und wieder trinken wir in großen Schlucken. Der Merlot zeigt schnell Wirkung.

«Also. Es gibt Neuigkeiten!» Ich wedle mit der freien Hand in der Luft. «Tyler kommt in ein paar Wochen zurück, um seinen Krempel zu holen. Er hat mir heute eine SMS geschickt.»

«Eine SMS!» Ashley ist fassungslos.

«Allerdings.» Ich nicke. «Willkommen im 21. Jahrhundert, in dem dein Arschloch von Ehemann monatelang noch nicht mal mehr persönlich mit dir sprechen muss.»

Susies Schultern fangen verdächtig an zu beben. Sie steht mit dem Rücken zu mir, um die Lasagne zu schneiden. Als sie sich umdreht, ist ihr Gesicht vor Lachen verzerrt.

«Du willst mich wohl verarschen», sagt sie. «Er hat dir wirklich eine Scheiß-SMS geschickt?»

Ich fange an zu kichern, weil uns allen klar ist, dass ich sie natürlich nicht verarsche, dass rein gar nichts komisch daran ist, wenn dir dein Ehemann einen abgedroschenen Zweizeiler schickt, der im Wesentlichen besagt, dass im Oktober deine Ehe vorbei ist, wenn er kommt, um seinen Krempel zu holen. Doch der Alkohol wirkt inzwischen wie eine Rüstung, und außerdem, was soll's?

«Ich weiß. Was für ein Scheißkerl», sage ich.

«Auf die Scheißkerle!» Darcy hebt das Glas, also stoßen wir an und sind bereit für die nächste Runde.

«Also darauf kann ich definitiv trinken!», sagt Susanna. «Weißt du was? An dem Wochenende kommst du zu mir», sagt sie und lädt jeder von uns eine Portion Salat auf den Teller. «Die Genugtuung, dass du dabei bist, gönne ich ihm nicht.»

«Irgendwas sollte er schon kriegen, nur sicher keine Genugtuung», sagt Ashley.

«Einen Besenstiel in den Hintern», schlägt Darcy vor.

«Ich denk darüber nach», sage ich.

«Über den Besenstiel?», fragt meine Schwester.

«Darüber herzukommen.»

«Schade. Den Stiel hätte er echt verdient.»

«Der ist auch noch nicht vom Tisch. Aber ich finde, er sollte mir ins Gesicht sagen, dass es aus ist», sage ich und probiere vorsichtig ein Blatt Salat, etwas, das mein Verdauungstrakt seit Wochen nicht bekommen hat. «Das ist das Mindeste.»

«Mein Schwager ist so ein Feigling! Mein Exschwager, meine ich», sagt Darcy. «Was für ein Mistkerl. Der soll es ja nicht wagen, hier aufzukreuzen und dich anzubetteln, ihn zurückzunehmen.»

Eine flüchtige Sekunde möchte ich am liebsten den Mund aufmachen und sagen: *Natürlich will ich, dass er aufkreuzt und mich anfleht*, aber selbst in leicht angesäuseltem Zustand ist mir klar, dass diese Frauen mir die Hölle heißmachen würden, sollte ich dieser Regung auch nur andeutungsweise Ausdruck geben. Also stopfe ich mir eine Gabel Lasagne in den Mund und nicke zustimmend.

«Männer sind Schweine, sage ich!» Ashley steht auf, um die nächste Flasche zu holen.

«Ich habe schon immer geglaubt, dass du lesbisch bist», sagt Darcy. «Was hiermit bewiesen wäre.»

Susie lacht so unvermutet, dass ihr winzige Nudelstückchen aus dem Mund auf den Arm fliegen.

«Ich bin keine Lesbe!», sagt Ashley und kämpft mit dem Korken. «Aber glaubt mir, ich habe ausgiebig darüber nachgedacht, ob eine Beziehung mit einer von euch nicht einfacher wäre.»

«Ich überleg's mir», sagt Darcy. «Frag später noch mal nach.»

«Nimm es mir nicht übel», sage ich. «Aber ich würde nicht mit dir gehen. Du grübelst zu viel.»

«Ich auch nicht», sagt Susanna. «Allerdings habe ich auch Aussichten auf jemanden mit Penis, der ist mir einfach lieber, weißt du.»

Ashley gewinnt den Kampf mit dem Korken und füllt uns nach.

«Stopp! Kommando zurück, meine Liebe!», sage ich zu Susanna. «Was für Aussichten? Und wieso erfahre ich erst jetzt davon?»

«Weil es gerade erst passiert ist. Heute Nachmittag im Lehrerzimmer. Scotty Hughes hat mich gefragt, ob ich Lust hätte, irgendwann mal einen Kaffee mit ihm trinken zu gehen.»

«Scotty Hughes, der Typ aus der Kantine?», frage ich verwirrt. Dann denke ich nach. Gut möglich, dass er der Mann aus meiner Vision gewesen ist.

«Ja, ich weiß, purer Zufall.» Susanna wischt sich mit dem Handrücken über die Mundwinkel. Für den Griff zur Serviette ist sie inzwischen schon viel zu entspannt. «Ich habe nein gesagt. Es ist zu früh.»

«Es ist nicht zu früh!» Inzwischen bin ich mir fast sicher; das, was ich gesehen habe, fügt sich zusammen wie Puzzleteile – die Figur, die Frisur. *Ja. Das ist bestimmt Scotty Hughes gewesen.*

«Ernsthaft. Sieh zu, dass du wieder in den Sattel kommst», sagt Ashley.

«Ich dachte, alle Männer sind Schweine?», fragt Susanna zurück.

«Nicht wenn sie niedlich sind und einen um ein Date bitten», erklärt Ashley, als würde das irgendeinen Sinn ergeben, was es in unserem Zustand auch tut. Also nicken wir, als hätte sie uns mit der Weisheit eines Zen-Meisters beglückt. Lasagne kauend lassen wir uns diese Möglichkeit durch den Kopf gehen.

Irgendwann haben wir den Überblick über die Anzahl der Gläser verloren, und die Küche fängt an zu schwanken. Umgeben von der aufrichtigen Zuneigung und Empörung meiner Freundinnen kann ich sie zum ersten Mal seit Monaten wieder spüren – diese Kraft, die Ashley in mir freigesetzt hat, die Stärke, die Wahrhaftigkeit in meinen Eingeweiden. Wir ziehen um ins Wohnzimmer und machen es uns auf dem Fußboden gemütlich, die Köpfe auf Kissen gebettet, und sehen an die Decke wie Kinder, die den Sternenhimmel bewundern. Ashley macht die Donuts auf, und ich liege auf dem Rücken und lutsche an einem Schoko-Munchkin. Die frische Süße passt besser als erwartet zu dem Merlot, der mir immer noch auf der Zunge liegt.

«Erinnert ihr euch noch an unsere Fußballmannschaft in der Sechsten?» Ashley setzt sich schwankend auf. Sie hat sichtlich Mühe mit dem Gleichgewicht. «Erinnerst du dich noch, wie dein Vater sich im Finale mit dem Schiedsrichter angelegt hat?» Ich drehe mich auf den Bauch, stütze mich auf die Ellbogen, sehe sie kichern und stelle fest, dass Ashley, wenn sie es nur zulassen würde, unter dem übertriebenen Lidstrich eigentlich ziemlich hübsch wäre.

«Was? Nein.» Ich sehe Darcy fragend an, aber dann fällt mir ein, dass sie damals ja noch ein Kleinkind war. «Keine Ahnung. Ich kann mich überhaupt nicht daran erinnern.»

«Doch, doch!», sagt Ashley. Sie ist aufgestanden, der Schiefe Turm von Pisa in Person, um die Szene nachzustellen. «Der Schiri hat ein Tor nicht gegeben, das du geschossen hast, und dein Vater rannte aufs Spielfeld. *Sie haben doch überhaupt keine Ahnung!*» Ashley schüttelt wild ihren Zeigefinger, und ihr Hals schwillt rot an, genau wie bei meinem Vater immer. «*Einen größeren Idioten als Sie hat die Welt noch nicht gesehen! Sie sind blind! Völlig blind! Ein blinder Maulwurf, sonst gar nichts!»* Lachend lässt Ashley sich wieder auf den Boden fallen. «Und nach all dem Trubel haben wir auch noch verloren und sind nicht Meister geworden.»

Darcy lacht mit ihr, obwohl keiner weiß, warum. Vielleicht liegt es am Alkohol oder an der Ironie, dass mein Vater tatsächlich in die klassische Rolle von Papa Bär geschlüpft ist.

«Wieso weißt du das noch?» Ich versuche, mich zu konzentrieren, mich an irgendwas zu erinnern. «Ich habe keinerlei Erinnerung daran. Du, Susie?»

Susie schüttelt den Kopf und streckt sich nach dem nächsten Donut.

«Einfach so», sagt Ashley. «Nein, eigentlich erinnere ich mich daran, weil mein Vater die ganze Heimfahrt lang von nichts anderem geredet hat. Er fand, dein Vater hätte eine Medaille verdient. Und meine Mom meinte, er wäre ein schlechtes Vorbild, weil das ein Beispiel für Unsportlichkeit gewesen wäre, und mein Vater solle endlich den Mund halten.» Ashley senkt die Stimme. Sie klingt plötzlich fast nüchtern. «Sie haben sich fürchterlich gestritten.»

«Das ist zwar Ewigkeiten her, aber ich kann mich nicht daran erinnern, dass deine Eltern sich jemals gestritten hätten», meldet Susanna sich zu Wort. «Und ich meine – hallo? – die waren verheiratet!» Sie unternimmt einen Versuch, sich aufzusetzen, aber es ist ihr zu anstrengend, und sie sinkt erschöpft zurück aufs Kissen.

«Doch, haben sie.» Ashley nickt. «Definitiv.» Sie wirft mir einen Blick zu. «Tja, nur weil man etwas nicht sieht, heißt das nicht, dass es nicht existiert.»

«Das hab ich völlig vergessen!» Ich springe auf, viel zu schnell, und um mich dreht sich alles. «Meine Kamera!»

«Die Kamera von dem schnuckeligen Kunsttypen», korrigiert Susie mich mit geschlossenen Augen.

«Die Kamera von dem schnuckeligen Kunsttypen», räume ich ein und nehme den Fotoapparat aus der Tasche. Ich nehme die Schutzkappe vom Objektiv und schaue durch den Sucher.

«Sagt Cheese!»

«Cheeeese!», schallt es mir dreistimmig entgegen.

Klick, klick, klick, klick, klick.

Ich stehe vor meinen Freundinnen und halte den Augenblick fest. Damit ich eines Tages darauf zurückschauen und sagen kann: *Ich hätte daran zerbrechen können, aber am Ende habe ich es nicht so weit kommen lassen.*

Achtzehn

Das Taxi setzt Darcy als Erste ab, und zwar bei Dante. Der Wein, der warm in ihrem Magen schaukelt, mindert ihre Hemmungen. Ich habe nicht nach dem Stand der Dinge zwischen den beiden gefragt, aber selbst im dichten Nebel aus Selbstmitleid habe ich mitbekommen, dass er ab und zu bei uns zu Hause ist, ungezwungen mit meinem Dad plaudert, mit gegrilltem Hähnchen zum Abendessen auftaucht, während Darcy hinter ihm steht und irgendeine neue Melodie summt.

«Wir arbeiten nur zusammen an ein paar neuen Songs», sagt sie. «Wir sammeln Material.»

Ich ziehe eine Augenbraue hoch, weil Zusammenarbeit noch nie zu Darcys Stärken gehört hat, aber ich reiße mich am Riemen.

Die Laterne vor unserem Haus ist kaputt, und als das Taxi knirschend in die kiesbestreute Auffahrt einbiegt, sieht es fast so aus, als wäre das ganze Haus nicht da. Nur leerer Raum voll schaler Septemberluft.

Ich schalte im Hinaufgehen die Verandabeleuchtung ein, erklimme die Stufen, krame nach dem Schlüsselbund und wanke ins Haus.

Innen ist es so finster wie draußen, und ich genieße die Dunkelheit, wie ich sie vorher – vor alldem – niemals genossen hätte. Ich bin immer noch nicht an das leere Haus gewöhnt. Bis auf ein einziges Jahr am College, als ich im Wohnheim ein Einzelzimmer hatte, habe ich tatsächlich nie in meinem Leben allein gewohnt. Von zu Hause aus bin ich ins Studentenwohnheim gezogen, und nach dem Abschluss habe ich natürlich gleich mit Tyler zusammengewohnt. Ich taste mich durch die dunkle Diele, lasse die Hand über das Treppengeländer gleiten, erfühle mit den Fingern den Messingknauf der Schlafzimmertür.

Ich falle bäuchlings aufs Bett, greife mir im Dunkeln ein Kissen und ziehe es mir über den Kopf, um auch noch den leisesten Lichtschimmer auszusperren. Komisch, dass ich mich überhaupt nicht an die Geschichte auf dem Fußballfeld erinnern kann. Komisch, wie glasklar Ashleys Erinnerung daran noch ist; bei mir – nichts. Ich schüttle den Kopf, versuche, die Szene mit Gewalt herbeizuzwingen, aber ich kann mich ja kaum noch daran erinnern, überhaupt Fußball gespielt zu haben, geschweige denn an ein Finale, in dem mein Vater vom Platz geschickt wurde. Ganz entfernt taucht verschwommen ein Bild von der Mannschaft auf, gelbgoldene Trikots, ein «Tony's Pizzeria»-Logo auf den Ärmeln, die Kniestrümpfe stramm über die Schienbeinschoner gezogen. Wippende Pferdeschwänze und grinsende Zähne, in das beste Metall gebettet, das Westlakes Kieferorthopäden zu bieten hatten.

Hektisch knipse ich die Nachttischlampe an, und schon knie ich vor der untersten Kommodenschublade und suche fieberhaft nach einer Bestätigung für etwas, an das Ashley sich offensichtlich mit Leichtigkeit erinnert. Ich wühle mich durch meine Hochzeitsfotos, jene Andenken an eine Zeit, als das Leben noch Perfektion versprach, und suche weiter. Tyler ist plötzlich so weit weg, so unwichtig, weil alles, was zählt, *was ich in dieser Sekunde dringend finden muss*, der Zeitpunkt ist, bevor um uns herum alles zerbrach. Als es einen Vater gab, der noch nicht trank und stattdessen am Spielfeldrand stand und sich mit dem Schiedsrichter anlegte. Als meine Mutter noch das blühende Leben war, robust und unverwüstlich. Als Darcy noch rund und unschuldig war und mit riesengroßen Augen die Welt bestaunte, bereit für all ihre Wunder.

Aber es ist nichts zu finden. Die Bilder in meiner Kommode stammen alle aus der Zeit, nachdem die Freundschaft mit Ashley auseinandergegangen war. Ich lehne mich gegen die Kommode, der abgerundete Holzgriff drückt mir zwischen die Schulterblätter, und beschwöre mich selbst. *Erinnere dich doch, verdammt noch mal!*

Plötzlich klingelt es unten an der Haustür, und das Herz pocht mir bis zum Hals. Es ist weit nach halb elf, und nächtliche Nachrichten sind nie gute Nachrichten. Immer noch im Dunkeln schlurfe ich die Treppe hinunter und wappne mich für die nächste Katastrophe: Was ist es diesmal? Hat mein Vater einen Rückfall? Will mein Ehemann mich endgültig verlassen?

Selbst durch die Socken sind die Dielenfliesen kalt, und ich ziehe das Sweatshirt enger um mich. Ich hole tief Luft, reiße die Haustür auf, in Erwartung der Flut, der Seuche, des Sensenmannes.

Doch vor meiner Haustür steht lediglich Ashley. Das Licht der Glühbirne über ihrem Kopf lässt sie ätherisch wirken, fast engelhaft, und auf ihrem erschöpften Gesicht erscheint ein liebevolles Lächeln.

«Hier.» Sie hält mir die ausgestreckte Hand hin. Sie hat eine fürchterliche Fahne. So wie ich wahrscheinlich. «Ich dachte, das könntest du vielleicht gebrauchen.»

«Was ist das?», frage ich erleichtert, überrascht, verwirrt. Ich halte das Polaroidfoto unters Licht.

«Von damals», sagt sie nur. «Ich dachte, es ist vielleicht wichtig.» Sie zögert, und mit leiser Stimme sagt sie: «Ich hatte das Gefühl, dass du es brauchst.»

Um uns herum herrscht Stille. Der Duft von verbranntem Laub und feuchter Erde weht ins Haus. Ich starre den Schnappschuss an und versuche, mich zu erinnern. Und langsam, langsam, gelingt es mir. Es handelt sich um ein Foto von Ashley, strahlend und fröhlich. Das sonnengelbe Trikot mit der Nummer 12 hängt lose an ihrem noch kindlichen Körper. Sie sitzt mit überkreuzten Beinen im Gras und strahlt zu mir hoch. Den gekrümmten Zeigefinger hält sie in die Luft gereckt. Auf den ersten Blick könnte man meinen, sie würde unseren Mannschaftskapitän segnen, aber dann fällt es mir auf einmal wieder ein. Die Geste sollte bedeuten, dass wir zischen. Wir haben uns immer die Fingerspitzen geleckt, einander in die Taille gepikt und so getan, als wären wir heiß wie Spiegeleier in der Pfanne.

«Das war an dem Tag, als dein Vater ausgeflippt ist», sagt Ashley. «Wahrscheinlich habe ich es deswegen behalten.»

«Das habe ich gemacht, oder?» Ich reiße mich von dem Bild los und sehe sie an.

Sie nickt.

«Ich kann nicht fassen, dass ich mich nicht daran erinnert habe. Und dass du es behalten hast.» Plötzlich sind wir beide völlig nüchtern. Der Alkohol kann der Tiefe unserer Gefühle nichts mehr anhaben.

«Damals war es wichtig.» Ashley schaut zu Boden.

Ich möchte sie bitten, mir das zu erklären, doch dann bemerke ich etwas anderes an ihr. Etwas sagt mir, dass dies kein reiner Höflichkeitsbesuch ist.

«Ich soll es tun, oder?», frage ich.

Sie zuckt die Achseln, ihre Augen schimmern feucht.

Ich schüttle den Kopf und halte ihr das Foto hin. «Ich mache das nicht mehr. Ich habe genug gesehen. Ich habe dir doch gesagt, dass ich aufgehört habe.»

«Bitte!», sagt sie, ihre Stimme nur noch ein heiseres Flüstern. «Bitte. Meine Mutter liegt im Sterben, und ich muss wissen, dass mit mir alles in Ordnung kommt, dass ich es überstehe.»

«Das kann ich dir doch gar nicht sagen! Ich habe keine Ahnung, was ich sehen werde ... Ich sehe einfach nur!»

«Das ist mir egal», sagt sie und fängt an zu weinen. Und weil Ashley Simmons noch nie, wirklich niemals, vor mir geweint hat, noch nicht mal in der dritten Klasse, als sie vom Barren gefallen ist und sich den Arm gebrochen hat, regt sich in mir ein winziger Funke Mitgefühl.

«Oh Gott! Also gut!» Ich packe sie am Ellbogen und ziehe sie ins Haus.

Dann sitzen wir beide am Küchentisch, ich starre und starre, und dann ist es so weit. Mein Gehirn verliert die Kontrolle über meine Muskeln, und der Krampf windet sich seinen schmerzhaften Weg nach oben. Ashley hält meine Hand, während der Funke durch mein Blut rauscht, durch meine Adern, mitten durch meine Seele. Ich drücke ihre Hand, froh, dass sie an meiner Seite bleibt, bis der schwarze Mantel sich wieder hebt, bis ich wieder an die Oberfläche komme.

Im Krankenhaus riecht es nach der typischen schwachen Mischung aus Bodenreiniger und Desinfektionsmittel. Die grellen Neonlampen an der Decke beleuchten schonungslos die Augenringe und tiefen Falten, die sich in die Gesichter der Wartenden gegraben haben. Falten, die die Auseinandersetzung mit Leben und Sterben mit sich bringt. Krankenschwestern in rosa Kitteln hasten aneinander vorbei, freundlich, aber nicht wirklich herzlich, weil alle im Stress sind, und alle haben Klemmbretter mit lebenswichtigen Informationen dabei.

Ich stehe direkt neben den Automaten am Ende des

Flurs, gegenüber von zwei Krankenzimmern. Die Glasfenster in den Türen machen Privatsphäre unmöglich, auch wenn an der linken Tür wenigstens ein billiger Vorhang vorgezogen wurde. Ein erschöpft wirkender Arzt geht langsam an mir vorbei, streift mich fast und wirft drei Münzen in einen der Automaten, der daraufhin ein Twix ausspuckt. Der Arzt wickelt den Schokoriegel aus und lehnt sich gegen die Wand. Sein Seufzer ist Ausdruck tiefster Erschöpfung.

Ich beobachte ihn, frage mich, ob ich seinetwegen hier bin, aber er kaut nur weiter an seinem Schokoriegel, genießt die kurze Verschnaufpause. Plötzlich tritt Ashley aus dem Zimmer ohne Vorhang. Ich weiß nicht, warum ich sie nicht schon eher gesehen habe, denn als ich jetzt durch das Fenster in den Raum schaue, sehe ich, dass die Patientin im Bett ihre Mutter ist. Schläuche führen in sämtliche Körperöffnungen, ein Monitor überwacht piepsend die Herztöne, und eine Infusion führt direkt in die Beuge ihres dünnen, altersschwachen Arms. Sie ist nur noch ein Schatten der Frau, die sie einst war.

Der Arzt hat das Twix aufgegessen, zerknüllt die Verpackung und wirft sie in den Abfalleimer. Er nickt Ashley kurz zu und huscht davon wie ein verschrecktes Kaninchen. Ashley angelt einen zerknitterten Dollarschein aus der Hosentasche und versucht, ihn in den Notenschlitz zu schieben, doch der Automat verweigert die Annahme. Sie versucht es wieder und wieder und dann noch einmal, aber die Maschine spuckt den Schein immer wieder aus.

«Verdammte Scheiße, ich will doch nur so ein saudummes Snickers!», schreit sie, die Hände zu Fäusten geballt, und boxt gegen das Glas. «Ist das auch schon zu viel verlangt? Ein Scheiß-Snickers?»

Eine Flut von Tränen ergießt sich über ihr Gesicht, es ist wie ein Dammbruch, und Ashley lehnt sich an den Automaten, als könnte ein altersschwacher, verbeulter Süßigkeitenautomat in einem Durchschnittskrankenhaus in unserer kleinen Stadt ihr tatsächlich Halt geben, der heilbringende Retter für sie sein. Ihr ganzer Körper bebt, sie schluchzt herzzerreißend, und ich verspüre nur den Wunsch, sie zu umarmen und zu trösten, weil das nun mal meine Art ist. Oder meine Art war, bis jetzt, mein Leben lang. Aber ich weiß, dass ich das nicht kann, dass meine Beine sich nicht bewegen würden, meine Stimme keinen Widerhall hätte, und ich kann nur flüstern, wieder und wieder flüstern: «Alles wird gut, Ashley. Alles wird gut.» Denn wenn ihr Schmerz im Augenblick auch unerträglich scheint, weiß ich, dass irgendwann alles wieder gut sein wird. Ich habe es auch überlebt.

Zu meiner Linken sind Schritte zu hören, und als ich mich rasch umdrehe, sehe ich meinen Vater näherkommen. Meinen Vater! Meinen Vater? *Er nimmt keinerlei Notiz von Ashley, die wie ein Häuflein Elend auf dem Boden kauert, und bleibt direkt vor der Tür ihrer Mutter stehen. Seine Schultern sacken zusammen. Sogar von hinten kann ich erkennen, dass sein Körper sichtlich kleiner wird. Der Kopf sinkt auf die Brust, dann holt er tief Luft, und der Rücken streckt sich ein wenig.*

«Wie geht es ihr?» Ashley hat noch immer die Augen geschlossen, aber die Frage ist eindeutig an meinen Vater gerichtet, als hätte sie ihn erwartet, als hätte sie gewusst, dass er kommen würde!

Er dreht sich zu ihr um, das Gesicht um zehn Jahre gealtert, seit ich ihn zum letzten Mal gesehen habe, seit er wieder in seinem Haus wohnt und mir versichert hat,

dass er seine Sucht in die Knie gezwungen hat. Die Ge-
sichtshaut wirkt schuppig, die Tränensäcke sind teigig
und dunkel.

«Sie können noch nichts sagen», antwortet er mit
brüchiger Stimme.

Ashley lässt den Kopf hängen, wie um Zuflucht zu
suchen, als aus dem Zimmer ihrer Mutter plötzlich ein
schriller Pfeifton ertönt. Ashley springt auf, rast in das
Zimmer, und drei rosa gekleidete Krankenschwestern
eilen an meinem Vater vorbei ans Bett.

Mein Vater schlägt mit der Hand gegen die Glas-
scheibe, ein stummes Wehklagen, und das Letzte, was
ich sehe, ehe ich wieder verschwinde – mit sehr viel
mehr Fragen als Antworten –, sind seine Finger, die
langsam am Fenster hinuntergleiten, und die feuchte
Kondensspur, die sie auf dem kalten Glas hinterlassen,
ein deutlicher Abdruck seiner Hand, der langsam ver-
blasst und dann ganz verschwindet, genau wie ich.

Mein Speichel schmeckt nach saurer Grapefruit, und mein
Kiefer pocht, als hätte mir jemand einen Kinnhaken ver-
setzt oder als hätte ich stundenlang mit den Zähnen ge-
knirscht. Mit flatternden Lidern versuche ich mühsam, die
Augen scharf zu stellen, und erkenne schließlich über mir
Ashleys ernste Miene.

«Wie lange war ich weg?», frage ich und setze mich
mühsam auf, die Hände hinter mich auf das Sofa gestützt,
die Ellbogen spitzwinklig wie zwei Geodreiecke.

«Eine Stunde etwa», sagt sie und hilft mir auf. «Dein
Kopf ist auf den Tisch geknallt, da habe ich dich hier rüber-
gezerrt.»

«Das war definitiv das letzte Mal. Ich gehe in Pension. Es
ist zu viel. Zu heftig.» Sie nickt, verständnisvoll und ängst-

lich zugleich. «Aber ich habe es getan, weil ich dich verstehen kann.» Unsere Blicke treffen sich. In unseren Augen liegt zu viel Traurigkeit für so junge Menschen wie uns. «Ich meine, ich habe mich wahrscheinlich schon immer gefragt, was anders hätte sein können, wenn ich gewusst hätte, was in der Zukunft passiert. Wie oft habe ich mir das gewünscht, nachdem meine Mutter krank geworden und gestorben ist?»

«Ich weiß», sagt Ashley. «Es war damals im Zelt zu spüren.»

«Dann weißt du auch, dass ich trotzdem nichts ändern kann. Dass ich nur sehe, was geschehen wird. Was geschieht, geschieht.»

Sie nickt.

«Ich habe deine Mutter gesehen.» Ich seufze. «Sie ist sehr krank.»

«Das weiß ich bereits», sagt Ashley leise.

«Aber mein Vater war auch dabei. Was hat mein Vater da zu suchen?»

Neunzehn

Eine Woche vergeht, und der Sommer hat sich genauso schnell wieder verabschiedet, wie er gekommen ist. Um uns herum frischen bereits die Herbstwinde auf; dieses Jahr gibt es keine Zugabe des Sommers, keine allerletzten Tage am See, keine Grillabende in den letzten Strahlen des Sonnenuntergangs.

Ich habe den Herbst immer geliebt, genauso wie die letzten Tage eines Schuljahres, aber jetzt erinnert mich die Jahreszeit nur daran, dass die Dinge sich zu schnell verändern – eben noch stehst du im Tanktop im Garten und jätest Unkraut, und schon wühlst du im Kleiderschrank nach den warmen Pullovern. Aber weil ich inzwischen zumindest versuche, mich abzulenken und, im besten Falle, mich selbst an den Haaren aus dem Sumpf zu ziehen, entschließe ich mich, Elis Auftrag auszuführen und durch den Sucher der Kamera zu dokumentieren, was sich in der Westlake High regt und bewegt.

«Also versuchst du doch, ihm zu gefallen», sagte Susanna gestern während der ersten Kostümprobe beim Anblick der Kamera um meinen Hals.

«Sei nicht so streng mit mir!», antwortete ich, ehe ich Wally zurechtwies: *Wally, schalt bitte in Sachen Jazz Hands einen Gang zurück!*

«Hey, Kumpel, wir sind hier in den Fünfzigern, und du bist der Platzhirsch der Schule», erklärte Darcy vom Klavierhocker aus. «Wir sind hier nicht bei *A Chorus Line.*» Die Kids im Ensemble lachten, und Darcy wuchs sichtlich ein

paar Zentimeter. Darcy hatte Midge Miller neulich mitge-
teilt, das sie doch ganz übernehmen würde. Midge hatte
lediglich ihre arthritischen Finger knacken lassen, die Achseln gezuckt und war aus dem Saal geschlurft.

«Ich tue das nicht, um ihn zu beeindrucken», sagte ich,
wieder an Susanna gewandt. «Es macht mir einfach Spaß;
das weißt du doch.»

«Und wer sagt, dass nicht beides stimmt?» Ihr Fuß
wippte im Takt. «Außerdem war das nicht als Kritik gemeint. Du hast schon immer gern getan, was andere von
dir verlangt haben.»

Wie wahr, dachte ich, während ich den Teenies dabei
zusah, wie sie sich mit der Choreographie abmühten. Für
die meisten war der Handjive in etwa so natürlich wie
Mandarin zu sprechen. Ellbogen standen im Weg, Knie
prallten gegeneinander, ein einziges Chaos aus mangeln-
dem Rhythmusgefühl und viel zu komplizierter Choreographie.

Ich bin in den letzten fünf Tagen immer wieder durch die
Flure gestreift, habe unangemeldet in den Klassenzimmern
vorbeigeschaut, in der Turnhalle rumgelungert und heim-
liche Schnappschüsse von meinen Schülern gemacht. Das
Prom-Komitee hat sich letzten Mittwoch in meinem Büro
getroffen, und anstatt die ewig lange To-do-Liste selbst zu
diktieren – die Einladungen müssen in Druck, die Betreuer
müssen ernannt werden, die Eclairs, von denen alle begeistert waren, bei der Großbäckerei in Tarryville bestellt werden –, habe ich CJ einfach meine Liste in die Hand gedrückt
und fotografiert, fotografiert, fotografiert, während der
Rest sich um die Details kabbelte. Eigentlich unglaublich,
dachte ich, als sie wieder gingen, mit rosigen Gesichtern
und immer noch durcheinanderredend – *Baskenmützen!
Kanapees!* –, sobald ich einen Schritt zurücktrat und die

Hände vom Steuer nahm, kamen sie ganz wunderbar auch ohne meine Hilfe zurecht.

Es klingt vielleicht seltsam, aber das Gleiche gilt für Darcy und meinen Vater. Nicht, dass Darcy ihn auf einmal von seiner Schuld freigesprochen hätte, nein, aber es schwingt weniger Groll mit, wenn sie von ihm spricht, weniger Wut, wenn sie *mit* ihm spricht, was die beiden inzwischen regelmäßig tun. Meistens geht es dabei um mich und meine mentale Verfassung. Manchmal höre ich sie flüstern, wenn sie glauben, ich wäre eingeschlafen oder vor dem Fernseher in Ohnmacht gefallen.

«Ich weiß nicht, was ich mit ihr machen soll», sagte mein Vater eines Abends, als er dachte, ich wäre außer Hörweite. «Ich ertrage es nicht, sie in diesem Zustand zu sehen! Ich bringe diesen Burschen um!»

«Lass sie», antwortete Darcy, so wie sie es immer tut. «Sie kommt da durch. Sie ist stärker, als du glaubst.»

Ich belausche ihr Hin und Her, viel zu erschöpft, um zu ihnen rauszugehen und *Hallo! Ich kann euch hören!* zu sagen, aber mir ist nicht entgangen, wie viel Darcy von mir hält, wie viel Vertrauen und Glauben sie in mich setzt, viel mehr als ich vielleicht jemals in sie. Und es ist, ehrlich gesagt, schwer vorstellbar, dass ich in mich selbst je so viel Vertrauen und Glauben gesetzt hätte.

Während ich in der vergangenen Woche durchs Schulhaus gestreift bin, konnte ich nicht anders, als diesen Kids und ihrem reinen Gefühl von Unbesiegbarkeit mit Ehrfurcht zu begegnen. Ich war auch mal so. Auch Tyler und ich waren damals unzertrennlich Arm in Arm gegangen, und genau wie CJ und Johnny Hutchinson oder Gloria Rodriguez und Alexander Parsons oder all die anderen Pärchen, die sich in den Fluren und auf dem Parkplatz und in der geheimen Nische hinter der Turnhalle tummeln, kamen wir uns zu zweit strahlender, mutiger und viel menschlicher vor, als wir es allein gewesen wären. Ich nahm die Kamera vors Gesicht und hielt ihr Draufgängertum fest; nicht nur für das Jahrbuch, sondern auch für mich selbst, um mich daran zu erinnern, dass auch ich mal unbesiegbar gewesen war.

Als ich den Kunstsaal betrete, um Eli die Kamera zurückzubringen, steht er mit dem Rücken zur Tür am Fenster. Ich lege ihm die Nikon auf den Tisch. Ich will ihn nicht ansehen, will auf keinen Fall bleiben, denn obwohl seit meiner Vision bereits zwei Monate vergangen sind, obwohl ich alles Mögliche unternommen habe, *um nicht mehr daran zu denken!*, obwohl mein Mann mich verlassen hat, meinen Mut gebrochen und mich dann mehr in Harnisch versetzt hat, als ich es je für möglich gehalten hätte, bin ich noch immer entnervt über meine Eifersucht auf Elis Freundin.

«Hier», sage ich, ohne ihn anzusehen, obwohl er sich längst zu mir umgedreht hat. «Die bringe ich zurück. Mission erfüllt, und ich bin mir ziemlich sicher, dass für euer Jahrbuch ein paar ganz gute Sachen dabei sind.»

«Und, wie wars?», fragt er, macht drei Schritte und setzt sich an einem der Zeichentische auf einen Hocker. Er zieht ihn näher heran, und die Beine schrammen quietschend über den Fliesenboden.

«Ganz nett, glaube ich.» Ich spüre, wie ich knallrot anlaufe.

«Ganz nett?» Er lacht, ungläubig, aber trotzdem freundlich. «Und das von einem ehemaligen Fotofreak? Du fandest es einfach nur ganz nett?» Er zieht einen zweiten Hocker heran, eine eindeutige Einladung.

«Okay. Es war ziemlich toll», gebe ich zu, ohne mich zu setzen. Ich frage mich, ob er weiß, dass mein Mann mich

verlassen hat, bis mir einfällt, dass er es natürlich weiß – es
hätte ebenso gut in der Zeitung stehen können.

«Setz dich», sagt er. «Ich bin müde. Und du siehst auch
müde aus.»

Ich *bin* müde, und anstatt mich zu streiten, gebe ich nach.

«Was war dein Lieblingsmotiv? Damals, als du noch viel
fotografiert hast?» Er verschränkt die Finger, die Hände
ruhen auf dem Tisch, die Fingernägel sind gesprenkelt mit
roten und blauen Farbspritzern.

«Oh Gott, daran kann ich mich wirklich nicht erinnern»,
sage ich, aber das ist nicht wahr. Ich kann mich sehr wohl erinnern, augenblicklich sogar. In den letzten beiden Monaten
vor ihrem Tod lag meine Mutter meistens im Bett, lahmge-
legt, gequält, weil sie ans Haus gefesselt war. Der Tatendrang
meiner Mutter war grenzenlos, eine Leidenschaft, die sie zur
Musik gezogen hatte und ihre Liebe zu allem durchdrang,
was lebte. Im Sommer kümmerte sie sich um ihren Garten;
im Winter packte sie sich lagenweise in lange Unterwäsche
und verschwand stundenlang in den dichten Wäldern der
Umgebung. Von diesen Spaziergängen kam sie mit brennen-
den Wangen und leuchtend roter Nase zurück, kochte für
uns alle heiße Schokolade und setzte sich dann mit uns aufs
Sofa, um einen Film anzusehen. Ich konnte der Kälte noch
nie etwas abgewinnen und versuchte immer, mich vor diesen Spaziergängen zu drücken. Luanne begleitete sie ab und
zu, doch Darcy kam, sobald sie groß genug war, begeistert
mit, vor allem in jenem letzten Jahr.

Als meine Mutter dann zu krank war, um etwas anderes einzuatmen als stickige Krankenhausluft, beschloss ich,
die Natur zu ihr zu bringen. Darcy und ich streiften draußen durch die Gegend, durch die Wälder, und ich knipste,
knipste, knipste. Es war Sommer, und wenn Darcy neben
der umgestürzten, uralten hohlen Eiche durch den Bach

watete, war meine Mutter – *klick* – mit dabei. Oder wir stolperten über einen Flecken Wildblumen, die stur auf einem winzigen Sonnenkissen wuchsen, und *klick*. Ich eilte, so schnell ich konnte, in die Dunkelkammer, und dann: *Hier, Mom, schau mal, was ich dir mitgebracht habe.*

Das waren meine Lieblingsmomente, natürlich, meine Lieblingsmotive für alle Zeiten.

«Mein Lieblingsmotiv sind Kinder, glaube ich», sagt Eli. «Wahrscheinlich die in Kenia.»

«Du bist in Kenia gewesen?», frage ich. Ich war noch nicht mal in L. A.

«Letzten März.» Er nickt. «Eine höllische Hitze, ich habe geschwitzt wie ein Tier, aber es war trotzdem unglaublich. Allein schon ihre Dankbarkeit für das, was sie haben. Was im Grunde genommen so gut wie gar nichts ist. Aber diese Kinder! Oh Mann, die haben nie aufgehört zu lächeln. Sie haben auf den dreckigen Straßen Fußball gespielt, gesungen und geklatscht, und obwohl ich eigentlich hingefahren war, um von ein paar Dingen Abstand zu bekommen, habe ich mich zentriert gefühlt, ausgeglichen, verstehst du?»

Tue ich nicht, aber ich nicke trotzdem. «Von was wolltest du Abstand bekommen?»

«Ach, du weißt schon, Beziehungsmist. Eine üble Trennung. Der alte, langweilige Müll.» Er winkt mit seiner blaurot gesprenkelten Hand ab. Er sieht mich an, und ich weiß, dass er es weiß, dass ich ein streunender Straßenköter bin, der sich von emotionalen Fetzen ernährt. Doch er spricht es nicht aus, und einen überschwänglichen Augenblick lang bin ich ihm sehr dankbar, weil er sich weigert, mich zu bemitleiden, weil er nicht fragt: *Was ist denn passiert?*, und dann *Oh Gott, Tilly, ich kann nicht fassen, dass Tyler dich verlassen hat!* sagt, so wie Gracie Jorgenson vor drei Tagen bei Albertson's in der Marmeladenabteilung.

«Ich glaube, ich wollte schon immer nach Paris», höre ich mich sagen, obwohl mir das bis zu diesem Augenblick selbst nicht klar gewesen ist.

«Na, das erklärt das Prom-Night-Thema!», lacht Eli.

«Wahrscheinlich.» Ich stimme in sein Lachen ein, und bekomme einen Krampf im Bauch, wie bei einem viel zu lange nicht beanspruchten Muskel.

«Dann fahr», sagt er.

«Nein, vielleicht irgendwann mal. Aber sicher nicht jetzt.» Ich winke leichthin ab.

«Paris ist wunderbar», sagt er. «Als ich zehn war, haben meine Eltern uns mitgenommen. Mein Vater hat für die Regierung gearbeitet, und wir waren ständig unterwegs. Wir haben sechs Monate lang dort gelebt, und meine Schwestern – vier, alle älter als ich – haben mich mit in die Cafés und zum Schaufensterbummel genommen, wir sind den ganzen Tag durch die Straßen gestreift ...» Er verstummt, verloren in seinen Erinnerungen. «Egal. Du solltest unbedingt hinfahren. Du würdest es lieben.»

«Wieso bist du nicht verheiratet?», frage ich plötzlich. Wie unverfroren von mir! Ich starre ihn entgeistert an und breche in nervöses, fast irres Gelächter aus. «Oh Gott! Tut mir leid! Ich glaube, ich bin im Moment nicht ganz dicht.»

Er stimmt in mein Lachen ein. «Nein, nein, eine faire Frage. Ich glaube, meine Eltern hätten auch ganz gern eine Erklärung dafür. Meine Schwestern sind alle verheiratet, auch wenn eine von ihnen gerade in Scheidung lebt.» Er windet sich ein wenig. «Ich bin bereits fünffacher Onkel, aber ... ach, keine Ahnung. Ich glaube, ich bin immer unterwegs auf der Suche nach dem nächsten großen Abenteuer. Beziehungen haben mir einfach nie so richtig gepasst.»

«Deshalb Kenia», sage ich.

«Eigentlich war Kenia die Reaktion auf die eine Beziehung, an der ich ausnahmsweise festgehalten habe. Aber da wollte sie nicht.»

Wir verstummen in gegenseitigem Verständnis für den Schmerz, so wegwerfbar zu sein.

«Wie dem auch sei. Die Bilder werden dir gefallen», sage ich schließlich, stehe auf und gehe zur Tür.

«Lass uns doch gemeinsam einen Blick daraufwerfen», sagt er.

«Ich hab's eilig», sage ich, obwohl das überhaupt nicht stimmt, aber ich habe das Gefühl, ich hätte bereits zu viel preisgegeben.

«Dann warte kurz.» Er öffnet das winzige Fach am Boden der Kamera, zieht die Speicherkarte heraus, holt eine neue aus der Schreibtischschublade und schiebt sie in den Schlitz. «Das ist bis auf Weiteres deine. Nimm sie. Bring sie mir zurück, wenn du bereit bist.» Er schiebt die Kamera in meine Richtung über den Tisch.

«Ich kann nicht.» Sage ich, auch wenn ich weiß, dass ich kann, dass ich sogar gerne würde.

«Doch, du kannst», sagt er, als könnte er Gedanken lesen.

Auf dem Weg von der Schule nach Hause fahre ich beim Geschäft meines Vaters vorbei. Darcy hat angeboten, ein- bis zweimal pro Woche auszuhelfen, um sich ein bisschen Geld zu verdienen. Als sie schließlich letzte Woche ihren Chef in der Bar, in der sie in L. A. kellnerte, anrief, um ihm zu sagen, sie wüsste nicht, wann sie zurückkäme, meinte der, kein Problem, er hätte sie bereits im August gefeuert.

Von Ende September bis Anfang November herrscht im Laden tote Hose, wegen des vorweihnachtlichen Sparplans, den sich zu viele Haushalte auferlegen. Es ist nicht kalt genug, um über den Austausch alter Heizstrahler nachzudenken, und nicht warm genug für eine neue Klimaanlage. Ist erst mal November, werden die Kunden sich wieder die Klinke in die Hand geben: DVD-Spieler für die Ehefrau, die endlich regelmäßig Yoga machen möchte (auch wenn sie es nie tun wird); Riesenflachbildschirme für den Ehemann, der jetzt schon viel zu viel Zeit vor dem Sportkanal verbringt; Wii-Stations für die Teenager, die besser lernen sollten. *O Gott, Weihnachten!* Ich frage mich, ob ich es fertigbringe, Tylers imaginäre Socken mit einem metaphorischen Sack Kohle vollzustopfen. *Möglicherweise.*

Ich betrete den Laden und höre aus dem Büro neben dem Lager streitende Stimmen. Vorbei an Minikühlschränken und Stapeln von Kartons mit Mikrowellen und Digitalkameras bahne ich mir einen Weg nach hinten. In den Eingeweiden des Ladens riecht es nach abgestandenem Kaffee. Immer noch besser, denke ich, als nach schalem Bier, so wie früher.

Als ich den Kopf in das Büro meines Vaters strecke, verstummen beide wie auf Kommando. Sie sehen sich mit untertassengroßen Augen an und hoffen tatsächlich, dass ich nichts mitbekommen habe.

«Hallo, Käferchen», sagt mein Vater. «Was führt dich denn her?»

«Was ist los?», will ich wissen. «Warum habt ihr euch gestritten?» *Warum habt ihr nicht mehr gestritten?*, denke ich, als mir einfällt, dass Darcy meinen Vater seit mehr als zwei Wochen nicht mehr angefahren hat.

«Es ist nichts, Püppchen», sagt mein Vater und lehnt sich zurück. Der klapprige Bürostuhl gibt gefährlich knarzend nach.

Darcy starrt ihn an – wenn Blicke töten könnten! – und zieht die Schultern hoch.

«Wirklich, nichts», sagt er noch mal und erwidert ihren Blick.

«Alles in Ordnung, Darcy?», will ich wissen. «Stimmt etwas nicht mit dir?»

«Hier geht es nicht um mich! Frag ihn!»

«Äh, ist alles in Ordnung mit *dir*, Dad? Stimmt etwas nicht mir *dir*?» Ich lasse mir den letzten Monat durch den Kopf gehen, frage mich, ob es etwas gibt, das besonders schiefgelaufen ist, ob mein Vater immer nüchtern war oder nicht, ob ich wirklich auf ihn aufgepasst habe, versucht habe, am Ball zu bleiben. *Nein, nein, ich kann mich nicht erinnern.* Ich beäuge ihn von Kopf bis Fuß.

«Mir geht es gut; alles in Ordnung mit mir», sagt er, und ich nicke, weil er tatsächlich diesen Eindruck macht. Außerdem habe ich genug eigene Probleme.

«Ich halt's nicht aus!», ruft Darcy und verlässt wütend das Büro. Kurz darauf fällt klirrend die Ladentür ins Schloss, und weg ist sie. Ich weiß, dass sie kochend vor Wut in meinem Auto auf mich warten wird, wieder genau da, wo wir angefangen haben, bevor diese ganze Scheiße sich über mich ergossen hat: vor der Sache mit meinem Vater, vor der Sache mit Tyler, vor den Visionen von meiner königlich verkackten Zukunft.

«Du solltest nach ihr sehen», sagt mein Vater seufzend und kneift sich in die Nasenwurzel, eine Angewohnheit, die ich von ihm geerbt habe. «Es ist nur das Übliche zwischen uns. Nichts weiter. Mach dir keine Sorgen.»

«Okay.» Ich wende mich zum Gehen. «Ach, übrigens, bist du eigentlich mit Valerie Simmons befreundet? Mit Ashleys Mom?» Ich bin mir sicher, ich wüsste, wenn sie befreundet wären, aber das Bild von ihm im Krankenhaus will mir einfach nicht aus dem Kopf. Seine Hände gegen die Glasscheibe gepresst, eine demütige Trauergeste.

«Mit wem?», fragt er, bereits wieder in die Unterlagen auf seinem Schreibtisch vertieft.

«Ach, niemand», sage ich, ehe ich mich auf den Weg zu dem Tornado in meinem Auto mache. «Vergiss es.»

Zwanzig

Die große Galapremiere von *Grease* ist für das jährliche Homecoming am zweiten Oktoberwochenende geplant, wenn die ganze Stadt sich sprichwörtlich in eine leicht selbstironische Schneekugel verwandelt, voll rot-weißer Luftschlangen, rot-weißer Wimpel, Wizard-Hexenhüten, Wizard-Zauberstäben und Wizard-Glitter, der noch Tage, nachdem die Westlake-Wizard-Parade durch die Stadt gezogen ist, auf sämtlichen Straßen und Bürgersteigen liegt. Ehemalige Spieler kehren zurück und winken aus Cabriolets ihrer Familie und ihren Freunden zu, die kreischen und jubeln und klatschen, als wäre der leise Hinweis darauf, dass diese ausgewachsenen Männer – ob fünfundzwanzig oder fünfunddreißig oder fünfundsechzig – den Höhepunkt ihrer Karriere bereits mit achtzehn hinter sich hatten, nicht zumindest ein winziges bisschen gruselig. Ich hatte die Sache bis jetzt, ehrlich gesagt, noch nie in diesem Licht betrachtet. Erst jetzt, wo ich keinen Ehemann mehr habe, dem ich mit verklärtem Blick zujubeln kann, während er und seine ehemaligen Klassenkameraden durch die Gegend kutschiert werden wie Könige auf einem leicht angerosteten Thron.

«*Kommst du zum Homecoming?*», habe ich ihn vor drei Tagen per SMS gefragt, der festen Überzeugung, er würde niemals eine Gelegenheit verpassen, sich hochleben zu lassen – dafür lebten diese Männer schließlich. Aber sechs Stunden später kam die Antwort: «*Nein, brauche noch etwas länger. Wird wahrscheinlich Ende Oktober. RDA.*»

Ich habe mehr als eine halbe Stunde damit verbracht rauszukriegen, was RDA bedeuten soll – *Reicht doch auch? Riesendummheit, aber?* –, bis Luanne mir über die Schulter schaute und «Ruf dich an» sagte, gefolgt von einem halblauten «A-Loch!», was von mir mit einem ganz und gar nicht halblauten «Amen!» quittiert wurde. Ich widerstand dem Drang, mit einem kurzen und prägnanten «LMAA!» zu antworten («Ich glaube, das würde sogar er verstehen!», war Luannes Kommentar), und beließ es bei einem schlichten «RMA».

Drei Tage später, am Homecoming-Morgen, hat er es immer noch nicht getan – mich angerufen –, auch wenn sein Schweigen alles sagt, was es zu wissen gibt. Dass in nicht allzu ferner Zukunft der Wind von Westen kalten Regen bringen wird, dass er mit Austin sein Hab und Gut aus dem Haus schleppen wird – alles, was er angesammelt hat, während er sich mit mir sein Leben aufbaute –, aus dem Haus, aus der Stadt, aus meinem Leben. Einen flüchtigen Moment lang denke ich – leicht errötend – darüber nach, ob ich die Heilsarmee anrufen und seinen ganzen Krempel einfach abholen lassen soll – die Sweatshirts, die ich ihm geschenkt habe, den Ball, den er bei einem Mariners-Spiel ergattern konnte, die Golfschläger, die er vor zwei Jahren von mir zu Weihnachten bekommen hat.

Ha! Ja! Ha, ha! Ich fahre mit dem Rouge-Pinsel über meine rechte Wange, und ein Lächeln wärmt mir die Glieder. *Wäre das ein Spaß! Das große Finale – er kommt zurück, um seine Sachen zu packen, und stellt fest, dass es nichts mehr zu packen gibt.* Ich schwelge in meiner Phantasie, wohl wissend, dass ich nie den Mut hätte, es wirklich zu tun. Aber zumindest in der Vorstellung schwelgen kann ich.

Der Beginn der Homecoming-Parade ist für elf Uhr angesetzt, und Darcy und Murphy's Law sind eingeladen worden, an der Haupttribüne zu spielen. Ich gehe nur deshalb hin. Ich habe versucht, Susanna zu überreden, mir das übliche Last-Minute-Chaos von *Grease* zu überlassen – irgendwer hat, Gott weiß wie, literweise Wasser über die Kulisse für *Beauty School Dropout* gekippt, die jetzt nur noch ein einziges Meer aus Glitter, Blau, Silber und Gold ist, und der Chor (also die Kids, die wirklich überhaupt nicht singen können, aber dringend ein Musikwahlfach belegen mussten und deshalb ins Ensemble verbannt wurden) hat den Handjive immer noch nicht im Griff. Aber Susanna hat nur tadelnd den Kopf geschüttelt und mich weggescheucht.

«Scotty hat sich freiwillig gemeldet», sagte sie mit nach oben gekräuselten Mundwinkeln. «Er bringt den Kaffee, und wir übermalen zusammen die Kulisse.»

«Nett.» Ich lächelte zurück.

«Ist doch nichts dabei», meinte sie, aber wir glaubten ihr beide kein Wort.

Also bin ich trotzdem hier, obwohl dies wahrscheinlich der letzte Ort auf Erden ist, an dem ich im Augenblick sein möchte: inmitten der Horde Menschen, die vor zehn Jahren bei der Landesmeisterschaft noch all ihre Hoffnungen auf Tylers Wurfarm gesetzt hatten, die uns zur Hochzeit ganze Schinken oder billige Messersets geschenkt und sich, als Tyler mich verlassen hat, mit Sicherheit die Ohren heiß telefoniert haben. Ich bin hier, um meiner kleinen Schwester beizustehen, weil sie in den letzten, finsteren Monaten dasselbe für mich getan hat.

Die Parade startet auf dem Parkplatz, auf den ich damals im Juli eingebogen bin, um mir mit Tequila das Hirn zu betäuben, weil ich keine einzige Sekunde Klarheit mehr ertragen konnte. *Klarheit.* Das Wort geht mir nicht aus dem Kopf, und ich muss fast lachen, denn was auch immer Ashley zu bewirken hoffte, sie hat genau das Gegenteil erreicht. Ich habe versucht, mein Gehirn runterzufahren, es daran zu hindern, ständig über ungelöste Fragen nachzugrübeln, die meine Visionen erst aufgeworfen haben, oder darüber, warum diese Fragen überhaupt eine Rolle spielen. *Es passiert doch alles sowieso.* Was hat es also für einen Sinn? Ich habe genug von den Themen anderer Leute – von Ashley und meinem Vater und Darcy –, von ihren Problemchen und Sorgen und Nöten. Ich habe genug von dem Mist der anderen, und ich bin nicht mehr bereit, mir das anzuschauen, bei Gott nicht! Nicht wenn dabei immer nur die Erkenntnis herauskommt, dass am Horizont noch mehr Mist auf uns wartet.

Ich sehe einem Zeitungsreporter zu, der Rektor Anderson interviewt, und entdecke direkt daneben das breite Grinsen von Rektor McWilliams aus meiner Zeit an der Westlake High. Sein Gesicht sieht inzwischen aus wie gegerbtes Rindsleder, und seine Dritten sind immer noch eine Nummer zu groß für seinen Mund. *Gott, manche Dinge ändern sich tatsächlich nie.*

Inzwischen haben sich mehrere Hundert treuer Fans versammelt, die meisten reich geschmückt mit rot-weißen Gesichtsbemalungen, lächerlichen Zauberhüten oder irgendwelchen anderen Schulkult-Utensilien. Am Rand, direkt vor dem Schnapsladen, ist eine Bühne aufgebaut, gesäumt von zwei großen Lautsprechern, aus denen Feedbackgeräusche ins Publikum schrillen. Heute ist einer dieser perfekten Herbsttage, an denen alles stimmt: klare, kühle Luft, leuchtend rotes Laub an den Bäumen und endlich der strahlende Sonnenschein, nach dem wir uns alle wochenlang gesehnt haben. Ich schaue mich um und frage mich, ob Ashley sich heute blicken lässt. Ich habe sie seit ein paar Tagen nicht mehr gesehen. Sie ist vor einer halben Woche unangemeldet in meinem Büro aufgetaucht und hat mich beim Zeitschinden erwischt.

«Sie hatte einen Anfall», sagte sie, das Gesicht in die Hände vergraben. «Die Augen waren ganz verdreht, und ich habe den Notarzt gerufen …» Sie musste Luft holen. «Das war's wohl. Sie kommt in die Hospizabteilung. Sie wird nie mehr nach Hause kommen.» Ashleys Blick fiel auf meine Wand mit den Polaroids, und sie versuchte zu lächeln. «Ich wünschte, ich wäre noch mal sechzehn.»

«Nein, tust du nicht. Du hast es gehasst, sechzehn zu sein.»

«Stimmt.» Sie zuckte die Achseln. «Aber zweiunddreißig gefällt mir auch nicht.»

Mir war klar, dass sie auf mein Angebot wartete, ihr mehr zu erzählen, darauf, dass ich ihr einen Schnellvorlauf in die Zukunft anbot, um ihr zu sagen, wann sie – wann wir alle – aus diesem tiefen Tal wieder herauskommen. Aber sie fragte nicht, und ich bot es ihr nicht an, denn ich hatte inzwischen wirklich begriffen, dass es keinerlei Garantie dafür gibt, dass wir jemals wieder aus diesem Tal herauskommen, und mal ehrlich: Wer will schon wissen, dass das Unglück vielleicht nie ein Ende nimmt?

Ich lege den Kopf in den Nacken und schaue himmelwärts: Nicht der leiseste Hinweis auf den kommenden Sturm, der Tyler zurück in die Stadt fegen wird, dafür ganz hinten mein Vater, der winkt und sich langsam nähert. Er trägt sein Elks-Club-Jackett, bereit, mit seinen Kameraden durch die Stadt zu marschieren, Nachbarn und Freunden zuzuwinken, als würde man sich nicht sowieso jeden Tag an der Tankstelle oder im Supermarkt über den Weg laufen.

Ich bin selbst dreimal in der Parade mitgelaufen, während der High School, als Cheerleader für die Westlake Wizards. Wir flippten jedes Jahr völlig aus, warfen unsere Beine in die Luft und schleuderten die Pompoms mit einem

Elan, den nur Teenager an den Tag legen können, schrien uns unsere hormongebeutelten Lungen aus dem Hals, um unsere Baseball spielenden, Basketball spielenden, Football spielenden Freunde zu bejubeln, die eben erst als frischgebackene Herbstmeister zurückgekehrt waren. Im Senior Year hatte ich gerade die Ziellinie überschritten, die Wizard Band tobte noch in meinem Rücken, als Tyler quasi über mich herfiel, mich über seine Schulter warf und in seinen Truck verschleppte, wo wir eine besonders schräge Version von «La Bamba» zum Besten gaben.

Letztes Jahr hat Tyler sich zum ersten Mal vor der Parade gedrückt. Er hat zwar gesagt, er sei krank, aber inzwischen bin ich davon überzeugt, dass auch das ein Warnsignal gewesen ist, eine Alarmglocke, die ich schlicht überhört habe. Als ich mit roten Wangen und jeder Menge *Das glaubst du nie!»*-Geschichten nach Hause kam, war die Wohnung verlassen. Als er eine halbe Stunde später zurückkam, saß ich schon wieder über einer Unmenge College-Bewerbungen, und ich weiß noch, dass er verschwitzt aussah und ganz offensichtlich wieder bei bester Gesundheit war.

«Mir geht's wieder gut», sagte er, ehe er nach oben unter die Dusche verschwand. «Also bin ich Laufen gegangen.» Ich nickte und habe bis jetzt nicht wieder daran gedacht. Diesen Streich spielt uns unsere Erinnerung ja öfter: Auf einmal tauchen längst vergangene Momente aus unserem Leben wieder auf, und uns wird klar, dass uns damals der wichtigste Aspekt daran entgangen ist.

«Ich weiß nicht, wer ich ohne dich bin.» Tylers Worte hallen durch meinen Kopf. Ich fange langsam an zu begreifen, dass in gewisser Weise auch alles, was ich in Westlake geworden bin, mit ihm zusammenhängt. Das Problem ist nur, dass ich nicht weiß, wie ich mich lösen soll. Vielleicht ist das schon immer so gewesen, grüble ich, während ich

meinen Vater mit einem Küsschen begrüße und Dante zum Startschuss für die Festlichkeiten die Bühne erklimmt. Vielleicht bin ich nur einfach nie auf die Idee gekommen, es könnte irgendwann wichtig sein, dass ich mich unabhängig von Tyler definiere. Und jetzt kann ich nirgendwohin gehen – wirklich nirgendwohin! –, ohne ihn zu sehen, obwohl ich ihn – und natürlich bleibt mir die Ironie dessen nicht verborgen – nur deshalb überall sehe, weil er nicht mehr da ist.

Bei dem Gedanken an Tyler, an dieses ganze Theater – der Westlake-Flitter in der Luft, die Menge, die sich nur versammelt hat, um den Männern zuzujubeln, die seit Jahren in ihrer glorreichen Vergangenheit schwelgen – würde ich am liebsten kotzen. Wer schmeißt diesen Typen denn eigentlich diese dämliche Parade? Wieso geben wir auch nur einen Fliegenschiss auf Leistungen, die drei Jahrzehnte zurückliegen? Ich wünschte wirklich, Tyler wäre hier, aber nur damit ich ihm endlich eine scheuern kann. *Gott, würde sich das gut anfühlen.*

Ich schwelge förmlich in dieser Vorstellung, spüre sein Gesicht an meiner Hand, lasse ihn spüren, *wie sehr er mich enttäuscht hat*, als mir plötzlich jemand von hinten auf die Schulter tippt. Ich fahre herum, randvoll mit meinen Gewaltphantasien, und sehe Eli vor mir stehen.

Er ist völlig außer Atem, auf seiner Stirn stehen Schweißperlen, und als er sich mit der Hand durch die Haare fährt und Hallo sagt, bleiben die Strähnen einfach kerzengerade stehen.

«Ich wusste, dass ich dich hier finden würde», sagt er und fügt dann, fast entschuldigend, hinzu: «Ich bin hergelaufen, ich wollte noch mal überprüfen, dass die Jahrbuch-Leute auch rechtzeitig vor Ort sind.» Er legt den Kopf schief. «Alles klar?»

Ich will gerade antworten, da erklingt durch die Lautsprecher dröhnend Darcys Stimme, und die Menge antwortet jubelnd, als sie allen dafür dankt, dass sie gekommen sind, was ich irgendwie niedlich finde, weil diese Typen selbst noch zur öffentlichen Westlake-Prostata-Untersuchung kommen würden, aber Darcy hat ihr Publikum schon immer mitgerissen. Ich schiebe Tyler weg – *schwups!* – ja, ich kann dich einfach auslöschen, genau wie du mich.

Das Schlagzeug spielt einen gleichmäßigen Rhythmus, dann setzt schneidend die E-Gitarre ein, und Darcy legt los. Mit ihrer wilden, fast überirdischen Bühnenpräsenz zieht sie uns in ihren Bann und hält uns gleichzeitig auf Abstand. Ich taste in der Tasche nach der Nikon, ohne die Augen von meiner Schwester zu nehmen. *Klick.* Darcy, die sich der Menge entgegenneigt wie ein Superstar. *Klick.* Darcy, die mit geschlossenen Augen völlig in einem Liedtext aufgeht. *Klick.* Darcy, die beinahe lächelnd den Applaus ihres Publikums genießt.

«Sie ist faszinierend», sagt Eli dicht an meinem Ohr. Er riecht nach Pfefferminzzahnpasta.

«Zu schade, dass Tyler nicht da ist», sagt jemand in mein anderes Ohr. Ich drehe mich um und entdecke Ginny Bowles. Ginny hat neben mir ihr Zeugnis entgegengenommen, und wir waren während der High School in derselben Cheerleader-Gruppe. Sie war bis weit in unsere College-Zeit hinein in Tyler verknallt, und obwohl sie inzwischen mit Chuck «The Chicken» Stanley verheiratet ist, dem die örtliche Autowerkstatt gehört, streckt sie immer noch ihren Busen raus und klimpert mit den Wimpern, sobald sie Ty irgendwo über den Weg läuft. «Ich hab gehört, er zieht weg.»

Ich zucke die Achseln und hoffe, sie hält den Mund. *Halt einfach den Mund!* Ich hebe die Kamera wieder ans Auge.

«Stimmt es, dass er dich verlassen hat?» Ihr Atem stinkt nach altem Orangensaft, auf ihren Schneidezähnen klebt fuchsiafarbener Lippenstift. Sie sieht aus wie ein irrer, besoffener Clown.

«Ach, halt den Mund, Ginny», sage ich, und ihre aufgemalten Augenbrauen schießen in die Höhe.

«Ich habe doch nur gefragt, Himmel noch mal!», blafft sie beleidigt.

«Du hast noch nie einfach nur gefragt, Ginny.» Ich lasse die Kamera sinken und sehe sie abschätzend an. Ich frage mich, ob ich es wagen kann, mich wenn nötig auf einen Faustkampf einzulassen.

«Jetzt schieß mal nicht auf den Boten», sagt sie, die Handflächen gespielt unschuldig nach oben gedreht.

«Was soll das denn heißen?», brülle ich los. «Du hast doch überhaupt keine Ahnung, was das bedeutet, es bedeutet nämlich nicht das, was du glaubst! Du bist nicht der Bote, Ginny! Wenn du schon deinen Lippenstift nicht ordentlich benutzen kannst, dann solltest du wenigstens deine dämlichen Sprüche richtig anwenden, verdammt noch mal!»

Trotz der lärmenden Musik haben sich die Leute zu uns umgedreht.

«He, he!», sagt Eli. «Na komm.» Er packt mich am Ellbogen und zieht mich ein paar Schritte zur Seite. «Wollen wir gehen?»

Die tobende Menge um uns herum verschwimmt in einem blitzenden Meer aus Rot und Weiß – das perfekte Abbild meiner Wut.

«Ja», sage ich. Ich spüre meine Halsschlagader pochen, so heftig geht mein Puls. «Ja. Lass uns verschwinden. Bitte bring mich möglichst weit weg von hier.»

Ich schlage vor, essen zu gehen, aber eigentlich haben wir beide keinen Hunger, und außerdem, sagt Eli, hat er eine viel bessere Idee. Er fährt etwa eine Viertelstunde lang, ohne viel zu sagen. Aus dem Autoradio seines klapprigen BMWs ertönt Countrymusik. «Man merkt, dass du nicht von hier bist», sage ich. «Hier fährt nämlich niemand einen BMW.» Lachend will er wissen, ob ein Wagen mit Baujahr 1992 wirklich zählt.

«Darcy wollte immer schon einen BMW», sage ich. «Passt irgendwie. Sie hat sich noch nie unter Wert verkauft.»

«Alles okay wegen vorhin?», will er wissen. «Ich meine, wir müssen natürlich nicht darüber sprechen.»

«Das ist nur uralter Mist. Noch aus der High School, weißt du?» *Ginny Bowles. Die hatte Tyler schon immer im Visier.* Ich starre zum Fenster hinaus und betrachte im Vorbeifahren die strahlenden Herbstfarben. Die Blätter haben sich in der ungewöhnlich kühlen Luft bereits verfärbt; nicht mehr lange, dann werden sie fallen und sich, wenn die Zeit reif ist, wieder erneuern.

«Ach ja. Der typische alte Mist aus der Vergangenheit. Gab es bei dir denn auch was anderes als den Mist?»

«Oh, keine Ahnung, ich hoffe doch.» *Soll sie ihn doch haben. Oder ich verpetze sie so richtig schön. Ja, vielleicht brauche ich morgen spontan einen Ölwechsel, und bei der Gelegenheit werde ich The Chicken mal erzählen, dass seine Frau immer noch hinter meinem Ehemann her ist.*

«Ich bewundere deine positive Einstellung.» Er nickt im Takt zur Musik und dreht das Radio einen Tick lauter. Ich lehne mich gegen die Kopfstütze und schließe die Augen, dankbar für Elis Fähigkeit, mich in Ruhe zu lassen, die Stille zu genießen, anstatt, wie andere es tun würden, einfach weiterzulabern. Ich bin ihm dankbar dafür, dass er versteht, dass alle Menschen ab und zu die Maske sinken lassen müssen, sogar die, die nach außen hin scheinbar immer alles im Griff haben.

«Wir sind da», sagt er nach dem nächsten Song, den ich zwar kenne, aber nicht einordnen kann. Er stellt den Motor ab, und ich zwinge mich, die müden Augen zu öffnen. Fast wäre ich eingeschlafen.

«Wo sind wir?» Ein paar hundert Meter weiter liegt ein verlassener Autorastplatz, den ich von meinen Fahrten nach Seattle kenne, und direkt neben Elis Wagen liegen ein paar zerbrochene Bierflaschen.

«An einem alten Wanderweg. Ich habe ihn vor ein paar Wochen entdeckt.» Wir werfen gleichzeitig die Autotüren zu. «Ich wollte für einen Tag raus aus der Stadt, und da habe ich Scotty Hughes nach ein paar abgelegenen Wanderrouten gefragt. Sein Tipp lag noch ein bisschen weiter die Straße runter, und auf dem Weg habe ich dann das hier entdeckt.»

«Scotty Hughes? Der Typ, der die Kantine führt?» Der eben in diesem Moment mit Susanna in der Aula hockt und die Kulissen neu malt?

«Ja, genau, der. Die Kantine betreibt er nur, um ein geregeltes Einkommen zu haben.» Eli macht einen Schritt von geteertem Untergrund auf das holprige Gelände. «Am Wochenende macht er Extremsport. Ziemlich ehrgeizige Sachen.»

Mit gerunzelter Stirn verdaue ich die Erkenntnis, dass Menschen, deren Oberfläche man bereits seit Jahren kennt, durchaus unentdeckte Schichten haben können, dass man das Glück – Susannas, meins, wessen auch immer – selbst dann noch entdecken kann, wenn man der sicheren Überzeugung ist, dass es einen endgültig verlassen hat, und sei es über den Umweg in die schäbige alte Schulkantine.

«Na komm», sagt Eli. «Und vergiss die Kamera nicht.»

Ich steige vorsichtig über einen Haufen abgebrochener Äste. Während wir hintereinander den laubbedeckten Pfad hinaufgehen, der inmitten der wuchernden Natur kaum auszumachen ist, bin ich überwältigt von der Erleichterung, dass zur Abwechslung mal jemand anderes die Führung übernimmt. Ich nehme den Deckel von der Linse und stecke ihn vorsichtig in die Jackentasche. Atem und Puls sind im Gleichklang. Meine Muskeln haben, um ehrlich zu sein, unter den letzten Wochen auch ziemlich gelitten, und meine Oberschenkel fangen jetzt schon an zu brennen. Meine Beine machen sich offensichtlich über mich lustig. Oh Gott, das werde ich am Wochenende büßen müssen.

Ab und zu dreht Eli sich zu mir um, um nachzusehen, ob ich auch nicht hingefallen bin, wenn er nicht gerade auf den Auslöser drückend gebückt hierhin und dorthin kriecht und mit verrenktem Kopf die Kamera in die ideale Position bringt. Schließlich bekomme ich meinen Atem wieder unter Kontrolle, und dann tue ich genau dasselbe – ich verliere mich hinter der Linse. Und während wir durch dieses unberührte Waldstück streifen, ist es unmöglich, nicht an jene Tage zu denken, als meine Mutter so krank war und Darcy und ich in den Wald flüchteten und versuchten, ihr ein Stückchen davon mit nach Hause zu bringen.

Ich weiß nicht, wie lange wir schon unterwegs sind, als Eli auf einmal hektisch in meine Richtung winkt und flüsternd versucht, mich auf etwas aufmerksam zu machen.

«Schau!», raunt er beinahe unhörbar und deutet auf eine kaum erkennbare Senke zu unserer Linken. Meine Augen versuchen, in dem Dickicht aus Blättern und Zweigen etwas zu erkennen. Ich sehe nur wildes Grün. Doch dann vollzieht mein Gehirn auf einmal die richtige Leistung, ähnlich wie bei den 3-D-Bildern, und auf einmal ist das Bild so klar, dass ich nicht fassen kann, dass ich es nicht von Anfang an gesehen habe.

Inmitten eines Nestes aus zerbrochenen Zweigen und getrocknetem Schlamm liegt ein Rehkitz, die Augen geschlossen, die staksigen Beine eingerollt, und schläft.

Wie in Zeitlupe hebt Eli den Fotoapparat und drückt den Auslöser.

«Wo ist die Mutter?», flüstere ich, als hätte Eli die Antwort. Er zuckt die Achseln, eine winzige Bewegung, als könnte schon das Heben der Schultern diesen Augenblick zerstören.

Ich möchte näher ran, um einen besseren Winkel zu haben. Ich schleiche vorwärts, Zentimeter für Zentimeter, ganz langsam. Das Rehkitz rührt sich nicht. Doch dann werde ich übermütig, bewege mich etwas schneller, fasziniert von diesem unglaublichen, verstohlenen Einblick ins Innerste der Natur.

Plötzlich gibt der Boden unter mir nach. Weil ich den Blick fest auf das schlafende Tier gerichtet habe, dauert es geschlagene drei Sekunden, bis mein Nervensystem meinen Körper eingeholt hat. Ich stolpere, die Hände fliegen vor, der Fotoapparat ist längst zu Boden gefallen. Mit dumpfem Schlag lande ich auf der Seite, und ein Zweig schnellt mir ins Gesicht.

«Alles okay?» Eli eilt zu mir. Seine Kamera schwingt um seinen Hals wie ein Uhrpendel.

Ich sehe nach hinten und entdecke ein ziemlich großes Erdloch, das von Zweigen und Laub verdeckt gewesen ist.

«Das Loch!», sage ich atemlos, erschrocken und verlegen zugleich. «Ich habe es überhaupt nicht gesehen.» Das Rehkitz ist natürlich verschwunden, Hals über Kopf in den Wald geflohen. Meine Wange brennt, ich presse die Hand dagegen, und als ich meine Finger betrachte, sind sie voller Blut.

«Himmel!», sagt Eli und geht in die Hocke. «Du blutest ja.»

«Das ist nichts», sage ich und setze mich auf. Mein linker Knöchel pocht, und ich glaube, ich habe mir das Knie verdreht.

«Das ist nicht nichts!», antwortet er und kramt in seinem Rucksack herum, bis er eine Serviette gefunden hat. «Hier, was anderes habe ich nicht.» Er lächelt und zuckt entschuldigend mit den Achseln.

«Du hast ja auch bestimmt nicht mit einem Unfall gerechnet.» Ich lächle zurück, nehme die zerknitterte Papierserviette und drücke sie mir gegen die Wange.

«Ach. Ich habe schon Schlimmeres gesehen.» Er fegt mit den Händen ein paar Blätter zur Seite und setzt sich neben mich.

«Ich auch. Tut mir leid wegen dem Reh.»

Er winkt ab. «Du hattest ein Motiv vor der Linse, das du unbedingt haben wolltest.»

Schweigend bleiben wir nebeneinander sitzen und lauschen auf die Stille des Waldes. Ab und zu knackt irgendwo ein Zweig, Vögel rufen einander etwas zu, und manchmal huscht ein Eichhörnchen an uns vorbei, in sicherer Entfernung, versteht sich.

Schließlich deute ich an, dass ich bereit bin weiterzulaufen, also steht Eli auf, reicht mir eine kräftige, sichere Hand und zieht mich auf die Beine. Dann bahnen wir uns unseren Heimweg.

Der Zuschauerraum ist voll – wie ich bereits wusste –, und bis jetzt ist die Show ohne nennenswerte Pannen über die Bühne gegangen. Gut, bis auf ein oder zwei Kleinigkeiten vielleicht – der Vorhang, der gleich zweimal auf halbem Weg hängengeblieben ist; der launische Scheinwerfer, der links auf die Bühne gekracht ist und bei *Look at Me, I'm Sandra Dee* fast eine der Pink Ladies enthauptet hätte; Wallys allgegenwärtige, schlaffe, übereifrige Jazz Hands – aber ich bin trotzdem ein kleines bisschen stolz, ein bisschen euphorisch wegen allem, was wir auf die Beine gestellt haben.

CJ stolziert über die Bühne, inhaliert ihre Nelkenzigarette, wirft sie zu Boden, tritt sie mit dem Fuß aus. Sie hat die Verwandlung vollzogen, die, obwohl sie für keinen im Publikum unerwartet kam, schockierend ist – vom guten Mädchen zum verruchten Mädchen, inklusive hautenger Latexhose und ausgeschnittenen Tanktops.

«Sandy!», ruft Wally.

«Tell me about it, stud!», antwortet sie.

Darcy und ihre fröhlichen Mitmusikanten stimmen das Intro ein, mein Fuß wippt im Takt, und die Freude steht mir wahrscheinlich breit ins Gesicht geschrieben.

«I've got chills, they're multiplying! And I'm losing control!», kräht Wally und fällt auf die Knie, haargenau so, wie Phillip McKinley damals vor Susie auf die Knie fiel, damals, als wir alle noch frei von den Narben waren, die die Zukunft uns beibringen würde. *«Cause the power, you're supplying, it's electrifying!»*

Das Publikum hat angefangen zu jubeln, ein Echo unserer Gedanken, denn in den letzten beiden furiosen Stunden waren diese Kids nahezu perfekt. Gegenüber von mir, auf der anderen Seite der Bühne, steht Susie. Sie reckt die Daumen in meine Richtung und muss sich auf die Lippen beißen, um herunterzuspielen, wie *verdammt* perfekt es war und wie richtig ich vielleicht doch mit meiner Wahl gelegen hatte. Und das, obwohl ich mich zwischendurch verlaufen habe, obwohl ich ihr und Darcy im Grunde sämtliche Details überlassen und erkannt habe, dass ein Highschool-Musical – oder eine Highschool-Prom-Night – die Tonart des Soundtracks des Lebens nicht verändern kann. Und dennoch. Irgendetwas verändert sich, und sei es auch nur für einen Moment, zwei flüchtige Stunden lang.

«You're the one that I want, the one that I want», singt CJ, und Wally gibt zurück: *«Ohh-ohh-ohh. The one I need, oh yes indeed.»*

Ich erwidere Susannas Grinsen, und dann sehe ich Wally und CJ zu, die sich verdientermaßen in jeder einzelnen Sekunde ihres ach so vergänglichen Erfolges sonnen. Und dann klatscht das Publikum noch lauter, und ich klatsche mit, und dann gehen die Lichter wieder aus, der Vorhang schließt sich zum großen Finale, und dann bringen sie den Saal zum Brodeln.

Einundzwanzig

Dienstagmorgen setzt der Regen ein, langsam und beständig. Es ist kalt genug, um zu schneien, doch stattdessen regnet es nur, tropf, tropf, tropf, endlos. Die Welt vor meinem Fenster versinkt hinter einem Vorhang aus Wasser. Die Fenster sind jetzt fest verschlossen. Die Spinnen haben keine Chance mehr.

In drei Tagen kommt Tyler zurück; er hatte mir schließlich eine SMS geschrieben. *Komme am W-Ende, sorry dass es so kurzfristig ist.* Bis zu dem Moment schwelgte ich noch in dem Glücksgefühl von *Grease*, doch dann kam die SMS, und – *pffft* – verschwunden waren mein Mut und dieser herrlich strahlende Stolz, in dem ich seit Sonntag gebadet hatte. Die Pizza, mit der ich mich auf der Aftershow-Party vollgestopft hatte, rumorte in meinen Eingeweiden, und trotz des ganzen Grolls und Wutgeschreis – trotz des inzwischen wohlvertrauten Feuers in mir – befiel mich zusehends mehr Panik, je näher die Stunde seiner Rückkehr kam.

«Du solltest einen Blick riskieren, um zu wissen, was auf dich zukommt», meinte Ashley, als sie mich gestern aus dem Krankenhaus anrief. «Weißt du, nur ein kleiner Blick, vielleicht findest du dann eine Möglichkeit, damit umzugehen.»

Ich habe ihr nicht erzählt, dass ich es bereits versucht habe. Ich war derart verzweifelt, dass ich meinen Pakt mit mir, endgültig die Finger von den Visionen zu lassen, längst gebrochen habe, aber gesehen habe ich nichts. Gar nichts! Vorgestern Abend bin ich zufällig über ein Selbstporträt aus meinem letzten Jahr an der High School gestolpert. Ich habe es über eine Stunde lang angestarrt, bis mir schwummrig vor Augen wurde und mich heftige Kopfschmerzen gezwungen haben aufzuhören. Erst da ist mir klargeworden, dass ich bis jetzt nur in das Leben anderer Leute sehen konnte. Nicht in mein eigenes. *Der Blick in meine eigene Zukunft ist gegen die Spielregeln.* Wenn ich also wirklich wissen wollte, was geschieht, wenn ich doch schwach werden sollte, müsste ich mir meine Zukunft aus den Einzelteilen der anderen Visionen zusammenstricken, aus den Puzzlestücken, die ich bis jetzt absichtlich nicht zu einem ganzen Bild gefügt habe. *Nein danke!*, dachte ich und legte das Foto weg. *Nein! Vielen Dank auch!*

Gestern Abend hat Tyler angerufen, um mir die Flugdaten durchzugeben und mir zu sagen, dass Austin ihn abholen und bei sich beherbergen wird und ob ich womöglich aus dem Schullager ein paar Umzugskisten organisieren könnte, weil er damit ein paar Kröten beim Umzug sparen würde. Ich hätte ihn deshalb am liebsten erwürgt – *Herrgott noch mal, hast du nicht schon genug von mir verlangt?*, hätte ich brüllen mögen, aber stattdessen habe ich höflich eingewilligt, weil es der einfachste Weg zu sein schien.

Und jetzt sitze ich an meinem Schreibtisch, bis zu Tylers Ankunft sind es noch drei Tage, der Regen trommelt gegen das Fenster, auf dem Tisch liegt neben drei randvollen Ordnern mit College-Bewerbungen die Einladung zur Prom Night, und all das ist in weniger als zwei Wochen fällig. «*Westlake in Paris!*», verkünden verschnörkelte Goldlettern auf kremfarbenem Papier. Ich habe mich immer noch nicht an die Tatsache gewöhnt, dass ich zum ersten Mal seit, nein, zum ersten Mal überhaupt, wahrscheinlich allein an der Prom Night teilnehmen werde. Ich würde gern mit

Eli hingehen, schon der netten Gesellschaft wegen, aber ich vermute, dass er es, trotz unserer Freundschaft, einer anderen versprochen hat. Als ich endlich meinen Mut zusammengenommen und ihn auf der Rückfahrt von unserer Wanderung nach einer Freundin gefragt hatte, antwortete er nur mit einem vagen «komplizierte Geschichte», woraufhin mich besagter Mut augenblicklich wieder verließ. Ich bohrte nicht weiter nach.

Quietschend öffnet sich die Tür, und CJ streckt den Kopf herein. Sie ist noch immer in Hochstimmung von den euphorischen Kritiken und dem unglaublichen Schlussapplaus. *«You're the one that I want!»* Dieses Mädel weiß wirklich, was sie will. Scheiß auf die Umstände, scheiß auf ihre kaputte Heimatstadt, scheiß auf die Tatsache, dass sie noch nie die besten Karten hatte. Sie hat immer schon gewusst, was sie will. Ich sehe sie an und muss lächeln. Über ihren Mut, ihre Aufrichtigkeit, ihre Weigerung zu akzeptieren, was die Zukunft für sie bereithält, weil ihre Pläne ganz anders aussehen.

«Tut mir leid, wenn ich störe, Mrs. F.», sagt sie, ohne das Büro ganz zu betreten. «Ich wollte Sie nur kurz daran erinnern, dass Sie noch im Krankenhaus vorbeischauen wollten.»

«Im Krankenhaus», wiederhole ich, eher als Frage. Ich lasse die Einladung in die oberste Schublade fallen und schließe sie mit Nachdruck.

«Ja, ich hatte Sie letzte Woche darum gebeten», sagt sie. «In Wesleyan hat man um die Unterschrift meines Studienberaters gebeten. Zur Bestätigung, dass ich wirklich dort arbeite und nicht nur herumsitze und mir die Fingernägel feile. Jetzt, wo das Musical vorbei ist, bin ich jeden Tag nach der Schule dort.» Sie zuckt die Achseln. «Den Nebenjob habe ich aufs Wochenende verschoben.»

«Oh, ja, das, klar!», sage ich. Ich nicke, als würde mich das auch nur einen Hauch professioneller machen, als ließe sich mit einer Geste die Tatsache vertuschen, dass ich unser letztes Gespräch schon wieder völlig vergessen habe. «Okay, sicher. Ich komme heute Abend vorbei.»

«Toll. Vielen Dank. Bis dann», sagt sie und verschwindet wieder im Flur. Die Tür bleibt angelehnt. Zwei Sekunden später schwingt sie wieder auf, und Eli steht vor mir.

«Hallo! Bist du dafür zuständig?» Er hält eine kremfarbene Einladung hoch und lacht. «Ich hätte da nämlich noch ein paar Fragen bezüglich der Kleiderordnung: Baskenmütze, *oui* oder *non*?»

«*Non*», antworte ich. «Ein großes *Non* sogar.»

«Super», sagt er. «Ich hätte nämlich nicht gewusst, wo ich so was hier auftreiben soll.» Er lässt sich auf die Couch plumpsen. «Und? Hast du dir die Bilder schon angesehen? Vom Homecoming-Wochenende?»

Ich schüttle den Kopf. Seit dem Abend vor meinem Selbstporträt traue ich mir nicht mehr über den Weg – es kommt mir leichtsinnig vor. Ich habe das Gefühl, ich würde mein Schicksal herausfordern oder mich selbst.

«Okay, gut, aber wenn du irgendwann so weit bist, dann komm bitte zu mir.» Genauso schnell, wie er sich gesetzt hat, ist Eli plötzlich wieder auf den Beinen. «Ich würde sie wirklich gerne sehen.»

«Klar», antworte ich, als er schon längst wieder zur Tür raus und den Gang runter verschwunden ist. «Wenn ich bereit bin, dann komme ich zu dir.»

Im Krankenhaus herrscht die typische gespenstische Stille. Die Schwestern unterhalten sich im Flüsterton, wartende Angehörige sitzen aneinandergelehnt und flüstern ebenfalls, als würde jedes laute Wort den friedlichen Unterton zerstören, der die Stille begleitet, obwohl die Stille in Wirklichkeit nervenaufreibender ist als alles andere. Sobald ein Arzt in voller Lautstärke bellend vorbeieilt, drehen alle sich um, als könnte dieses Bellen nur eines bedeuten, nämlich dass der geliebte Angehörige eines anderen Menschen im Sterben liegt, während der eigene, über den ausschließlich in besagtem sanftem Flüsterton gesprochen wird, weiter durchhält.

Ich stehe am Schwesternpult und warte auf CJ. Luanne ist ebenfalls im Dienst und ist so nett gewesen, CJ für mich zu rufen, und ich picke, während ich warte, an Luannes Schälchen mit abgestandenem Obstsalat aus der Cafeteria herum. Ich werfe mir eine blaue Weintraube in den Mund und zerquetsche sie zwischen den Backenzähnen.

Das Stationstelefon klingelt, und Lulu nimmt ab. «Bin gleich wieder da», sagt sie noch und sprintet durch einen neonbeleuchteten Flur davon. Die Sohlen ihrer Turnschuhe quietschen über die Fliesen, und der Schwesternkittel spannt sich langsam über dem runder werdenden Babybauch.

«Tilly!», erklingt eine Stimme hinter mir. Ich drehe mich um und erblicke nicht CJ, sondern Ashley. «Was tust du denn hier?» Sie lächelt mich müde an. Sie hat sich in den paar Wochen, seit wir uns zuletzt gesehen haben, verändert. Die Wangen wirken eingefallen, die Jeans hängt auf ihren Hüften.

«Ach, ich muss für eine meiner Schülerinnen ein Formular unterschreiben. Eine Beglaubigung für ihre College-Bewerbung».

Ich seufze, weil es zirka eine Million Orte gibt, an denen ich jetzt lieber wäre. Obwohl mir, wenn ich näher darüber nachdenke, leider kein einziger einfällt. Kann man überhaupt woanders sein wollen, wenn man im Grunde nirgendwo ist? Unsichtbar vielleicht. Ja, vielleicht wäre ich gerne unsichtbar. «Wie geht es deiner Mutter?», frage ich schließlich.

«Im Grunde genommen unverändert.» Sie verschwindet fast in ihrem Langarm-T-Shirt. Sie ist ein völlig anderer Mensch als damals, als ich in ihr Zelt gestolpert bin und sie einfach alles verändert hat. Das gilt offensichtlich nicht nur für mich.

Ashley senkt die Stimme. Sie hat Tränen in den Augen. «Als du gesehen hast … was du gesehen hast, weißt du, also, weißt du auch, *wann* du es gesehen hast? Wie viel Zeit wir noch haben? Wie viel Zeit *sie* noch hat?»

Ich schüttle den Kopf. «Es tut mir leid, ich wünschte, ich wüsste es. Ich habe selbst versucht, mir einen Reim darauf zu machen …» Ich beende den Gedanken nicht, weil ich es nicht ertrage, sie anzulügen. Ich habe nicht versucht, mir einen Reim darauf zu machen, weil im Augenblick offensichtlich nichts mehr irgendeinen Sinn ergibt.

«Schon okay. Dachte ich mir schon. Aber fragen wollte ich trotzdem.» Der Schmerz steht ihr offen ins Gesicht geschrieben.

«Ashley?», ertönt eine vertraute Stimme hinter uns. Wir drehen uns gleichzeitig um.

Mein Vater biegt um die Ecke, und obwohl ich es wusste, *wusste, dass er hier auftauchen würde*, bin ich starr vor Schreck. Genau darin besteht die Unwägbarkeit, in die Zukunft zu schauen und sich selbst zu sehen: Man weiß nie, wann man eingeholt wird, wann man dann wirklich da ist. Man weiß nur, dass es eines Tages so weit ist.

«Was tust du denn hier?», fragen wir wie aus einem Munde und fangen dann gleichzeitig an, irgendwelche Entschuldigungen zu stottern.

«Sie will dich sehen», sagt er schließlich zu Ashley, nicht

zu mir. Ihr entschuldigendes Achselzucken gilt mir, den Blickkontakt mit meinem Vater meidet sie. Sie huscht davon und ist verschwunden.

«Was ich hier mache, weiß ich», sage ich, als ihre Schritte verklungen sind. «Aber was zum Teufel hast du hier verloren?» Denn obwohl ich weiß, dass er irgendwann in der Zukunft – die inzwischen offensichtlich Gegenwart geworden ist – im Krankenhaus sein würde, verstehe ich immer noch nicht, weswegen.

«Wir sind vor langer Zeit befreundet gewesen.» Er verhaspelt sich beinahe. «Ich schaue regelmäßig vorbei, um ihr Gesellschaft zu leisten.»

«Wem? Ashley?», frage ich.

«Nein. Valerie. Ashleys Mutter.»

Ich kneife die Augen zusammen. «Du kommst her, um Valerie Gesellschaft zu leisten?»

Er legt den Kopf schief, die typische, nichts erklärende Erklärung meines Vaters, seine Geste für *Lassen wir's dabei.* Ohne dass ich darum gebeten habe, fügen sich die Einzelteile meiner Vision zusammen: Mein Vater, kreidebleich, erschüttert, die Hände an der Glasscheibe des Krankenzimmers, während Ashley ans Bett ihrer Mutter eilt. Sie hat ihn, meinen Vater, nach der Prognose gefragt, nicht den Arzt mit dem Schokoriegel. Nach der Prognose für ihre eigene Mutter? Je mehr Puzzleteile an ihren Platz gleiten, desto wirrer wird das Bild.

«Ich wusste gar nicht, dass ihr befreundet seid.» Meine Zweifel bleiben hartnäckig kleben.

«Ich weiß, dass dich das überrascht, Tilly. Es gibt einiges, was du nicht weißt.»

Klarheit. Ashleys Prophezeiung hallt in mir wider.

Gerade als ich antworten will, kommt CJ um die Ecke. Sie winkt mich zu sich in Richtung Schwesternzimmer, damit ich endlich das allerletzte Formular unterschreibe und ihr damit die Freiheit schenke, eine Freiheit weit weg von Westlake. Mein Vater dreht sich um und verschwindet um die nächste Ecke.

«Wusstest du, dass Dad hier ist?», will ich von Luanne wissen, die am Tresen steht und ihre Listen in den PC überträgt.

«Hm, wie bitte?», fragt sie abgelenkt.

«Dad! Hast du gewusst, dass er regelmäßig kommt, um Ashleys Mutter zu besuchen?»

Sie sieht mich abwesend an, immer noch tippend.

«Oh!» Sie verstummt wieder, während ihre Gedanken versuchen, mit ihren Fingern Schritt zu halten.

«Äh, ja.» Endlich hört die Tastatur auf zu klappern. «Ja, er hat ein paarmal vorbeigeschaut.»

«Findest du das nicht komisch?»

CJ hat während des Gesprächs die Wand angestarrt und so getan, als wäre sie unsichtbar, als würde sie nicht denken, dass die Frau, die sich als ihre Beraterin ausgibt, offensichtlich selbst gut eine helfende Hand brauchen könnte. Ich reiche ihr die unterschriebenen Formulare. «Bis morgen», flüstert sie und eilt wie der Blitz davon.

«Ach, ich weiß nicht», sagt Luanne, und ich denke: *Natürlich nicht, du weißt ja nie!*, und schäme mich sofort für meine Gehässigkeit. «Weißt du, Tilly, ich habe hier wirklich jede Menge zu tun, und ...»

Ich nicke, werfe ihr eine Kusshand zu und wende mich zum Gehen. Aber anstatt in Richtung Ausgang gehe ich unwillkürlich zu Valeries Zimmer. Ich weiß, wo sie liegt, weil ich bereits da gewesen bin, und genau wie in meiner Vision liegt ihr Zimmer dem Automaten gegenüber. Ashley sitzt am Bettrand. Ihre Mutter ist nach ein paar wachen Augenblicken schon wieder eingeschlafen, und als ich an der Glasscheibe auftauche, springt Ashley auf und kommt zu mir auf den Gang hinaus.

Ehe ich etwas sagen kann, fängt sie an: «Ich weiß, es kommt dir komisch vor.» Aus ihren Augenringen sind inzwischen ausgewachsene Halbmonde geworden, die ihr gesamtes Gesicht verändern. Sie erinnert mich an die Dementoren bei Harry Potter, kein sehr netter Vergleich, aber treffend. «Ich, ich weiß, es ist seltsam, aber ...», stammelt sie. «Weißt du, ich gebe hier wirklich mein Bestes, aber ich bin ganz auf mich allein gestellt. Und als dein Vater auf einmal ankam und mir seine Hilfe anbot, habe ich sie angenommen.»

«Ich finde es nicht seltsam, dass du Hilfe angenommen hast», sage ich sanft, mitfühlend, denn trotz allem, was mir in letzter Zeit widerfahren ist, ist die menschliche Natur mir nicht fremd. Ich verstehe, wie sehr Verzweiflung und Schmerz und Wut und Versagen in der Lage sind, einen Menschen zu bestimmen. «Ich finde es nur seltsam, dass er sie überhaupt angeboten hat.»

«Weiß ich», sagt sie seufzend. «Es ist ziemlich kompliziert.»

«Wieso?» Eine schlichte Frage.

«Das würde im Augenblick zu weit führen.» Ashley massiert sich die Schläfen, als würde das Gespräch ihr Migräne verursachen, als drohe ihr Verstand, an der ganzen Geschichte zu zerplatzen, während ich, schon wieder gehässig, denke: *Ich hätte selbst allen Grund für Migräne!* «Du bist ein kluges Mädchen, Tilly. Du kommst sicher selber drauf, ganz bestimmt. Du hast alles, was du dazu wissen musst.»

Ehe ich fragen kann, was sie bitte damit meint, taucht eine Schwester auf und murmelt etwas von Blutdruck und Medikamenten und Infusionen. Ashley nimmt die Informationen auf wie eine eifrige Medizinstudentin und eilt, ohne sich zu verabschieden, zurück ins Zimmer, um die Behandlung zu beaufsichtigen.

Ich bleibe, ich weiß nicht wie lange, stehen und sehe zu, wie man sich um Ashleys Mutter kümmert, während Ashleys Hand auf ihrer Stirn ruht, eine zärtliche Geste der Zuneigung. Ich könnte für immer so stehen bleiben, als passive Beobachterin, während das Leben vor mir seine Bahnen zieht. Doch dann wird über die Lautsprecher ein Notfall ausgerufen, ich erwache aus meiner Trance, drehe mich um und gehe davon, den schummrigen Gang hinunter, hinaus auf den Parkplatz und frage mich, was zum Teufel ich Ashleys Meinung nach sehen soll.

Zweiundzwanzig

Tyler ist zwar schon Freitag eingetroffen, aber zu mir kommt er erst am späten Samstagvormittag. Ich habe auf Susannas Rat hin die Schlösser auswechseln lassen – vielleicht unnötig, aber trotzdem ein eindeutiges Signal –, und er muss zweimal klingeln, ehe ich ihm aufmache. Ich habe den Vormittag genutzt, um mich aufzuraffen, im wahrsten Sinne des Wortes – als würde ich mit der Nadel eine aufgetrennte Naht neu säumen. Eine ausgiebige Dusche, ein Spritzer Parfum, ein Hauch Rouge und der jadegrüne Rollkragenpullover, mit dem meine Augen laut Tyler aussehen wie zwei Ostereier, glänzend und leuchtend und verlockend. Während ich mir die Haare föhne, bis sie glatt und seidig auf die Schultern fallen, betrachte ich mein Spiegelbild und versuche, mir darüber klarzuwerden, weshalb ich hier stehe und an meiner Makellosigkeit arbeite: weil er mich auf Knien anflehen soll, ihn zurückzunehmen, oder weil er vor Reue tot umfallen soll, direkt auf meiner Veranda? Ein bisschen von beidem wahrscheinlich, denke ich und lasse den Ehering in das Schmuckkästchen fallen. Ich trage ihn eigentlich immer noch, aber heute? Nein, heute sicher nicht.

Als Tyler kommt, regnet es immer noch, obwohl die Wettervorhersage für Nachmittag den ersten Schnee des Jahres angekündigt hat, und als ich die Haustür öffne, tobt in meiner Magengrube ein Hornissenschwarm, und simultan verschwören sich sämtliche Schweißdrüsen wie eine meuternde Mannschaft gegen mich und öffnen alle Schleusen.

«Hallo», sagt er und schluckt.

«Hallo», höre ich mich antworten. Ich habe das Gefühl, außerhalb meines eigenen Körpers zu sein. Tyler hat sich die Haare kurz schneiden lassen, so kurz wie seit dem College nicht mehr. Es macht ihn jünger und älter zugleich. Er sieht aus wie der Junge, der er mal war, und gleichzeitig wie ein pensionierter Militäroffizier, der seine arme Frau anbrüllen muss, weil er sonst niemanden mehr hat, den er herumkommandieren kann.

Wir stehen uns gegenüber und sehen uns an, ich wie gelähmt und er, ich weiß nicht wie, weil ich ihn nicht mehr kenne, bis Tyler schließlich die Kluft überbrückt, einen Schritt auf mich zu macht und mich umarmt. Ich will mich ergeben; ich höre förmlich, wie mein Gehirn mich zwingen möchte, die Arme zu heben, sie um seinen Hals zu schlingen, ihn an mich zu ziehen, an ihm zu riechen, ihm klarzumachen, dass er *den Fehler seines Lebens gemacht hat*! Aber ich bin wie erstarrt, er muss meine taube Hülle umarmen, und schließlich lässt er mich wieder los. Ich mache einen Schritt beiseite und lasse ihn ins Haus.

«Austin ist auch gleich hier.» Er geht in die Küche. Das Erste, was mein Noch-Ehemann nach drei Monaten der Trennung zu mir sagt, ist *Austin ist auch gleich hier*.

«Okay», antworte ich. Seine Stiefel hinterlassen nasse Tapser auf dem Holzfußboden, und ich gleite bei jedem Schritt mit den Socken darüber und tilge seine Spuren.

Wie selbstverständlich öffnet er den Kühlschrank, als wäre er immer noch hier zu Hause.

«Wo ist das ganze Bier hin?»

«Es ist halb zwölf», sage ich. «Außerdem habe ich es weggeworfen, erinnerst du dich?» *Du kannst dich natürlich nicht daran erinnern, weil du in Wirklichkeit nie anwesend warst!*

Er schließt seufzend den Kühlschrank und lehnt sich gegen den Herd. Er hält sich mit den Händen an der Kante fest. Die Knöchel treten weiß hervor. «Hör mal, Tilly, ich weiß, dass ich ein Arschloch bin. Es tut mir leid, wie die Sache gelaufen ist.» Er hat nicht den Mut, mich anzusehen, und konzentriert sich lieber auf die Tür.

«Bist du jetzt glücklicher?», frage ich und muss die Tränen zurückdrängen. Tränen des Schrecks, Tränen der Einsamkeit, Tränen einer Million anderer Dinge, von denen ich bezweifle, dass ich sie jemals in Worte fassen könnte.

Sein Blick wandert in meine Richtung, langsam, aber stetig, während er über die Frage nachdenkt.

«Ich glaube schon.» Er zögert. «Ich finde es gerade heraus. Ich bin mir nicht sicher, ob ich wirklich weiß, was Glück bedeutet.»

«Das ist doch lächerlich!», fahre ich ihn an. Die Wut gewinnt Oberhand über den Schmerz. «Du weißt verdammt gut, was Glück ist. Du hast einfach nur beschlossen, es komplizierter zu machen als notwendig.»

«Ich weiß, dass du es nicht glauben kannst, Tilly», sagt er gepresst. «Aber ich weiß es wirklich nicht. Nicht alle Menschen laufen automatisch mit der intuitiven Idee durch die Gegend, dass die Welt ein strahlender Ort ist.»

Rasende Wut über seine Anmaßung durchfährt mich, mein galoppierender Puls zeigt meinen Zorn an. *Das hat nichts mit Intuition zu tun! Ich habe das Glück erwartet, weil ich weiß, dass es irgendwo da draußen existiert; ich weiß, dass ich das Glück verdiene! Jede einzelne Zelle in mir wollte aufgeben, wollte schreien: «Scheiß auf dich, Glück, bei mir hast du offensichtlich versagt!», aber ich habe mich gezwungen, angesichts von Schmerz und Trostlosigkeit nicht zusammenzubrechen! Ich habe mich zu dem Glauben gezwungen, dass das Glück mir nicht für immer den*

Rücken gekehrt hat. Wie ist es möglich, dass er das nicht versteht?

Ich mache drei Schritte auf ihn zu, hebe die Hand und schlage ihn mitten ins Gesicht. Sein Kopf fliegt zur Seite, und als er mich wieder ansieht, glüht der Abdruck meiner Finger vom Kinn bis rauf zum Wangenknochen. Da steckt noch viel Leben drin.

«Du hast recht», sage ich tonlos, trotz tobendem Puls. «Du hast keine Ahnung, was Glück ist.»

Es klingelt an der Haustür, und während Tyler «Austin» flüstert, sage ich leise «Susanna», und weil er sich nicht vom Fleck rührt, weil er aussieht wie an den Herd gekreuzigt, gehe ich mit wütenden Schritten zur Tür und mache auf. Vor mir steht Austin wie ein begossener Pudel, die Hände tief in den Hosentaschen, und in seinem trostlosen Gesicht steht offen zu lesen, dass keiner von uns diesen Weg einschlagen wollte, dass keiner von uns sich je hätte träumen lassen, in welchem Maß unser aller Leben sich unserer Kontrolle entzogen hat.

Mit einem winzigen Nicken betritt er das Haus, und im gleichen Augenblick fährt Susanna mit ihrem Minivan vor. Sie hat die Zwillinge zu ihren Eltern gebracht, damit ich aus dem Haus komme, nicht auch noch zusehen muss, wie mein Noch-Ehemann unser gemeinsames Leben endgültig in Stücke reißt. Sie knallt die Autotür zu, eilt durch den kalten Regen zum Haus und nimmt mich wortlos in die Arme. Dann gehen wir Seite an Seite in Richtung Küche, um dort den Männern ins Gesicht zu sehen, die wir geliebt haben, seit wir Teenager waren und die uns beide betrogen haben, jeder auf seine Weise, die uns ungebeten unsere Freiheit zurückgegeben haben. Eine Freiheit, die wir ihnen, hätten wir die Wahl, wahrscheinlich mit Kusshand zu Füßen legen würden. Doch wir haben die Wahl nicht. Und deshalb wiegen wir das ungewollte Geschenk in unseren Händen und versuchen, ihm die Form zu geben, die zu unserem neuen Leben passt.

«Wir gehen ins Kino», verkünde ich. Die beiden stehen da wie Teenager in Erwartung der Strafe dafür, dass sie heimlich das Auto des Vaters ausgeliehen haben. Für den Bruchteil einer Sekunde blitzt die Erinnerung in mir auf, dass ich Tyler vor dieser ganzen schrecklichen Sache irgendwann mal fürchterlich geliebt habe. Ich muss daran denken, dass er das Auto seines Vaters tatsächlich heimlich geliehen hat, ehe er den Führerschein besaß, noch ehe wir zusammen waren, damals, als wir alle Freunde waren und bevor ich mich Hals über Kopf in ihn verliebte; er holte mich an einem Frühsommerabend zu Hause ab, und wir sprangen alle in den See. Die Mücken waren schon da, und das Wasser hatte die Grenze zwischen kalt und erfrischend noch nicht überschritten, aber weil damals meine Mutter noch nicht krank war, weil mein Vater noch nicht zum Säufer geworden und mein Leben noch nicht zu Staub zerfallen war, kann ich mich in diesem Augenblick daran erinnern, wie sehr ich ihn geliebt habe – obwohl er nun fast alles in meinem Leben zerstört hat, was ich mir mühsam wieder aufgebaut hatte.

Eine Sekunde lang werde ich schwach. «Ich habe deine Winter- und Sommersachen sortiert. Sie liegen auf der Kommode.» Ich versuche zu lächeln, aber mein Gesicht gehorcht mir nicht.

Susanna wirft mir einen Blick zu, als würde sie mir am liebsten den Hals umdrehen, aber als ich gestern Abend nicht schlafen konnte, hat mir dieses Ritual Trost gespendet. Tyler und ich haben es zweimal im Jahr getan – Winter- und Sommerklamotten ausgetauscht –, und obwohl ich wusste, dass es albern war, zumal um zwei Uhr früh, redete ich mir tatsächlich ein, wenn Tyler seine Sommersachen hierlassen würde, käme er vielleicht wieder. Bei Tageslicht betrachtet, kommt mir der Gedanke nur noch kindisch vor.

«Ach, danke», sagt Tyler ungerührt, ohne die Absicht hinter dieser freundlichen Geste zu ahnen. Er reibt sich immer noch den Kiefer.

«Wir sind in ein paar Stunden zurück.» Ich greife nach meiner Handtasche. Mein Zorn ist verraucht. Ich wünsche mir nur, dass er mich anfleht, zu bleiben und ihm zu helfen, auch wenn das das Letzte wäre, was ich tun würde, wie ich Susie auf dem Weg zum Auto beteuere. Aber ich hätte trotzdem gerne, dass er fragt.

«Was für Arschlöcher!», sagt Susie auf dem Weg zum Kino. «Unglaublich, dass wir diese Typen tatsächlich geheiratet haben!» Sie kann sich ein Kichern nicht verkneifen.

«Ich habe ihm eine runtergehauen!», sage ich prustend. «Vorhin, in der Küche. Ich habe ihn geschlagen. Ich konnte den Anblick dieser blöden Fresse keine Sekunde mehr ertragen, ohne ihm so richtig ehrliche Schmerzen zu bereiten.»

Susie muss noch mehr lachen und ich auch, bis wir uns irgendwann wieder beruhigen. Sie drückt meine Hand.

«Tja», sagt sie. «Wenigstens kannst du jetzt sicher sein, dass du ein deutliches Zeichen gesetzt hast.»

Als wir wieder nach Hause kommen, haben Tyler und Austin angefangen, den Umzugsanhänger zu beladen. Wir haben uns darauf geeinigt, dass er den Geländewagen mit nach Seattle nimmt – eines der wenigen logistischen Details, die wir tatsächlich besprochen haben – und ich mir von unseren Ersparnissen und seinem Tausend-Dollar-Bonus zur Vertragsunterzeichnung ein normales Auto kaufe. Seit feststeht, dass es keine Kindersitze geben wird, keinen

Kinderwagen und keine Fahrten zur Krabbelgruppe, brauche ich den Stauraum nicht mehr, und unser Auto würde mich nur an diese Lücke erinnern – eine Lücke von so vielem. Ich bin froh, dass ich ihn loswerde.

Während ich ihnen beim Kistenschleppen zusehe, während der Regen sie durchnässt und sie mit wippenden Baseballmützen den Weg hinunterlaufen, befällt mich ein heftiges Déja-vu-Erlebnis.

Aus der Küche dringen laute Stimmen in den Flur. Ich stelle den Schirm neben die Haustür, ziehe eilig den Mantel aus und gehe nachsehen. Darcy – diesmal mit lila Haaren – und mein Vater geben Vollgas.

«Was ist hier los?» Ich muss schreien, um mir Gehör zu verschaffen.

«Oh, Tilly», sagt mein Vater erschrocken. «Ich wollte dir moralische Unterstützung geben. Ich wollte da sein, falls du mich brauchst.»

«Danke.» Ich nicke. «Aber was soll das Gebrüll?»

«Das hier habe ich gefunden!» schreit Darcy. «Diese Scheiße hier. In deiner Speisekammer!» Sie schüttelt eine halbvolle Flasche Wodka.

«Beruhig dich», sage ich. «Wem gehört die? Mir nicht.» Ich bin um meine professionelle Beratungsstimme bemüht, doch ich muss feststellen, dass sie mich inzwischen fast verlassen hat, als wäre das Beraten eine Rolle, die ich mal gespielt habe und an die ich mich nicht mehr erinnern kann.

«Die hat Dad hier gebunkert!» Darcy ist dunkelrot angelaufen. Auf ihren Wangen leuchten hektische Flecken, und ihre Augen treten gefährlich aus dem Kopf.

«Warum hast du eine Flasche bei mir versteckt, Dad?» Ich drehe mich zu ihm um. «Ich habe dieses Haus komplett ausgeräumt. Außerdem trinkst du doch nicht mehr!»

«Weil er nicht trocken ist!», sagt Darcy schneidend. «Ich habe es gewusst! Ich wusste genau, dass das passiert!»

«Schluss jetzt!» Meinem Vater platzt der Kragen. «Ich bin definitiv trocken! Du bist immer noch meine Tochter, und ich verbiete dir, so mit mir zu sprechen!»

«Werdet ihr beide jetzt wohl den Mund halten?» Ich muss schon wieder brüllen. «Und würde mir bitte endlich jemand sagen, was hier los ist?»

«Gut!» Darcy wirft sich schmollend auf den nächsten Küchenstuhl, die Flasche immer noch in der Hand. «Ich bin heute Morgen von Dante zurückgekommen und hatte Lust auf ein Glas Cranberrysaft. Also habe ich in der Speisekammer welchen gesucht und stattdessen *das hier* gefunden.» Sie schüttelt den Wodka, als wollte sie die Flasche würgen. «Dass er nicht dir gehört, war mir klar – ich wusste ja, dass du sämtlichen Alkohol rausgeschmissen hast –, und als Dad dann aufgetaucht ist, habe ich ihn zur Rede gestellt, und er hat es natürlich abgestritten, und dann hat er es nicht mehr abgestritten, und jetzt sind wir wieder in derselben alten Scheiße, Scheiße, Scheiße!»

«Dad?»

«Hör mal», sagt er kleinlaut. «Ich gebe zu, dass ich eine einzige Flasche hier versteckt habe, ganz hinten in der Speisekammer, nur für den Fall.»

«Für welchen Fall?», frage ich, starr vor Schreck und wütend zugleich.

«Keine Ahnung», stottert er. «Nur für den Fall eben.» Ich werfe Darcy einen Blick zu, aber sie reißt nur wütend die Augen auf, wie um zu sagen: *Mich brauchst du nicht zu fragen, ach, und übrigens: Ich hab es dir gleich gesagt!*

«Nur für welchen Fall?», frage ich noch mal.

«Nur für den Fall, dass er eines Tages auf die Idee kommt, er wäre gerne endlich wieder mal so ein Riesenschlappschwanz, wie er immer schon gewesen ist!» Darcy kann nicht anders. «Und nur um sicherzugehen – damit absolut und ein für alle Mal klar ist, dass du null, null Komma null Chance hast, den Scheiß hier noch mal anzurühren, kümmere ich mich jetzt selbst darum!» Darcy schraubt die Kappe ab, kippt sich den restlichen Wodka in den Mund und schluckt. Der letzte Rest landet auf ihrem Pullover und breitet sich langsam zu einem hässlichen Fleck aus. Und wenn ich ehrlich bin, hätte ich natürlich gewusst, dass es dazu kommt, wenn ich nur nachgedacht hätte – meine Vision und der Fleck auf ihrem Sweatshirt. Darcy braucht fünf Riesenschlucke um die Flasche zu leeren. Mir ist klar, dass sie mit aller Macht den Impuls unterdrückt, alles wieder auszukotzen, so sehr ist sie bemüht, ihren Standpunkt klar zu machen.

«Ach, um Gottes willen, Darcy!», sagt mein Vater verzagt.

«Leck mich doch!», schreit sie. Die Worte bleiben hinter ihr im Raum hängen, während sie schon zur Haustür hinausgeflohen ist, raus in den eiskalten Regen, vorbei an Tyler und Austin, die die Überbleibsel meines alten Lebens verräumen. Vom Ende der Auffahrt schreit sie über die Schulter zurück: «Ich habe die Schnauze voll, deine Geheimnisse für mich zu behalten, nur damit du es jedes Mal, wenn du dich beweisen könntest, wieder verkackst!»

«Was meint sie damit?» Ich komme mir vor wie die Schwester in der Notaufnahme, die nicht weiß, welche Wunde sie zuerst versorgen soll.

«Ich habe nicht wieder angefangen zu trinken, Tilly», sagt mein Vater, anstatt zu antworten. Die Angst vor noch unbekannten Folgen steht ihm offen ins Gesicht geschrieben. «Das musst du mir glauben.»

Ich starre meinen Vater einen Herzschlag lang an und

dann noch einen, und plötzlich bin ich so wütend wie noch nie in meinem Leben. Auf ihn, auf Darcy, auf Tyler, weil sie in meinem Haus, in meinem Leben einfach alles auf den Kopf stellen, und zwar genau in dem Moment, wo ich niemanden um irgendwas gebeten, sondern nur gehofft habe, dass sie selbstlos genug sein könnten, ausnahmsweise mal für mich da zu sein. Zum Dank für all das, was ich in der Vergangenheit für sie getan habe.

«Hör auf damit, ja?» Meine Stimme zittert vor Abscheu. «Hör einfach auf! Reiß dich zusammen. Mach eine Therapie. Und zwar keine, wo *nur für den Fall* immer eine Flasche in der Nähe sein muss. Sei für mich da. Sei für deine Töchter da. Fang verdammt noch mal endlich an, ein Vater zu sein! Weil ich nur schwer Tochter für dich sein kann, solange du deine Rolle nicht endlich auch übernimmst!»

«Das ist unfair», protestiert er. «Die letzten beiden Monate …» Aber ihm gehen Worte und Fassung gleichzeitig verloren, weil ihm klar ist, dass zwei Monate Vater spielen Jahre der Vernachlässigung nicht aufwiegen können. Tränen steigen ihm in die Augen und laufen ihm über das Gesicht, aber ich kann ihn nicht trösten. Ich renne, zwei Stufen auf einmal nehmend, die Treppe hinauf, knalle die Schlafzimmertür zu und falle bäuchlings aufs Bett. Ich ziehe mir die Kissen über den Kopf und versuche das ganze Chaos einfach auszublenden, jedes einzelne Stück davon. Als ich mich dann irgendwann wieder aufsetze und die Kissen wieder ordentlich an ihren Platz räume, merke ich, dass Tyler wirklich alles mitgenommen hat – Wintersachen, Sommersachen, Schuhe, Krawatten, Gürtel, sämtliche Baseballkappen, die er bereits lange vor unserer Zeit angefangen hat zu sammeln.

Ich wage einen Blick hinüber zu seinem Schrank. Er ist leer, die Tür geöffnet, ein Sarg ohne Leiche. Ich stehe auf, gehe zum Schrank und werfe mich förmlich hinein. Die Arme um die Knie geschlungen, kauere ich auf dem staubigen Holzboden. Die Metallstangen über mir sind nackt; auf den Regalböden neben mir stapelt sich nur noch leere Luft. An der Hemdenstange baumeln ein paar einsame Drahtbügel. Ich lehne mich gegen die Seitenwand und atme aus, gebrochen, betäubt, und ergebe mich der übermächtigen Stille. Mit dem rechten Fuß ziehe ich, so gut es geht, die Schranktür zu, dann schließe ich die Augen und wünschte, ich könnte für immer in diesem dunklen Raum versinken, wünschte, die Dunkelheit könnte mich einfach verschlucken.

Dreiundzwanzig

Als abends der Pizzamann kommt, ist Darcy immer noch nicht zurück. Susanna hat gefragt, ob sie bei mir übernachten darf, so wie damals mit zehn, als Ashley noch zu unserem Trio gehörte und wir die ganze Nacht lang geflüstert haben, bis unsere Körper irgendwann in den Morgenstunden einfach den Dienst versagten und wir gegen unseren Willen einschliefen. Damals, als es keine anderen Sorgen gab, als rauszufinden, wie man zungenküsst oder wie weit wir unsere Hosenbeine aufrollen sollten.

Ich habe Ashley auch eingeladen, aber sie hat abgesagt. Ihre Mutter ist inzwischen kaum noch bei Bewusstsein, und sie will sie in diesen letzten flüchtigen Augenblicken nicht mehr allein lassen. Ich verstehe sie besser, als mir lieb ist, und als wir auflegten, hatte ich Mühe, die Erinnerungen an die letzten quälenden Stunden meiner Mutter aus meinem Gedächtnis zu verbannen.

Meine Mutter starb schnell, aber nicht schmerzlos. Der grausamste Teil, wenn der sich überhaupt festmachen lässt, war, dass wir ganz zum Schluss auf einmal dachten, ihr sei noch eine Gnadenfrist vergönnt. Die Chemotherapie schlug an, entgegen der Prognose der Ärzte. Die Tumore schrumpften, unsere Hoffnung schwoll an wie eine Flutwelle, und die Ärzte murmelten Dinge wie: «Für eine sichere Aussage ist es noch zu früh, aber wir sind vorsichtig optimistisch», oder: «Vielleicht gehört sie zu den berühmten Ausnahmen von der Regel; den Willen dazu hätte sie», als hätte Wille irgendwas damit zu tun, als wäre der Wille allein genug, um Krebs zu besiegen. Doch die Tumore schrumpften tatsächlich, die Anzahl weißer Blutkörperchen stieg langsam wieder in Richtung Normwert, und obwohl man uns davor warnte, allzu große Hoffnungen zu hegen, war das natürlich völlig vergeblich. Wenn man neun Jahre alt ist oder fünfzehn oder siebzehn und die eigene Mutter in einem sterilen Krankenhausbett zu einem Schatten ihrer selbst zusammengeschrumpft ist, ist Hoffnung das Einzige, was einen noch über Wasser hält. Weil man noch nicht weiß, dass die Welt manchmal eiskalt und unlogisch ist und auch ohne Vernunft und Mitgefühl funktioniert. Das sind Lektionen, die erst später dran sind oder später dran sein sollten. Das galt nicht für uns. Für uns kamen sie zu früh.

Mit meiner Mutter ging es bergauf. Die Ärzte hatten dem Krebs in ihrem Unterleib Paroli geboten, den in ihren Knochen gebremst und den Ursprungstumor ausgelöscht: den in den Eierstöcken, ausgerechnet, der Ort, in dem wir Töchter einst unseren Anfang nahmen. Als die frohe Kunde kam, war mein Vater noch im Laden, aber wir vier anderen jubelten in unserer frischtapezierten Küche, hoben die Tassen und stießen mit Kamillentee an, unser ganz privates Triumphgeläut. Ehe meine Mutter krank wurde, hat bei uns zu Hause niemand Tee getrunken, aber als Kräutertee irgendwann eines der wenigen Getränke wurde, die sie bei sich behielt, lernten wir ihn zu lieben.

Auf eine gute Woche folgte eine zweite, und dann brach meine Mutter an einem Sonntagnachmittag auf der vorderen Veranda zusammen. Mein Vater war noch im Geschäft – es war Labor Day Sale –, und ich weiß noch, wie ich Darcy anschrie. «*Steig sofort ins Auto!*», schrie ich, Luanne und ich hievten meine Mutter hoch, legten uns ihre leblosen Arme über die Schultern und rasten mit ihr ins Krankenhaus. Danach ging alles ganz schnell. Der Krebs hatte in ihr Hirn gestreut, und von dort gab es kein Zurück mehr. Wir waren alle bei ihr, als sie ging, und ich möchte gerne glauben, dass sie gehen konnte, weil sie wusste, dass mit uns alles gut werden würde. Weil ich darauf bestehen würde, dass alles wieder gut wurde, denn mir war klar, dass diese Last mein Erbe war. Ich hatte ihr irgendwann spät abends, als sie schon schlief – noch bei uns zu Hause, nicht im Krankenhaus –, ein Versprechen gegeben. Ich war zu ihr ins Bett gekrochen, hatte mich unter die Decke gekuschelt, ihr übers Haar gestreichelt und ihr ins Ohr geflüstert, dass ich alles wiedergutmachen würde. Ich wollte so sehr, dass ihr Leiden ein Ende hatte, und ich glaube, ich hätte alles getan, alles gesagt, um das zu erreichen, auch wenn das hieß, sie aufzugeben, das Einzige in meinem ganzen Leben aufzugeben, von dem ich mich nie trennen wollte.

Bis jetzt. Jetzt wollte ich mich nicht von Tyler trennen, aber die Lektionen des Lebens bleiben hängen, auch wenn ich versucht habe, sie zu vergessen, so getan habe, als hätte ich nie irgendwas gelernt. Das Leben kann grausam sein, bitter und sinnlos. Und jetzt sitze ich zusammen mit meiner ältesten Freundin da und versuche, mir wenigstens ein Stückchen Peperonipizza reinzuwürgen, während meine zweitälteste, jüngst wiedergefundene Freundin sich darauf vorbereitet, ihre Mutter zu beerdigen, und mir wird klar, dass Lektionen dazu dienen, etwas zu lernen. Mehr noch, man muss sie anerkennen und würdigen, weil man sonst womöglich sein ganzes Leben lang vor ihnen davonläuft, so weit, dass man eine verlogene Existenz aufbaut, rund um den einen Punkt herum, den man eigentlich annehmen sollte.

«Das Leben nervt!», sage ich zu Susie.

«Manchmal.» Sie wischt sich mit dem Handrücken einen Käsefaden vom Kinn. «Aber das geht vorbei.»

«Ich weiß nicht, ob ich dir das glauben soll.»

«Du bist doch hier die Optimistin.» Susie lacht. «Wenn du mir das nicht glaubst, sind wir wirklich am Arsch.» Sie zögert. «Weißt du, ich glaube, ich mag Scotty Hughes richtig gern. Also, mir ist schon klar, dass du wirklich getroffen warst, als ich Austin verlassen habe ...»

Ich winke ab. «Das war mein eigenes Problem. Im Grunde ging es dabei um Tyler und mich. Weißt du, ich glaube, ich wollte einfach nicht, dass sich irgendwas ändert, und ich dachte, wenn du und Austin es schafft ...» Ich zucke die Achseln, und sie nickt.

«Findest du nicht, du solltest rauskriegen, wo Darcy steckt? Ob es ihr gutgeht?», fragt Susanna schließlich.

Ich bin immer noch viel zu wütend, um ihr nachzurennen, doch langsam nagt leiser Zweifel an mir, und ich weiß, dass ich es trotzdem tun sollte. Ich weiß, dass ich genauso an meiner Rolle schuld bin, wie sie meine Rolle immer bereitwillig akzeptiert hat, und ich weiß, dass ich, anstatt ihr Egoismus vorzuwerfen, der Tatsache ins Auge blicken sollte, dass Darcy wütend und eingeschnappt ist und ihre große Schwester im Augenblick wahrscheinlich mehr braucht als je zuvor.

«Die ist bestimmt bei Dante», sage ich. Mir hängt ein Stückchen Kruste in der Kehle, das ich mit einem großen Schluck Cola hinunterspüle.

Im gleichen Augenblick klingelt das Telefon. «Das ist sie.» Ich verdrehe die Augen und reiche Susanna den Hörer. «Geh du ran. Ich habe keine Lust.»

«Hallo?» Das Telefon zwischen Kinn und Schulter geklemmt, angelt Susie sich das nächste Pizzastück aus dem Karton. «Ja. Hallo!» Ihre Augenbrauen bilden ein steiles

Dreieck über ihrer Nase. «Nein ... nein ... wir wissen auch nicht, wo sie ist.» Sie sieht mich besorgt an. «Okay, klar ... Sag ich ihr. Ja, wir geben Bescheid. Wir melden uns.»

«Wer war das denn?» Ich picke an den Käseresten auf meinem Teller herum.

«Das war Dante. Er wollte wissen, wo Darcy steckt. Sie ist nicht zur Probe gekommen. Offensichtlich hat der Geschäftsführer von Oliver's ihnen irgendeinen Deal angeboten.»

«Hat er es auf ihrem Handy versucht?», will ich wissen. «Diese Tour zieht sie nämlich ständig ab.»

«Er klang wirklich besorgt», sagt Susie. «Er hat es auf ihrem Handy probiert und bei sämtlichen Leuten, die sie kennen. Keiner hat sie gesehen. Und er meinte, sie sei so scharf auf die Sache bei Oliver's, dass sie nie im Leben eine Probe sausenlassen würde.»

«Ach, keine Ahnung.» Ich stehe auf, um den Pappteller in den Müll zu werfen. «Wahrscheinlich ist mal wieder ihr Akku leer, und ihr ist es völlig egal, dass sie alle Welt hängenlässt und dass es Leute gibt, die sich Sorgen um sie machen.»

«Till!», sagt Susie sanft und rückt den Stuhl zurecht, um mir ins Gesicht zu sehen. «Das ist nicht fair. So ist Darcy doch gar nicht mehr.»

«So sehe ich sie aber», antworte ich störrisch, obwohl ich weiß, dass das nicht mehr ganz stimmt.

«Sie war nett zu dir. Richtig toll. Sie ist hiergeblieben, weil sie dich nicht allein lassen wollte. Das hat niemand von ihr verlangt. Die alte Darcy hätte das bestimmt nicht getan.»

Ich denke einen Augenblick darüber nach. Sie hat recht. Ob ich heute wütend bin oder nicht – und ich bin wütend –, Darcy ist nicht mehr dieselbe kleine Schwester, die damals im Juli bei mir auf der Verandatreppe aufgetaucht ist, bockig und selbstgerecht und beleidigt, weil die ganze Welt sie im

Stich gelassen hat. Sie hat geholfen, mich zu beschützen. Ich starre unseren Küchenboden an – meinen Küchenboden, nachdem Tyler nun endgültig weg ist –, und mir wird mit Erstaunen klar, dass die Möglichkeiten, einander wirklich zu beschützen, im Grunde nur sehr beschränkt sind.

Darcy, meine süße kleine Schwester, hat sich gehäutet und ist an sich selbst gewachsen. Jetzt bin ich dran.

«Okay.» Ich nicke Susanna zu. «Ich weiß, wo sie sein könnte. Komm mit.»

Ich schnappe mir den Schlüsselbund vom Tisch. Es gibt Bürden, die man gemeinsam trägt, und es gibt Bürden, die man allein schultern muss. Doch auch das geht leichter, wenn wir den Rückhalt unserer Geschwister haben, unserer Freunde, der Menschen, die uns zur Seite stehen und uns stützen, wenn wir ins Straucheln geraten.

Es hat angefangen zu schneien. Ein eisiger Wind weht über Westlake und verwandelt den eben noch herbstlichen Regen in heimtückisches Weiß.

«Ich kann mich nicht erinnern, wann es im Oktober zuletzt so geschneit hat», sagt Susie. «Es ist doch gerade mal Herbst! Mein Gott!»

«Das wird ein langer Winter», pflichte ich ihr bei, die Augen auf die Straße geheftet.

Ich habe den Winter nie gemocht, konnte mich noch nie am Schnee erfreuen, obwohl der Winter Tylers Lieblingsjahreszeit ist. Für ihn hat Schnee etwas Friedliches, Tröstliches, während ich ständig Angst habe, auszurutschen, hinzufallen, unter einer schweren weißen Decke zu ersticken. Ich habe ihm das nie erzählt; es hätte nicht zu meinem sonnigen Wesen gepasst. Also habe ich mich stattdessen über die eisigen Temperaturen beklagt. Wäre ich ehrlich gewesen, hätte ich Folgendes gesagt: Ich habe Angst vor dem Winter, Angst, dass er die Schwächeren von uns verschlingt und nur die Starken überleben lässt.

Ich fahre im Schneckentempo. Die Scheibenwischer kämpfen hektisch gegen dicke Flocken, die sich hartnäckig auf der Windschutzscheibe niederlassen. Im Kofferraum rutscht der Karton mit dem Müll herum, den Tyler heute Nachmittag dagelassen hat, und meldet sich scheppernd zu Wort, sobald ich über eine Bodenschwelle holpere oder zu stark bremse. Er erinnert mich an das buchstäbliche und sinnbildliche Gewicht all dessen, was ich mit mir herumschleppe.

«Glaubst du wirklich, da ist sie?», bricht Susanna das Schweigen.

«Ich weiß nicht, wo sie sonst sein sollte.» Ich hoffe gleichzeitig, dass ich recht habe und dass ich nicht recht habe. Recht, weil ich sie in die Arme nehmen, mich bei ihr entschuldigen und sie nach Hause bringen will. Nicht recht, weil es draußen scheußlich ist und sich bei diesem Wetter überhaupt niemand im Freien herumtreiben sollte, von meiner Schwester in ihrem dünnen, mit Wodka besudelten Sweatshirt und den lächerlich dünnen Leggins ganz zu schweigen.

Westlake ist wie ausgestorben, eine Geisterstadt. Die Wettervorhersage hatte ausnahmsweise mal recht, und die Bewohner waren so klug, die Warnungen zu beachten. Fünfzehn bis dreißig Zentimeter Neuschnee, je nach Windrichtung, hieß es. Wir fahren an dunklen Ladenfronten und ausgestorbenen Kneipen vorbei, und ich frage mich, ob ich Tyler dazu kriege, noch Schnee zu schaufeln, ehe er morgen endgültig fährt, doch dann verwerfe ich die Idee. *Nein, ich schaufle selbst!*, denke ich, setze den Blinker und biege ab. Es ist zwar nur ein winziger Sieg, aber immerhin. Das schaffe ich. Das kann ich.

Ich stelle den Motor ab. Der Parkplatz liegt verlassen, keine Reifenspuren, keine Fußabdrücke. Sofort häuft sich der Schnee auf der Scheibe, und als wir aus dem Auto steigen, versinken unsere Stiefel. Die ersten Flocken bleiben auf den Kappen sitzen. Es wird nicht lange dauern, bis wir knöcheltief im Schnee stehen.

«Das ist ja eisig!», sagt Susanna. Vor ihrem Gesicht bildet sich eine flüchtige weiße Wolke. «Komm, wir müssen uns beeilen.»

Wir eilen, so schnell wir können, über den rutschigen Untergrund. Die Beleuchtung ist zwar so hell wie immer, doch das dichte Schneetreiben reduziert die Sicht gegen null. Wir halten uns die Hände vors Gesicht, als würden wir uns an einem strahlenden Sommertag die Augen beschirmen.

Die Grabsteine tragen weiße Kappen aus Schnee. Wenn es so weiterschneit, werden Worte, Widmungen, Namen, Daten, alles von Bedeutung, einfach verschwinden, ausgelöscht, bis ein Grabstein dem anderen gleicht, anonyme Symbole des Verlusts.

«Hier entlang», keuche ich und deute den Weg. Mir brennen bereits die Oberschenkel, so angestrengt versuche ich, im Schnee nur ja nicht den Halt zu verlieren. Wir laufen hügelabwärts. Die toten Äste der Bäume ragen schwarz über uns auf, der Himmel darüber ist eine Decke aus wirbelndem Weiß. Sobald ich den Grabstein meiner Mutter erkennen kann, fange ich an zu rennen, trotz der Angst vor dem Schnee, obwohl der tückische Boden mich jeden Moment ums Leben bringen kann.

«Darcy!», schreie ich. «Darcy?», brülle ich noch lauter.

Das Blut rauscht mir durch sämtliche Glieder, jeden Finger, jeden Zeh. Ich renne schneller und schneller, komme ins Rutschen, versuche verzweifelt, das Gleichgewicht zu halten, und schlittere in voller Fahrt gegen den Grabstein meiner Mutter.

Susanna bleibt mir dicht auf den Fersen und rutscht von hinten in mich hinein.

«Scheiße!», sagt sie. Das trifft es. Kurz, bündig, prägnant.

Wir sehen uns hektisch nach Darcy um, nach irgendeinem Lebenszeichen, aber wir sind schließlich auf einem Friedhof, und bei einer Suche nach lebendigem Fleisch und Blut wird man hier wohl als Letztes fündig. Ich stemme mich gegen den Grabstein und stehe mühsam auf.

«Darcy!», schreie ich ein letztes Mal, weil ich nicht weiß, was ich sonst tun soll. Dies ist der einzige Ort, an dem ich sie vermutet hätte, ein anderer sicherer Hafen fällt mir beim besten Willen nicht ein.

Ich seufze, und dann strömen mir ohne jegliche Vorwarnung stürmische, reinigende Tränen über das Gesicht, wegen all des Chaos, wegen dieser ganzen verdammten Scheiße hier. Sie laufen über meine eisig kalten Wangen, und obwohl ich sie nicht spüre, weiß ich, dass sie da sind. Ich wische sie mit dem Handschuhrücken weg, die Nasenlöcher sind verstopft, die Wimpern kleben zusammen wie geeistes Sahnebaiser. Susanna nimmt mich in die Arme und reibt mir den Rücken, bis die Tränen endlich versiegen.

«Ich bin total taub», sage ich und stapfe zurück zu dem Auto, das vollgestopft ist mit dem Abfall meiner Ehe.

«Wer nicht?», gibt sie zurück.

«Der Punkt geht an dich.»

«Und was machen wir jetzt?»

Tja, auf diese Frage habe ich ausnahmsweise auch keine Antwort.

Vierundzwanzig

Als Susanna am nächsten Morgen zu Austin fährt, um die Zwillinge abzuholen, haben wir immer noch nichts von Darcy gehört. Um Viertel nach sieben ruft Dante bereits zum zweiten Mal an, nachdem er ebenfalls zum zweiten Mal sämtliche Freunde abtelefoniert hat, außerdem die Bars, die trotz des Schneesturms bis spätnachts geöffnet waren, kurz, jeden, der ihm in den Sinn kam. Ich habe mich beim Wachdienst der Schule erkundigt, aber hinter den tröstenden Tasten des Klaviers im Musiksaal hat Darcy sich auch nicht versteckt. Der Busbahnhof ist wegen des Wetters geschlossen, und ich habe zur Sicherheit sogar am Flughafen angerufen, obwohl mir klar war, dass dort schon bei den ersten Anzeichen des Sturms sämtliche Schotten dichtgemacht worden waren. Aber es wäre typisch für Darcy gewesen, jedenfalls für die alte Darcy, bei den ersten – na gut, nicht den ersten, aber den widrigsten – Schwierigkeiten die Beine in die Hand zu nehmen und aus der Stadt zu fliehen wie ein befreiter Käfigvogel. Ich habe mit Luanne telefoniert, die die Neuaufnahmen im Krankenhaus überprüft hat, und mit meinem Vater, der nicht wirklich nüchtern klang, mir aber nicht nur schwor, dass er nichts von ihr gehört hatte, sondern auch, dass er keinen Tropfen angerührt hatte. Die Frage danach hatte ich eher nebenbei gestellt.

Ich bin bereits bei der dritten Tasse Kaffee, als Ashley mich in einer kurzen Verschnaufpause vom Sterbebett ihrer Mutter aus anruft, um mich wegen Tyler aufzumuntern und ein paar Hasstiraden gegen die Männerwelt im Allgemeinen vom Stapel zu lassen. Ich falle ihr ins Wort und erzähle, was passiert ist. Dass Darcy verschwunden ist und keiner weiß, wo sie steckt.

Ashley verstummt. «Hallo?», sage ich. «Hallo? Ashley, bist du noch dran?»

«Ja, ich bin hier», antwortet sie. Ihre Stimme klingt dünn, aber gleichzeitig bestimmt.

«Tut mir leid. Das musste einfach raus. Wie geht es deiner Mutter?»

«Du weißt, wo sie ist.» Im Hintergrund erklingt die Lautsprecheranlage des Krankenhauses.

«Deine Mutter? Natürlich weiß ich, wo sie ist. Es tut mir so leid.» Ich geniere mich dafür, jemanden mit meinen Problemen zu nerven, der selbst schon mehr als genug davon hat.

«Nein. *Darcy!* Du weißt, wo sie ist.»

«Weiß ich nicht! Ich wünschte, ich wüsste es, aber ich weiß es nicht!» Meine Stimme bricht.

«Doch. Du musst nur nachdenken. Dann weißt du es.» Jemand sagt etwas zu ihr, sie hält offensichtlich kurz den Hörer zu, dann ist sie wieder da. «Hör zu, ich muss Schluss machen. Ruf mich nachher an. Denk nach! Vertrau mir! *Vertrau dir selbst!* Du wirst sie finden.»

Dann ist die Leitung tot. Nur noch Rauschen dringt an mein Ohr. Ich lasse mich auf die Couch sinken und sinne über ihre Worte nach. «Denk nach! Vertrau mir! Vertrau dir selbst!» Ich lasse den Blick durch mein chaotisches Wohnzimmer schweifen. Überall zeugen wild verstreute Reste von Tylers Auszug. Zerknülltes Klebeband, die Fetzen kaputter Pappkartons, ein paar verstreute Münzen. Ich stehe auf und trete an den Kamin. Das Sims ist voll mit Fotos aus meinem alten Leben, weil ich es noch nicht über mich gebracht habe, sie wegzuräumen. Tyler und ich bei unserer Hochzeit; Tyler und ich bei Susannas Hochzeit; Tyler und ich bei seinem Meisterschaftsspiel in unserem Abschlussjahr. Ich nehme es zur Hand, streiche mit den Fingern sanft über unsere Gesichter – wie unschuldig wir alle waren, wie optimistisch – und donnere das Bild mit allem, was an Kraft noch in mir steckt, mit jeder Faser meines müden, erschöpften Körpers gegen den Kamin.

Das Glas zerbricht krachend, ein Scherbenschauer ergießt sich in sämtliche Richtungen, und das Bild fällt zu Boden.

Das Bild selbst ist ganz geblieben. Kopfüber lehnt es schräg an den Ziegelsteinen und schaut zu mir hoch. Aus diesem Winkel kann ich uns kaum noch erkennen, aber wir strahlen trotzdem alle fröhlich in die Kamera.

«Denk nach! Vertrau mir. Vertrau dir selbst.»

«Oh Gott!», sage ich laut. «Oh Gott! Oh Gott! Oh Gott!» Ich rase aus dem Zimmer, die Treppe rauf und in mein Schlafzimmer, auf der Suche nach meiner Handtasche. Irgendwo ganz unten muss Elis Kamera sein, unbeachtet seit unserem Ausflug in den Wald. Mit zitternden Fingern zerre ich das Kameraetui unter meinem Scheckheft raus, unter der Rolle Pfefferminz, unter der Einladung zur Prom Night, unter ein paar zerknitterten, nie gelesenen Memos aus der Schule.

Ich fahre das Laptop hoch, stecke die Kamera ein und warte ungeduldig darauf, dass der Bildschirm zum Leben erwacht.

Ja! Ich vertraue mir!, denke ich, während ich die Bilder absuche, nach Hinweisen dafür suche, wo Darcy sein könnte und wie ich sie retten kann, obwohl ich aufgehört habe, andere zu retten.

Beim allerletzten Bild des Homecoming-Konzerts bleibe ich hängen. Darcy macht einen fröhlichen Knicks ins Publikum, das Sonnenlicht fällt schräg auf sie, ein strahlendes Lächeln erhellt ihr ganzes Gesicht, so sehr, dass ich mich augenblicklich aufs Neue in meine kleine Schwester verliebe. Mit Blitz zu fotografieren war im Grunde unnötig, aber so wirkt alles noch strahlender; das Bild ist golden, glänzend, perfekt. Ich starre den Bildschirm an und warte. Ich warte, dass es über mich kommt, mich mitnimmt, mich rettet, damit ich sie retten kann.

Dann spüre ich es. Den Schmerz im Zeh, den aufwärtskriechenden Krampf, erst in den Waden, dann in den Oberschenkeln, dann im Bauch, den eisernen Griff ums Herz, den Blitz, der sich anfühlt, als wolle er die Lunge sprengen, und dann schließlich mein Bewusstsein, mein Gehirn, meine Synapsen.

«*Vertrau mir! Vertrau dir selbst.*» Ja. Vielleicht. Vielleicht kann ich das.

Diesmal ist es anders. Im Gegensatz zu sonst bin ich diesmal nicht gelähmt, meine Beine sind nicht bewegungslos. Diesmal habe ich sonderbarerweise die Kontrolle, anstatt wie sonst kontrolliert zu werden, und meine Füße gleiten über totes Geäst, über gefrorenen Schnee. Es ist kalt – das sagen mir die Atemwölkchen, die sich beim Gehen bilden –, aber ich friere nicht. Weil ich nicht wirklich hier bin, weil ich mich einfach nur durch Raum und Zeit bewege, durch das Leben eines anderen.

Der Wald um mich ist mir vertraut. Ich bleibe stehen, pflanze die Stiefel in den frischen Schnee und sehe mich um, auf der Suche nach Zeichen, nach Hinweisen. Einen Moment lang glaube ich, im gleichen Wald zu sein wie vor kurzem mit Eli. Doch der Hügel ist weniger steil und die Bäume stehen dichter. Dann wird es mir klar. Urplötzlich überkommt mich die Erinnerung. Ich bin überrascht. Überrascht, dass ich nicht von selbst darauf gekommen bin, überrascht, dass sie es nicht längst vergessen hat. Sie war damals noch so klein, gerade mal neun.

Dies ist der Wald, in den wir damals immer liefen, um unsere Mutter zu retten. Als könnten gestohlene Schnappschüsse der Natur ihr neues Leben einflößen. Aber mit neun oder siebzehn glaubt man noch an die Macht der Magie, an einen Balsam, der die Familie wieder heil machen kann. Weil man nicht weiß, was man sonst tun soll. Und weil man noch nicht weiß, was das Leben sonst tun kann.

Doch obwohl Darcy diese Lektion inzwischen gelernt hat, ist sie ausgerechnet hierher zurückgekehrt. Über den verborgenen Pfad, den wir damals immer gegangen sind, hoch zu dem Baum an dem rauschenden Bach, der jetzt sicher fast ausgetrocknet und gefroren ist. Dort haben wir eines Nachmittags unsere Brote ausgepackt, aus einer Thermosflasche kalte Limonade getrunken und in einem Anfall hemmungslosen Übermuts unsere Initialen in den Baum geritzt. Ob Mom wieder gesund wird, fragte sie, und ich sagte, ich würde es sehr hoffen, und dann wollte sie mit winziger Stimme wissen, was wäre, wenn nicht. Und ich gab keine Antwort, obwohl ich mich heute noch an meinen stummen Schwur erinnere, stumm, weil ich mich nicht traute, es laut auszusprechen: Ich werde mich um dich kümmern. Stattdessen lenkte ich sie mit dem Messer ab, mit der Schnitzerei, und sie fing nicht noch einmal davon an. Und nur ein paar Stunden später, noch ehe wir Zeit hatten, unsere Bilder zu entwickeln, brach meine

Mutter auf der Veranda zusammen, und das war das Ende. Das Ende von allem.

Ich bin seitdem nie wieder dort gewesen.

Meine Beine bewegen sich schneller, springen über Buschwerk, fliegen über totes Holz. Ich weiß, wo sie ist. Natürlich weiß ich, wo sie ist. Ich bin die Einzige, die es überhaupt wissen kann, ich bin die Einzige, die sie jetzt finden, die sie retten kann.

Obwohl es Jahre her ist, haben die Bäume sich kaum verändert, die Pfade weben ein vertrautes Muster durch den Wald, und bald sehe ich sie – ein winziges Stückchen von ihrem lila Sweatshirt, derselbe Farbton wie ihre Haare, und dann ihr Gesicht, viel zu blass, fast blau, an einen Baumstamm gelehnt, es ist genau derselbe Baum. Die Initialen sind überwuchert; die Rinde hatte viele Jahre Zeit zu regenerieren, und obwohl unsere Schnitzerei uns damals unauslöschlich erschien, weiß man nie, was von Dauer sein wird, was bleibt und was schließlich doch vergeht.

«Darcy!», schreie ich weinend. «Darcy!» Endlich bin ich da, stehe vor ihr, sehe, wie schlimm es ist. Die Beine sind von Schnee bedeckt, die Hände stecken tief in den Taschen, als könnte sie das warm halten.

Ich schreie und schreie, doch sie kann mich nicht hören, entweder weil ich ein Geist bin oder weil sie selbst schon zu weit weg ist. Mir gelingt es, mich zurück zu mir selbst zu zwingen, zurück ins Bewusstsein, zurück in die Gegenwart – Vertrau mir, vertrau dir selbst –, und weil ich diesmal tatsächlich die Kontrolle habe, anstatt kontrolliert zu werden, habe ich diese Parallelwelt auf einen Schlag verlassen und bin zurück in meiner eigenen, wo ich vielleicht noch die Chance habe, Darcy zu retten.

Mit einem Ruck komme ich zu mir. Ein Blick auf die Computeruhr sagt mir, dass ich gerade mal fünfzehn Minuten verloren habe, auch wenn ich mich so erschöpft fühle, als hätte ich in einer Zeitschleife gesteckt, die Monate, vielleicht sogar Jahre aus mir herausgesaugt hat. Ich möchte Darcy retten, aber ich weiß, dass sogar mir Grenzen gesetzt sind. Ich brauche jemanden, der stark ist, fähig, jemanden mit Kraft, der sie aus dem Wald schleppen kann, ohne dass dabei noch mehr passiert.

Ich greife zum Telefon und wähle hektisch Austins Nummer. Es klingelt viermal, dann schaltet sich der Anrufbeantworter ein. Ich versuche es noch mal – *Aufwachen!* –, aber mit demselben Ergebnis. «Äh, hallo, hier ist Austin. Ihr wisst schon, das Übliche eben.» *Piep.*

«Tyler! Austin! Aufwachen! Darcy ist verunglückt, ich brauche eure Hilfe. *Wacht verdammt noch mal auf!*» Ich brülle in den Hörer und warte, ob sich etwas rührt, aber am anderen Ende nimmt niemand ab. Ich knalle den Hörer auf und versuche es auf Tylers Handy. Ich werde sofort zur Mailbox weitergeleitet, und in mir steigt brodelnde Wut auf, weil ich genau weiß, dass sie ohnmächtig auf der Couch liegen und sich von dem berühmten Bier zu viel erholen, während meine kleine Schwester irgendwo hinter meinem Elternhaus im Wald liegt und erfriert.

Ich halte inne und überlege. Zuverlässig. Fähig. Kräftig. Die Zahl mir bekannter Männer mit diesen Charakterzügen ist gegen null gesunken. Bis mir doch noch einer einfällt. Ja, einen gibt es noch, und der ist sicher schon wach, weil er auch nie schläft, genau wie ich, und er kommt, wenn ich ihn bitte, weil er etwas bewirken will, genau wie ich. Ich hebe wieder ab und rufe den einzigen Menschen an, der mir vielleicht helfen kann. Eli.

Fünfundzwanzig

*D*arcy liegt haargenau da, wo ich sie gesehen habe. Eli war so klug, den Notarzt zu rufen, der nur ein paar Minuten nach uns kommt, und an Decken hat er auch gedacht. Ich schleppe Darcys Winterjacke mit, die zusammengeknüllt am Fußende des Gästebetts lag. Darcy ist zwar nicht bei Bewusstsein, aber ihr Atem geht gleichmäßig, und Eli meint, dass davon viel abhängt. Ich glaube ihm, weil es klingt, als wüsste er, wovon er spricht. Er hält sie für stabil genug für den Transport, und dann hebt er sie hoch. Er erinnert mich an das Gemälde mit dem Retter, das ich in der Sonntagsschule mal beschreiben musste.

Während wir durch den Wald zurück zu seinem alten BMW laufen – Eli hat ihn vor Eile fast in den Graben gesetzt –, zu den wartenden Sanitätern, senkt sich die Schuld wie ein Schleier auf mich herab. Hätte ich mir doch die Zeit genommen, alle Puzzleteile zu finden, das Bild komplett zusammenzusetzen! Wäre ich nur nicht zu egoistisch – und zu bockig – gewesen, um mir ihre Bilder anzusehen, nachzusehen, was das Schicksal für sie bereithält. Doch ich habe es nicht getan, und das haben wir jetzt davon.

Wir folgen dem Krankenwagen ins Krankenhaus, Luanne kommt mir entgegengerannt und nimmt mich kurz in die Arme, dann ruft sie meinen Vater an. Aus einem Seitenflur taucht plötzlich Ashley auf und umarmt mich fest und lange, ein stummes Zeichen ihrer festen Überzeugung, dass ich einen Weg gefunden habe, mir endlich Klarheit zu verschaffen, die Gabe zu nutzen, die sie freigelegt hat.

Eli besorgt Kaffee, und dann sitzen wir da, in einem Kokon aus Stille inmitten des lärmenden Infernos der Notaufnahme. Ärzte, die Anweisungen rufen, die Martinshörner ankommender Rettungswagen, wütende Angehörige, die sich mit dem Empfangspersonal streiten, weil ihre leidenden Familienmitglieder offensichtlich ignoriert werden, dazu verdammt, trotz Verletzungen und Schmerzen auf diesen dämlichen Plastikstühlen zu warten. *Wer von uns denkt schon jemals darüber nach, dass uns das Schlimmste wirklich jederzeit und überall zustoßen kann*, denke ich. Wir glauben immer, solche Dinge passieren nur den anderen. Bis einem plötzlich draußen auf der unbeleuchteten Landstraße ein Reifen platzt und jemand eine Stunde später das auf dem Dach liegende Auto entdeckt. So funktioniert das Leben. Wieso will das niemand je begreifen?

Die Ärzte haben Darcy durch eine Schwingtür geschoben, auf der in roter Schrift «NUR FÜR PERSONAL» steht, und uns bleibt nichts übrig, als zu warten. Ich konnte Ausdrücke wie «akute Hypothermie» und «massive Erfrierungen» aufschnappen, und Eli hat mir erklärt, dass sie versuchen werden, Darcys Körpertemperatur langsam zu steigern, sie von innen nach außen zu kochen, auch wenn er sich natürlich netter ausdrückt.

«Woher weißt du das alles?», frage ich ihn.

«Ich war vor ein paar Jahren mit meinem besten Freund in den Anden.» Sein Kopf neigt sich kaum merklich nach unten. «Es … na ja, es ist nicht alles glattgegangen.» Er fängt an zu erzählen, aber als eine kleine Lawine mit ins Spiel kommt, reißt er sich zusammen. Ich sehe, dass er mich beobachtet, meine wachsende Angst spürt. Er bricht seine Geschichte ab und nimmt meine Hand. «Das erzähle ich dir ein andermal», sagt er. «Für den Augenblick reicht es mit den traurigen Geschichten. Vielleicht fallen uns ja noch ein paar schönere ein.»

Ich lehne den Kopf an seine Schulter, weil ich das Gefühl habe, das Gewicht mit dem Nacken nicht mehr halten zu können. Ich mache die Augen zu und versuche, an schönere Geschichten zu denken, aber mir fällt nichts ein. Fast unmerklich gleite ich in den tranceartigen Zustand zwischen Wachen und Schlafen, als plötzlich jemand laut meinen Namen ruft.

Ich reiße die Augen auf und sehe Tyler auf mich zulaufen, dicht gefolgt von Austin. Sie haben immer noch die Klamotten vom Umzug an. Tyler kniet sich hin und umarmt mich. Er stinkt nach schalem Bier und kaltem Zigarettenrauch. Seine Westlake-Wizards-Kappe sitzt schräg auf den ungekämmten, ungewaschenen Haaren, und als er wieder aufsteht und unschlüssig vor mir steht, erinnert er mich sehr – viel zu sehr – an meine Schüler. Ein großer Junge, der sich noch nie im Leben dem Erwachsensein gestellt hat oder den Dingen, die das Erwachsensein einem abverlangt. Vor vier Monaten hätte ich vielleicht genau das an ihm geliebt. Jetzt lege ich den Kopf schief und wundere mich.

Eli räuspert sich, und ich stelle sie einander vor: Elis Blick ist eindeutig abschätzend, doch Tyler mustert nur völlig ahnungslos den fremden Mann, der mir geholfen hat, meine Schwester zu retten, weil mein eigener Ehemann nicht dazu in der Lage war.

«Hör mal, ich muss los», sagt Eli und küsst mich auf die Wange. «Ich habe Besuch, und sie kennt sonst niemanden hier», sagt er stockend. *Die Freundin*, denke ich, aber ich frage nicht nach. Es ist nicht wichtig. Es ist nicht so wichtig, dass ich nachfragen müsste, denn wer immer sie auch ist, ich habe ihn angerufen, und er ist sofort gekommen, und mehr braucht es im Augenblick nicht.

«Danke. Danke. Danke!», sage ich immer wieder, weil ich nicht weiß, was ich sonst sagen soll. Mir kommen die Tränen, ich fange an zu weinen.

«Ich melde mich nachher. Sobald meine Freundin einen Rückflug ergattert hat», sagt er. Es hat vorhin schon aufgehört zu schneien, als wir Darcy endlich gefunden hatten. Gut möglich, dass die Stadt, der Flughafen, die Straßen, die Geschäfte schon bald wieder offen sind. Vielleicht aber auch nicht. Vielleicht bleibt sein Gast auch hier stecken, zusammen mit uns. *Wir stecken nämlich alle ein bisschen fest*, denke ich, umarme Eli ein allerletztes Mal und sehe ihn dann durch den Flur in Richtung Ausgang verschwinden, seine schlaksige Figur, seinen selbstsicheren Gang.

Tyler nimmt Elis verwaisten Platz in der Plastikstuhlreihe ein. Tyler, mein richtiger Ehemann, der mich im Stich gelassen hat, tauscht den Platz mit dem Ersatzmann, der bei mir war. Er verschränkt seine Finger mit meinen, dreht mit der freien Hand mein Gesicht zu sich, streichelt mir über die langen, blonden Strähnen und dann drückt er die Lippen auf meine Nase, genauso wie früher, bevor alles anders war.

«Es tut mir leid!», flüstert er, und ich zwinge mich, seinem Blick standzuhalten, weil ich nicht sicher bin, ob ich es wirklich hören möchte, nicht mal sicher bin, was ihm eigentlich leidtut. Da ist zu vieles.

«Okay.» Ich nicke, die einfachste Antwort. Zu allem anderen bin ich viel zu erschöpft.

«Ich bleibe hier», sagt er, als ich mich endlich von seinem Blick gelöst habe und stattdessen die Schwingtür zur Notaufnahme anstarre, mit schierer Willenskraft versuche, einen Arzt herbeizuzwingen, der uns beteuert, dass alles wieder gut wird, dass ich nicht zu spät gekommen bin, dass mein Egoismus nicht ihr Untergang gewesen ist. «Ich bleibe hier», sagt er noch mal.

«Danke. Mein Vater kommt bestimmt bald. Ein bisschen Gesellschaft wäre schön. Wenigstens bis er da ist.» Meine Augen sind fest auf die verdammte Tür geheftet. *Jetzt geh schon auf!*

«Nein. Hör zu. Sieh mich bitte an.» Seine Stimme ist verändert. Der Tonfall löst mich aus meiner Trance. *«Ich bleibe hier. Bei dir. In Westlake.»* Er verstummt, er kennt das Gewicht seiner Worte, die im Gegensatz zu allem stehen, was er in den letzten vier Monaten getan und kaputtgemacht hat. «Wenigstens bis es Darcy bessergeht. Außerhalb der Saison brauchen sie mich da unten sowieso nicht. Was hältst du davon? Für den Anfang.»

Ich nicke. *Okay.* Ich will im Augenblick nicht darüber nachdenken. Gut, ja, bis es Darcy bessergeht. Ja. Für den Anfang.

Als es dunkel wird, bestehen Luanne und mein Vater darauf, dass ich nach Hause fahre.

«Geh duschen. Versuch zu schlafen», sagt er wie ein richtiger Vater. «Ich bleibe hier. Heute Nacht wacht sie wahrscheinlich sowieso noch nicht auf.» Seine Stimme klingt rau, seine Augen glänzen verdächtig. Ich weiß, dass er der Einzige ist, den diese Geschichte vielleicht noch mehr getroffen hat als mich, und jetzt versucht er, wenigstens etwas von meinem Schmerz, meiner Schuld auf sich zu nehmen, sie aufzusaugen wie ein Schwamm, und ausnahmsweise lasse ich ihn. Wir sind beide mitschuldig. Und wir wissen es beide.

Die Ärzte haben uns informiert, dass Darcy im Koma liegt, was weniger schlimm ist, als es sich anhört, sagen sie.

«Wir haben allen Grund zu der Annahme, dass sie wieder völlig gesund wird», heißt es. «Wir glauben, dass sie innerhalb der nächsten vierundzwanzig bis achtundvierzig

Stunden von allein zu sich kommt, und dann werden wir weitersehen.»

«Was meinen Sie mit weitersehen?», habe ich einen von ihnen gefragt, denjenigen, der am ältesten aussah, als hätte er die meiste Erfahrung, als wüsste er die Antwort.

«Das bedeutet, dass eine Unterkühlung manchmal gewisse Nachwirkungen mit sich bringt – Gedächtnisverlust zum Beispiel –, die sich erst einschätzen lassen, wenn Ihre Schwester aufgewacht ist.» Bei der Vorstellung, Darcy könnte vielleicht nicht mehr dieselbe sein, zieht sich in mir alles zusammen. «Wir haben es außerdem mit Erfrierungen zu tun», fügte der Arzt noch hinzu. Es klang fast beiläufig. «Finger und und vor allem die Zehen wurden in Mitleidenschaft gezogen. Wir können die Beweglichkeit erst testen, wenn sie aufgewacht ist. Sie wird wahrscheinlich Physiotherapie brauchen. In dem Fall muss sie noch eine Zeitlang zur Reha hierbleiben.»

Ich stieß einen leisen Schrei aus, einen Schmerzensschrei, denn von allen Dingen, die man Darcy nehmen könnte, wäre nichts grausamer als der Verlust ihrer Hände. Luanne versuchte, mich zu beruhigen, sagte, ich solle mir keine Sorgen machen, mit solchen Dingen hätte sie tagtäglich zu tun, aber ich war mir nicht sicher, ob es nur wieder die für sie typische Ahnungslosigkeit war oder ob ich ihre Worte ausnahmsweise beherzigen und ihr glauben durfte.

Mein Vater verfrachtet mich in ein Taxi, und kurz nachdem ich zu Hause angekommen bin, taucht Tyler mit einer Reisetasche auf. Ich war schon im Bad und mache ihm im Schlafanzug wortlos die Haustür auf, drehe mich um und tapse nach oben ins Schlafzimmer, so erledigt, dass mir auf halber Treppe die Beine fast den Dienst versagen. Ich sinke halb ohnmächtig unter die Bettdecke und wünsche mir nur noch, dass der Schlaf sich meiner erbarmt.

Als ich schon fast weggedriftet bin, geht knarzend die Schlafzimmertür auf, und neben mir bewegt sich die Matratze. Ich drehe mich um und sehe Tyler neben mir in meinem – in unserem – Bett liegen, einfach so, als hätte er es nicht vor drei, beinahe vier Monaten geräumt, nein, eigentlich schon viele, viele Monate früher.

«Hallo», flüstert er. «Ist das okay?»

Ich presse meine Lippen zu einer Art Lächeln zusammen, obwohl ich keine Ahnung habe, ob es okay ist, keine Ahnung habe, was ich überhaupt denken soll. Aber mein Ehemann ist zurück, und er will in unserem Bett schlafen, also akzeptiere ich es und versuche, nicht darüber nachzudenken. Ich bin so furchtbar müde. Doch dann schiebt er sich auf mich, und weil er mich küsst, zart, sanft, als hätte er mich genauso vermisst wie ich ihn, reiße ich all meine Kraft zusammen und erwidere seinen Kuss. Seine Lippen werden drängender, verzweifelter, und bald darauf bewegen wir uns mit großer Selbstverständlichkeit. Schließlich haben wir das hier getan, seit wir noch fast Kinder waren.

Danach rollt Tyler sich zurück auf seine Seite und schläft fast augenblicklich tief und fest. Ich nicht. Ich kann nicht schlafen, auch wenn die Logik es fast verbietet, noch wach zu sein, auch wenn die Tatsache, dass mein Mann endlich wieder neben mir liegt, dass wir beide zusammen sicher und geborgen in unserem Ehebett liegen wie in den guten alten Zeiten, doch eigentlich den Schlaf anlocken sollte. Weit gefehlt. Also starre ich die Decke an, lausche dem Auf und Ab von Tylers Atem, warte auf die Dämmerung, auf den morgigen Tag und auf das, was er bringen wird.

Sechsundzwanzig

Tyler bringt mich ins Krankenhaus und will wiederkommen, sobald er mit den Leuten von der UW gesprochen hat, die Situation geschildert und ein paar Details geklärt hat, Details, über die wir noch überhaupt nicht gesprochen haben. Er will die Lage erst mit seinen Chefs und dann mit mir besprechen. «Schön», sage ich, als er mir seine Taktik erklärt. «Wie auch immer», sage ich, steige in der Haltezone aus dem Wagen, schließe die Autotür und lege das Gespräch ad acta. Es gibt Wichtigeres.

Im Krankenhaus erwartet mich eine gute und eine schlechte Nachricht. Es gibt erste Anzeichen dafür, dass Darcy aus dem Koma aufwacht. Das ist die gute Nachricht. Die schlechte Nachricht ist, dass Ashleys Mutter endgültig im Sterben liegt.

Ich schaue bei Darcy vorbei, werde aber von einer sehr fürsorglichen Krankenschwester schnell wieder aus dem Zimmer gescheucht, also schleiche ich ziellos durch die Flure, bis ich meinen Vater entdecke. Er starrt durch die Fensterscheibe in Valeries Zimmer. Ashley sitzt zusammengekrümmt neben den Automaten. Exakt so, wie ich es vorhergesehen hatte, ohne zu wissen, wann die Vision Realität werden würde. «Wie geht es ihr?», höre ich Ashley fragen, als ich um die Ecke biege, und mein Vater lässt die Schultern sinken, sieht Ashley an und sagt mit tonloser Stimme: «Sie können noch nichts sagen.»

Darcy! Sie haben über Darcy gesprochen!

Plötzlich ertönt aus Valeries Zimmer Alarm, Ashley

springt auf und hastet durch die Tür, die heftig hinter ihr ins Schloss fällt. Mein Vater schlägt in einer offensichtlichen Geste der Trauer die Hände gegen die Scheibe, haargenau so, wie ich ihn es in meiner Vision habe tun sehen.

Das hektische Piepen verstummt so schnell, wie es erklungen ist, und ich trete zu meinem Vater und streichle ihm zur Begrüßung über den Rücken. Er dreht sich um und nimmt mich so fest in den Arm, dass ich fast keine Luft mehr kriege. Sein Hemd riecht nach altem Schweiß, sein Atem nach Eiersandwich aus der Krankenhauskantine.

«Ich setze mich ein Weilchen zu deiner Schwester», sagt er und lässt mich los. Es ist so offensichtlich, dass er nicht weiß, was er mit sich anfangen soll, weil er sich zu Hause möglicherweise um den Verstand trinken würde. Also bleibt er hier und versucht, sich nützlich zu machen. Ich stimme ihm zu. Mir ist klar, dass die Schwestern ihn bestimmt schon an der Tür abwimmeln, aber ich möchte allein mit Ashley sprechen.

Sie kommt aus dem Zimmer ihrer Mutter – die Ärzte haben übernommen, versuchen, Valerie noch ein paar letzte Tage zu schenken, auch wenn die Stunden unaufhaltsam verrinnen – und fällt mir um den Hals. Es ist eher die verzweifelte Bitte um Stütze als eine Umarmung.

«Also hast du es kapiert», sagt sie, löst sich ein Stückchen und sieht mich an. «Kapiert, was ich gemeint habe.»

«Ja», antworte ich. «Aber es hat zu lange gedauert. Ich hätte eher da sein müssen.»

«Du warst noch nie besonders schnell von Begriff.» Sie macht sich tatsächlich über mich lustig, und das ist gleichzeitig so unangemessen und typisch für sie, dass ich lachen muss. Es tut gut, dass sie mich trotzdem, *trotz alldem hier*, immer noch auf die Schippe nehmen kann. Sie hat noch etwas auf dem Herzen. «Und der Rest? Hast du den Rest auch kapiert?»

«Welchen Rest denn?», frage ich. «War das immer noch nicht alles?» *Was zum Teufel könnte denn noch sein?*

Sie zuckt die Achseln. «Es gibt doch immer noch ein bisschen mehr.»

«Hör endlich auf, in so verdammten Rätseln zu sprechen!», fahre ich sie an. Meine Nerven liegen blank.

«Na schön», schnaubt sie. «Ich helf dir auf die Sprünge.» Sie dreht sich zu ihrer Mutter um, die nur noch aus Drähten und Schläuchen und Maschinen besteht. «Hast du dich wirklich nie gefragt, weshalb wir plötzlich keine Freundinnen mehr waren?»

«Das hast du mich schon mal gefragt», sage ich. «Damals beim Frühstücken. Du warst auf einmal schräg drauf, und ich bin Cheerleader geworden.» Ich will nicht daran zurückdenken, obwohl diese Zeit fast mein ganzes Erwachsenenleben lang die einzige war, an die ich überhaupt zurückdenken wollte. Aber jetzt nicht mehr. Nicht seit ich weiß, wie leicht alles zu Bruch gehen kann, in tausend Scherben zerspringen wie der Bilderrahmen am Kamin.

«Das stimmt nicht», blafft sie mich an. «Doch, das auch. Ich konnte Cheerleader noch nie ausstehen.» Sie lächelt. «Du musst es selbst herausfinden. Damals war ich sauer auf dich, weil du es nicht geschnallt hast, aber jetzt bin ich nicht mehr sauer. Mir ist inzwischen klar, dass du es nicht gewusst hast. Du wolltest es damals einfach nicht sehen, weil es viel leichter war. Das verstehe ich. Auf gewisse Weise wünschte ich, ich hätte auch wegsehen können.»

«Wirklich, Ashley!», unterbreche ich sie. «Ich bin so müde. Kannst du mir nicht einfach sagen, was los ist?»

Ashley will gerade antworten, als irgendwo hinter mir, am Ende des Flurs, jemand meinen Namen ruft. Ich fahre herum und sehe meinen Vater, ich drehe mich wieder zu Ashley um, und plötzlich rastet etwas ein. Aber noch ehe ich in Gedanken fassen kann, was da gerade an seinen Platz gerutscht ist, ruft er wieder nach mir.

«Komm schnell, Tilly! Darcy ist aufgewacht. Sie fragt nach dir.»

Darcy und ich fangen gleichzeitig an zu schluchzen, als ich ihr Zimmer betrete. Ihre Hände sind bandagiert, um den Schaden abzuwenden, und ihre Glieder sind in zusätzliche Decken gepackt. Ob ihr je wieder warm wird, ob sie je wieder ganz die Alte sein wird? Die Antwort auf diese Fragen wird wohl noch etwas warten müssen.

«Es tut mir so leid!» Ich sitze tränenüberströmt an ihrem Bett und werde von Schluchzern geschüttelt. Ich weiß nicht, ob sie mir das jemals verzeihen kann. Unwichtiger – oder vielleicht auch wichtiger –, ich weiß nicht, ob ich mir je selbst verzeihen kann.

«Mir tut es auch leid», sagt sie, und es ist klar, dass sie mir nicht die Schuld dafür gibt. Aber sie kann ja auch nicht ahnen, dass ich es hätte kommen sehen können, dass ich es, wenn ich nachgedacht hätte, nicht so egoistisch gewesen wäre, vielleicht hätte verhindern können.

In tröstlichem Schweigen sitzen wir da, in Gesellschaft piepsender Monitore und einer leise vor sich hin tröpfelnden Infusion, zwei Schwestern, die aufeinander aufpassen, was wir vielleicht von Anfang an hätten tun sollen. Darcy fallen die Augen zu, und ich betrachte ihr Gesicht. Sie ist wirklich kein Kind mehr. Der letzte Babyspeck ist schon lange verschwunden, die Haut nicht mehr ganz so jugendlich strahlend. Aber sie ist immer noch atemberaubend. Die Wangenknochen stehen deutlich hervor, die Haare glänzen trotz lila Tönung und Pizza-Cola-Diät.

Ihre Wimpern flattern, dann sieht sie mich an.

«Was?», fragt sie im Halbschlaf, offensichtlich erfreut, bewundert zu werden. Darcy, wie immer der wandelnde Widerspruch. Das hat sich schon mal nicht verändert.

«Nichts.» Ich schüttle den Kopf. «Ich denke nur nach. Über alles, was wir durchgemacht haben, weißt du?»

«Ja.»

Mein Vater klopft ans Fenster und winkt verzagt, ein schüchternes Friedensangebot. Ich hoffe, sie weist es nicht zurück. Ich beobachte, wie sie ihn beobachtet, taxiere ängstlich ihre Reaktion.

«Kannst du ihm verzeihen?», frage ich. «Er wünscht es sich so sehr.»

«Wieso machst du es ihm immer so leicht?», fragt sie, ohne Groll, nur neugierig. «Wieso bekommt er bei dir immer wieder eine zweite Chance?»

«Wahrscheinlich weil ich an zweite Chancen glaube.» Ich zucke die Achseln.

«Davon hatte er mehr als genug», sagt sie bitter.

«Darf ich dich etwas fragen?» Ich weiß selbst nicht genau, worauf ich hinauswill, es ist mehr eine Ahnung. Sie nickt schläfrig. «Was hast du neulich in der Küche damit gemeint – seine Geheimnisse? Das hat sich doch auf den versteckten Schnaps bezogen, oder?»

Sie seufzt, ein langer, erschöpfter, beinahe läuternder Seufzer.

«Tilly», sagt sie. «Ich bin müde. Und ich hab dich lieb. Lass es im Augenblick einfach gut sein, ja?»

«Kann ich nicht», sage ich leise und denke an meinen Vater auf dem Flur, an seine Hände am Fenster von Valeries Zimmer, an das seltsame, stillschweigende Band, das ihn an Ashley und ihre Mutter bindet, an Ashleys Aufforderung an mich, endlich zu begreifen.

«Das ist uralt», murmelt sie, schon fast im Schlaf. «Vor Jahren. Ehe Mom gestorben ist.» Ihre Lippen beben, und sie ist eingeschlafen.

Als ich aufblicke, steht mein Vater starr in der Tür, Angst, Schuldgefühl und Unbehagen verschleiern sein Gesicht. Ich habe gar nicht bemerkt, dass er näher gekommen ist.

Er räuspert den Frosch aus seinem Hals. «Worum ging es?»

«Sag du es mir.» Aber dann überlege ich es mir anders. «Weißt du was? Nein. Sag es mir nicht. Ich will keine Entschuldigungen hören. Ich will wissen, was Darcy weiß über die Zeit, ehe Mom starb. Was sie über dich und Valerie Simmons weiß.»

Ihm fällt das Kinn herunter und mir auch. Bis eben war mir die Verbindung selbst nicht klar gewesen, aber mein Instinkt hat ohne mein Zutun dafür gesorgt und die Zügel in die Hand genommen, um die vielen Puzzleteilchen meines Lebens zusammenzufügen.

«Es ist, es ist nicht so, wie du denkst», stammelt er.

«Woher willst du denn wissen, was ich denke?» Ich bin aufgestanden, bin sicher auf den Beinen und auch meiner selbst auf einmal sicherer. *Vertraue mir. Vertraue dir selbst.* Oh ja, das werde ich.

«Ich … ich …» Dieses eine Mal versagen meinem Vater seine ewigen Ausreden den Dienst.

«Wann war das? Wie lange lief das?» Die wilde Wut ist wieder da, der Groll, der Tyler ins Gesicht geschlagen hat, der Groll, der meinem Vater vorgeworfen hat, uns im Stich zu lassen, der Groll, der das Bild gegen den Kamin gedonnert hat. Das waren alles nur Aufwärmübungen.

Natürlich; ich weiß, wann es passiert ist: damals, in der sechsten Klasse; Ashley hat es gemerkt und hat mir eine Spur aus riesigen Brotkrumen gelegt, damit ich es auch ja bemerke, damit ich an ihrer Seite stehe und die grausame Last ihrer Entdeckung mit ihr trage, die Ungeheuerlichkeit, dass unsere Eltern nicht nur ihre Ehepartner, sondern ihre ganze Familie betrogen. Stattdessen habe ich die Brotkrumen achtlos beiseitegeschoben, bin barfuß durchs grüne Gras gehopst, fröhlich, sorgenfrei und völlig ahnungslos. Kein Wunder, dass sie mich gehasst hat. Ich hätte mich auch gehasst.

«Nicht lange», sagt er zögernd, straft sich selbst damit Lügen, gesteht seine Schuld. «Es war ein Fehler.» Seine ausgestreckten Hände flehen mich an, ihn nicht zu verurteilen.

«Und Darcy wusste es? *Darcy wusste es?*» Meine Stimme ist zorniges Flüstern. Ich möchte sie nicht aufwecken, aber *ihn* würde ich am liebsten schütteln und erwürgen oder ihn hier, mitten auf der Intensivstation, mit einem Faustschlag niederstrecken.

Seine Schultern fangen an zu beben, dann der Oberkörper, und dann brechen sich all seine angestauten Seelenqualen endlich Bahn. Es interessiert mich nicht. Es ist mir scheißegal. Er steht zitternd und heulend vor mir, und ich schwöre mir, *das war's!* Ich werde ihn nie wieder entschuldigen, keine einzige Sekunde meines Lebens mehr, ich werde ihn nicht beschützen, ich werde ihm keinen Rat mehr geben, und wenn er heute nach Hause fährt, zwei Liter Wodka in sich reinkippt und an seiner eigenen Kotze erstickt, dann ist es mir auch egal.

Er will etwas sagen, doch heftige Schluchzer ersticken die Worte in seiner Kehle. Und dann, als es nicht mehr schlimmer kommen kann, taucht auf einmal Ashley hinter ihm auf, die Augen rot verquollen, und sagt: «Sie ist gestorben.»

Die nächste verlassene Tochter, die der Welt allein entgegentreten muss.

Siebenundzwanzig

Valerie Simmons wird auf dem gleichen Friedhof beigesetzt wie meine Mutter, an einem stillen Novembertag, der Himmel bleigrau, die Luft beißend kalt. Der Schnee ist nicht geschmolzen und knirscht unter unseren Füßen, während wir langsam zum Grab gehen. Ashley hält sich besser, als ich dachte, vielleicht auch einfach nur besser als ich damals bei der Beerdigung meiner Mutter. Doch Ashley ist stärker als ich, das habe ich inzwischen begriffen, vielleicht ist es also keine Überraschung.

Sie weiß, dass ich es weiß; sie hat es in meinem Gesicht gelesen und natürlich in dem Gesicht meines Vaters, als sie mit der traurigen Nachricht vom Tod ihrer Mutter zu uns kam, aber wir haben nicht darüber gesprochen. Bei allem, was geschehen ist, wirkte es fast nebensächlich.

Tyler und ich wohnen der Beerdigung gemeinsam mit Susanna und Luanne bei. Irgendwo am Rand der kleinen Schar Trauergäste sehe ich auch meinen Vater stehen, aber ich mache keinen Versuch, die Brücke zwischen uns wiederaufzubauen. «Selbst meine Opferbereitschaft hat ihre Grenzen», sage ich, als es vorbei ist, im Auto zu Tyler. Er nickt, den Blick auf die Straße geheftet, und ich frage mich, ob er mir zustimmt oder im Geist irgendwelche Tabellenergebnisse abhakt.

Heute ist nicht nur der Tag, an dem wir Ashleys Mutter zu Grabe tragen. Weil das Schicksal offensichtlich mit einem ganz speziellen Humor gesegnet ist, ist heute zu allem Überfluss auch noch unser Hochzeitstag. Tyler hat mich vor zwei Tagen daran erinnert, als er auf einmal lachend ein altes Fotoalbum mit Bildern von unserem Probedinner in der Hand hielt. Halloween war das Motto gewesen. Er als Joe DiMaggio, ich als Marilyn Monroe. Schon komisch, dachte ich, während wir gemeinsam in dem Album mit der brüchigen Plastikfolie und den schon leicht vergilbten Fotos blätterten: Wir haben bereits angefangen, uns zu maskieren, bevor wir überhaupt verheiratet waren.

«Lass uns essen gehen», sagte er, aber es war eher wie eine Frage formuliert. «Äh, um zu feiern?»

«Okay», sagte ich und wischte die Küchenfronten. «Okay, ja, warum nicht.» Es fühlte sich alles so weit weg an. Das Probedinner, der Toast, den mein Vater mit alkoholfreiem Wein ausbrachte, wie sehr ich meine Mutter vermisste, während meine Schwestern mein Brautkleid bügelten und meinen Nackenknoten mit winzigen Seidenrosen schmückten. Nur der Aspekt, die schmerzliche Sehnsucht nach meiner Mutter, dachte ich, während ich den Schwamm über dem Spülbecken ausdrückte, fühlte sich kein bisschen weit weg an.

Nach der Beerdigung duschen wir kurz und ziehen uns um. Dabei vermeiden wir es, einander anzusehen, halbnackt, wie wir sind. Tyler ist zuerst fertig und wartet unten auf der Couch. Ich muss daran denken, wie er mich damals während der High School immer abholte. Ich ging die Treppe hinunter, und er fing plötzlich von innen an zu strahlen. Ich natürlich auch. Aber das gerät bei allem, was geschehen ist, leicht in Vergessenheit.

Heute komme ich die Treppe herunter, und er erhebt sich, und ich versuche, mir einzureden, es sei leicht, dieses Strahlen wiederzugewinnen, als würde man das Blitzlicht einschalten, und *pling*, alle Schatten sind verschwunden.

Tyler küsst meine Hand. «Du bist wunderschön.»

«Ja?», frage ich und streiche die Falten aus dem dunkelblauen Kleid, das ich seit der letzten Abschlussfeier nicht mehr anhatte. Es ist unmodisch, aber ansonsten war nichts Sauberes im Schrank.

Wir essen, wie in den vergangenen neun Jahren an jedem Hochzeitstag, im Bella Donna, dem Restaurant von CJs Vater. Näher als hier bin ich Italien nie gekommen. Die Tischdecken sind aus Damast, aus den Lautsprechern klingt leise Opernmusik. Darcy wüsste sicher, was. Es duftet nach Fisch und frischer Pasta. Hank Johnson empfängt mich herzlich, hilft mir aus dem Mantel und kneift mir mit beiden Händen zart in die Wangen.

«Vielen Dank für alles, was Sie für sie getan haben», sagt er.

«Das hat sie ganz allein getan.» Ich lächle. «Aber Sie wissen ja, das bedeutet, sie will es am Wesleyan versuchen.»

«Ich weiß.» Er führt uns an unseren Tisch und rückt mir den Stuhl zurecht. «Es bricht mir das Herz, sie gehen zu lassen, aber wenn sie nicht ginge, wäre es genauso.» Er zuckt die Achseln. «So ist das Leben.»

«Ich finde es schön, dass wir hier sind», sagt Tyler, als Hank gegangen ist. «Ich bin froh, dass wir das tun. Feiern, meine ich.»

«Ich auch.» Ich nicke, konzentriere mich auf die Speisekarte und ignoriere das Offensichtliche: Hätte Tyler mich nicht daran erinnert, dann hätte ich unseren Hochzeitstag vergessen, es wäre ein ganz normaler Tag gewesen. Na ja, nicht ganz; ein ganz normaler Tag, an dessen Anfang das Begräbnis der Mutter einer alten Freundin stand.

«Ich wusste gar nicht, dass ihr euch auf einmal so nahesteht, Ashley und du», sagt er, nachdem er, wie üblich, Pollo Cacciatore bestellt hat, während ich mit der Tradition gebrochen und mich für Lachs entschieden habe.

«Wir sind mal beste Freundinnen gewesen, weißt du noch?»

«Vage», sagt er und kneift die Augen zusammen. «Ich erinnere mich vage daran.»

Er verstummt, und mir geht es genauso. Wir sind den ungezwungenen Smalltalk nicht mehr gewöhnt, aus dem in einer Ehe Substanzielleres wird. Wir haben in der vergangenen Woche auf der Basis der Krise eine Partnerschaft simuliert – *Wie ist Darcys Genesungsprozess? Wie geht es Ashley?* –, und jetzt, ohne rote Blinklichter, ohne Alarmglocken, sitzen wir hier, rutschen unbehaglich hin und her, nippen Wein, den ich nie bestellt hätte, den Tyler aber trotzdem wollte, und haben uns nicht allzu viel zu sagen. *Eigentlich gar nichts mehr*, denke ich, zwinge den Cabernet hinunter und spüre dem Brennen in meiner Kehle nach.

«Wie ist dein Fisch?», will Tyler wissen, als das Essen serviert wird.

«Nicht so gut, wie ich gedacht habe», sagte ich. «Ich wollte einfach mal was Neues ausprobieren. Aber ich glaube nicht, dass ich ihn noch mal bestellen würde.»

«Tja», sagt er, schneidet das Hühnchen und steckt sich einen Bissen in den Mund. «Du hast es wenigstens probiert.»

Tja, denke ich, *stimmt.*

Achtundzwanzig

In der folgenden Woche kommt der Schnee zurück, in Flocken, so groß wie Tischtennisbälle; der Winter verkündet seine frühe und unerbittliche Ankunft. Tyler macht eine Schicht im Laden, um sich ein bisschen extra Weihnachtsgeld zu verdienen, und obwohl die Pforten der Westlake High wegen Straßenglätte geschlossen bleiben, setzt er mich Dienstagmorgen vor der Schule ab. Freitag sind die College-Bewerbungen endgültig fällig, und mir bleibt keine Wahl, als mich den Papierbergen auf meinem Schreibtisch zu stellen. Die Flure sind verlassen, die Lichter gedimmt. Ich begrüße Billy, den Pförtner. Er hat von Darcy gehört und möchte wissen, wie es ihr geht. Ein bisschen besser, sage ich und zwinge mich zu einem Lächeln. Das stimmt und stimmt gleichzeitig nicht. Sie ist auf die Reha-Station verlegt worden, und langsam bekommt sie wieder Gefühl in den Fingern, kein geringer Sieg. Aber ihr werden heute zwei Zehen abgenommen.

«Sie können nicht mehr gerettet werden», hat der Arzt uns gestern eröffnet, obwohl letzte Woche noch Hoffnung bestanden hatte. Dante war auch dabei. Er hat ihr bei Walmart einen CD-Spieler besorgt, damit sie sich die Demo-CD mit den neuen Songs anhören kann. Er hat ihr die Schulter gedrückt und gesagt, zehn Zehen wären sowieso total überbewertet, und wir mussten alle grinsen. Was blieb uns auch anderes übrig? Darcy wird ab jetzt immer leicht humpeln, sich in Sandalen unwohl fühlen, und jedes Mal, wenn ich ihre verstümmelten Füße sehe, werden heiße Schuldgefühle durch mich hindurchjagen, weil ich nicht viel eher bei ihr war, weil ich meinen Egoismus nicht rechtzeitig bezwungen habe, um sie zu retten. Aber ich versuche auch, es aus einem anderen Blickwinkel zu betrachten, es als sprichwörtlich wandelnde Mahnung an die Klarheit zu begreifen, daran, wie trübe die Dinge früher waren und wie weit ich tatsächlich gekommen bin.

CJs Bewerbung für das Wesleyan liegt zuoberst auf dem Stapel, und ich setze mich zittrig an meinen Schreibtisch. *Seit wie vielen Nächten habe ich eigentlich nicht mehr geschlafen?*, frage ich mich und blättere die Aufsätze und Berichte durch, die CJ, wenn es nach ihr geht, möglichst weit weg von hier bringen werden. Seit Tyler wieder in meinem Bett schläft, hält er mich mit seinem Schnarchen und Herumwälzen und Zähneknirschen vom Schlafen ab. Ich wäre nie auf die Idee gekommen, dass ich allein viel besser schlafe. Wahrscheinlich weil ich nie darüber nachgedacht habe, weil ich mein ganzes Erwachsenenleben lang nie allein geschlafen habe. Es lag immer jemand neben mir, als wäre ein warmer Körper Grund genug, sich sicher zu fühlen. Damals auf dem Volksfest habe ich Ashley überheblich angelächelt und meine Theorie verkündet: Ich habe einen Ehemann und ein wunderbares, geordnetes Leben, und *wir versuchen, ein Kind zu bekommen*, was sollte ich mir also noch wünschen? Tja, wie sich rausstellte, alles und gar nichts.

Ich lese ein allerletztes Mal CJs Bewerbung, ehe ich mich der nächsten zuwende. Ja, sie ist bereit. Sie wird Westlake den Rücken kehren und wahrscheinlich keinen einzigen zweifelnden Blick zurückwerfen. Wieso habe ich das nie getan? Wieso habe ich immer gedacht, wenn ich auf der sicheren Seite bleibe, könnte ich uns vor der Zerstörung bewahren, und das, obwohl die Zerstörung jederzeit durch die Ritzen kriechen kann, durch die Poren in die Haut dringen und in den Blutkreislauf sickern?

Völlig in die Bewerbungen versunken, sitze ich da und vergesse die Zeit. Jede einzelne Mappe steckt randvoll mit Hoffnungen auf eine glänzende Zukunft. Mein verspannter Nacken fleht mich um eine Pause an, aber ich möchte fertig werden mit diesen hochtrabenden Erklärungen, dass es auch ein Leben außerhalb von Westlake gibt. Nicht, weil ich nicht daran glaube. Ganz im Gegenteil. Das ist mir inzwischen klar. Nein, weil diese Mappen mir den Weg aufzeigen, den ich ignoriert habe, den Weg, den ich nicht eingeschlagen habe, als ich noch die Möglichkeit dazu hatte.

Ein Klopfen reißt mich aus meinen Gedanken.

«Ich habe Licht bei dir gesehen», sagt Eli. Er hat seit der Katastrophe dreimal angerufen, aber ich war zu beschäftigt, um nur ein einziges Mal zurückzurufen.

«Was tust du denn hier?», frage ich mit strahlendem Lächeln, weil ich trotz und wegen allem froh bin, ihn zu sehen. Mein Nacken entspannt sich, meine Schultern sinken wie von selbst herab, und die Spannung, die sich in mir aufgebaut hat, darf endlich abfließen. Ich winke ihn herein. «Hast du nicht mitgekriegt, dass heute schneefrei ist?»

«Ach was, Schneeglätte wird doch völlig überbewertet», sagt er, winkt ab und lässt sich auf die Couch fallen. «Nein, ich wollte noch ein paar Bilder durchsehen. Mit der Ausstattung hier kann mein Zeug zu Hause nicht mithalten.» Er zögert. «Wie geht es deiner Schwester?»

Ich bringe ihn auf den neuesten Stand, und er neigt den Kopf und hört mir zu. Dabei sieht er mich so intensiv an, dass ich mir verlegen die Haare hinters Ohr schiebe und wegsehe.

«Und wie lief es noch mit deinem Besuch, ähm, wer war sie gleich wieder?», frage ich, dabei weiß ich nicht mal, wieso eigentlich, jetzt, wo Tyler zurück ist, und gleichzeitig weiß ich es doch ganz genau.

«Du kannst ruhig fragen, weißt du?», antwortet er lachend. «Ja, sie ist meine Exfreundin. Ich glaube, ich habe dir schon mal von ihr erzählt – *das Kenia-Mädel* –, und ja, sie ist wieder weg. Wir hatten nur noch ein paar Dinge zu klären.» Er nickt. «Und jetzt sind sie geklärt.»

«Aha», sage ich. Die Luft zwischen uns ist fast greifbar. «Du, kann ich dich noch was fragen?»

«Alles.»

«Dein Freund damals, der mit der Lawine. Was ist mit ihm passiert?»

«Er hat es nicht geschafft.» Elis Kinn sinkt ganz leicht in Richtung Brust, ein verstohlenes Zeichen dafür, dass wir alle unser Päckchen zu tragen haben, an Anker gekettet sind, die uns jederzeit in die Tiefe zerren können.

«Das tut mir leid», sage ich. «Bist du jemals wieder hochgegangen? Ich meine, bist du danach je wieder Klettern gewesen?»

«Ja.» Er lässt sich gegen die Rückenlehne sinken, fast erleichtert, und starrt die Halogenleuchten an der Decke an. «Ich bin noch einmal raufgegangen, ein paar Monate nachdem es passiert ist. Aber nur einmal, und wahrscheinlich mache ich es auch nie wieder.»

«Wieso?», wage ich mich vor. Eine schlichte Frage, die eine komplizierte Antwort herausfordert.

«Weil ich mich nicht vom Berg bezwingen lassen wollte», sagt er völlig unkompliziert. «Ich wollte nicht, dass er siegt. Das Leben besiegt einen oft genug. Aber in diesem Fall konnte ich das nicht zulassen. Es ging nicht. Der Berg hatte schon genug genommen.»

Ich schiebe den Stuhl zurück und trete zu ihm. Ich lasse mich neben ihn auf mein verblasstes lila Sofa sinken und lege den Kopf an seine Brust. Ich kann das Gleichmaß seines Herzschlags hören wie das Metronom auf dem alten Klavier meiner Mutter. Während der Minutenzeiger langsam die Uhr umrundet, sitzen wir da, zwischen uns ein vertrautes, leichtes Schweigen, zwei Verwundete, von denen nur einer bereits die Kunst erlernt hat, die Wunden wieder zu nähen.

Später, nachdem Eli gegangen ist und ich tatsächlich ein bisschen auf meiner Couch schlafen konnte, streife ich durch die verlassenen Korridore der Schule, über die ich mich bis jetzt voll und ganz identifiziert habe. Ich werfe einen Blick in den Musiksaal, der Darcy einst als Zuflucht diente, und flüstere ein inbrünstiges Gebet, dass sie eines Tages stark genug sein wird, wieder hierherzukommen. Nein, nicht hierher, natürlich nicht, sondern zur Musik, ihrem Heilmittel. Ich habe ein Leben lang versucht, sie festzuhalten, wollte immer nur, dass sie bleibt, doch mir ist klargeworden, dass nicht alle so leicht Wurzeln schlagen. Oder dazu geeignet sind. Ja, bitte lass sie einen Weg zurückfinden, wo auch immer das sein mag.

Ich mache einen Abstecher auf die Mädchentoilette, wo ich auf das Stäbchen gepinkelt habe und beim Anblick der einsamen roten Linie davon überzeugt gewesen bin, alles verloren zu haben; jegliche Verbindung zu meinem Mann, jegliche Hoffnung auf die Zukunft. Vor dem Kunstsaal bleibe ich unschlüssig stehen. Er ist zwar abgeschlossen, aber ich habe ja jetzt einen Schlüssel. Ich bleibe trotzdem vor der Tür stehen und frage mich, wie es kam, dass ich all das einfach aufgegeben habe – meine Leidenschaft für die Fotografie, meine Liebe zu diesen ganz besonderen, eingefangenen Augenblicken –, und dann weiß ich natürlich wieder genau, weshalb: für Darcy, für meine Familie, für meinen Vater. Ich habe mich für sie geopfert. Vermutlich müssen wir alle irgendwann einmal Opfer bringen, aber wir sollten uns davor hüten, diese Rolle für immer zu übernehmen.

Diesen Freitag werden ein paar künftige Absolventen dieser Schule, und wenn auch nur ein kleiner Prozentsatz, mit ihrer Zunge über die Gummierung eines Briefumschlags lecken, die passende Briefmarke aufkleben und ihren Traum hinaus in die Welt schicken, in der Hoffnung, dass jemand ihn wertschätzt. Sie haben ihre Träume nicht geopfert; sie haben sich selbst nicht geopfert. Sie haben alle Probleme, vielleicht nicht dieselben wie ich, aber trotzdem Probleme. Vielleicht haben ihre Eltern sich getrennt, vielleicht gibt es bei ihnen zu Hause nur ab und zu warmes Wasser, vielleicht versuchen ihre Väter, endlich von den Drogen wegzukommen. Vielleicht müssen ihre Großeltern als Ersatzeltern herhalten, vielleicht sind ihre Jeans vom vielen Weiterreichen in der Familie schon ganz fadenscheinig. Vielleicht ist aber auch ihr bester Freund oben auf dem eisigen Berg unter einer Mauer aus Schnee gestorben. Doch sie klettern trotzdem wieder hinauf. Sie lassen sich von dem Berg nicht bezwingen. Im Gegensatz zu mir. Das ist mir inzwischen klargeworden. Ich habe mich bezwingen lassen. Ich habe mein Leben damit verbracht, diese mutigeren Seelen in die Welt hinauszuscheuchen und dabei Schutz in ihrem Schatten gesucht. Das ist kein Leben. Das ist Asyl.

Auf dem Weg zum Parkplatz bleibe ich kurz vor der Trophäenvitrine stehen, vor dem Zeitungsausschnitt über Tylers Meisterschaftsspiel und dem Mannschaftsfoto – er, der Star-Shortstop. Auf dem Zeitungsfoto entdecke ich mich selbst: Da bin ich, in meinem Cheerleader-Kostüm, knackig, strahlend, voll unentfaltetem Potenzial. Ich betrachte mein siebzehnjähriges Ich und frage mich, was ich dieser Tilly wohl zu sagen hätte, nicht nur als ich selbst, sondern als Beratungslehrerin und als Frau mit etwas mehr Einblick in die Zukunft, als sie es je für möglich gehalten hätte.

Ich glaube, ich würde ihr sagen, denke ich, während ich im Schulflur stehe und mir Tränen übers Gesicht laufen, dass das Leben grenzenlos ist, dass Angst sich besiegen lässt und dass jemand, der sich immer im Schatten versteckt, auch nicht gesehen wird. Dass es zwar bewundernswert sein mag, den Großteil seiner Zeit damit zu verbringen, die Probleme anderer Menschen zu lösen; aber nur wenn es nicht geschieht, um die Lösung der eigenen zu vermeiden. Du kannst sämtliche Löcher in deinem Gummiboot flicken, aber wenn du nie gelernt hast, in schwerer See zu navigieren, wirst du vielleicht trotzdem ertrinken. Ich würde ihr sagen, dass Träume Träume sind, und seien sie auch noch so klein, und sei es nur der Wunsch, Weinbergschnecken in Paris zu probieren, ein zeitloses Foto vom Eiffelturm zu machen oder über die Champs-Élysées zu laufen und die Auslagen viel zu teurer Geschäfte zu bewundern, die laue Pariser Nachtluft auf der Haut, oben die Lichter der Stadt und die Sterne, alles aufgeladen mit Elektrizität, die zum Greifen ist. Und sei es der Wunsch, denke ich beim Anblick von Tylers breitem, jugendlichem Grinsen, eine College-Mannschaft zum Sieg zu führen, weil man selbst nie wieder den harten Aufprall des Schlägers und den Jubel des Publikums und den trockenen Staub auf der Wange spüren wird, während man auf die Homebase zuschlittert.

Alles Mögliche würde ich ihr sagen, denke ich und kehre

der Vitrine endgültig den Rücken. Vor allem dass es nie zu spät ist. Dass die Jahre lang sind und die Straße gewunden ist und dass die Träume frei im Raum schweben und eingefangen werden können, aber nur von denen, die den Mut besitzen, die Hände danach auszustrecken.

Neunundzwanzig

Als ich die Haustür aufsperre, sitzt Tyler in seinem Zimmer vor dem Fernseher. Der Ton ist bis in die Diele zu hören. Eigentlich sollte ich zu ihm rübergehen, sagen, dass ich wieder da bin und ihn fragen, was er zu Abend essen möchte. Stattdessen gehe ich die Treppe rauf ins Schlafzimmer. Er ist erst seit zwei Wochen wieder hier, und wir gleiten bereits wieder in unser altes Fahrwasser zurück. Was vorher absolut in Ordnung gewesen wäre. Bevor alles passiert ist. Aber jetzt ist es nicht mehr in Ordnung, kein bisschen. Er ist zwar in unser Ehebett zurückgekehrt – eine echte Veränderung –, aber der ganze erstickende Rest ist mir nur allzu vertraut. Wie er sich morgens zu mir ins Bad quetscht, um sich zu rasieren, wo ich mich inzwischen doch daran gewöhnt hatte, ganz allein für das Beschlagen des Spiegels zu sorgen; wie er mich, trotz allem, ständig fragt, was es zum Abendessen gibt, als könnte er nicht selbst am Supermarkt halten und wenigstens diesen einen Part übernehmen; wie er ständig wie süchtig durch die Sportkanäle zappt und sich dabei per Standleitung mit Austin über Punkte und Fehler ereifert, *Oh Mann, da trifft ja noch ein Blinder mit Krückstock besser*, in einer Tour, obwohl die Außenwelt uns soeben bewiesen hat, dass dieser Mist nun wirklich keine Rolle spielt.

Ich schüttle die Schuhe ab, sinke erschöpft auf den Teppich, massiere mir die schmerzenden Füße und robbe zur Kommode. Ich ziehe die unterste Schublade auf. Der fotografische Inhalt meines Lebens quillt mir entgegen, genau wie damals vor meiner ersten Vision, bevor sich alles entwirrte. Vorher.

Ich wühle in dem Durcheinander, bis ich es gefunden habe. Das perfekte Abbild meiner Familie, kurz bevor meine Mutter krank wurde. Wir alle zusammen auf der Veranda; voller Glück, voll Liebe und Zuneigung, ich noch schnell ins Bild gehechtet, nur im Profil zu sehen, wie ich mich vor meine Familie werfe, ehe der Selbstauslöser den Moment zum Standbild gefriert. Das ideale Bild, das nichts weiter war als Maskerade, eine Fassade, wie ich jetzt weiß, die, hätte ich nur etwas tiefer gestochert, einfach in sich zusammengefallen wäre.

Darcy hat sich mir gestern endlich anvertraut, nach Dantes täglichem Besuch, als sie wieder etwas zu Kräften gekommen war und die tägliche Litanei böser Witze über ihr achtzehiges Leben beendet hatte.

«Ich wünschte, du wärst nicht ganz so morbide», sagte ich zu ihr.

«Das ist doch nicht morbide», lachte sie. «Ganz im Gegenteil. Ich habe nur noch acht Zehen, Tilly, das steht fest. Und wenn ich darüber nicht lachen kann, über was soll ich dann überhaupt noch lachen?»

«Wahrscheinlich hast du recht», antwortete ich und musste selbst ein bisschen lachen. «Lustig, oder? Plötzlich bist du die Optimistin von uns beiden.»

«Nicht plötzlich», widersprach sie. «Es hat eine Weile gedauert.»

Ihr Gedächtnis ist völlig in Ordnung. Die Nacht unter einer Decke aus Schnee hat ihrem Gehirn nichts anhaben können. Und so erzählte sie mir alles: Sie hatte mit gerade mal acht Jahren meinen Vater und Valerie erwischt, kurz vor Moms Diagnose, ungefähr zu dem Zeitpunkt des fröhlichen Schnappschusses auf der Veranda. Meine Mutter hatte Darcy hastig vor dem Laden abgesetzt, weil sie es eilig hatte, zu einer Klavierschülerin zu kommen, und Darcy tat, was sie immer tat. Sie ging ins Büro, um sich eine Cola zu holen. Nur dass sie dort statt der Cola meinen Vater fand, die Hand in Valeries Bluse, gegen den Kühlschrank gepresst, den Darcy im Visier hatte.

«Ich bitte zu beachten, dass ich von dem Moment an bis zum College von meiner Colasucht geheilt war», bemerkte Darcy trocken.

«Wie kannst du daran nur im Ansatz irgendetwas komisch finden?» Ich war fassungslos.

«Ach, Till, ich weiß es nicht. Ich war so verdammt lang so verdammt angepisst deswegen … sogar vor ein paar Wochen noch …» Sie verstummte. «Und jetzt habe ich nur noch acht Zehen … ich war so wütend, dass ich eine Flasche Wodka gekippt habe, durch den Wald gelaufen bin und das Bewusstsein verloren habe, und jetzt … jetzt habe ich nur noch acht Zehen. Für immer. Das lässt sich nicht mehr ungeschehen machen.»

Ich nickte, vielleicht weil ich verstand, dass ihr das half loszulassen, und sie fuhr fort.

Die Erwachsenen waren verständlicherweise entsetzt und redeten Darcy ein, dass sie das, was sie zu sehen glaubte, nicht gesehen hatte. Valerie sei eine Spinne in den Ausschnitt gekrabbelt und sie hätte so erbärmlich geschrien, dass mein Vater ihr zu Hilfe geeilt wäre, ehe die böse Spinne ihre giftigen Zähne in Valeries Fleisch schlagen konnte. Darcy lächelte und trank drei Flaschen Cola hintereinander, nur um die Erwachsenen zum Schweigen zu bringen. Valerie kaufte mit viel Tamtam einen neuen Videorekorder und verließ mit verrutschtem Rock den Laden durch die Vordertür.

«Dad hat mir gesagt, ich sollte Mom nichts davon erzählen, weil sie sich dann nur Sorgen machen würde, dass der Laden voller Spinnen wäre», sagte Darcy, und eine Schwester kam, um die Infusion zu prüfen. «Ich habe ihm kein Wort geglaubt, aber mir war trotzdem klar, dass es Mom vernichten würde. Ich war zwar erst acht, aber solche Dinge weiß man irgendwie trotzdem.» Sie machte ein nachdenkliches Gesicht und trank einen Schluck Wasser aus der Schnabeltasse auf ihrem Nachttisch. «Keine Ahnung. Mir ist nie klar geworden, ob ich das Richtige getan habe oder nicht.»

Während sie mir die ganze Geschichte erzählte, stellte ich ein paar Berechnungen an. Wenn Darcy damals acht gewesen war und Ashley Wind von der Affäre bekommen hatte, als wir beide zwölf waren, dann war es mehr als ein Kurzzeitintermezzo. Es war eine Affäre über mindestens fünf Jahre, denn wer weiß, ob Dad sie wirklich sofort beendete, als seine jüngste Tochter aus Versehen dazwischenfunkte und gezwungen wurde, die Last seines selbstsüchtigen Geheimnisses zu schultern. Die Wut auf meinen Vater kochte wieder hoch, das Blut pochte mir im Hals und dröhnte in meinen Ohren.

«Wieso hast du mir das nie erzählt?», fragte ich sie sanft. «Wenigstens mir hättest du es doch sagen können.»

Darcy wägte ihre Worte ab.

«Mom wurde krank, und du hattest schon genug um die Ohren.» Ihr Blick war wohlwollend, liebevoll, und ich fragte mich, wie mir das all die Jahre hatte entgehen können. «Ich dachte, so könnte ich wenigstens meinen kleinen Beitrag leisten. Ich wusste doch, dass der ganze Rest auf deinen Schultern ruhte.»

Ich sah sie an. Mutig und klug und mich beschützend, ihre große Schwester, und genau so hielt ich sie in Gedanken fest. *Klick.* Ja, diesen Augenblick wollte ich unauslöschlich festhalten.

Und jetzt sitze ich an einem trüben Novemberabend in meinem Schlafzimmer auf dem Fußboden, während mein Ehemann unten vor dem Fernseher hockt, und starre das Foto von jenem Nachmittag auf der Veranda an, das mit einem Schlag seine Glaubhaftigkeit verloren hat. Es könnte genauso gut eine völlig andere Familie zeigen, eine per Photoshop manipulierte Version wie die, die man in Elis Kurs zu sehen bekommt.

Ich hebe das Bild an meine Lippen und küsse das Gesicht meiner Mutter, weil sie das nicht verdient hat, weil sie uns nicht so kreuz und quer auseinandergerissen würde sehen wollen. Und dann zerreiße ich das Abbild unseres vollkommenen Quintetts, ruhig und präzise, in winzige, wunderhübsche Schnipsel, die meinen Teppich zieren wie Konfetti, als würde ich für mich ganz allein eine Party schmeißen. Für den Augenblick lasse ich es genau dort liegen; kann sein, dass ich es morgen wieder zusammenklebe, kann sein, dass ich es morgen in die Mülltonne werfe.

Ich stehe auf, krabble ins Bett und gleite langsam in den Schlaf.

Am nächsten Morgen finde ich Tyler – *Überraschung!* – schnarchend auf der Couch. Da wären wir wieder. Ich stupse ihn an, und er rollt sich grunzend auf die andere Seite.

Darcy erwartet mich. Sie wird heute entlassen, und Dante und ich werden sie nach Hause schieben. Der Fernseher läuft immer noch, ohne Ton, und hinter mir zucken die Bilder der Spiele vom Vortag über den Bildschirm. Am unteren Rand laufen Textbänder, als wären Hockeyergebnisse oder eine Basketball-Verletzung tatsächlich die Nachrichten des Tages.

Ich beobachte Tyler im Schlaf, wie ich es schon so oft getan habe. Die makellose Haut, die kräftigen, runden Wangen, den dichten dunkelbraunen Haarschopf. Ja, er sieht immer noch so aus wie damals, als wir siebzehn waren. Vielleicht ist auch das inzwischen ein Teil des Problems. Nicht dass die Zeit ihn verändert hat, sondern dass sie ihn *nicht* verändert hat.

Um mir seine Zukunft vorzustellen, brauche ich keine Vision. Dazu brauche ich auf kein Foto zu starren und mich in die Zukunft zu katapultieren. Ich sehe ihn vor mir, in einem Stadion, als Trainer des neuen Stars, er schleift seinen Abschlag, ich sehe ihn dreimal auf die Homebase schlagen, weil das Glück bringt, voller Elan. Ich kann den schalen Hotdog-Geruch im Stadion riechen und spüre die warmen Sonnenstrahlen auf meinem Gesicht. Tyler ist hier und entdeckt, wer er ohne mich ist, ohne diese Stadt, und das ist mir jetzt klar, so deutlich wie jede einzelne meiner Visionen. Ich öffne die Augen und betrachte den Mann auf unserem Sofa, auf meinem Sofa, und ich weiß auch, dass ich vor dieser Vision nicht zu fliehen brauche.

Ich nehme einen Zettel und einen Stift vom Couchtisch, um ihm eine Nachricht zu schreiben, doch dann lasse ich den Stift wieder sinken. Nein, nach anderthalb Jahrzehnten, nach fast einem ganzen gemeinsamen Leben wäre das der falsche Weg. Ich werde nicht den Weg wählen, den er gegangen ist. Ich werde echte Worte benutzen, echte Gefühle zeigen und echtes Verständnis für den tiefen Riss, der uns entzweit hat.

«Tyler!» Ich packe ihn an beiden Schultern. «Tyler, wach auf. Ich muss mit dir reden.»

«Bäh», bringt er zustande und schiebt meine Hände weg.

«Nein, Tyler! Wach auf.» Meine Stimme klingt fest und selbstbewusst.

«Was? Was ist passiert? Was ist los? Ein Notfall?» Er fährt hoch, sieht sich hektisch um, plötzlich völlig da und trotzdem vollkommen wirr, überzeugt, dass er die nächste Katastrophe verpennt hat.

«Nichts, es ist nichts passiert», sage ich. Doch dann überlege ich es mir anders, während ich mich auf das winzige Eckchen am Fußende der Couch quetsche, das seine Beine nicht mit Beschlag belegen. «Doch, vielleicht doch.» Ich nehme seine Hand, und er reibt sich mit der anderen den Schlaf aus den Augen. «Hör zu. Ich muss ins Krankenhaus, um Darcy abzuholen.»

«Okay», sagt er mit kratziger Stimme. Er klingt, als würde er viel lieber weiterschlafen. Und ich bin mir sicher, dass es genauso ist. «Ich bin hier, kein Problem.» – «Nein. Darum geht es nicht.» Ich schüttle den Kopf und atme aus. Es ist gleichzeitig schwerer und leichter als erwartet. Ich wünschte, ich hätte es vorher in Gedanken durchgespielt und würde nicht so sehr aus dem Bauch heraus agieren. Ich wünschte, ich hätte mir die richtigen Worte zurechtgelegt, die perfekten Worte, um ihm gerecht zu werden, um uns gerecht zu werden, mir selbst und dem, was ich tun werde. «Wenn ich wieder nach Hause komme, dann ... dann brauchst du nicht hier zu sein. Du kannst zurück nach Seattle fahren. Es ist in Ordnung. Du kannst gehen.»

«Nein, nein! Wovon redest du? Natürlich bleibe ich hier.»

«Du verstehst mich nicht», antworte ich. «Ich meine, vielleicht solltest du gehen. Ich glaube, ich hatte unrecht, als ich dir vorgeworfen habe, du wüsstest nicht, was Glück wäre.»

Er verzieht das Gesicht, verunsichert, verwirrt, und fragt sich, wo der Fallstrick lauert. «Ich glaube, du weißt sehr wohl, was Glück ist, und es ist nicht hier, zumindest nicht für dich. Und ich glaube auch nicht, dass deine Anwesenheit hier noch mein Glück sein kann.»

Er nickt, schüttelt den Kopf, dann nickt er wieder, versucht zu begreifen, was ich sage.

«Aber ich dachte, das wäre das, was du wolltest. Ich dachte, es würde dich glücklich machen.»

Ich zucke die Achseln und lächle ihn schief an. «Tja, anscheinend habe ich auch nicht ganz begriffen, was Glück ist.» Ich spüre, wie mein Lächeln sich öffnet, breiter wird und ehrlicher, weil Tyler Farmer alles ist, was ich jemals kannte, weil ich ihn so heftig geliebt habe, dass ich selbst nicht glauben kann, dass ich jetzt bereit bin, ihn aufzugeben. Und trotzdem ist es denkbar, dass ich dank allem, was geschehen ist, jetzt vielleicht den Mut aufbringe, es zu versuchen. Ich streichle ihm über die verschlafenen Augen, die samtweichen Wangen. «Ich habe dich schon geliebt, ehe ich überhaupt wusste, was Liebe bedeutet, Tyler Farmer. Und daran wird sich nie etwas ändern. Aber nun ist der Zeitpunkt gekommen, wo wir auseinandergehen, verschiedene Richtungen einschlagen, um herauszufinden, ob es noch andere Arten von Glück zu entdecken gibt. Zusammen haben wir es bereits versucht, und hier ist es nicht mehr zu finden.»

Zwei einzelne Tränen rinnen über sein wunderschönes Gesicht und dann auch zwei über meines. Er küsst mich, dankbar für das Geschenk, das ich ihm gemacht habe – nicht nur ihm, auch mir –, und dann stehe ich auf, lasse meine Hände sanft aus seinen gleiten und trete endlich aus dem Schatten.

«Ich weiß nicht, wer ich ohne dich bin.» Die Autotür fällt zu, und ich rase die Straße hinunter, zu Darcy. Vielleicht weiß ich es ja doch.

Dreißig

Am nächsten Nachmittag finden sich Ashley und Susanna in meiner Küche ein. Darcy liegt nebenan im Gästezimmer und schläft. Man kann es inzwischen im Grunde nicht mehr als Gästezimmer bezeichnen, eher als ihr dauerhaftes Zimmer, zumindest so dauerhaft, wie bei Darcy jemals etwas dauerhaft sein kann. Tyler ist weg, war weg, als ich gestern aus dem Krankenhaus zurückgekommen bin. Er hat mir eine Nachricht hinterlassen, dass er sich meldet, sobald er in Seattle ist, und das wird er wahrscheinlich auch machen, und es ist okay. Aber ich werde weder neben dem Telefon sitzen noch alle fünf Minuten meine E-Mails checken, falls er es doch nicht tut. Und auch das ist okay. Da draußen ist das Leben, und zwar nachher und vorher, und es ist höchste Zeit, sich diesem Leben zu stellen.

Ashley legt mir ein Handtuch um die Schultern und steckt es im Rücken fest. Ich sitze auf dem alten Esszimmerstuhl meiner Mutter.

Es ist erst fünfzehn Uhr, aber wir trinken trotzdem Cabernet, weil mir nach Feiern zumute ist. Ashley folgte meinem Ruf mit Freuden; sie hat den Großteil der letzten Woche damit verbracht, die Dinge ihrer Mutter zu sortieren. Sie war fast durch und wusste nicht, was sie mit ihrer Zeit anfangen sollte.

«Ich meine, was soll ich denn jetzt tun?», fragt sie, die Schere in der einen und das Weinglas in der anderen Hand. «Ich habe so lange nichts anderes mehr getan, als sie zu pflegen, dass ich das Gefühl habe, dass ich gar nichts anderes mehr kann.»

«Das findest du schon heraus», sage ich, weil ich es nachempfinden kann und weil ich es ihr zutraue. Man mag Ashley Simmons ja viel nachsagen, aber sicher nicht, dass sie in Zeiten der Not den Kopf in den Sand steckt. Das weiß ich inzwischen; und ich bewundere sie dafür.

«Ich muss gestehen, dass ich etwas aus der Übung bin», sagt sie, stellt das Glas ab und lässt die Finger durch meine weiche blonde Mähne gleiten. «Bist du dir sicher?»

«Ja.» Ich nicke. «Wisst ihr, ich möchte wirklich was ganz Neues ausprobieren. Wieso auch nicht? Außerdem wächst es ja wieder.» Ich muss an Darcys zwei Zehen denken, die nicht mehr nachwachsen, und dann daran, dass sie mir bereits verziehen hat, mehr noch, mich von vornherein nicht verantwortlich gemacht hat, auch wenn ich weiß, dass ich es bin. Aber ich weiß auch, dass ich mich daran nicht für immer festhalten kann. Denn Schuldgefühle sind nichts anderes als ein Gefängnis, das uns davon abhält, das zu tun, was wir wirklich tun möchten. Was uns wirklich glücklich macht. Also versuche ich loszulassen, mich von einigem Ballast aus meiner Vergangenheit zu befreien.

«Okay. Los geht's. Aber ich bin nicht schuld, wenn es dir nicht gefällt», sagt Ashley. «Ich habe meine Prüfung ungefähr drei Jahre nach der High School gemacht!» Wir müssen alle lachen, weil sich das anfühlt wie vor einer halben Ewigkeit.

«Ich muss es tun», sage ich, weil ich es tun muss. Mir ist klargeworden, dass ich zwar die Zukunft nicht ändern kann, die Umstände aber sehr wohl dieser Zukunft anpassen kann, um meinen Hoffnungen und Wünschen Nahrung zu geben. Ich saß auf den Rängen und sehnte mich danach, die Frau zu sein, die in der Prom Night unter der

Disco-Kugel in Elis Armen tanzte, und wer, bitte schön, behauptet, dass ich es nicht doch sein könnte?

Ashley fängt mit den Nackenhaaren an, sie schnippt und schnappt und schneidet, Strähne für Strähne, gründlich und exakt, wie ein Künstler, der eine Skulptur formt. Ich halte den Blick starr auf den Küchenfußboden gerichtet, wo sich die Strähnen häufen, und bin erstaunt, wie leicht ich mich jetzt schon fühle, wie lange ich die blonde Cheerleaderin mit ihrem Ehemann, dem Star-Shortstop, gewesen bin und wie verzweifelt ich mich danach sehne, endlich einem anderen Bild zu entsprechen.

Ich habe Susanna die Nikon in die Hand gedrückt und sie mit der Dokumentation betraut – sie ist zwar kein Profi, aber für ein bisschen Scharfstellen und Draufknipsen wird es schon reichen – weil ich diesen Tag festhalten will, aktenkundig machen, für immer, den Tag meiner Häutung.

Als Ashley fertig ist, lasse ich behutsam die Finger über den freigelegten Nacken gleiten. Ich fühle mich entblößt, unsicher, aber auch aufgeregt, beschwingt, vielleicht so, wie Darcy sich fühlt, wenn sie die Bühne betritt oder wenn jemand zu lange ihre Schönheit bewundert. Ich komme mir vor wie ein völlig anderer Mensch. Was, wenn ich es recht bedenke, während ich endlich den Blick in den Spiegel wage, den Kopf hin und her drehe und ehrfürchtig meine Verwandlung bewundere, wahrscheinlich der Zweck der Übung war.

Abends klopft Luanne an meine Tür. Sie sprengt fast ihren Wintermantel und erinnert mich sehr an den Marshmallow-Man. Mein Anblick verschlägt ihr den Atem.

«Oh mein Gott!», sagt sie, lässt die Finger durch meine neue Frisur gleiten, ohne zu fragen; eine Vertraulichkeit, die sich nur Geschwister erlauben. «Ich hätte dich fast nicht erkannt.»

Ich sage ihr nicht, dass ich das als Kompliment nehme, und scheuche sie grinsend ins Haus.

«Dad wartet im Auto», sagt sie, als ich ihr einen Stuhl anbiete. «Er würde gerne reinkommen und selbst mit dir sprechen. Danach bringe ich ihn in die Reha-Klinik.»

«Welche Reha-Klinik?»

«Hat Darcy dir nichts davon erzählt?» Ich schüttle den Kopf. «Wir haben mit ihm gesprochen», erklärt Lulu. «Am Tag ihrer Entlassung hat er sie im Krankenhaus besucht ...»

«Da habe ich ihn aber nicht gesehen», unterbreche ich.

«Nein.» Sie schürzt die Lippen. So resolut kenne ich sie gar nicht. «Er hat sich mit mir abgesprochen, damit du ihn nicht sehen musst.»

Ich bin augenblicklich dankbar, dass mein Vater trotz tausender Gründe, ihn verabscheuungswürdig zu finden, zumindest genug Anstand besitzt, mich den Scherbenhaufen meiner Vorstellung von einer heilen Familie ungestört betrauern zu lassen.

«Wie dem auch sei», sagt sie und klimpert mit dem Schlüsselbund. «Darcy und ich haben ihn direkt konfrontiert. Wir haben ihm klargemacht, dass wir jeden Kontakt zu ihm abbrechen, wenn er seine Sucht nicht vollkommen besiegt. Nicht halbherzig und nicht auf eigene Faust.» Ihre Finger umschließen die Schlüssel und ersticken jedes Geräusch. «Zuerst hat er sich dagegen gesperrt, aber als er merkte, dass es uns ernst ist, war er irgendwann einverstanden. Er geht zurück in die Klinik.»

Ich weiß nicht, was ich sagen soll. Mir fehlen schlicht die Worte. Ich starre nur zu Boden, hebe dann den Blick und sehe meine jüngere Schwester an, erstaunt, dass sie, die nie Stellung bezogen hat, und Darcy, die immer zu wütend war, um sich um irgendwas zu scheren, in der Lage waren zu tun, was ich nie hätte tun können. Meinen Vater zum Handeln zwingen, darauf bestehen, dass er sich uns gegenüber anständig benimmt, den Berg zu bezwingen, selbst wenn oben eine Lawine droht.

«Danke», flüstere ich schließlich.

«Du brauchst mir für nichts zu danken», sagt sie. «Wir haben nur getan, was getan werden musste. Nicht für dich. Sondern für Dad.»

«Aber ihr habt es getan, weil ich es nicht konnte. Ihr habt es getan, damit ich es nicht tun musste»

Seufzend lehnt sie sich zurück, legt den Kopf gegen den Geschirrschrank und mustert den Ventilator an der Decke.

«Ach, Till. Darcy hat mir die ganze Geschichte erzählt. Und auch dass du der Meinung bist, sie hätte dir von Dads Affäre erzählen sollen, damit du die Sache hättest in die Hand nehmen können.» Dann sieht sie mich an, zärtlich und liebevoll, meine Schwester seit dreißig Jahren. «Aber du hättest es nicht gekonnt. Das hättest du wahrscheinlich wirklich nicht geschafft. Du hättest das alles nie tun müssen, dich um alles selbst kümmern. Darcy und ich hätten unseren Teil schon geschultert, wenigstens etwas davon, wenn du uns nur gelassen hättest; wenn du uns darum gebeten hättest.»

Ich zucke hilflos die Achseln, weil ich nicht weiß, ob ich das glauben soll, und selbst wenn, jetzt lässt es sich sowieso nicht mehr ändern. So war es nun mal, so waren die Strukturen und Hierarchien bei uns eben verteilt – und vielleicht sind wir in Zukunft alle ein bisschen klüger, ein bisschen einfühlsamer, ein bisschen schneller, wenn es darum geht, die Wunden jener zu versorgen, die wir Familie nennen, selbst wenn genau sie es manchmal sind, die diese Wunden verursachen.

Draußen hupt es, und wir zucken beide zusammen.

«Dad!», sagt Lulu. «Wahrscheinlich fängt er langsam an zu frieren. Ich habe zur Sicherheit den Motor abgestellt, damit er am Ende nicht noch auf dumme Gedanken kommt.»

Sie klimpert kichernd mit dem Autoschlüssel, und ich lache mit. Ich begleite sie zur Tür, und sie fragt: «Bist du sicher? Willst du wirklich nicht mit rauskommen und mit ihm sprechen?»

«Ganz sicher», sage ich, und es stimmt. Vielleicht irgendwann, vielleicht schon bald, vielleicht eher, als ich es mir momentan vorstellen kann. Jetzt jedoch bleibe ich einfach auf der Veranda stehen und sehe ihr nach. Die eisige Luft dringt durch meinen Schlafanzug, füllt meine Lunge, zupft an meinem freigelegten Nacken. Ich bleibe noch lange regungslos stehen, die Rücklichter des Wagens sind die Straße hinunter verschwunden, und irgendwann setze ich mich auf die Verandaschaukel. In all den Jahren, die diese Schaukel uns begleitet hat, habe ich mich noch nie im Winter daraufgesetzt. Also sitze ich hier und bewundere die Aussicht, trotz fast tauber Finger, trotz knallroter Wangen. Ich schaukle und schaukle, nehme die Stille des Abends in mich auf an dem einzigen Ort, den ich je als mein Zuhause betrachtet habe, in dem Bewusstsein, wie wunderbar es ist, hier draußen sein zu können, ein lebendiges, fühlendes Wesen, das seine alte Welt mit neuen Augen betrachtet.

Einunddreißig

Was für ein wunderbarer Anblick! Mein erster Gedanke gilt dem Triumphbogen, als ich am Eingang zur Turnhalle stehe. Natürlich habe ich ihn auch vorher schon gesehen, während meiner Visionen. Ich habe übrigens bis jetzt keine mehr gehabt, und laut Ashley ist es gut möglich, dass es auch so bleibt, weil ich inzwischen gelernt habe, sie zu beherrschen anstatt umgekehrt. Trotzdem ist der falsche Triumphbogen im echten Leben viel majestätischer und edler, als ich es je zu hoffen gewagt hätte. Das Prom-Komitee, dessen Vorsitz ich persönlich nur noch am Ende geleitet habe, hat sich selbst übertroffen. Miniatur-Eiffeltürme baumeln von der Decke; über die Wände ziehen tanzende Lichtkreise. Die Stadt der Lichter. Mitten in Westlake.

Ich bleibe vor den Schwingtüren zur Turnhalle stehen, ehe ich hineingehe, ehe ich die Schwelle überschreite. Es ist die allererste Prom Night überhaupt, die ich allein besuche. Dieser Umstand ist mir heute Abend nicht aus dem Kopf gegangen, während ich mich umgezogen, die seidenen Schulterriemchen befestigt habe, die Finger sanft über das nackte Schlüsselbein habe streifen lassen, vor dem Spiegel zurückgetreten bin, der früher auch Tylers Spiegel war und den ich jetzt allein ausfülle.

Ich habe mir im Internet ein neues Kleid bestellt. Es überschreitet mein Budget, aber das ist mir egal. Es ist dunkelrot und erinnert mich an die Farbe der Blätter zu der Jahreszeit, als meine Mutter starb, aber auf warme, tröstliche Weise, und als ich beim Surfen darauf gestoßen bin, während eines kleinen Umwegs auf der Suche nach Studiengängen, wusste ich gleich, dass es perfekt ist. Perfekt für meine nun schmalere Figur, die dank des zurückgekehrten Appetits und der Bierabende mit Susanna und Ashley sowieso bald wieder dahin sein wird; perfekt, weil ich nicht weiß, wann ich noch mal die Gelegenheit haben werde, mich mit der Begeisterung einer Sechzehnjährigen in Schale zu werfen, die endlich weise genug ist, dankbar dafür zu sein, dass sie keine sechzehn mehr ist. Außerdem konnte ich mir nicht vorstellen, eins von den alten Kleidern in meinem Schrank anzuziehen, eines von denen, die ich vorher getragen habe. Vorher. Inzwischen ist alles entweder vorher oder danach. Ich entschied mich für danach. Die unsichere Variante, das steht fest, aber gleichzeitig diejenige, die ein Fenster für neue Möglichkeiten aufstößt.

Ehe ich mich auf den Weg machte, schaute ich bei Darcy rein, um mich zu präsentieren, doch meine Pirouette blieb unbeachtet, denn sie schlief, eine wohlverdiente, tiefe Ruhepause, und ich ließ es gut sein.

Zwischen uns hat sich ein gleichmäßiges Muster eingespielt. Ihre Hände sind noch nicht wieder voll funktionstüchtig, aber sie sind auf dem besten Weg, genau wie Darcy selbst. Die Demobänder, die sie mit Dante geschnitten hat, haben das Interesse gleich mehrerer großer Produzenten erregt, und der Tag, an dem Darcy ihnen persönlich wird vorspielen können, ist nicht mehr allzu weit entfernt. Dann werden die beiden zusammen wegfliegen, fort aus Westlake, helleren Himmeln und unverbrauchten Träumen entgegen, sie werden sich weigern, in Deckung zu gehen, angesichts von allem, was war, nach allem, was war. Danach.

«Schon komisch, oder?», sagte sie eines Abends zu mir, als wir ihre Therapieübungen durcharbeiteten. «Ich dachte immer, ich wäre mehr der Solo-Act, aber wie sich rausstellt, bin ich wohl doch eher für ein Duo geeignet.» Ich lachte mit ihr, zumal es wirklich komisch war, vor allem, weil es bei mir genau umgekehrt ist.

Und jetzt steht glorreich der Triumphbogen vor mir, und nach einem andächtigen Augenblick stoße ich die Schwingtüren auf und betrete den Saal.

Die Turnhalle bebt vor rasenden Teenagern mit tobenden Hormonen, deren Sinne dank gepanschter Bowle oder heimlich mitgebrachter Flachmänner betäubt und geschärft zugleich sind. Ich winke ein paar von ihnen zu, bleibe kurz stehen, um CJ zu umarmen. Johnny Hutchinson hat schon wieder mit ihr Schluss gemacht; das hat mir die Gerüchteküche letzte Woche zugetragen. Und jetzt drückt sie sich, wie nicht anders zu erwarten, in der Ecke herum, in ihrem gelben Ballkleid, aus dem die Brüste über dem Seidenblumenbouquet fast herausspringen. Eine Taktik, eindeutig um Johnny Hutchinson zurückzulocken, auch wenn ich ihretwegen hoffe, dass die Mission misslingt. Sie würde sonst nur bedauern, ihn zurückzulassen, wenn sie geht.

«Alles wird gut; und jetzt geh und amüsiere dich», sage ich zu ihr, als wir uns aus der Umarmung lösen.

«Er ist ein Arschloch», sagt sie mit geschürzter Unterlippe.

«Kann sein.» Ich zucke die Achseln. «Aber es wird trotzdem alles gut, so oder so. Viele sind Arschlöcher. Und genauso viele nicht. Im Grunde spielt es keine Rolle. Man definiert sich nicht darüber.»

Ich bahne mir einen Weg durch den Lärm in Richtung DJ-Pult und Getränkestand, und dann entdecke ich Eli. Während so gut wie alle anderen im geliehenen Smoking stecken, hat er sich für einen dunkelblauen Anzug und eine lavendelfarbene Krawatte entschieden, eine prachtvolle Ausnahme inmitten einer Herde Schafe. Er lächelt so breit, dass seine Augenwinkel zu Fächern werden, winkt mich zu sich und stößt einen Pfiff aus, als ich vor ihm stehe.

«Wow!», sagt er. «Ich bestehe darauf, dir einen Drink zu spendieren. Vorausgesetzt, du stehst auf undefinierbare Fruchtbowle.»

«Aber gerne», sage ich lachend. «Das ist offensichtlich deine erste Prom Night, sonst hättest du das Zeug längst lieben gelernt. Ich lechze das ganze Jahr danach. Ach, und gratis ist es auch.»

«Allerdings, das ist sozusagen mein erstes Mal.» Er nickt. «Na ja, jedenfalls mein erster Schulball, seit ich siebzehn war, um ehrlich zu sein. Ich hoffe, diesmal läuft es ein bisschen besser.» Wir schlängeln uns zum Getränkestand durch, und ich ziehe fragend die Augenbraue hoch. «Sagen wir einfach, ein paar von den Cola-Rum an dem Abend waren wohl gegen mich … genau wie mein Date, übrigens. Gott, war die sauer!» Er schüttelt den Kopf. «Oh Mann, dass mir das wieder einfällt! Ich habe seit Ewigkeiten nicht mehr daran gedacht.»

Komisch, denke ich, *und ich habe Ewigkeiten an nichts anderes gedacht.* Ehe wir auch nur an unserer Bowle nippen können, blendet der DJ zu einem neuen Song über, einem langsamen Stück, das mich mit sich trägt, zurück, zu weit zurück, zurück zu vorher. *If I should stay, I will only be in your way*, schmettert Whitney Houston in voller Lautstärke.

«Ach du meine Güte!», sagt Eli verächtlich und verdreht die Augen. «Weißt du noch?»

«Natürlich.» Ich nicke, nicht nur weil ich damals mit Tyler dazu getanzt habe, sondern weil der DJ es Jahr für Jahr gespielt hat. Bei den ersten Klängen habe ich Ty auf die Tanzfläche gezerrt, die Arme um seinen Hals geschlungen, mich im Rhythmus gewiegt und in Erinnerungen an damals geschwelgt, als wir siebzehn waren. An damals; vorher.

«Ich glaube, es ist so eine Art Prom-Night-Hymne», kichere ich. «Wenn ich ehrlich bin, ich habe diesen Song geliebt. Du weißt schon, die Bedeutung – *And I will always love you* und so weiter. Damals fand ich es total tiefgründig.»

«Na, dann komm», sagt er, fährt mit einem Finger über meinen Arm, wirbelt mich im Kreis und zieht mich, ehe ich mich's versehe, auf die Tanzfläche. «Machen wir das Beste draus.»

Er zieht mich an sich, kräftig, selbstbewusst, und legt mir die Hand auf den unteren Rücken, als würde sie genau dorthin gehören. Ich lehne mich an seine Brust. Er riecht nach Ahornsirup. Ich lasse den Kopf gegen seine Schulter sinken, so wie schon einmal, schließe die Augen und atme tief ein. Es ist alles, was ich im Augenblick tun kann, alles, was ich im Augenblick geben kann, ein erster Schritt zurück auf den Berg.

Als der Song zu Ende ist, küsse ich ihn auf die Wange, und wir gehen davon, mit beinahe ineinander verschränkten Fingern, etwas Unausgesprochenes zwischen uns, etwas leise Wachsendes, genau so, wie es für uns beide im Augenblick sein soll.

Wir setzen uns auf den Zuschauerrang, ich verschränke schweigend meine Hand mit seiner, und er lässt es geschehen, zieht sich nicht zurück, auch wenn sein Instinkt ihm vermutlich genau dazu rät, denn schließlich ist Eli ein Wanderer.

«Das ist vermutlich meine letzte Prom Night», sage ich und lausche dem Klang meiner Worte, absorbiere sie, gleichermaßen traurig, euphorisch und – ja – nostalgisch. Für Nostalgie ist immer noch Platz, trotz allem, was geschehen ist. Eli sieht mich überrascht an. «Ich bewerbe mich an der Hochschule.» Ich zögere. «Glaube ich. Für Fotografie.»

«Das ist genau das Richtige für dich, Tilly Farmer», sagt er, meine Hand fest in seiner.

«Ja. Ich bin doch keine besonders gute Beratungslehrerin. Oder Beratungslehrerin zu sein ist nicht besonders gut für mich.» Beides ist wahr. «Und du bist wahrscheinlich sowieso nicht mehr lange hier.»

«Noch bis Anfang des Sommers», sagt er und wendet sich ab, um das Gewoge auf der Tanzfläche zu beobachten. «Sie haben mir eine feste Vollzeitstelle angeboten, aber wir werden sehen. Ich habe mich noch nicht entschieden.»

«Ich kann mir nicht vorstellen, dass du ausgerechnet in Westlake Wurzeln schlagen willst.»

«Nein, wahrscheinlich nicht», sagt er und stützt die Ellbogen auf die Knie, ohne meine Hand loszulassen. «Aber im Augenblick finde ich es ziemlich gut.»

«Ich habe einen Flug nach Paris gebucht», sage ich und strahle, als ein Ausdruck von offenem Stolz über sein Gesicht zieht. Ich habe noch niemandem davon erzählt. Es war eine spontane Aktion, vollkommen aus dem Bauch heraus, am selben Abend, als ich das Kleid gekauft habe. «Für April, während der Frühjahrsferien.»

«Du wirst es lieben», sagt er, dreht mit der freien Hand mein Gesicht zu sich und küsst stattdessen meine nackte Schulter. «Und du nimmst meine Nikon mit.»

«Das kann ich nicht», protestiere ich.

«Doch, kannst du», sagt er. «Außerdem ist das die einzige Möglichkeit sicherzugehen, dass du auch wiederkommst.»

Wir bleiben sitzen, bis die Lichter aufhören, sich zu drehen, bis die letzten Bässe verhallen und nur noch Stimmengewirr bleibt, bis die Schüler sich hastig zerstreuen, in die geliehenen Autos ihrer Eltern springen und in die wenigen protzigen Limousinen, um sich davonzustehlen in die heißersehnte, wohlverdiente Partynacht. Denn morgen werden sie aufwachen, werden wir aufwachen, und einem neuen Tag entgegensehen, einem neuen Berg, dem nächsten Augenblick im Danach. Und wer klug ist – und ich hoffe, ich bin es inzwischen geworden –, wird diesen Augenblick so fest mit beiden Händen packen, sich so sehr daran festklammern, dass er sich nicht losreißen kann, uns nicht ohne Vorwarnung ungenutzt durch die Finger gleiten kann.

Es gibt das Vorher. Und es gibt das Danach. Glück ist das, was man selbst wählt, was man selbst verfolgt, nicht das, was einen verfolgt. Das sind die Dinge, die ich erkannt habe, das sind die Dinge, die ich jetzt weiß, das sind die Dinge, die ich mitnehmen werde.

Danksagung

In dieses Buch habe ich viel Arbeit und Liebe gesteckt, und manchmal war es mehr Arbeit als Liebe. Ich stehe tief in der Schuld meiner Lektorin Sarah Knight, die sich nicht gescheut hat, die abscheuliche allererste Fassung des Manuskripts zu lesen und die mit viel Umsicht und Fürsorge dabei geholfen hat, es auf eine Art und Weise zu formen, die ich mir nie hätte träumen lassen. Tausend Dank an alle bei Shaye Areheart Books und bei Crown. Auf so viel Großmut, Unterstützung und Arbeitseifer hätte ich niemals zu hoffen gewagt: Danke an Shaye Areheart, Annsely Rosner, Kira Walton, Christine Kopprasch, Karin Shultz, Allison Malec und Jay Sones.

Elisabeth Weed – du bist mein persönlicher Jerry McGuire. Danke, danke, danke.

Außerdem danke ich Laura Dave, Jessica Jones, Annika Pergament, Sarah Shelf und allen, die mich den lieben langen Tag auf Twitter, meinem Blog und mit diversen weiteren Online-Zeitfresserchen bei Laune halten. Ihr würdet namentlich ein ganzes Dorf bevölkern. Und natürlich gilt der letzte und am tiefsten empfundene öffentliche Dank wie immer meiner Familie – Adam, Campbell und Amelia, ohne die der ganze Rummel hier keine Bedeutung hätte.

Isabel Beto

Die Bucht des grünen Mondes

rororo 25701

Manaus, 1896: Gegen ihren Willen wird die junge Berlinerin Amely mit einem reichen Verwandten in Brasilien verheiratet. Der deutlich ältere Kilian Wittstock ist einer der verschwenderischen Kautschukbarone, die zu dieser Zeit das Amazonasgebiet beherrschen. Amely ist seiner Brutalität hilflos ausgeliefert. Bis zu dem schicksalhaften Tag, an dem sie von einem Indianer entführt wird. Im Urwald, wo das Leben am atemberaubendsten und am gefährlichsten ist, lernt Amely, was Liebe bedeutet, und sie beschließt, um ihr Glück und ihre Zukunft in Brasilien zu kämpfen.

Italien, Italien!
Cristina Camera bei rororo

Die Gärten der Villa Sabrini
Helle Aufregung im Münchener Auktionshaus Wagner: Die Kunsthistorikerin Susanna Martens glaubt ein Bild aus dem Familienbesitz der Lanzis als Fälschung entlarvt zu haben. Unterstützt von ihrer alten Liebe kommt sie in Florenz einer Familienfehde der verfeindeten Juweliersdynastien Lanzi und Russo auf die Spur. Als sich Susanna gegen ihren Willen in Ettore, den Erben der Lanzis, verliebt, gerät sie in einem Strudel von Macht, Geld und Intrigen ...

Der Gesang der Sehnsucht
1929 wird ein Traum für Theresa wahr: Italien! Im Grand Hotel von Rimini wird sie den Sommer verleben. Theresa verdankt diese Reise ihrem Chef, sie soll hier seine Erfindungen anbieten. Die Berlinerin genießt den Aufenthalt – vor allem, weil sie ungehindert ihrer Passion nachgehen kann: in Clubs zu singen. Als sie sich in einen geheimnisvollen Marchese verliebt, scheint ihr Glück vollkommen, wäre da nicht ein Verlobter in Berlin und der Diebstahl ihrer Unterlagen. Sollte ihre neue Liebe sie nur benutzt haben?

rororo 24714

rororo 25487

Weitere Informationen in der Rowohlt Revue *oder unter* www.rororo.de

Das für dieses Buch verwendete FSC®-zertifizierte Papier
Lux Cream liefert Stora Enso, Finnland.